# CHOIX DE SERMONS ET DISCOURS

DE

S. ÉM. M<sup>GR</sup> PHILARÈTE

MEMBRE DU TRÈS-SAINT SYNODE DE RUSSIE
MÉTROPOLITE DE MOSCOU

TRADUITS DU RUSSE SUR LA SECONDE ÉDITION

PAR

A. SERPINET

Учаще ихъ блюсти вся, елика заповѣдахъ вамъ.
Матѳ., XXVIII, 20.

Leur enseignant à garder tout ce que je vous ai commandé.
MATTH., XXVIII, 20.

TOME TROISIÈME

PARIS
E. DENTU, LIBRAIRE-ÉDITEUR
PALAIS-ROYAL, 17 ET 19, GALERIE D'ORLÉANS

1866

# CHOIX

DE

# SERMONS ET DISCOURS

---

2e RECUEIL

**1847 — 1861**

PUBLIÉ AUX FRAIS DE Mr A. I. LOBKOFF,

AVEC LE CONCOURS DE Mr A. Z. ÉGOROFF.

---

PARIS. — IMP. SIMON RAÇON ET COMP., RUE D'ERFURTH, 1.

# CHOIX

DE

# SERMONS ET DISCOURS

DE

## S. ÉM. M^GR PHILARÈTE

MEMBRE DU TRÈS-SAINT SYNODE DE RUSSIE
MÉTROPOLITE DE MOSCOU

TRADUITS DU RUSSE SUR LA SECONDE ÉDITION

PAR

A. SERPINET



Учаще ихъ блюсти вся, елика заповѣдахъ вамъ.
Матѳ., XXVIII, 20.

Leur enseignant à garder tout ce que je vous ai commandé.
MATTH., XXVIII, 20.

---

TOME TROISIÈME

---

PARIS
E. DENTU, LIBRAIRE-ÉDITEUR
PALAIS-ROYAL, 17 ET 19, GALERIE D'ORLÉANS

1866

# CHOIX

DE

# SERMONS ET DISCOURS

## PREMIÈRE PARTIE

## SERMONS POUR LES FÊTES DOMINICALES

1

### HOMÉLIE

**POUR LA FÊTE DE L'ASCENSION DE NOTRE SEIGNEUR,**

ET DE L'INVENTION DES RELIQUES DU SAINT ÉVÊQUE ALEXIS,

Prononcée à l'église cathédrale du Monastère des Miracles, le 20 mai 1854.

Nul homme vivant dans son corps ne fut témoin de la résurrection du Christ en cet instant mystérieux de la nuit ou de l'aurore profonde où elle s'accomplit. Il en fut ainsi peut-être à cause du caractère même de cet évènement dans lequel le corps visible lui-même de Jésus-Christ, se transformant en corps spirituel et glorifié, s'éleva majestueusement au delà des limites du monde visible. Mais en outre, les choses furent ordonnées de cette manière probablement aussi parce que la foi n'était pas encore mûre pour cette haute contemplation : car une manifestation céleste et divine, pour celui qui s'y trouve préparé par la oi, la pureté, l'amour de Dieu et l'humilité, est une lumière qui éclaire et vivifie, tandis que, pour celui qui n'y est point préparé et qui n'est pas purifié, c'est un éclair foudroyant. De plus, les choses furent ordonnées de cette manière vraisemblablement pour donner lieu à un acte élevé de foi, et à la rémunération plus élevée encore de cet acte, selon cette parole de Jésus-Christ : *Bienheureux ceux qui n'ont pas vu, et qui ont cru* (Jean, xx, 29).

Au contraire, plusieurs ont vu de leurs yeux l'ascension du Seigneur au moment où elle s'accomplit. Cela fut ainsi assurément parce qu'alors la foi de plusieurs était déjà mûre pour cette contemplation divine. Cela fut ainsi sans doute encore pour confirmer, par une preuve manifeste, ceux aussi qui étaient encore faibles dans la foi, comme on vit Thomas l'être le jour de la résurrection du Christ.

Le saint évangéliste Luc témoigne que le Seigneur ressuscité, — et, semble-t-il aussi, montant au ciel, — fut vu non-seulement des onze Apôtres, mais encore des autres *qui étaient avec eux* (Luc, xxiv, 33, 50).

Puisque le Seigneur lui-même a daigné vouloir que la contemplation de ses divines merveilles fût d'un accès si facile, accompagnons, nous aussi, par la pensée, ceux qui en ont été les témoins oculaires, afin de voir d'aussi près et aussi clairement que possible ce spectacle que les cieux ont admiré avec le même ravissement que la terre. La voie que nous suivrons, ce sera le récit évangélique, et notre guide, — le saint évangéliste Luc.

Il écrit : *Il les conduisit hors de la ville jusqu'à Béthanie.* C'est-à-dire, le quarantième des jours durant lesquels le Seigneur ressuscité *se montra* aux apôtres *et s'entretint avec eux du royaume de Dieu*, il leur apparut à Jérusalem ; ensuite, les précédant, il les mena par les rues de la ville, et il en sortit par la porte où commençait le chemin du Mont des Oliviers.

Et Jérusalem ?... Vit-elle alors le Crucifié ressuscité, et, dans son endurcissement, n'en crut-elle pas à ses yeux ? Ou bien le vit-elle, mais ne fut-elle pas, à cause de son incrédulité, trouvée digne de le reconnaître, comme cela était arrivé un jour, pour un moment, sur le chemin d'Emmaüs, même à des disciples croyants, mais ébranlés par le doute ? Ou bien encore, dans l'aveuglement de son incrédulité, ne vit-elle réellement point Celui qu'en cet instant même les croyants voyaient, entendaient et touchaient ? Que ce soit ainsi ou autrement, de toute façon, quel effroyable aveuglement ! Quel déplorable destin ! Le Christ apparaît au milieu de la ville déicide, non point encore comme son Juge, mais comme son Sauveur ; il est prêt à accueillir le repentir et à pardonner ; mais la ville qui a prononcé elle-même sa propre condamnation *ne reconnaît pas le temps où elle a été visitée* (Luc, XIX, 44), et le Sauveur n'en traverse les places publiques et n'en passe les portes que pour accomplir d'une manière visible son avertissement : *Voilà que votre maison vous sera laissée déserte* (Matth., XXIII, 38).

Frères ! redoutons l'incrédulité. Prenez garde d'accueillir les visites de la grâce de Dieu par une inattention qui pourrait à la fin se changer en un déplorable aveuglement. On dira peut-être : A quoi bon ces défiances et ces appréhensions ? Sommes-nous donc des Juifs ?

A quelle visite de la grâce avons-nous été inattentifs? — Il est vrai, nous ne sommes pas des Juifs de l'Ancien Testament; nous sommes, par la grâce de Dieu, le nouvel Israël. Mais nous savons que l'ancien Israël, élu selon la foi et la grâce, pour être retombé dans l'incrédulité après avoir reçu la foi, dans des péchés, tantôt privés, tantôt communs, après avoir reçu la Loi, fut plus d'une fois soumis à des châtiments destinés à le corriger, et à la fin rejeté pour n'avoir pas profité de ces corrections : qui nous a dit que rien de pareil ne puisse menacer le nouvel Israël? Quant à ces visites de la grâce, elles ne sont pas aussi rares qu'il semble à quelques-uns. Quand vous entendez, dans le temple, la lecture de l'Évangile, n'est-ce pas alors le Christ Sauveur qui passe devant vous? N'est-ce pas lui qui converse avec vous? Ne fait-il pas alors des miracles devant vous? Et si, après cela, quelques-uns sortent du temple comme s'ils n'avaient rien vu ni rien entendu de pareil; s'ils continuent à vivre selon leurs passions et leurs désirs sensuels, comme si le Christ, et ses enseignements, et ses exemples, appartenaient à un autre monde, et non à celui dans lequel ils vivent, ces gens-là ne ressemblent-ils pas à ces habitants de Jérusalem devant lesquels le Christ passa sans être reconnu ni par leur attention ni par leur foi, et auxquels *il laissa leur maison déserte?* Et qui sait s'il voudra longtemps encore, dans sa miséricorde, s'efforcer de *rassembler* ces enfants de la nouvelle Jérusalem, inattentifs et indociles à sa grâce, *comme la poule rassemble ses poussins sous ses ailes* (Matth., XXIII, 37), et s'il ne finira pas par laisser échapper cette condamnation : *Voilà que votre maison vous sera laissée déserte?*

Retournons à l'Évangéliste, et continuons à le suivre. *Il les conduisit hors de la ville jusqu'à Béthanie, et il éleva ses mains, et il les bénit.*

Le Seigneur ressuscité était apparu à ses disciples, non-seulement à Jérusalem, mais encore sur le chemin d'Emmaüs, et, en Galilée, sur la montagne et sur le bord du lac de Tibériade : pourquoi donc, à la fin, ne leur apparut-il pas précisément à l'endroit même qu'il avait choisi pour son ascension, mais à Jérusalem, pour les conduire hors de la ville? Il n'est pas douteux que, comme tous les actes de sa divine sagesse, celui-ci encore ne fût rempli d'un sens profond. Cela signifie que la grâce se retire de l'ancienne Jérusalem, parce qu'elle *n'a pas reçu, lorsqu'il est venu chez les siens* (Jean, I, 11), le Christ qui lui était promis; parce qu'elle a consenti à voir retomber sur elle son sang répandu pour le salut du monde, et parce qu'elle s'est ainsi préparé à elle-même, par l'incrédulité et le déicide, l'abandon et la ruine. Et, comme Celui qui était venu, non pour perdre les âmes des hommes, mais pour sauver celles qui étaient perdues, commençait déjà à choisir ses élus, prenait les meilleures pierres de l'ancienne cité, et, par l'art d'une céleste architecture, — par la parole de vérité et de salut, les purifiait et les préparait pour le nouvel édifice, alors, pour montrer qu'il ne favorisait pas ce qui était vieilli et passé, qu'il ne mettait point une pièce neuve à un vêtement usé, qu'il ne versait point le vin nouveau dans de vieilles outres, mais qu'il préparait un nouveau vêtement de salut, de nouveaux vases de grâce, une nouvelle cité vivante du royaume céleste sur la terre, il porte les pierres vivantes qu'il a choisies, de l'ancienne cité dans un lieu découvert, libre, élevé, pour y bénir la nouvelle Église qu'il fonde, comme autrefois il bénit sa création nouvelle dans le paradis terrestre. *Il les conduisit hors de la ville jusqu'à Béthanie, et il éleva ses mains, et il les bénit.* Il éleva ses mains au ciel et les étendit sur ceux qu'il bénissait, pour montrer qu'il donnait une bénédiction céleste et toute divine, aussi étendue que l'espace que peuvent atteindre ses mains dans lesquelles sont *toutes les extrémités de la terre* (Ps. xciv, 4). Quelles furent les paroles de cette bénédiction? — Saint Luc ne le dit point; mais nous croyons que ce fut un torrent de grâce divine, de vie et de force, qui ne remplit pas seulement les vases présents, mais qui se répandit et se répand sur toute l'Église du Christ jusqu'au dernier chrétien vraiment digne de ce nom, et jusqu'au second avènement du Fils de Dieu. Il est plus que probable qu'à cette bénédiction appartiennent ces paroles de Jésus-Christ que nous a transmises saint Matthieu : *Voici que je suis avec vous tous les jours, jusqu'à la consommation des siècles* (Matth., xxviii, 20).

*Et il fut fait que, pendant qu'il les bénissait, il s'éloigna d'eux et s'éleva au ciel.* Remarquez que l'Évangéliste ne dit pas : *Quand il les eut bénis*, quand il eut achevé sa bénédiction, mais *pendant qu'il les bénissait*, pendant qu'il continuait à les bénir. Quelle merveilleuse manière d'agir! Le Seigneur bénit, et sans mettre fin à sa bénédiction, en continuant à bénir, il s'élève au ciel. Qu'est-ce que cela signifie? — C'est qu'il ne veut pas mettre de terme à sa bénédiction, mais qu'il continue sans fin à bénir son Église et tous ceux qui croient en lui. Songeons, mes Frères, que, si nous croyons, aujourd'hui encore ses mains sont étendues sur nous, et ses regards, et sa bénédiction. Quelle joie pour ceux qui l'aiment! Quel sujet d'opprobre et de terreur pour ceux qui l'oublient dans les vanités du monde!

La limite d'où part le Seigneur pour commencer son ascension, est le Mont des Oliviers. Pourquoi ce mont est-il choisi pour cela, et non pas un autre lieu? — Il est permis de penser que c'est parce qu'il a été d'abord le lieu de prédilection sanctifié par ses stations et ses prières fréquentes, et surtout parce que c'est là que les souffrances par lesquelles il nous a rachetés ont commencé par une tristesse d'âme profonde jusqu'à la mort, par une prière laborieuse jusqu'à l'effusion d'une sueur de sang. En changeant le lieu où a commencé sa passion en celui où s'est accomplie sa glorification, il a fait entendre par là que sa passion et sa glorification sont également essentielles à l'harmonie de l'économie Divine de notre salut, qu'elles constituent une même chaîne d'or forgée dans la fournaise de la sagesse infinie de Dieu pour attirer au ciel l'humanité tombée du paradis.

Chrétien! si ton destin te jette, toi aussi, dans la nuit d'évènements difficiles et sombres, dans l'affliction et la détresse, efforce-toi d'y découvrir quelques vestiges de la voie du Christ. Si lui, innocent, a consenti à supporter, pour nos fautes, une tristesse et une angoisse mortelles, ne te soumettras-tu pas à supporter une souffrance incomparablement moins grande, pour les fautes dont tu es, sans aucun doute, coupable devant Dieu, quoique tu puisses être innocent aux yeux des hommes? En suivant le Christ, quoique de loin, prie d'une prière fervente et soumise à la volonté Divine, et espère que non loin de ta douleur t'apparaîtra le salut, si seulement tu sais te tenir dans la voie du Christ, dans la voie de l'innocence, de la patience et de l'abandon à Dieu : *Celui qui persévèrera jusqu'à la fin, celui-là sera sauvé* (Marc, XIII, 13).

Et où sont les limites auxquelles doit atteindre l'ascension du Seigneur? Si une réponse à cette question est possible à la bouche de l'homme, on peut la trouver dans ce texte de l'Apôtre : *Celui qui est descendu est le même qui est monté au-dessus de tous les cieux, afin de remplir toutes choses* (Ephés., IV, 10). Joignons à ces paroles l'affirmation de l'Évangéliste que le Seigneur monté au ciel *est assis à la droite de Dieu* (Marc, XVI, 19), mais sans attribuer à cette expression rien de corporel ni de sensible. On entend quelquefois un homme dire d'un autre homme : Il est ma main droite, sans penser qu'un homme soit devenu une main; mais on comprend par là qu'il est attaché à un autre comme sa propre main, et qu'il agit exactement selon sa volonté, de la même manière que la main droite agit exactement en concordance avec la gauche. Combien moins on doit appliquer des idées corporelles au Dieu incorporel, mesurer l'espace à un Dieu infini et présent partout! Quand on entend dire que le Christ *est assis à la droite de Dieu le Père*, il faut comprendre qu'il a avec lui une même omnipotence, une même gloire avec lui, une même direction souveraine du gouvernement du monde entier et surtout de l'Église de ceux qui sont sauvés. En général, n'élève pas audacieusement l'essor d'une pensée scrutatrice à cette hauteur incommensurable : il y a là *une lumière inaccessible* (I Tim., VI, 16). Si ton œil est incapable de supporter la lumière créée du soleil visible, comment l'œil de ton esprit, qui n'est pas encore débarrassé de sa fange, pourrait-il soutenir la lumière du Soleil éternel des esprits, devant lequel les plus élevés des anges eux-mêmes se couvrent le visage? Les regards des apôtres ne purent eux-mêmes suivre loin le Seigneur dans son ascension : un nuage le reçut et le déroba à leurs yeux. Et de même qu'alors *ils se prosternèrent devant lui*, toi aussi, après un humble regard de foi vers le ciel, tombe, fils de la poussière, humblement dans la poussière, et révère l'ineffable Grandeur dans une adoration silencieuse.

L'effet que produisit sur les apôtres, selon le témoignage de l'Évangéliste, l'ascension du Seigneur, peut paraître surprenant : *Ils retournèrent à Jérusalem remplis d'une grande joie*. On aurait pu penser qu'ils seraient très-affligés de cette séparation d'avec leur divin Maître et Sauveur, et cependant ils en sont remplis de joie. Pourquoi cela? Ils se réjouissent, parce qu'à présent leur foi est parfaite et leur esprit ouvert à l'intelligence des mystères du Christ : ils croient, et ils savent que de même que le Christ a brisé, par sa résurrection, les portes de l'enfer et en a fait sortir les croyants, ainsi, par son ascension, il ouvre les portes du ciel et y introduit les croyants. Ils se réjouissent, parce que leur amour est parfait : il est doux pour eux de voir leur Sauveur bien-aimé entrer au ciel, dans la béatitude et la gloire, quoique eux-mêmes restent sur la terre pour les combats et les souffrances. Ils se réjouissent, parce que leur espérance est parfaite : ils attendent et pressentent que le Seigneur monté au ciel leur enverra bientôt, selon sa promesse, un autre consolateur, l'Esprit-Saint, et enfin que, selon la prédiction de l'ange, *ce Jésus qui s'est élevé au ciel, viendra de la même manière* (Act., I, 11), et qu'il viendra pour accomplir son autre promesse : *Je reviendrai, et je vous prendrai avec moi* (Jean, XIV, 3.)

O bienheureux sont-ils avant la béatitude céleste ! Mais si, mes Frères, une pareille félicité est désirable pour nous aussi, sachons qu'elle ne nous est pas refusée, à nous non plus. Écoutez ce que dit l'apôtre saint Pierre de tous ceux en général qui croient en Jésus-Christ et qui l'aiment : *Vous l'aimez sans l'avoir vu, et, ne le voyant pas davantage aujourd'hui, mais croyant en lui, vous vous réjouissez d'une joie ineffable et glorieuse* (I Pier., I, 8). Conservez donc une foi vive en Jésus-Christ, réchauffez en vous votre amour pour lui, affermissez-vous dans l'espérance en lui, et, selon la mesure de votre constance dans ces efforts, vous serez, dès cette terre, *comblés d'une joie ineffable et glorieuse.*

Enfin, ne laissons pas passer sans attention, mais considérons pour nous instruire et pour en faire le modèle de notre conduite, le soin que prirent les apôtres de conserver et de nourrir en eux le sentiment bienheureux qui leur fut donné à l'ascension du Seigneur. *Ils étaient toujours dans le temple, louant et bénissant Dieu* (Luc., XXIV, 53.) Héritiers du ciel ! après quoi nos pensées et nos désirs errent-ils toujours tant sur la terre ? Recueillons-les dans le vestibule du ciel ; soyons *toujours dans le temple*, par une indissoluble union avec l'Église dans la foi, par une participation assidue à ses prières et à ses mystères, par une obéissance pratique à ses lois et à son enseignement de la vie. Voilà le chemin qui, nous aussi, nous conduira au ciel, et il n'y en a pas d'autre.

*Seigneur, enseigne-nous tes voies* et que *nous marchions* toujours *dans ta vérité* (Ps. LXXXV, 11), avec l'assistance des prières de notre immortel pasteur, le saint évêque Alexis. — Ainsi soit-il.

## DEUXIEME PARTIE

# SERMONS POUR LES DIMANCHES

---

1

## SERMON

### POUR LE DIMANCHE DU PUBLICAIN ET DU PHARISIEN

(*Quatrième dimanche avant le Grand Carême*),

ET LE JOUR DE LA COMMÉMORATION DU SAINT PRÉLAT ALEXIS,

Prononcé le 12 février 1850.

> Et je vous affirme que celui-ci s'en alla dans sa maison justifié mieux que l'autre.
>
> — Luc, XVIII, 14. —

La parabole du Publicain et du Pharisien, que nous avons entendue aujourd'hui dans la lecture de l'Évangile, le Christ Sauveur la termine par là, que le Pharisien s'en retourna dans sa maison comme condamné, ou non justifié, et le Publicain comme justifié. *Celui-ci s'en alla dans sa maison justifié mieux que l'autre.*

Mais est-ce qu'ils avaient été devant un tribunal ? Est-ce qu'ils avaient été soumis à un jugement ? — Ils avaient été au Temple. Ils avaient prié.

De là s'ouvre sur le temple et sur la prière un aspect que tous, probablement, ne remarquent pas assez et ne prennent pas assez en considération. En entrant dans le temple, en commençant la prière, nous nous considérons avant tout comme des solliciteurs, et nous considérons Dieu comme le Dispensateur de tous les biens. Cela est juste; mais ce n'est pas tout. La parole de Jésus-Christ montre que le temple, en étant la maison de prière, est en même temps aussi le tribunal de Dieu. Tu pries; or, le Juge invisible ne fait pas attention seulement à tes paroles, mais aussi aux pensées et aux sentiments de ton cœur, et il exerce sur toi un juste jugement. Tu termines ta prière, et tu t'en vas ou justifié ou non justifié, ou même condamné. Le Prophète a dit de quelqu'un : *Que sa prière lui soit imputée à péché* (Ps. cviii, 7). Il est évident qu'il y a quelqu'un sur qui s'accomplit cette parole : car les Prophètes ne disent pas un mot en l'air.

Ainsi donc, nous qui prions, il nous faut nous inquiéter d'éviter la condamnation, d'atteindre à la justification. Pour cela, considérons comment le Publicain parvint à la justification, comment le Pharisien n'y parvint pas.

Toi, si habile et si fervent dans la prière, saint prélat Alexis! ombrage de ta bénédiction les esprits et les cœurs de ceux qui apprennent la prière, afin que notre parole ne s'écarte pas de la parole de Jésus-Christ, afin que nos auditeurs comprennent intérieurement plus que n'exprimera notre faible parole extérieure.

*Le pharisien, se tenant debout, priait ainsi en lui-même : Mon Dieu, je te rends grâces.* Il semble que ce ne soit pas là une mauvaise prière.

Le Pharisien *prie en lui-même*, c'est-à-dire intérieurement, mentalement, de cœur : c'est mieux que ne font quelques-uns d'entre nous dont la bouche prononce la prière tandis que leur cœur ne la sent pas et que leur pensée s'en écarte souvent vers des objets étrangers, ou qui entendent la lecture et le chant de l'Église de l'oreille du corps, mais n'ouvrent pas, par une attention profonde, l'ouïe intérieure, et ne sont pas animés de l'esprit de prière. Avec de pareilles dispositions, nous avons à craindre de rester plus éloignés de la justification que le Pharisien, qui ne fut pas justifié.

Le Pharisien *rend grâces à Dieu* : c'est encore mieux que ne font quelques-uns d'entre nous qui, dans la prière, pensent plus à ce dont ils ont besoin qu'à ce qui est agréable à Dieu ; qui, comme des enfants avides de l'héritage paternel, et non d'amour, viennent dans la maison du Père céleste pour demander le nécessaire et le superflu, l'utile et l'inutile, et non pour contempler ses perfections, pour confesser sa sagesse, sa bonté, sa providence, son secours, ses bienfaits, pour goûter son amour et sa grâce et lui apporter leur amour, leur reconnaissance, leurs louanges et leur glorification.

Le Pharisien est un homme qui n'est ni sans dévotion ni sans bonnes œuvres. *Je jeûne*, dit-il, *deux fois la semaine; je donne la dîme de tout ce que je possède*. Jeûner deux fois la semaine, la loi de l'Église de l'Ancien Testament ne le prescrivait pas ; c'était un jeûne introduit par une tradition particulière, et adopté volontairement par les pharisiens : d'où l'on peut conclure qu'il observait d'autant plus exactement les jeûnes légaux. Donner la dîme, c'est-à-dire la dixième partie du troupeau, des productions de la terre, du revenu annuel, au Temple, à ses serviteurs et aux pauvres, la loi le prescrivait sans être du reste exécutée avec exactitude dans les derniers temps de l'Église de l'Ancien Testament : le Pharisien, qui donnait la dîme de tout son bien, était assurément un zélateur de la loi supérieur à beaucoup d'autres, — et, il est impossible de n'en pas convenir, supérieur à quelques-uns d'entre nous qui, non-seulement ne s'imposent pas des jeûnes volontaires, mais ou violent manifestement même les jeûnes établis par l'Église, ou les accomplissent négligemment, en imaginant un jeûne plus luxueux que les jours gras ; — qui, non-seulement ne mettent pas de côté la dixième partie de leurs biens pour l'église et ses serviteurs, et pour les pauvres, mais n'en donnent dans ce but qu'une faible partie, avec peine, comme un tribut forcé, et non avec joie, comme une offrande à Dieu. Je le répète : il est à craindre que nous ne restions plus éloignés de la justification que le Pharisien qui ne fut pas justifié.

Mais comment donc ne fut-il pas justifié? — Vous allez le voir à l'instant.

*Le pharisien, se tenant debout, priait ainsi en lui-même : Mon Dieu, je te rends grâce de ce que je ne suis pas comme les autres hommes.* En apparence, il loue Dieu ; mais en réalité, il s'exalte lui-même. La louange de Dieu ne fait que lui servir de moyen pour exprimer combien il est content en lui-même d'être meilleur que les autres. Par là, il n'est pas difficile de comprendre si sa prière peut être agréable à Dieu : c'est— un encensoir duquel s'élève, non le parfum de la piété et de la componction, mais la puanteur de l'orgueil et de la vanité. Il est facile de comprendre pourquoi il ne peut pas être justifié : en se proclamant meilleur que les autres et sans défauts, non-seulement il dit ce qu'il ne sait pas, comme ne voyant pas le fond de son cœur, mais il dit évidemment une fausseté : car l'Apôtre, qui connaît mieux que lui la vertu humaine, atteste que, *si nous disons que nous sommes sans péché, nous*

*nous séduisons nous-mêmes, et la vérité n'est point en nous* (I Jean, I, 8).

Apprenons par là, mes Frères, soit, en général, à n'avoir pas une haute opinion de nous-mêmes, soit, en particulier, à ne pas faire de trop grands raisonnements dans notre prière. Qu'as-tu à te complaire dans tes insignifiantes vertus, quand tu as à contempler les perfections infinies de Dieu ? Qu'as-tu à te vanter toi-même, quand il te faut glorifier Dieu? Si tu te délectes de toi-même, assurément ton âme ne sera pas altérée de Dieu, et, par conséquent, sa grâce ne viendra pas t'abreuver du torrent de douceurs qui découle de l'abondance de sa maison.

Le Pharisien, dans sa prière, non-seulement se vantait lui-même, mais encore il blâmait les autres. *Je ne suis pas comme les autres hommes, voleurs, injustes, adultères, ou comme ce publicain.* Ces paroles, un homme droit et bon ne les approuverait pas ; comment Dieu, qui est tout-bon, qui aime les hommes, dont *les miséricordes sont sur toutes ses œuvres*, les approuverait-il ? Tu blâmes, en présence de Dieu, ton prochain comme vicieux, comme criminel ; mais Dieu le couvre de sa providence et de sa miséricorde : et ainsi, sous ton blâme du prochain, ne se cache-t-il pas un blâme téméraire de Dieu lui-même qui lui fait miséricorde? Et quelle utilité pour toi de passer en revue les défauts du prochain? Tu ne deviendras pas saint parce que tu le verras pécheur ; au contraire, ton œil, que Dieu a créé pur, et qu'il veut de nouveau purifier, tu le rends toi-même méchant. Tu mets *ce publicain* au nombre des voleurs et des injustes ; mais peut-être que ce Zachée, si méprisable à tes yeux, dans une heure, par un moyen quelconque, s'élèvera assez haut pour reconnaître le Christ, et, dans une heure encore, pour que le Christ dise de lui que *celui-ci aussi est fils d'Abraham* (Luc, xix, 9). De quel œil regarderas-tu alors celui que tu méprises en ce moment?

Elle est dangereuse, mes Frères, la tentation de passer en revue sans nécessité les défauts et les péchés des autres hommes, et de nous séduire par la pensée que nous ne leur ressemblons pas. — Réellement, c'est nous séduire nous-mêmes. En nous raillant des défauts du prochain, nous violons le commandement de l'amour du prochain; nous offensons Dieu qui lui pardonne; nous souillons notre esprit de représentations impures; nous nous exposons au danger d'être les détracteurs d'innocents et même de saints futurs; nous corrompons le parfum de la prière par la puanteur de souvenirs impurs; par une conscience malveillante, nous empêchons notre cœur de s'élever en haut; et certainement nous n'obtiendrons pas la justification de la part de Celui qui a dit : *Ne jugez pas, afin de n'être pas jugés.*

Qui nous préservera de cette tentation? Qui nous indiquera un moyen sûr d'obtenir la justification par la prière? — *Ce publicain* si méprisé du Pharisien. Le Christ Sauveur a confié ce soin au Publicain dans la parabole.

*Le Publicain, se tenant au loin, n'osait pas même lever les yeux vers le ciel; mais il se frappait la poitrine en disant : Mon Dieu, sois-moi propice, à moi pécheur.* Voilà la prière par suite de laquelle le Publicain s'en alla *justifié dans sa maison*. Conséquemment, il y a là pour nous aussi un modèle de la prière qui est propre à obtenir la justification.

Le Publicain, étant entré dans le Temple, se tient au loin, plus près de la porte du Temple que de sa sainteté intérieure. Que ferons-nous pour suivre ce modèle? Irons-nous nous presser sur le parvis, laissant l'église vide? — Cela ne serait conforme ni à la convenance, ni à l'ordre qui doit être observé dans l'église. Que celui qui le peut imite, autant qu'il le peut, l'exemple même extérieur de la prière justifiée du Publicain; mais que chacun s'efforce d'atteindre à l'esprit de ce modèle et de s'en inspirer.

Que signifie la station à l'écart du Publicain? — La crainte de Dieu devant la sainteté de Dieu, le sentiment de sa propre indignité. Et nous aussi, pénétrons-nous de ce sentiment et le conservons! — O Dieu de sainteté et de gloire! celui que tu justifies n'ose pas s'approcher de ta sainteté; comment donc osé-je, moi qui ai mérité mille condamnations, entrer dans l'intérieur de ton sanctuaire, aborder ta sainteté que les anges servent en tremblant, m'approcher de tes mystères que les anges désirent de considérer? Donne-moi de craindre, et de trembler, et de me condamner moi-même, afin que ma témérité ne me condamne pas.

Le Publicain n'ose pas même lever les yeux au ciel. Que signifie cela? — L'humilité. Ainsi donc, sois humble dans ta prière, et ta prière te justifiera.

Le Publicain se frappe la poitrine. Qu'est-ce que cela signifie? — La contrition du cœur à cause des péchés, et le repentir. Ainsi donc, aie, toi aussi, ces sentiments. — *Dieu ne méprise pas un cœur contrit et humilié.*

Ce que signifiaient les formes visibles de la prière du Publicain, les paroles l'expriment encore: *Mon Dieu, sois-moi propice, à moi pécheur.* Le Publicain ne s'appuie pas sur ses œuvres comme le Pharisien, mais il espère en la miséricorde de Dieu. En se frappant la poitrine, en s'appelant pécheur, il confesse par là que la justice de Dieu exige la vertu et condamne le péché; que, comme pécheur, il se reconnaît digne de condamnation et sent déjà sa condamnation ; qu'il désire être délivré du péché et reconnaît en même temps son impuissance à s'en délivrer. Et quand, en même temps, il implore la miséricorde de Dieu sans alléguer ni droit, ni motif, il confesse par là sa foi en la miséricorde infinie de Dieu et en la grâce qui justifie et sauve le pécheur selon sa foi, qui renouvelle et régénère l'homme pour les bonnes œuvres, afin qu'il y marche.

Ainsi, la prière du Publicain est la prière du repentir et de l'humilité, et, en même temps, la prière de la foi et de l'espérance. Puissions-nous apporter à l'église une prière semblable et y persévérer, et puisse le Dieu de miséricorde nous dire, à nous aussi, que nous nous en allons justifiés dans notre maison! — Ainsi-soit-il.

---

2

# SERMON

## POUR LE DIMANCHE QUI PRÉCÈDE LE GRAND CARÊME

(*Dimanche de la Quinquagésime*),

ET EN MÉMOIRE DU SAINT ÉVÊQUE ALEXIS.

— 1852. —

> Revêtez-vous de notre Seigneur Jésus-Christ, et n'accomplissez pas les satisfactions de la chair dans la convoitise.
>
> — Rom., XIII, 14. —

Cet enseignement de l'Apôtre est proclamé aujourd'hui dans l'église : par conséquent, il est proposé à notre attention, à notre étude approfondie et à notre diligence à le mettre en pratique.

Mais avant d'entrer dans nos réflexions sur cet enseignement, il n'est pas inutile de vous donner quelques éclaircissements sur une particularité du jour présent qui ne se rencontre pas fréquemment. Nous célébrons aujourd'hui la fête du trépas bienheureux du saint évêque Alexis deux jours plus tôt que de coutume. Pourquoi cela? Ainsi l'ont ordonné nos Pères sages en Dieu, qui ont été les fondateurs des institutions de l'Église. Mais pourquoi en ont-ils ordonné ainsi? Parce qu'ils ont trouvé peu opportun que, dans un jour de jeûne austère et de pénitence, une tristesse pieuse se trouvât confondue avec la joie d'une fête. Est-ce donc qu'une joie même pieuse peut être quelquefois inopportune? Ainsi, paraît-il, l'ont pensé nos sages Pères; et il est de notre devoir de ne point contredire à leurs opinions, mais de les bien comprendre et de les prendre pour règle de notre conduite.

Une tristesse pieuse n'est point hostile à une joie pieuse, et même elle la produit, ainsi que l'a éprouvé et confessé devant Dieu le Prophète : *Selon la multitude des afflictions de mon cœur, tes consolations ont réjoui mon âme* (Ps. XCIII, 19). Mais pour que *la tristesse qui est selon Dieu*, qui, comme dit l'Apôtre, *produit pour le salut une pénitence stable* (II Cor., VII, 10), produise dans l'homme un effet complet et porte du fruit, — pour cela, il doit s'abandonner à plein cœur à cette tristesse, et n'en pas troubler l'action par une joie venant d'un autre côté, fût-elle même pieuse. C'est l'exigence de la loi d'unité, qui a une grande force, soit dans la nature, soit dans les choses humaines, et surtout dans les spirituelles. *Une seule chose est nécessaire* (Luc., x, 42). *Vous ne pouvez pas servir deux maîtres*

(Matth., vi, 24). *Un royaume divisé contre lui-même ne se soutiendra pas* (Matth., xii, 25). L'homme ne vit et n'agit sur la terre qu'aussi longtemps que persévèrent dans leur unité son âme et son corps, et les parties essentielles de sa constitution corporelle. Il n'obtient un plein succès et un entier accomplissement que dans les choses vers lesquelles il dirige uniquement toute son attention, toute sa pensée et toute sa volonté. S'il divise ses pensées et ses désirs sur différents objets, il ne peut pas aller à son but sans balancer comme un homme qui boite des deux genoux.

L'enseignement Apostolique que nous entendons aujourd'hui nous subordonne aussi à la loi bienfaisante de l'unité, et nous met en garde contre une division dangereuse. Il nous propose Jésus-Christ comme l'unique objet qui doit remplir et occuper nos facultés, nos pensées, nos désirs, notre activité : *Revêtez-vous de notre Seigneur Jésus-Christ;* et il nous défend de disperser nos pensées et nos désirs sur les objets du monde sensible : *N'accomplissez pas les satisfactions de la chair dans la convoitise.*

Pour profiter sûrement de cet enseignement de l'Apôtre, — il y faut remarquer la précision de la pensée et l'exactitude de l'expression. Il ne dit pas : Ne faites rien de ce qui satisfait la chair, ne prenez d'elle aucun souci, ne lui accordez absolument aucune attention. Selon la nature, ainsi qu'il le dit lui-même dans un autre endroit, *jamais personne n'a haï sa propre chair; mais il la nourrit et la réchauffe* (Éphés., v, 29). La chair, ou autrement, le corps, avec ses sens, ses forces, ses membres, est, selon la destination du Créateur, l'instrument ou le serviteur de l'âme. Celui qui travaille avec un instrument doit avoir soin que cet instrument ne soit pas défectueux. Le maître doit avoir soin que le serviteur ait la force et la faculté de faire l'ouvrage qui lui est imposé. Ainsi, l'homme doit avoir soin de son corps. Mais l'Apôtre dit : *N'accomplissez pas les satisfactions de la chair dans la convoitise*, n'accordez pas à la chair des satisfactions que n'exigent ni la nature ni la raison, mais bien des appétits sensuels non dirigés par la raison, capricieux, passionnés, effrénés, tyranniques, parce que, dans ce cas, la chair devient non-seulement un serviteur indocile de l'âme, mais encore son dominateur, son tyran, son bourreau.

Emploie la nourriture et la boisson selon les exigences de la faim et de la soif, pour le soutien de la vie, des forces, de la santé : la nature exige cela ; la loi ne le défend pas ; un enseignement raisonnable ne s'y oppose pas. Si même tu prends une nourriture choisie un jour de fête, un jour de joie, avec reconnaissance envers Dieu *qui nous donne tout en abondance pour notre jouissance* (I Tim., VI, 17), en cela même tu es justifié par la parabole qui veut que l'on prépare *le veau gras* (Luc, XV, 23) pour le festin d'une réjouissance opportune. Mais pour qu'à la suite de la jouissance naturelle du goût ne se glisse pas la convoitise, et après elle l'immodération, la gourmandise, l'ivrognerie, la sensualité, — pour cela, et la raison commune conseille, et la science de la médecine prescrit, — et la règle de l'expérience de la sagesse spirituelle commande, en général, de retrancher quelque chose de la quantité de nourriture que réclament les désirs sensuels, et, en particulier, à certaines époques, de diminuer la quantité de la nourriture et d'en changer la qualité, de mettre de côté celle qui est substantielle et échauffante, et d'en employer une légère et rafraîchissante. La loi spirituelle prescrit d'employer le jeûne comme une arme pour repousser les convoitises de la chair, de donner à l'esprit le jeûne et la prière comme des ailes pour s'élever vers Dieu. Du reste, la règle de l'Église, sévère contre la convoitise, indulgente pour la faiblesse, exige le jeûne, et condamne celui qui ne jeûne pas, *à moins d'obstacles venant de la faiblesse corporelle* (Règl. Apost., 69), et par conséquent elle permet un allégement au jeûne en faveur de la faiblesse corporelle; et cela est très-juste, parce que la faiblesse procure par elle-même ce qui se cherche par le jeûne, c'est-à-dire la répression de la sensualité et l'amortissement des passions charnelles; et par conséquent, pour le faible, ce qui est nécessaire, ce n'est pas de dompter la chair par le jeûne, mais bien de soutenir la faiblesse du corps par la nourriture et un bon traitement, afin qu'il ne devienne pas tout à fait incapable de servir l'âme.

Semblablement, sous le rapport aussi du vêtement et du logement, de l'activité et du repos, des occupations convenables et de la satisfaction des sens, la loi de l'esprit, pour la chair, consiste à satisfaire modérément ses exigences naturelles, à condescendre raisonnablement à sa faiblesse, et en même temps à ne pas offenser la dignité de l'esprit et du sens moral, à ne pas contrarier les intentions du Créateur de la nature dans ses dons, à ne pas s'asservir aux passions et aux convoitises. *N'accomplissez pas les satisfactions de la chair dans la convoitise.*

Si, devant le pur miroir de la loi spirituelle, nous plaçons notre vie réelle, que difformes doivent y apparaître beaucoup d'actions dont beaucoup ne s'inquiètent pas, dont quelques-uns même se louent!

Les festins répétés sans occasion de fête, — les divertissements journaliers sans motif de se réjouir, — les amusements prenant plus de temps et causant plus de fatigue que les travaux, — les spectacles devant lesquels la modestie devrait fermer les yeux, — les chansons contre lesquelles la pudeur devrait garantir ses oreilles, — et combien de choses encore on pourrait indiquer dénonçant *les satisfactions de la chair dans la convoitise*, qui ont cessé déjà de craindre la dénonciation!

Étrange paraîtrait la parole qui désignerait nettement certaines étrangetés que la fantaisie des hommes a rendues fort ordinaires. — Ne se contentant pas de l'*accomplissement* passionné des *satisfactions de la chair* auquel la nature fournit quelque occasion (comme, par exemple, l'immodération dans le boire et le manger prend occasion de la nécessité de la nourriture et de la boisson), — ils ont inventé *des satisfactions de la chair* en dehors des intentions de la nature ; ils se sont façonné des goûts que le sens naturel ne connaissait pas, et ils ont adapté à leur satisfaction des nécessités dont la nature ne pensait pas à les charger ; et comme, dans ce qui n'est pas naturel, il doit y avoir plus de mal que dans ce qui est naturel, les appétits imaginés en dehors de la nature asservissent, par l'habitude, ceux qui s'y adonnent, avec plus de violence que l'intempérance dans la nourriture.

Peut-être dira-t-on : Vaut-il la peine de s'élever contre une satisfaction de la chair, même unie à la passion, qui ne fait de mal à personne? — Je ne suis point déconcerté par ce reproche, parce que ce n'est pas à moi seul qu'on le fait, mais qu'on l'a fait avant moi au saint apôtre Paul qui a écrit : *N'accomplissez pas les satisfactions de la chair dans la convoitise.*

Pour démontrer que l'Apôtre, en prêchant contre la satisfaction de la chair dans la convoitise, ne s'inquiétait pas de minuties, mais prévenait un mal peu redoutable au commencement, funeste dans la suite, il suffira de présenter un seul exemple tiré de la Sainte Écriture. Le prophète Isaïe dit aux Juifs qu'ils sont sur le bord de l'abîme : *L'enfer a élargi ses abîmes, et il a ouvert sa gueule.* D'où est venu cela? Comment les Juifs en sont-ils venus jusque-là? Écoutez l'explication du Prophète : *Ils boivent le vin au son des cithares, des lyres, des cymbales et des flûtes, mais ils ne font pas attention aux œuvres du Seigneur, et ils ne considèrent pas les œuvres de sa main* (Is., v, 12-14). Une sensualité effrénée les a conduits jusqu'à l'oubli de Dieu ; mais, en s'éloignant de Dieu, où iront-ils, si ce n'est à l'enfer? *Et l'enfer élargit ses abîmes, et il ouvre sa gueule,* pour les engloutir.

Reconnaissance à l'Apôtre du Christ, qui, non-seulement s'efforce, par ses exhortations, de ne pas nous laisser nous exposer à ce péril, mais encore nous montre le plus sûr moyen et le secours sur lequel nous pouvons le plus compter pour nous en préserver. *Revêtez-vous,* dit-il, *de notre Seigneur Jésus-Christ, et n'accomplissez pas les satisfactions de la chair dans la convoitise.* Efforcez-vous de remplir la première partie de cet enseignement, et vous y trouverez un moyen et un secours pour l'accomplissement le plus facile de la seconde.

Revêts de Jésus-Christ ton intelligence par le moyen de l'étude de sa parole et de méditations pieuses sur lui, — ton cœur, par le moyen de la foi en lui, et de la prière, et de l'amour pour lui, — ta volonté, par le moyen de l'obéissance à ses commandements, — ta vie, par le moyen de l'imitation de l'exemple de sa vie, et ton esprit se revêtira de la force de son esprit pour vaincre les forces rebelles de la chair, pour suppléer à la faiblesse naturelle de la chair.

Souviens-toi de Jésus-Christ dans l'étable et dans la grotte, et tu ne seras pas séduit par le luxe d'une maison magnifiquement ornée.

Souviens-toi de Jésus-Christ dans la crèche et sur la paille, et tu auras honte de ton lit moelleux.

Souviens-toi de Jésus-Christ dépouillé et revêtu d'un vêtement d'opprobre, et les vêtements magnifiques n'auront plus d'attraits pour toi.

Souviens-toi du vinaigre et du fiel goûtés par le Christ, et tu ne seras plus avide de festins somptueux.

Souviens-toi de Jésus-Christ dont, selon la peinture du Prophète, *les genoux étaient affaiblis par le jeûne* (Ps. CVIII, 24), et le jeûne te paraîtra doux et substantiel plus qu'un festin.

Recevez dans votre cœur Jésus-Christ souffrant et mourant sur la croix, et *vos membres, qui sont sur la terre* (Col., III, 5), seront mortifiés, et ils n'oseront plus revivre pour la passion et la convoitise.

Saint Père Alexis! comme un père aide à son fils commençant à se relever d'une maladie à revêtir les habits des hommes bien portants, ainsi aide-nous, nous qui désirons nous relever de la faiblesse et de la maladie du péché, par la puissance de tes prières et de la grâce qui t'a été donnée, à *nous revêtir de notre Seigneur Jésus-Christ*, afin que nous marchions en lui, et que nous arrivions là où tu vis avec Jésus-Christ dans les siècles. — Ainsi soit-il.

---

**3**

# HOMÉLIE

## POUR LE DIMANCHE DE L'ENFANT PRODIGUE

(*Dimanche de la Septuagésime*),

ET EN MÉMOIRE DU SAINT ÉVÊQUE ALEXIS.

— 1856. —

Nous avons entendu aujourd'hui, dans l'Évangile, une parabole sur la misère extrême d'un fils déréglé, et sur la clémence d'un père envers ce même fils repentant.

Qui de nous est assez pur dans ses œuvres et dans sa conscience pour n'avoir pas des motifs de se repentir en examinant sa conduite par rapport à son propre bonheur, par rapport à son prochain, et surtout par rapport à Dieu ? Or, comme le repentir n'est qu'une douleur ressentie et une souffrance de l'âme atteinte par le péché, quel est celui qui, dans le repentir, n'a pas besoin de clémence pour calmer et guérir cette douleur de l'âme ?

Ainsi donc, une parabole sur la clémence envers le repentir ne doit pas passer sans appeler notre attention.

Répétons-la aussi brièvement et aussi simplement que possible, afin qu'ensuite soit plus intelligible l'explication de ses détails.

Un homme avait deux fils. Le plus jeune exigea de son père la part de bien qu'il aurait pu recevoir en héritage ; il partit pour un pays étranger ; il dissipa son avoir en vivant dans le luxe et la dissolution ; il fut réduit à la faim ; étant entré chez l'un des habitants de ce pays, il fut chargé de paître les pourceaux ; et il n'avait pas même une nourriture pareille à celle que l'on donne aux pourceaux. Alors il se ravisa, rentra en lui-même et se mit à réfléchir : Combien de mercenaires vivent chez mon père dans l'abondance ! Et moi, je meurs de faim. J'irai vers lui, et je lui dirai : J'ai péché contre le ciel et devant toi, et je ne suis plus digne d'être appelé ton fils ; mets-moi au nombre de tes mercenaires. Le père, le voyant venir déjà de loin, eut compassion de lui, alla à sa rencontre, l'embrassa et le couvrit de caresses, et, sans lui donner le temps d'achever l'expression de tout son repentir, il dit aux serviteurs : Revêtez-le des plus beaux habits ; mettez-lui une bague au doigt et des chaussures aux pieds ; tuez un veau gras ; faisons un joyeux festin. Pendant le festin, le fils aîné, revenant des champs, entendit des voix joyeuses dans la maison, et, en ayant appris la cause, il ne voulut pas entrer. Le père sortit et chercha à le gagner. Mais il exprima du mécontentement de ce que pour lui, qui travaillait depuis bien des années pour son père, on n'avait jamais fait fête pareille à celle dont on jugeait digne un fils qui avait dissipé le bien de son père avec des gens débauchés. A cela le père répondit : Mon fils ! tu as toujours été avec moi, et tout ce qui est à moi — est à toi. Mais il fallait bien se réjouir de ce que ton frère, qui était mort, est ressuscité, qui était perdu, est retrouvé.

Qui cette parabole représente-t-elle sous l'image du père ? — Dieu, par rapport aux hommes. Comme un fils tient la vie de son père par la naissance, ainsi tout homme tient l'être et la vie de Dieu par la création. Comme un fils, auprès de son père, tient de son père tout ce qu'il a, ainsi tout homme tient originairement de Dieu tout ce qu'il possède.

Qui la parabole représente-t-elle dans la personne et les actions du plus jeune fils? — L'homme pécheur. A quelque âge qu'il soit parvenu, il n'est pas d'un âge spirituel mûr, il n'est pas raisonnable, il est léger, ce fils qui ne comprend pas le bonheur d'être auprès du cœur d'un bon père, sous le toit paisible de sa maison, et qui veut s'éloigner sans nécessité, uniquement pour vivre à sa fantaisie. De même, il n'est jamais arrivé à un âge mûr spirituel, il n'est pas raisonnable, il est léger, le pécheur qui ne veut pas reconnaître la félicité d'être avec Dieu par le moyen de la foi, de la prière, de l'amour; *de vivre sous l'assistance du Très-Haut, sous la protection du Dieu du ciel* (Ps. xc, 1), et qui s'éloigne de la volonté de Dieu, pure, sainte, source de félicité, dans sa volonté charnelle, impure et, par cela même, déjà malheureuse.

Que signifie, dans la parabole, la prise et l'appropriation, par le plus jeune fils, de sa part de l'héritage paternel? — Par là est représenté le commencement de l'état de péché, quand l'homme cesse de considérer comme des dons de Dieu ce qu'il tient du Père céleste et de sa providence, et commence à le regarder comme sa propriété, et pense avec complaisance : C'est ma propriété, mon savoir, mon art, ma conquête, mon acquisition, mon mérite, ma richesse ; et quand de là il suit naturellement qu'il emploie uniquement pour lui-même, et non pour Dieu, les biens qui lui ont été donnés. Arrête, enfant, et prends garde! Ici commence la voie qui peut te conduire jusqu'à la dissipation de l'héritage que tu as reçu, jusqu'à la pauvreté, jusqu'à la faim, jusqu'à l'état de ceux qui paissent les pourceaux.

Que signifie l'éloignement du plus jeune fils quittant son père et la maison de son père pour un pays étranger éloigné? — L'éloignement du pécheur quittant Dieu. Comment s'éloigne-t-il? — Il est évident que ce n'est pas par le changement de demeure, puisque Dieu est partout, mais par la pensée, la volonté, les actes moraux. Quand tu penses à Dieu, que tu le pries, alors tu es avec Dieu; quand tu oublies Dieu, alors tu t'éloignes de lui. Par la foi et l'amour, tu t'approches de Dieu et tu t'attaches fortement à lui : par l'appauvrissement de l'amour, par le peu de foi, par l'incrédulité, tu t'éloignes de lui. D'après la parole du Christ : *Celui qui a mes commandements et les garde, c'est celui-là qui m'aime* (Jean, XIV, 21), par l'observation des commandements de Dieu et de Jésus-Christ, tu t'approches de Dieu et de Jésus-Christ, et au contraire, en t'écartant de leur accomplissement, tu t'éloignes de Dieu et de Jésus-Christ. Quand tu es dans l'Église, tu es dans la maison paternelle. Lorsque tu t'es éloigné de l'Église, tu as perdu le sentiment bienheureux qu'elle inspire à l'âme par la prière, par la parole de Dieu, par les mystères; tu t'es plongé de bonne volonté dans le monde du péché, qui est livré à la frivolité, envahi par les passions, avide des plaisirs sensuels : — malheureusement pour toi, — tu es en pays étranger et lointain, et cela est d'autant plus malheureux si tu ne t'en aperçois pas.

Que donne à entendre la parabole lorsqu'elle dit que le jeune fils vécut dissolument en pays étranger, et dissipa son avoir? — Par là elle représente littéralement en partie la vie de quelques pécheurs. Quant à tous les pécheurs en général, la parabole donne à entendre qu'en transportant leur amour des objets spirituels et saints aux objets sensuels et coupables, et en s'attachant à ceux-ci par leurs pensées, par leurs désirs, par leurs actions, ils commettent à l'égard de l'amour de Dieu l'adultère contre lequel tonne la parole du Prophète : *Voilà que ceux qui s'éloignent de toi périront; tu as perdu quiconque t'a été infidèle* (Ps. LXXII, 27). Les pécheurs s'exposent eux-mêmes à ce sort terrible en dissipant par le péché, non-seulement les dons de la grâce, mais encore les dons naturels qui leur ont été donnés. Le prodigue dissipe sa richesse. Le luxurieux dissipe le trésor de sa santé. L'orgueilleux dissipe insensiblement l'or des forces de son âme, même jusqu'à la perte de l'esprit.

Que signifie, dans la parabole, la famine en pays étranger, qui atteignit aussi le fils qui s'y en était allé loin de la maison paternelle? — Cela signifie que, dans le monde du péché, l'homme pécheur ne peut trouver que pour peu de temps les jouissances sensuelles, mais que bientôt il ressent la faim de l'âme, parce que le monde du péché n'offre que des jouissances corruptibles, disparaissant bientôt, tandis que l'âme humaine, étant incorruptible, exige aussi une nourriture incorruptible. C'est ce que savent, non-seulement ceux qui ont purifié et élevé leur goût pour la nourriture spirituelle, mais encore ceux qui se sont adonnés à avaler à pleine bouche les plaisirs sensuels. Après de courtes expériences, nous les entendons souvent faire l'aveu qu'ils sont désenchantés, et qu'ils ne savent plus comment se satisfaire.

Quel est l'habitant d'un pays éloigné qui envoya le malheureux fils paître les pourceaux? — C'est le démon. L'homme commence par jouer avec le péché comme l'enfant avec un passereau ; mais plus tôt ou plus tard il se découvre que c'est un jeu avec un serpent infernal. Quand les désirs coupables se fortifient et se multiplient par l'endurcissement et l'habitude, et que les moyens de les satisfaire s'affaiblissent, et que la satisfaction elle-même ennuie, alors vient pour le pécheur une faim persécutrice, insatiable, et le tentateur en profite pour le *prendre* plus décisivement *en son pouvoir* (II Tim., II, 26), et pour obliger l'affamé à paître les pourceaux, c'est-à-dire à nourrir sans cesse des convoitises sensuelles animales, et à en sentir en même temps la bassesse, la grossièreté et l'insatiabilité.

Après avoir peint la misère extrême du pécheur, la parabole montre plus loin comment il peut *se retirer du piége du démon*, et se délivrer de l'esclavage du péché.

Le fils égaré rentra en lui-même. C'est — le commencement du retour du pécheur vers Dieu. Auparavant, il errait par ses pensées et ses désirs hors de lui même, à travers les objets de ses passions et de ses convoitises, et quand il était fatigué de leur insuffisance, c'était encore en eux qu'il cherchait de nouveaux enchantements. Heureuse est pour lui l'extrême misère extérieure qui le fait revenir à lui intérieurement. Rentré en lui-même, il reconnaît plus clairement ce qu'exige son âme et combien il lui manque; il se souvient du Père céleste et des biens dont il s'est privé par son éloignement de lui, et il prend la résolution de retourner à lui, c'est-à-dire d'abandonner la vie du péché et de vivre selon les commandements de Dieu. — Prends garde à la dissipation, toi qui désires le salut; rentre en toi-même; écoute-toi toi-même et le Père céleste.

Le fils égaré, mais repentant, n'a plus désormais de prétention à la dignité et aux droits de fils, et il veut se contenter de la situation de mercenaire dans la maison de son père. Par là, la parabole peint l'humilité du pécheur repentant. — Celui qui, en entrant dans la voie du repentir, dirait : Je serai juste dès aujourd'hui ; je serai le fils de Dieu, — il faudrait douter qu'il atteignît à cette hauteur et qu'il s'y soutînt. Dis plutôt en ton âme au Père céleste : Je désire et je m'efforcerai d'accomplir ta volonté, comme l'accomplissent non-seulement tes esclaves, mais aussi tes enfants ; cependant, à cause de mes péchés, je suis indigne d'être appelé ton fils ; c'est assez que je sois admis parmi les derniers dans ta maison. *J'ai choisi d'être méprisé dans la maison de mon Dieu* (Ps. LXXXIII, 11). Une telle disposition, sans aucun doute, donne plus d'espoir. *Celui qui s'humilie sera élevé* (Luc, XVIII, 14).

Le fils égaré, dès qu'il se fut pénétré de l'urgence de son retour, partit en effet et se rapprocha de son père. La parabole nous apprend par là que la bonne intention est salutaire quand on la met à exécution sans délai et avec vigueur. Il y a des gens dont le chemin est semé de bonnes intentions ; mais ces bonnes intentions sont restées inaccomplies, et leur chemin s'est incliné vers l'enfer.

Le père accueille et comble de ses faveurs son fils revenu de ses égarements. C'est une image frappante du merveilleux amour de Dieu pour le pécheur repentant.

Le père voit de loin son indigne fils revenant vers lui, et il va à sa rencontre. Dieu prévoit le retour du pécheur, et il va au-devant de lui par sa grâce prévenante.

Le fils ne fait encore que porter dans son cœur sa soumission renouvelée à son père, que déjà le père l'embrasse et le couvre de caresses. Dès que le pécheur met dans son cœur l'intention bien arrêtée de faire la volonté de Dieu, Dieu commence déjà à lui manifester son approche et les signes de sa miséricorde et de son amour.

A peine le fils a-t-il eu le temps d'exprimer son repentir et sa propre condamnation : *J'ai péché; je ne suis pas digne*, que le père, ne lui permettant pas de s'appeler mercenaire, lui donne un splendide habit de fils, une bague et des chaussures. Dès que le pécheur, dans un humble repentir, prononce contre lui-même sa condamnation, Dieu prononce son absolution mystérieusement dans le ciel, et, sur la terre, par le serviteur du mystère; il le confirme dans le sentiment d'un humble dévouement, écartant de lui le sentiment du mercenaire qui ne travaille que pour un salaire; il le revêt du splendide habit filial de la justification de Jésus-Christ; il lui fait don de l'anneau d'alliance de l'Esprit; il donne à ses pieds la disposition à courir dans le chemin de la justice et du salut.

Le père a tué le veau gras en faveur de son fils perdu et retrouvé. Dieu, pour le pécheur qui était perdu et qu'il a cherché, a livré son Fils comme hostie de salut, et comme nourriture de vie et de joie céleste.

Ce n'est pas le père seul, mais la maison tout entière qui se remplit de joie pour le fils perdu et retrouvé. *La joie est dans le ciel pour le pécheur repentant* (Luc, xv, 10).

Faut-il parler maintenant du fils aîné qui avait été sage quand il n'avait pas voulu quitter la maison de son père, mais qui ne se montra pas tel quand il tira de la joie de son père son mécontentement ; quand, dans le salut de son frère perdu, il trouva pour lui-même une offense? Faut-il parler des gens qui se vantent de ne s'être jamais écartés de la volonté de Dieu et des commandements de Dieu, mais qui contredisent à la volonté de Dieu pardonnant au pécheur, condamnent celui qui est justifié par Dieu, et, appréciant très-haut l'accomplissement de leurs obligations comme un mérite et un droit à une récompense, montrent un esprit, non de fils, mais de mercenaire? Tels étaient les anciens pharisiens qui ne voulaient pas entrer même dans la maison paternelle, — l'Église de Jésus-Christ, s'indignant de ce que Jésus-Christ *accueillait les pécheurs*. Nous souhaitons à ces gens-là de *rentrer en eux-mêmes*, de se mieux connaître eux-mêmes, et de comprendre que ce n'est que par la miséricorde du Père céleste qu'eux aussi peuvent être ses enfants et ses héritiers.

Je pense que nous tous, mes Frères, si nous nous examinons impartialement, nous trouverons que nous sommes, ou que nous avons été, plus ou moins loin, dans la voie du fils égaré. Craignons la misère extrême à laquelle conduit cette voie, et qui peut se changer bientôt en une ruine éternelle. Que quiconque s'est livré à l'égarement se hâte de revenir sur ses pas et de se confier sans retour à la clémence du Père céleste. Si quelqu'un, par malheur, est déjà même loin dans la voie désastreuse, qu'il se hâte d'autant plus de revenir sur ses pas, sans se livrer au désespoir, car la miséricorde du Père céleste est sans bornes. Courons vers lui par un humble repentir et un amendement diligent de notre vie, et la joie sera dans sa maison, — dans l'Église de la terre et du ciel, pour les enfants de sa grâce morts et ressuscités, perdus et retrouvés.

Aide-nous à cela par tes prières, vrai fils du Père céleste, notre vrai père, saint Alexis. — Ainsi soit-il. —

4

# HOMÉLIE

## POUR LE DIMANCHE DE L'ORTHODOXIE

(*Dimanche de la Quadragésime*),

ET LA CÉLÉBRATION DE L'AVÈNEMENT AU TRÔNE DU TRÈS-PIEUX SOUVERAIN EMPEREUR ALEXANDRE NICOLAIÉVITCH.

— 24 février 1857. —

Déjà les cérémonies de la sainte Église, prescrites par ses règles, ont pris tant de temps qu'à peine il est possible d'accorder quelques minutes à la parole spontanée du serviteur de la parole, sans risque de fatiguer quelques assistants. Nous dirons cependant quelque chose de la signification de la solennité présente.

Les zélateurs de l'orthodoxie, obéissants à l'Église, considèrent la fête solennelle de l'Orthodoxie comme une fête instructive, pleine de souvenirs consolants.

Mais ceux qui ne restreignent pas par l'obéissance à l'Église la liberté de philosopher à leur manière, considèrent la solennité religieuse de l'Orthodoxie avec une certaine perplexité. Ils sont affectés d'une manière désagréable de certaines condamnations sévères proclamées au milieu de l'église, et ils demandent : Cela est-il bien conforme à la douceur et à la philanthropie propres au christianisme?

Pour répondre à cette question, qu'il nous soit permis,

à nous aussi, de proposer quelques questions à nos interrogateurs.

Plusieurs fois chaque semaine, vous entendez, dans le Service divin, les paroles du Psalmiste : *Maudits ceux qui s'écartent de tes commandements* (Ps. cxviii, 21)! Pensez-vous à accuser, pour cette sentence sévère, le Psalmiste inspiré de Dieu de manquer de philanthropie?

Vous lisez dans l'Épître du saint apôtre Paul aux Galates, et vous entendez lire dans l'église ces paroles : *Si quelqu'un vous annonce un Évangile différent de celui que vous avez reçu, qu'il soit anathème* (Gal., i, 9). Pensez-vous à accuser l'Apôtre inspiré de Dieu de manquer de douceur?

Si vous ne pouvez pas ne pas reconnaître que le Prophète et l'Apôtre ont prononcé ces sentences sévères d'accord avec la sagesse qui leur a été donnée par Dieu, vous devez convenir qu'aujourd'hui aussi la sainte Église prononce les mêmes sentences d'accord avec la même sagesse. Il faut comprendre l'intention de cette sagesse, et alors ce qu'elle fait ne paraîtra plus étrange.

Lorsque le législateur, pour un grand crime, insère dans la loi et proclame un châtiment sévère, dites-vous qu'il n'y a pas de philanthropie dans cette sévérité? Au contraire, il y a de la philanthropie dans la sévérité elle-même : le châtiment sévère s'inflige, en premier lieu, pour couper autant que possible au criminel le chemin vers de nouveaux crimes, et, par conséquent, pour protéger contre lui les honnêtes gens; en second lieu, pour que les gens qui ne sont pas fermes dans la vertu, et qui peuvent être entraînés au crime par la tentation, soient maintenus dans la bonne voie par la crainte d'un châtiment sévère.

Il faut raisonner de la même manière sur cette conduite de l'Église qui paraît extraordinairement sévère. Au milieu de ses enfants fidèles, elle a rencontré des gens qui, selon l'expression de l'Apôtre, *sont sortis du milieu de nous, mais qui n'étaient pas de nous* (I Jean, II, 19), qui *introduisent des hérésies pernicieuses, ayant renié le Seigneur qui les a rachetés* (II Pier., II, 1). Qu'y avait-il autre chose à faire que de retrancher du corps sain ces membres contagiés et contagieux, et de le faire si ouvertement que ceux qui sont infectés de doctrines contagieuses puissent facilement voir leur égarement et recourir au remède salutaire du repentir, et que ceux qui sont sains dans la foi connaissent indubitablement de qui et de quoi ils doivent se garder, et combien il est indispensable de se garder avec vigilance.

Et cela, comme tout en général, la sainte Église le fait, non de son propre mouvement, mais toujours sur le fondement de la parole de Dieu et de la sainte tradition. Elle a reçu du Christ Sauveur lui-même ce commandement : *Si quelqu'un n'écoute point l'Église, qu'il soit pour toi comme un païen et un publicain* (Matth., XVIII, 17), c'est-à-dire qu'il soit étranger à l'Église du Christ, et par conséquent à la grâce qui est avec elle. Sur ce fondement, l'Église, non-seulement peut, mais encore doit séparer d'elle les gens qui *ne l'écoutent pas*, non-seulement elle, mais encore Dieu lui-même parlant dans la Sainte Écriture.

Et comment donc accomplit-elle ce devoir? Elle ne veut pas prononcer d'elle-même une parole dure; elle prononce le jugement sévère par la bouche de l'apôtre Paul : *Celui qui vous annonce un Évangile différent de celui que vous avez reçu*, celui qui prêche l'enseignement pernicieux de ne pas croire en un seul Dieu dans la Trinité, au Fils de Dieu incarné et Sauveur du monde; celui qui nie la providence et le jugement de Dieu, *qu'il soit anathème.*

Et en cela que ce jugement de l'Orthodoxie, non pas vengeur, mais seulement dénonciateur et préservateur, se proclame publiquement dans un temps déterminé, l'Église Orthodoxe suit l'exemple donné par Dieu lui-même dans l'Église de l'Ancien Testament. Il y avait un ordre de Dieu donné par Moïse : *Tu donneras la bénédiction sur la montagne de Garizin, et la malédiction sur la montagne de Gœbal* (Deut., xi, 29). Et cela s'accomplissait dans l'assemblée de tout le peuple. *Les lévites* prononçaient *à haute voix* la malédiction, et le peuple la confirmait par ce mot: *Que cela soit.*

Mais l'Église Orthodoxe, en accomplissant un devoir pesant, n'a pas manqué de profiter aussi de la partie agréable de l'ordre de Dieu : *Tu donneras la bénédiction.* Après avoir prononcé le jugement contre les gens qui la menaçaient de la ruine, elle *donne* joyeusement la *bénédiction* à ceux qui, par les moyens fournis par la providence de Dieu, ont contribué et contribuent à son affermissement, à sa propagation, à sa paix.

Ainsi, dans la solennité de l'Orthodoxie, elle bénit la mémoire de Constantin le Grand qui le premier entre les rois mit définitivement un terme aux relations hostiles du Pouvoir souverain avec le Christianisme et les changea en relations protectrices; qui éleva le Christianisme en sa personne sur le trône, et commença à sanctifier la royauté par le christianisme; qui mérita le titre d'Égal aux Apôtres par là surtout qu'ayant convoqué le premier concile œcuménique, il lui procura la facilité de poser un ferme appui pour l'Orthodoxie dans le symbole de foi de Nicée.

Ainsi l'Église bénit Théodose le Grand qui continua avec fermeté la conversion de l'Empire romain du paganisme au christianisme, et, par la convocation du second concile œcuménique, aida l'Église à compléter le symbole de foi de Nicée, et, — on doit le dire en toute justice, — le symbole de foi universel.

L'Église Orthodoxe bénit aussi notre grand-prince Vladimir, vraiment Égal aux Apôtres : car c'est par lui que la Russie devint un empire chrétien et orthodoxe.

L'Église Orthodoxe bénit encore les autres très-pieux Souverains russes, auxquels elle est aussi légitimement reconnaissante de leur sollicitude pour son bien qu'ils ont dû légitimement lui être reconnaissants de sa sollicitude pour le bien du Souverain et de la nation.

Enfin, dans la présente fête solennelle de l'Orthodoxie, l'Église a honoré et béni aussi le TRÈS-PIEUX SOUVERAIN EMPEREUR ALEXANDRE NICOLAIÉVITCH, aujourd'hui régnant par la bénédiction du Ciel, et si l'on nous demandait quelle pensée nous a inspiré dans la prononciation de cette bénédiction, nous répondrions que dans notre cœur a retenti et retentit encore cette parole sortie du cœur de SA MAJESTÉ : *C'est notre premier et notre plus vif désir que la lumière salutaire de la foi, en éclairant les esprits, en fortifiant les cœurs, conserve et améliore de plus en plus la moralité publique* (Manif. souv. du 19 mars 1856).

Après cela, je l'espère, même avant que je vous le suggère, il vous vient déjà en pensée avec quel à-propos nous célébrons, le jour de la fête de l'Orthodoxie, l'avènement au Trône de notre Orthodoxe Autocrate, l'Oint de Dieu, appelé par Dieu à donner, dans un temps difficile, aide et assistance à l'Église Orthodoxe, dans les limites et hors des limites de la Patrie.

*Élevons* nos *yeux* et nos cœurs *vers Celui qui vit dans les cieux*, et redoublons nos prières afin que le Prélat éternel lui-même qui a franchi les cieux, notre Seigneur Jésus-Christ, *donne sa bénédiction* et continue sa faveur à l'Église Orthodoxe et à notre Orthodoxe Autocrate; afin que la vraie foi subsiste par l'âme et la force invincible de l'Empire comme de l'Église; afin que la foi pénètre et anime la vie individuelle et publique en repoussant et chassant l'esprit de frivolité et d'iniquité; afin que l'Église et l'Empire Russes soient entièrement et indivisiblement un apanage du royaume de Dieu. En effet, les royaumes terrestres alliés du royaume de Dieu peuvent seuls être fermes et vraiment prospères. — Ainsi soit-il.

---

# TROISIEME PARTIE

# SERMONS POUR LES FÊTES DE LA SAINTE VIERGE

---

## 1

## SERMON

### POUR LA FÊTE DE L'ASSOMPTION DE LA TRÈS-SAINTE MÈRE DE DIEU.

— 1847. —

La Reine s'est placée à ta droite. — Toute la gloire de la Fille du Roi est au dedans.

— Ps. XLIV, 10, 14. —

Qui est-ce que le Prophète peint en traits si extraordinaires, dans l'un des psaumes les plus sublimes et les plus mystiques, appelé le *Cantique sur le bien-aimé?* — Quand, pour comprendre cela, nous n'aurions d'autre moyen que de chercher dans toute la race humaine une personnalité ressemblante à cette peinture, nous pourrions sans beaucoup de peine et sans hésitation trouver les traits de la peinture prophétique brillants d'une lumière incomparable dans la personne de notre très-sainte Souveraine la Mère de Dieu et toujours Vierge

Marie. Elle est *la fille du Roi*, nommément la fille du roi David et de ceux qui ont régné après lui à Jérusalem. Elle a *toute la gloire* à laquelle puisse atteindre un être créé, puisqu'elle est la Mère du Roi de gloire, la Mère de Dieu le Fils, et, par cette dignité incomparable, plus élevée que les chérubins et plus glorieuse que les séraphins. Mais *toute sa gloire est au dedans*, puisqu'elle ne consiste pas dans la splendeur et la magnificence extérieures, mais dans les perfections et les vertus intérieures, et puisque la très-sainte Vierge, durant toute sa vie sur la terre, a renfermé par la modestie sa gloire dans son cœur, et l'a empêchée de paraître.

Dès que, dans la peinture prophétique de *la fille du Roi* dont *toute la gloire est au dedans*, nous avons reconnu la très-sainte Vierge Marie, nous devons la reconnaître aussi dans le même cantique prophétique et sous l'image de la *Reine qui s'est placée à la droite* du Roi dont *le trône est dans les siècles des siècles*, du Roi qui, étant *Dieu*, *a été oint par Dieu d'une huile de joie de préférence à ses co-participants*, c'est-à-dire de l'Homme-Dieu, notre Seigneur Jésus-Christ.

Quand et où s'est-elle placée devant lui si triomphalement? — C'est assurément après l'accomplissement de sa carrière terrestre, dans les cieux où il a en son Père la *gloire qu'il avait avant que le monde fût* (Jean, XVII, 5).

Elle *se tient* devant lui comme les serviteurs se tiennent devant leur maître, parce qu'elle est aussi servante à cause de sa nature créée; mais en même temps elle se tient devant lui comme *Reine*, parce qu'elle participe à sa gloire, parce qu'elle a devant lui une assurance maternelle.

Et peut-on penser que sa présence devant le Roi de gloire soit oisive et inactive? Si, déjà sur la terre, alors qu'il se cachait, lui et sa gloire, elle se tenait auprès de lui, intercédant pour nous obtenir son secours dans nos besoins même peu importants, comme, par exemple, au sujet du vin pour la joie innocente d'un mariage, et si elle put rapprocher *l'heure, qui n'était pas encore venue*, de ses miracles bienfaisants (Jean, II, 1, 9), combien plus aujourd'hui, dans le ciel, quand et son amour pour les hommes, et sa confiance devant son Fils et son Dieu sont délivrés des limites terrestres, se tient-elle devant lui, non dans l'oubli des habitants de la terre, mais intercédant activement pour nous, sollicitant pour nous le secours de la grâce dans nos besoins, nos malheurs et nos chagrins, la paix du monde entier, le salut de toute âme désirant sincèrement le salut ; et, comme *Reine* (puisque au ciel il n'y a pas de nom sans signification, sans vertu et sans effet), elle a aussi elle-même le pouvoir de défendre, de garder et de combler de faveurs ceux qui recourent à sa puissante protection.

Vous voyez que, dans la parole prophétique, nous avons retrouvé ce que nous avons dans la tradition de l'Église, ce que souvent nous lisons, non dans les inscriptions, mais dans les figures des saintes images, ce que nous honorons aujourd'hui avec joie par une solennité religieuse, — nous avons retrouvé la très-sainte Vierge Mère de Dieu, montée au ciel après sa dormition sur la terre, se tenant comme Reine dans la gloire auprès du Roi de gloire, et intercédant pour nous d'une manière bienfaisante et salutaire.

Réjouissez-vous, vous qui êtes vierges : la virginité a été élevée à la royauté dans les cieux, et, de là, vous protége royalement. Ne soyez pas tristes, vous qui enfantez : la Mère du Seigneur, quoiqu'elle n'ait pas éprouvé les douleurs de l'enfantement dans un enfantement sans péché, n'en connaît pas moins profondément par expérience les peines de l'amour et de la sollicitude d'une mère; et de cette manière, comme son divin Fils, *ayant été tentée elle-même*, elle *peut*, par la grâce de ce Fils, et elle veut, dans sa propre bonté, *aider* les autres qui sont aussi *tentées*. Réjouissez-vous, vous tous qui êtes nés des femmes, car si le Fils de Dieu, dans son incarnation, *ne rougit pas de nous appeler ses frères* (Hébr., II, 11), assurément sa très-pure Mère non plus *ne rougit pas de nous appeler* tous ses enfants, et d'avoir compassion de nous tous dans son cœur maternel.

Mais ce n'est pas assez que nous vous encouragions et que nous vous consolions par l'assurance de la protection de la *Reine qui se tient à la droite* du Roi de gloire, dans les cieux. Il faut et que l'on vous élève, et que vous vous éleviez, sinon à la même hauteur, du moins assez près d'elle. Le Prophète déclare que cela doit être inévitablement. *Les vierges*, dit-il, *seront amenées au Roi à sa suite*. Quelles sont ces vierges? — Sans aucun doute, ce ne sont pas simplement les vierges de la chair, puisque *la chair et le sang ne peuvent hériter du royaume de Dieu* (I Cor., XV, 50), mais les vierges de l'esprit, en particulier les âmes ayant purifié et élevé par la grâce la virginité naturelle, et, en général, les âmes ayant conservé et ayant accru la virginité spirituelle avec laquelle elles sont nées de l'Esprit dans l'eau du Baptême, ou en ayant réparé les blessures par un repentir parfait et par une vie repentante.

Ames chrétiennes! est-ce donc que vous n'aspirez pas à suivre, dans le cortége des vierges sages, la Vierge par excellence? est-ce donc que quelqu'une de vous se vouera volontairement au sort des vierges folles? Est-ce donc que votre cœur n'aura pas une soif ardente de s'approcher de l'Époux céleste, que le Père céleste lui-même a proclamé plus d'une fois son *bien-aimé*, non par quelque nécessité d'exprimer son amour pour lui, mais afin d'exciter envers lui notre amour?

Ou bien êtes-vous affaiblies par la pensée de peu de foi qu'il est douteux que l'on puisse atteindre à une pareille hauteur? Mais il n'y a pas place au doute sur la possibilité de ce que la parole infaillible du Prophète prédit et promet comme devant arriver : *Les vierges seront amenées à sa suite.*

Ou bien le sentiment de votre indignité vous accable-t-il, et empêche-t-il le désir divin de prendre des ailes? Distinguez le sentiment de l'indignité, qui est juste, du désespoir accablant, qui est injuste. Est-ce pour ceux qui sont dignes qu'est venu sur la terre le Fils de Dieu? — *Je ne suis pas venu*, dit-il, *appeler les justes, mais les pécheurs, à la pénitence* (Marc, II, 17). *Le Fils de l'homme est venu chercher et sauver ce qui était perdu* (Matth., XVIII, 11). Si le Sauveur est venu, non-seulement vers les indignes et les pécheurs, mais encore vers ceux qui étaient perdus, réciproquement donc, non-seulement les indignes et les pécheurs, mais encore ceux qui sont perdus, ont l'espoir de s'approcher de leur Sauveur; ils n'ont qu'à désirer vivement, à s'avancer, à s'efforcer de se préparer à ce rapprochement, non par leur propre force, mais par le secours encore de sa grâce.

Les âmes désireuses d'être amenées à la suite de la Reine qui se tient à la droite du Roi de gloire, doivent s'y préparer en se parant d'un ornement semblable à celui dont elle est parée elle-même : *Toute la gloire de la fille du Roi est au dedans.* Que signifie cette *gloire* qui est *au dedans?* — C'est ce que nous apprend saint Basile le Grand : *Celui qui se pare lui-même pour le Père qui voit dans le secret, et qui prie, et qui fait tout, non pour se montrer aux hommes, mais pour se montrer à Dieu seul, celui-là a toute la gloire au dedans, comme la fille du Roi elle-même.*

Et voilà, Chrétiens, le viatique de ce jour pour marcher dans le chemin du royaume, à la suite de la reine qui monte au ciel ; voilà la leçon de ce jour de l'école de Jésus-Christ : ayez la dignité et la gloire *au dedans*, la piété et la vertu dans le cœur, dans le fond de l'âme, devant les yeux de Celui qui voit tout, et non pas seulement à la surface, dans les paroles et les actions extérieures, devant les yeux des hommes. Leçon toujours utile et salutaire, mais, ce semble, réclamant particulièrement une étude attentive dans ce siècle qui vit tant à la surface, et, par une suite naturelle de la distraction, ne regarde certainement pas assez au dedans !

Combien absorbe d'attention, combien dérobe de temps, combien épuise de moyens, chez un grand nombre, la passion violente de l'éclat et des agréments dans la vie extérieure, dans l'habitation, le vêtement, la nourriture, la boisson, les réjouissances ! Ces gens, en grand nombre, pensent ou même disent : Quel mal y a-t-il à ce que nous cherchions notre satisfaction? Triste justification pour l'activité d'un être raisonnable et moral, qu'il n'en résulte pas de mal ! Cette justification elle-même ne contient-elle pas l'accusation que, dans cette activité, il n'y a point de bien, point d'utilité, point de dignité? Mais si, pour corriger votre activité, il faut nécessairement vous montrer la verge d'un malheur menaçant, voyez comment, à mesure du débordement du luxe, diminue la suffisance, et augmente au delà de toute mesure le dépôt, au fond de la société, d'une mendicité malhonnête et fainéante ; comment la passion de l'éclat, passant des riches à ceux qui ne le sont pas, produit l'indifférence dans le choix des moyens de la satisfaire et nuit à la moralité individuelle et publique, et en même temps à l'ordre et à la sécurité ; comment l'habitude de se contenter des apparences de la vie extérieure se glisse dans la vie spirituelle et nuit au sentiment moral, laisse mécontent celui qui a fait une bonne action jusqu'à ce qu'elle ait été imprimée et publiée, ne permet pas à celui qui a montré quelque mérite de demeurer en repos dans la conscience de son mérite, et le tourmente de la soif des distinctions extérieures.

Prenons garde de nous tromper dans la détermination du prix comparatif de l'extérieur et de l'intérieur, d'échanger de l'or contre du cuivre, et de l'argent contre de l'étain, et, en nous arrêtant à l'extérieur, de nous embourber dans la frivolité. Ce n'est pas l'intérieur qui est pour l'extérieur, mais l'extérieur pour l'intérieur, les biens extérieurs, visibles, pour le corps, le corps pour l'âme, l'âme pour Dieu et pour le royaume de Dieu ; or, *le royaume de Dieu*, selon la parole du Seigneur, *est au dedans de vous* (Luc, XVII, 21), si vous ne vous êtes pas asservis à l'extérieur et si vous ne vous y êtes pas perdus.

Occupez-vous et usez de l'extérieur d'une manière correspondante à l'utilité, avec modération; mais hâtez-vous toujours de revenir à l'intérieur.

Dis à ta chambre décorée : Tu n'es pas la salle de l'Époux céleste. Sa salle, — c'est un cœur innocent. *Il s'établit par la foi dans les cœurs* (Éphés., III, 17).

Dis à tes vêtements élégants : Aucun de vous n'est bon

pour être *le vêtement nuptial* (Matth., XXII, 12) avec lequel on entre à la noce royale, et sans lequel on est jeté dans les ténèbres extérieures. Ce vêtement, on ne le tisse pas sur le métier, et on ne l'apporte pas d'une terre étrangère; il se reçoit en partie d'en haut, en partie il se travaille par les propres efforts de chacun, suivant ce qui a été dit : *Revêtez-vous de notre Seigneur Jésus-Christ* (Rom., XIII, 14); *revêtez-vous d'entrailles de miséricorde, de bonté, d'humilité, de douceur et de patience* (Col., III, 12).

Dis à ton festin somptueux : Ce n'est pas ici que viendra l'Hôte céleste, quoiqu'il ait promis *d'entrer* et de *souper* chez quiconque lui *ouvrira la porte* (Apoc., III, 20). Il a une autre nourriture : *L'homme ne vit pas seulement de pain, mais de toute parole qui sort de la bouche de Dieu* (Matth., IV, 4). Il faut lui ouvrir les portes du cœur; et ce qui les lui ouvre, c'est la prière, l'amour et l'observation de sa parole : *Si quelqu'un m'aime, il gardera ma parole, et mon Père l'aimera, et nous viendrons à lui, et nous ferons en lui notre demeure* (Jean, XIV, 23).

Dites aux pensées de vanité et de cupidité, quand elles s'approchent de vos bonnes actions : Éloignez-vous, *renards qui ravagez la vigne* (Cant., II, 15); nous voulons conserver pour le Maître de la vigne un fruit qui n'ait été touché par personne.

A l'aide des réflexions et des pratiques spirituelles qui viennent de vous être indiquées, et d'autres semblables, *que* le Père céleste *vous donne*, mes Frères, *selon la richesse de sa gloire, d'être fortifiés par son Esprit dans l'homme intérieur* (Éphés., III, 16), afin qu'ayant *la gloire au dedans*, nous soyons trouvés dignes *d'être introduits* dans la gloire éternelle. — Ainsi soit-il.

---

2

# SERMON

## POUR LE JOUR DE L'ANNONCIATION DE LA TRÈS-SAINTE MÈRE DE DIEU.

— 1848. —

Il a regardé l'humilité de sa servante.
— Luc, I, 48. —

Dans quel silence, et quel grand évènement s'est accompli le jour que nous rappelons aujourd'hui, par une commémoration solennelle, des profondeurs du passé !

L'un des plus rapprochés du trône du Tout-Puissant, l'archange Gabriel, *ayant reçu dans son intelligence un commandement secret*, ainsi que l'Église, qui connaît le langage et l'ordre du ciel, rapporte ce qui n'a été entendu de personne, prend son vol à travers tous les neuf chœurs des anges, du plus haut au plus bas du ciel, et s'élance vers la terre. Les habitants du ciel regardent, et ils ne comprennent pas ce qui se passe : *Les anges désirent de contempler* (I Pier., I, 12). Où va-t-il ? Ne serait-ce pas au Sinaï, vers le législateur Moïse, pour une nouvelle révélation ? Mais le Sinaï ne resplendit plus et ne tonne plus, et Moïse n'y est plus. Il a accompli et couronné son œuvre lorsqu'il a dit et écrit : *Le Seigneur ton Dieu te suscitera d'entre tes frères un Prophète comme moi ; écoutez-le* (Deut., XVIII, 15). Ne serait-ce pas à Jérusalem, au Temple qui s'y trouve avec le nuage miraculeux sur l'arche des tables Divines, avec le feu du ciel sur le sacrifice? Mais cette arche elle-même n'est plus là : il s'agit de préparer une arche vivante au Verbe hypostatique de Dieu. Où donc va l'Archange? — A l'ignorée Nazareth, dans une petite chambre, vers une pauvre Vierge, connue de quelques personnes seulement par cela qu'elle aime extraordinairement Dieu et la virginité. Elle entend seule ce que dit l'Archange; seule elle le sait après son entretien : son fidèle gardien lui-même, le juste Joseph, ignore ce qui s'est accompli.

Et que s'est-il accompli? — Le décret éternel de Dieu touchant le salut du genre humain tombé, a été mis à exécution. *L'économie du mystère caché en Dieu depuis les siècles* (Éphés., III, 9), impénétrable aux anges même, a été dévoilée à la fille de l'homme, non pas, certainement, à son intelligence, mais non pas non plus à sa croyance seulement, mais bien pour son accomplissement lui-même par elle : et sa foi a été assez vaste pour contenir Celui que l'intelligence elle-même des anges ne peut embrasser. *La postérité de la femme, destinée à écraser la tête du serpent* infernal qui a blessé mortellement les hommes dans le paradis terrestre, ou, autrement dire, à introduire dans l'humanité la vie Divine, pour détruire en elle le poison de la mort; la Postérité d'Abraham, dans laquelle doivent être bénies toutes les nations de la terre, germe dans le sein d'une Vierge. Le Prophète annoncé par Moïse et par tous les autres prophètes, dans lequel seul la Loi et le Testament anciens doivent atteindre à leur *fin, la justification de tout croyant*, s'est approché, et il est caché derrière le rideau d'un temple qui n'est point fait de main d'homme. *L'Esprit-Saint est descendu* sur la toute bénie Marie, *la force du Très-Haut l'a ombragée* : le

Fils de Dieu, coéternel au Père selon la divinité, sans quitter son trône, a été conçu sur la terre, selon l'humanité, comme un enfant. *Le Verbe s'est fait chair, et il est venu habiter parmi nous;* et il devient dès aujourd'hui, s'il est permis de le dire, non dans un esprit d'orgueil, mais dans l'admiration pour une condescendance ineffable, — il devient dès aujourd'hui plus rapproché de nous que des anges, parce que la nature angélique ne fait qu'approcher de lui, tandis que la nature humaine se trouve maintenant dans l'unité de son Hypostase. *Car il ne prend rien en vérité des anges, mais il prend de la semence d'Abraham* (Hébr., II, 16).

Pourquoi une œuvre de Dieu aussi grande et aussi admirable que l'incarnation du Verbe, s'est-elle accomplie si secrètement pour le ciel et pour la terre? — Elle s'est accomplie secrètement pour le ciel, peut-être parce que ce n'était pas pour le ciel que ce mystère était nécessaire et préparé; secrètement pour la terre, probablement parce que de faibles yeux terrestres n'auraient pas pu supporter la lumière Divine de ce mystère si elle les avait subitement illuminés, et qu'il fallait les y préparer graduellement : mais, en général, cela était conforme à ce que ce mystère est essentiellement impénétrable pour des intelligences créées.

Du reste, afin que l'œuvre salutaire de Dieu ne restât pas longtemps cachée, la clef de l'arche de Dieu, du cœur de la Mère de Dieu fut donnée, par l'Esprit-Saint, à la juste Élisabeth, et, dès qu'elle aperçut la très-sainte Vierge, après l'annonciation de l'Archange, elle mit aussitôt cette clef au trésor et découvrit le mystère quand elle s'écria : *D'où me vient cela, que la Mère de mon Seigneur vienne vers moi?* et, de cette manière, elle proclama l'incarnation du Fils de Dieu comme déjà accomplie.

Et nous aussi, mes Frères, nous pouvons dire joyeusement avec la juste Élisabeth : D'où nous vient cela? Quel est ce don immérité, et, à cause de notre indignité, inattendu, que nous ayons pour parente selon la nature la Mère du Seigneur, et que le Seigneur lui-même se soit rapproché merveilleusement de nous en se communiquant intimement notre nature, nos faiblesses et nos infirmités moins le péché, même notre mort, afin, après les avoir prises sur lui, de nous donner en échange la vie et la force; afin que notre foi n'eût ni loin ni beaucoup de peine à chercher le Seigneur et à trouver sa grâce, avec l'aide de l'intercession de sa Mère, de la Mère de la lumière, de l'amour et de la miséricorde?

Mais si quelqu'un s'avisait de demander comment il s'est fait que l'Éternel ait commencé, que le Verbe soit devenu chair, que des natures si distantes se soient jointes dans l'unique personne de l'Homme-Dieu, fermons nos oreilles, et notre esprit, et notre cœur, à l'esprit d'investigation; révérons aujourd'hui encore, par une vénération silencieuse, le mystère Divin que *les Anges* eux-mêmes *désirent* seulement de *contempler*, — désirent de *contempler*, parce qu'ils aiment la sagesse de Dieu, mais n'osent pas sonder, parce qu'ils révèrent l'impénétrabilité de Dieu. *Ne cherche point ce qui est au-dessus de toi, et ne sonde pas ce qui est plus fort que toi* (Sag. de Sir., III, 21), dit le sage. Une sagesse peu commune se cache dans celui qui demeure tranquillement dans l'ignorance de ce qui est caché, par piété et humilité.

Si tu veux philosopher, ne te fais pas de tes raisonnements des échelles qui, pour être artistiques peut-être, n'en sont pas moins insuffisantes pour arriver à l'inaccessible; ne sois pas curieux de savoir comment la Divinité, qui est infiniment élevée, peut, par une miséricorde infinie, se rapprocher de l'humanité et s'unir avec elle. Cherche plutôt, ce qui est moins inabordable et ce dont ta sagesse a plus besoin, comment l'homme peut s'approcher de Dieu, ou ne pas rester éloigné lorsque Dieu daigne se rapprocher de lui. Tu peux, sans encourir le blâme, demander : Comment la Mère de Dieu a-t-elle atteint à sa haute élection? Comment s'est-elle préparée à une communion si miraculeuse avec Dieu? Par quels efforts? Par quelles vertus? Elle ne cache pas ce secret, parce qu'elle désire te montrer, à toi aussi, le chemin pour te rapprocher de Dieu, sinon autant qu'elle, cependant jusqu'à un certain degré auquel tu peux arriver aussi en suivant la même voie. Elle explique cette grande chose par une petite parole : *Il a regardé l'humilité de sa servante.* En disant cela, la très-sainte Vierge, sans aucun doute, pensait uniquement à exalter la bonté de Dieu, et non à s'attribuer rien à elle-même; mais l'Esprit-Saint, qui a inspiré son cantique, a gouverné sa parole de manière à y faire apparaître clairement la présence de l'une des vertus qui rapprochent le plus de Dieu. La prière, le jeûne, la chasteté, la foi, l'amour pour Dieu, en un mot, toutes les vertus enveloppaient l'âme de la très-sainte Vierge; mais l'humilité les protégeait, les consommait, les élevait et les mettait sous les yeux de Dieu. *Il a regardé l'humilité de sa servante.*

Nous connaissons même, semble-t-il, par la tradition des Saints, l'occasion spéciale et déterminée dans laquelle l'humilité de la très-sainte Vierge lui attira la protection de la grâce et sa haute élection. Elle aimait, soit à s'entretenir avec Dieu dans la prière, soit à écouter les entretiens de Dieu dans la Sainte Écriture. Elle lut un jour dans le livre du prophète Isaïe la prophétie sur le Christ et sur sa Mère : *Voilà qu'une vierge concevra dans son sein et enfantera un fils, et lui donnera le nom d'Emmanuel* (Is., VII, 14), et la foi illumina, et l'amour enflamma son âme; mais, par humilité, ne se jugeant pas digne de prier pour un rapprochement immédiat avec Emmanuel, avec l'Homme-Dieu lui-même, elle borna sa prière à ce qu'il lui fût donné de voir la Mère d'Emmanuel et de s'approcher d'elle, et cela, pas plus qu'en qualité de servante. C'est ainsi que, par l'humilité du cœur, elle préparait en elle la voie au doux et humble de cœur Jésus; et sur elle s'accomplit, avant d'avoir été exprimée, sa parole : *Celui qui s'humilie, sera élevé.* Elle pria la future Mère de Dieu, qu'elle voyait dans le miroir de la prophétie, pour être jugée digne de l'honneur d'être sa servante, et par là elle devint elle-même, dans la réalité, la Mère de Dieu : *Il a regardé l'humilité de sa servante.*

Recevons, mes Frères, de l'Institutrice remplie de la grâce de Dieu, le saint enseignement de l'humilité, qui lui est commun avec Jésus-Christ lui-même. Car il a dit aussi : *Apprenez de moi que je suis doux et humble de cœur;* et en même temps il a promis et le fruit et la récompense de l'humilité : *Et vous trouverez le repos de vos âmes* (Matth., XI, 29).

Si, pour quelqu'un, il ne paraissait pas clair pourquoi l'humilité, vertu qui n'est pas éclatante, est hautement appréciée devant Dieu, et pourquoi *il donne* de préférence *la grâce aux humbles* (I Pier., V, 5), que celui-là réfléchisse aux rapports de l'humilité avec les autres vertus, et à son opposition avec le vice.

S'il n'y a rien de plus désagréable à Dieu que l'orgueil, parce qu'en lui se cache la déification de soi-même, par opposition, rien ne doit être plus agréable à Dieu que l'humilité, qui, se comptant pour rien, renvoie à Dieu tout bien, tout honneur et toute gloire. L'orgueil ne reçoit pas la grâce, parce qu'il est rempli de lui-même ; l'humilité reçoit facilement la grâce, parce qu'elle est vide, soit d'elle-même, soit de toute créature. Si l'orgueil des anges les a précipités du ciel dans l'enfer, il en faut, par opposition, conclure que l'humilité peut, de l'enfer lui-même, c'est-à-dire du fond même du péché, élever jusqu'au ciel. Si la plus haute des vertus, *la charité*, selon la parole de l'Apôtre, *est patiente, n'est point envieuse, ne s'enorgueillit pas, ne s'irrite pas, et ne doit jamais finir* (I Cor., XIII, 4-8), c'est parce que l'humilité la soutient et l'assiste.

L'humilité est le sel des vertus. Comme le sel donne la saveur aux aliments, ainsi l'humilité communique aux vertus la perfection. Sans le sel, la nourriture se corrompt facilement : sans l'humilité, la vertu s'altère facilement par l'orgueil, la vanité, l'impatience, et elle périt.

Il y a une humilité que l'homme acquiert par ses efforts, en reconnaissant sa faiblesse, son indignité, son néant, en se reprochant lui-même secrètement ses erreurs et ses défauts, en ne se permettant pas de juger son prochain, en se réprimant par le travail et l'obéissance, en choisissant en tout ce qui est simple et sans affectation, et il y a une humilité à laquelle Dieu amène l'homme par ses décrets, en permettant qu'il éprouve les afflictions, les contradictions, les humiliations, le dénuement.

Efforcez-vous avec espérance de vous humilier activement vous-mêmes, en vous encourageant par les paroles de l'apôtre Jacques : *Humiliez-vous devant le Seigneur, et il vous élèvera* (Jacq., IV, 10). Abandonnez-vous avec confiance au Dieu qui humilie, en faisant attention à l'exhortation de l'apôtre Pierre : *Humiliez-vous sous la main puissante de Dieu, afin qu'il vous élève quand il en sera temps* (I Pier., V, 6).

Que Dieu regarde favorablement toute âme qui s'humilie, et qu'il nous donne de reconnaître par l'expérience que *le Seigneur est près des cœurs contrits, et qu'il sauve les humbles d'esprit* (Ps. XXXIII, 19). — Ainsi soit-il.

---

3

# SERMON

## POUR LA FÊTE DE L'ANNONCIATION DE LA TRÈS-SAINTE MÈRE DE DIEU.

— 1849. —

Une semence sainte sera sa stabilité.
— Isa., VI, 13. —

Gloire et reconnaissance au Créateur des temps, qui a créé le jour que nous célébrons aujourd'hui par un souvenir et une solennité, — le jour de l'incarnation du Fils de Dieu ! C'est un des jours peu nombreux sur lesquels s'appuient tous les jours de la terre pour ne pas s'écrouler dans une seule nuit infernale et sans fin. C'est que l'incarnation du Fils de Dieu est un tel évènement qu'il soutient la stabilité et la prospérité du genre humain, conjointement avec les autres créations faites pour son service et subordonnées à sa destinée. Cette pensée me semble avoir été suggérée au prophète Isaïe quand il lui a été dit : *Une semence sainte sera sa stabilité.*

Voyons si cela ne nous donnera pas la petite semence d'un discours sur *la semence sainte* de quelques productions mentales, pour la nourriture de l'âme.

Pour atteindre à l'exacte intelligence des paroles que nous venons de citer sur *la semence sainte*, il faut examiner tout un évènement de la vie du Prophète.

A Jérusalem, dans le temple ou au-dessus du temple, Isaïe vit le Seigneur assis sur un trône élevé, remplissant le temple de sa gloire, entouré de séraphins qui le glorifiaient avec une telle force que les portes du temple furent ébranlées à leur voix, et que le temple se remplit de fumée. Malheur à moi ! s'écria le Prophète consterné, se croyant perdu parce qu'il avait vu le Roi Seigneur des armées, ayant, suivant son propre aveu, les lèvres impures, et vivant au milieu de gens qui avaient les lèvres impures. Mais le Seigneur se montra aussitôt relevant l'humble. Un séraphin prit un charbon ardent sur l'autel des parfums, et, en ayant touché les lèvres d'Isaïe, lui annonça la purification de ses péchés. Le feu mystérieux pénétra l'âme du Prophète, et l'enflamma de courage et de zèle. *Qui enverrai-je*, demanda le Seigneur, *et qui ira vers ces gens* (Is., VI, 8), c'est-à-dire vers les Juifs, auxquels Isaïe venait de faire allusion, désignant discrètement, sous la dénomination *de lèvres impures*, leurs âmes impures et leur vie impure ? Isaïe enflammé ne craignit plus de répondre : *Me voici, envoie-moi* (8). Va, dit le Seigneur, et dis à ces gens qu'en entendant ils n'entendent pas, qu'en voyant ils ne voient pas, que leur cœur s'est endurci, que leurs oreilles entendent difficilement, que leurs yeux sont fermés ; c'est pourquoi ils n'entendront pas, et ne verront pas, et ne se convertiront pas afin que je les guérisse. Le Prophète eut pitié et demanda: *Jusques à quand, Seigneur* (11)? Longtemps ne se convertiront-ils pas, et ne les guériras-tu pas? Le Seigneur continua : Les villes seront désolées ; il n'y aura plus d'hommes ; la terre restera déserte ; il y aura à peine la dixième partie de ce qu'il y avait auparavant, et il y aura une nouvelle désolation. Mais le peuple juif sera comme le térébinthe ou le chêne qui, même après avoir été brisé, repousse de nouveau de sa racine ou d'un gland. *Une semence sainte sera sa stabilité.* Une semence sainte lui donnera la fermeté pour résister dans les dangers.

Si nous rapprochons ces paroles prophétiques de évènements, leur signification s'explique et se détermine de la manière suivante. Les Juifs vivent dans le péché et s'endurcissent dans le péché. Ils n'écoutent pas les prophètes qui les avertissent, les appellent à la pénitence, à la foi et au salut. Ils en seront punis par la captivité de Babylone. Ils reviendront de la captivité en plus petit nombre qu'auparavant, et ils seront encore soumis à des maux destructeurs aux jours des Maccabées. Mais, malgré tout cela, ce peuple ne périra pas. Pourquoi? — Parce qu'en lui se conserve une sainte semence pour la conservation de laquelle il sera conservé lui-même par la Providence Divine. *Une semence sainte sera sa stabilité.*

Ici se présente d'elle-même cette question : Quelle est cette sainte semence par laquelle est conservé un peuple pécheur et misérable? — Si nous rappelons à notre mémoire l'aveu de David : *J'ai été conçu dans l'iniquité, et ma mère m'a enfanté dans le péché* (Ps. L, 7), et si nous prenons en considération qu'il n'y a point de motif pour attribuer cet aveu à la personnalité particulière de David ni de sa mère, et que, par conséquent, il doit se rapporter généralement à la nature des enfants d'Adam, nous serons forcés de conclure qu'il n'y a absolument point de semence sainte entre des êtres nés sous la loi de la nature humaine déchue. Quelle est donc la semence sainte que Dieu lui-même indiqua au Prophète? — C'est assurément celle qu'il avait promise à Adam lorsqu'il avait dit au premier ennemi du genre humain: *La semence de la femme t'écrasera la tête* (Gen., III, 15); celle dans laquelle il bénit Abraham en disant: *En ta semence seront bénies toutes les nations de la terre* (Gen., XXII, 18); celle qu'il annonça par un nouveau symbole au roi David sous la dénomination de Roi éternel et de Fils de Dieu: *Je susciterai ta semence après toi; j'établirai son trône pour les siècles; je serai pour lui un Père* (II Reg., VII, 12-14). Pour parler plus brièvement : L'unique semence essentiellement sainte dans la nature humaine, c'est Celui qui a été conçu du Saint-Esprit, et qui est né d'une Vierge sainte, notre Seigneur Jésus-Christ.

Dieu, à qui, selon l'expression de l'Écriture, *toutes ses œuvres sont connues dès l'éternité* (Act., XV, 18), et dont *les yeux*, qui voient tout, *voient nos œuvres qui ne sont pas encore faites* (Ps. CXXXVIII, 16), a vu dès l'éternité toutes les races, innombrables pour nous, des enfants d'Adam tombé, et il en a prévu et choisi une, sinon digne dans tous ses membres, du moins ayant conservé, dans quelques-uns, plus de restes des qualités primitives, ayant moins cédé à la contagion du péché, particulièrement disposée a recevoir et à conserver fidèlement la grâce, propre enfin, par une purification progressive par la grâce, à produire une Vierge pure qui pût être le réceptacle de la Divinité incarnée, — d'une lumière communicable à la pureté seule, d'un feu consumant ce qui est impur. C'est pour cela aussi qu'il fallait garder cette race jusqu'à ce qu'elle portât la fleur la plus belle et le fruit le plus parfait de l'humanité, — la Vierge Marie, la Mère de de l'Homme-Dieu. Mais comme cette race était contenue dans le peuple hébreu, il fallait donc aussi garder ce peuple. Et voilà pourquoi les prophètes ont été envoyés à ce peuple de préférence aux autres, pour l'imprégner d'une lumière bienfaisante, afin qu'il ne perdît pas la foi et qu'il ne pérît pas par ses péchés et ses égarements. Et pour qu'il ne pérît pas par ses ennemis et ses désastres, souvent furent employées des forces et des influences miraculeuses, comme, par exemple, la conduite à pied sec au travers de la mer, l'alimentation de quarante ans par la manne, l'extermination, par l'Ange, de cent quatre-vingt-cinq mille hommes de l'armée assyrienne quand le roi Ézéchias n'était pas assez fort pour se défendre contre son grand nombre.

Ainsi la sainte semence fut le rempart et la défense du peuple hébreu jusqu'à ce qu'à la fin *un rejeton sortit de la racine de Jessé, et une fleur s'éleva de sa racine* (Is., xi, 1); que le Fils de Dieu naquit d'une fille de Jessé, parut sur la terre, vécut, enseigna, fit des prodiges, souffrit, mourut, ressuscita, s'éleva au ciel, envoya le Saint-Esprit, accomplit notre salut sur la terre. Le but de la Providence atteint, il ne fut plus besoin de garder les Juifs comme auparavant. En outre, ils repoussèrent eux-mêmes la sainte semence en livrant le Christ à la mort. Et c'est pour cela que, quoique dans les derniers temps ils fussent assez nombreux et assez forts, ils furent cependant vaincus, privés de leur patrie, dispersés par toute la terre, et s'ils ne disparurent pas, ce fut pour rester un monument triste et en même temps instructif de la semence sainte et salutaire conservée en eux, mais non reconnue par eux, et aussi dans cette espérance que la sainte semence sortie d'eux régénèrera un jour leurs restes.

Que pensent maintenant les enfants qui ne sont pas de la race d'Israël? ne s'élèvera-t-elle pas en eux, cette pensée jalouse: Combien est heureux le peuple auquel il fut donné de conserver la sainte semence et d'être conservé par elle! — Ne soyez point envieux, mais remerciez Dieu. Il a fait un seul peuple dépositaire de la sainte semence, c'est-à-dire de la race et de la naissance de Jésus-Christ; mais c'était pour accomplir par là le salut de tous les peuples et de tous les hommes, particulièrement leur salut spirituel et éternel, commençant toutefois à luire d'une manière bienfaisante même dans la vie extérieure temporelle.

Si ceux-là furent heureux auxquels fut donnée la sainte semence cachée, — le Christ s'avançant caché dans la promesse, devons-nous être moins heureux, nous à qui a été donnée la sainte semence manifestée, — le Christ venu, reçu par la foi? Ne sommes-nous pas *engendrés*, comme dit l'Apôtre, *non d'une semence corruptible, mais incorruptible, par la parole du Dieu vivant et demeurant dans les siècles* (I Pier., I, 23)? *Ou bien ne reconnaissez-vous pas*, dit un autre Apôtre, *que Jésus-Christ est en vous, à moins qu'en quelque chose seulement vous ne soyez pas éprouvés* (II Cor., XIII, 5)? *Jésus-Christ est en vous, espérance de gloire* (Col., I, 27). *La piété* envers Jésus-Christ *est utile à tout, ayant la promesse de la vie présente et de la vie future* (I Tim., IV, 8). La véritable Église de Jésus-Christ a de lui la promesse que même *les portes de l'enfer ne prévaudront point contre elle* (Matth., XVI, 18); et n'est-il pas naturel que la qualité de l'invincibilité se communique aussi, à un certain degré, même au pays gardien fidèle et incorruptible de la véritable Église, en tant qu'il est constitué en un peuple orthodoxe, un empire pieux, sous la protection d'un Monarque choisi de Dieu, auquel, assurément, ce n'est pas sans effet que la parole elle-même de Dieu attribue la dénomination empruntée à Jésus-Christ et la dignité d'Oint du Seigneur? Ainsi, pour le nouvel Israël, de même que pour l'ancien, a sa signification cette antique parole: *Une semence sainte sera sa stabilité.*

Ainsi donc, nouvel Israël, peuple béni de Dieu, ne cesse pas de conserver en toi la sainte semence, et elle ne cessera pas de te conserver. Que la semence de la parole de Dieu dans l'esprit, que la semence de la foi en Jésus-Christ et de l'amour pour lui dans le cœur, soit nourrie par la prière, cultivée par la vertu; qu'elle manifeste sa puissance dans la vie et les bonnes actions, et Jésus-Christ, habitant par la foi dans les cœurs, établissant son Église dans chacun et dans tous, sera pour vous le boulevard de votre stabilité inébranlable, le rempart de votre sécurité, votre lumière et votre paix au dedans, votre armure victorieuse contre toute attaque extérieure de forces ennemies visibles et invisibles. Cela est certain du côté de la grâce du Seigneur; et si cela pouvait devenir douteux, ce ne saurait être que par votre défaut de concours à la grâce : *à moins qu'en quelque chose seulement vous ne soyez pas éprouvés*, selon l'avertissement de l'Apôtre. C'est pourquoi il insiste dans son exhortation : *Éprouvez-vous vous-mêmes, pour savoir si vous êtes dans la foi; éprouvez-vous vous-mêmes* (II Cor., XIII, 5).

Si nous réfléchissons que l'Apôtre exhortait ainsi les Chrétiens des beaux temps primitifs, dont la foi non-seulement croissait visiblement, mais encore fleurissait en dons spirituels, don de guérison, don des langues, don de prophétie, et qu'il trouvait que c'était encore pour eux une question douteuse que celle-ci : *si vous êtes dans la foi*, nous qui buvons la lie des temps reculés, avec quelle sollicitude, avec quelle précaution nous devons nous éprouver pour savoir si nous sommes dans la foi ! Craignons de paraître inhabiles dans la foi ; efforçons-nous d'acquérir l'art de la foi, non pas seulement d'une foi se montrant pour quelques instants sur les lèvres et dans les pensées, mais d'une foi profondément enracinée dans le cœur, constante, vive, active dans l'amour selon les commandements de Dieu, pure de pensées injustes, et par conséquent d'actions iniques, prête au sacrifice de nous-mêmes pour la vérité et la justice. Telle est *notre foi qui a vaincu le monde* (I Jean, V, 4), et qui doit encore le vaincre, jusqu'à ce que toute l'Église militante dans le temps devienne triomphante dans l'éternité. — Ainsi soit-il.

## 4

# SERMON

## POUR LA FÊTE DE L'ASSOMPTION DE LA TRÈS-SAINTE MÈRE DE DIEU.

— 1850. —

Car pour moi, vivre, c'est Jésus-Christ, et mourir, un gain.

— Phil., I, 21. —

Aujourd'hui, ce semble, nous sommes à une pompe funèbre, mais nous sommes sans tristesse. Comment ces contrastes se sont-ils rencontrés et accordés?

La sainte image placée ici pour nous faire comprendre la signification du jour présent et l'objet de la présente réunion, offre à nos regards un lit funèbre; sur ce lit un corps saint et réceptacle de vie, mais maintenant inanimé, et à l'entour — la réunion de ceux qui vont le porter et l'accompagner au tombeau de Gethsémani. C'est bien — une pompe funèbre. Cependant notre réunion, qui se joint à la réunion funèbre peinte et rappelée ici, se réjouit et célèbre une fête. Comment donc se sont rencontrés et accordés ces contrastes? et pourquoi sont-ils rapprochés même par les ordonnances de l'Église?

Évidente est ici la puissance de la bienheureuse sainteté. Elle transforme la mort même en vie, et, par conséquent, le deuil aussi en joie. La très-sainte Vierge a pu, avec plus de droit que saint Paul lui-même, s'attribuer ces paroles qu'il a dites : *Pour moi, vivre, c'est Jésus-Christ, et mourir, un gain*. La Mère de la Vie ne doit pas être retenue par la mort, quoiqu'elle en doive pourtant traverser le domaine. L'Église considère le *cercueil* de la Mère de Dieu *comme un gradin pour monter au ciel* où elle va pour, selon la vision prophétique, en qualité de *reine*, *se placer à la droite* (Ps. XLIV, 20) de Jésus-Christ, le Roi céleste, et pour, non-seulement jouir elle-même de la félicité dans le royaume céleste, mais, par l'effet de l'intercession de sa prière, en faire descendre sur nous une pluie de bénédictions. Par conséquent, comment ne pas nous réjouir? Comment ne pas triompher?

Quant à ce que l'Église, au milieu de la joie d'une fête, a mis aussi sous nos yeux le lugubre spectacle d'une pompe funèbre, c'est assurément parce qu'ainsi l'exige la simple vérité de l'évènement commémoré; mais c'est aussi, je pense, parce que l'Église notre Mère, autant elle désire nous élever à la contemplation de l'immortalité et du ciel, autant elle trouve nécessaire de présenter à notre attention et à notre méditation la mort et le cercueil.

En parcourant le chemin de la vie terrestre, nous ne savons pas certainement ce que nous rencontrerons plus près ou plus loin, la richesse ou la pauvreté, les honneurs ou l'humiliation, l'amour ou la haine, la joie ou l'affliction. Malgré cet inconnu, nous nous efforçons plus ou moins, quoiqu'au hasard, de ne pas laisser échapper les plus agréables de ces rencontres, et d'éviter les désagréables. Mais il y a une rencontre certaine, inévitable, c'est la rencontre de la mort. Ne faut-il pas y songer ? Si tu rencontres les désagréments de la vie, par exemple la pauvreté, tu peux encore, même avec elle, continuer ton chemin, quoique non sans peine, et espérer une autre rencontre meilleure ; mais si tu rencontres la mort, tu tombes dans ses mains, et elle ne se conduit pas, dit-on, doucement et pacifiquement avec tout le monde. *Précieuse est devant le Seigneur la mort de ses justes* (Ps. cxv, 5). *La mort des pécheurs est terrible* (Ps. xxxiii, 22). Ainsi donc, la raison n'exige-t-elle pas que l'on s'inquiète à temps et sans délai de se disposer le mieux possible à rencontrer la mort avec confiance ? Sans délai, dis-je, parce que la mort ne nous a pas promis d'attendre que nous nous préparions à la rencontrer.

Faut-il parler de ceux qui pensent, non résoudre la question de la préparation à la mort, mais l'annuler par la pensée du néant après la mort ? Je sais, par l'avertissement du Sage, qu'*ils ont dit, pensant follement en eux-mêmes : Nous sommes nés par le plus grand des hasards, et, après cela, nous serons comme n'ayant pas été : notre corps sera une poussière, et notre esprit se dissipera comme une vapeur légère* (Sag., ii, 1-3). Il serait difficile de croire qu'il y ait des gens qui pensent de cette manière, s'il n'était pas connu que le mal, pour son existence, a besoin du mensonge et de l'insanité. L'expression du Sage est remarquable : *Ils ont dit, pensant follement en eux-mêmes* : Ces gens-là parlent ainsi, non parce qu'ils sont convaincus, mais parce que leurs pensées se sont écartées de la vérité et de la vertu ; ils s'efforcent d'exprimer d'une manière séduisante leurs pensées menteuses, afin d'en appuyer leurs principes vicieux : *Que la force soit pour nous la loi de justice : prenons le juste dans nos piéges, parce qu'il est devenu pour nous l'accusateur de nos pensées* (11-14). Je n'ai nulle envie de parler d'eux davantage. C'est une honte pour l'humanité qu'il y ait des gens qui s'imaginent être plus sages que les autres, et qui raisonnent plus sottement que le ver, lequel se dispose à la mort en se préparant un tombeau de fil ou de soie, non pour y disparaître, mais pour y déposer sa vie terrestre de ver et ressusciter à la vie aérienne de papillon.

Quelques-uns, n'étant point participants de la sottise et de la folie de repousser la pensée de la mort par des rêves d'incrédulité, songent cependant peu ou point du tout à la mort, parce qu'ils sont extraordinairement occupés d'autres objets. Il n'y a pas peu de ces gens-là, et il n'y a pas à les chercher bien loin. C'est le monde.— Passionné pour les plaisirs sensuels, tantôt il cherche les plaisirs, tantôt il s'y plonge, tantôt il se repose de leurs fatigues, tantôt il se remet à les chercher ; c'est à cela que se passent ses jours et ses nuits : il a bien autre chose à faire, et son âme n'est guère instruite à s'entretenir de la pensée peu souriante de la mort. Si par hasard cette pensée lui vient, il se hâte de la chasser, sans réfléchir que, s'il est pénible de supporter la présence inopinée de la pensée de la mort, combien il sera plus pénible de supporter la présence inopinée de la mort elle-même qu'il ne sera plus possible d'éloigner! L'homme, continuellement occupé d'affaires par obligation de service, par goût, par devoir de subordination, par nécessité de pourvoir à sa subsistance, par avidité du lucre et des richesses, vit ordinairement dans ses affaires : elles envahissent son temps, ses facultés, ses forces, ses pensées, ses désirs. S'il porte ses regards vers l'avenir, c'est pour y voir quel nouveau travail lui est encore réservé et quel nouveau profit il y peut atteindre dorénavant. Avec le riche de l'Évangile, il construit pour l'avenir de *nouveaux greniers*, il forme de nouveaux plans de prospérité terrestre; lui non plus n'a pas le temps de songer que, peut-être, même sans l'avertissement dont fut favorisé le riche de l'Évangile, *cette nuit même on lui redemandera son âme* (Luc, XII, 20). Esclave des habitudes et des coutumes frivoles, même lorsque ses années le rapprochent de la mort, il ne veut pas remarquer son approche, quoiqu'elle soit déjà presque sous ses yeux. La nourriture et le vêtement, les visites reçues et rendues, les réjouissances habituelles l'absorbent comme un service et une fonction ; l'occupation puérile du jeu constitue pour lui une tâche journalière. Dans les loisirs que lui laissent ces loisirs actifs, il erre par la pensée dans les souvenirs chimériques du passé, afin de ne pas se heurter à un avenir moins chimérique et de ne pas se trouver en face de la mort. A quoi peut conduire une telle inattention à la mort, si ce n'est à des embarras en présence de la mort et au delà de la mort ? Si même il ne nous avait pas été dit qu'il y a là-bas l'abîme infernal et le feu de la géhenne, menaçant ceux qui, durant la vie terrestre, ne se sont pas construit une échelle pour monter au ciel, nous pourrions, des propriétés mêmes de notre âme et de ses expériences dans la vie terrestre, conclure combien il est dangereux d'arriver dans le monde des esprits sans préparation spirituelle, avec des habitudes seulement et des passions pour le terrestre et le sensuel. L'âme trouve du plaisir et vit dans ce à quoi se sont attachés l'esprit et la volonté : la privation de tout cela est pour elle la faim, l'affliction, la souffrance, la mort. — Mais la séparation de l'esprit et de la volonté d'avec un objet, et leur attachement à un autre, selon l'ordre de la nature, ne s'accomplissent pas tout d'un coup. C'est pourquoi, pour toute âme qui arrive tout d'un coup, à travers la mort, dans le monde des esprits avec les seules habitudes et passions terrestres, sans préparation spirituelle, il doit naturellement se passer quelque chose de semblable à ce qui arriva au mauvais riche dépeint dans l'Évangile, lequel, comme il ne s'était occupé jusqu'à la mort que de délecter sa langue par le manger et le boire, ne trouva encore en lui, après la mort, de pensée plus haute ni de désir meilleur pour lui que de rafraîchir sa langue, mais aussi ne trouva pas même la goutte d'eau désirée. L'âme nouvellement arrivée dans le monde inconnu des esprits rêve de ses occcupations terrestres habituelles, a soif de ses jouissances sensuelles habituelles ; mais elles ne s'y trouvent pas. Au contraire, il y a là les objets de contemplation les plus élevés, les plus pures sources de joie et de félicité; mais tout cela est étranger à son esprit et à sa volonté. Que reste-t-il donc pour elle? Son vide intérieur, la faim, l'affliction, la souffrance, ce qui constitue pour elle la mort.

Ainsi donc, il est évident que pour franchir avec confiance le tombeau, il faut s'y disposer et s'y préparer en deçà du tombeau. De quelle manière? — Il faut autant que possible se dégager et se délivrer de l'attachement et de la passion pour le terrestre, le charnel, le sensuel, parce que *la chair et le sang ne peuvent hériter du royaume de Dieu* (I Cor., xv, 50). Mais comme *nous attendons, selon sa promesse, de nouveaux cieux et une nouvelle terre, dans lesquels la justice habitera* (II Pier., III, 13), il faut chercher la justice afin qu'elle vive en nous, et que nous puissions, après la mort, vivre avec elle dans le royaume de Dieu ; il faut nous inspirer de l'amour du bien ; il faut faire de bonnes œuvres.

Peut-être quelques-uns penseront-ils : Comment nous

seront utiles au delà du tombeau les bonnes œuvres que nous aurons faites dans la vie terrestre? Elles resteront sur la terre, de même que tout ce que nous avons et faisons ici. — Non, mes Frères. Ce n'est pas ainsi que pensent ceux qui connaissent les mystères et les décrets de Dieu. Ils croient que les bonnes œuvres passent avec nous au delà du tombeau. La voix du ciel qui parla au témoin des mystères Jean, appela *bienheureux ceux qui meurent dans le Seigneur*, et leur promit le *repos*, et elle en donna ce motif : *car leurs œuvres vont à leur suite* (Apoc., XIV, 13). Si la substance de quelques bonnes œuvres, par exemple l'aumône donnée, et appartient à la terre et y reste, l'esprit des bonnes œuvres n'en appartient pas moins à l'âme, au cœur, à la volonté, à la conscience, et par conséquent il se transporte jusque dans l'éternité, et il se découvre par la paix de la conscience, par la sainte force de la volonté, par la joie du cœur, par la béatitude de l'âme.

Du reste, nous nous tromperions nous-mêmes si nous disions : Nous ferons de bonnes œuvres, et ce sera assez pour notre préparation à une mort confiante et à l'éternité bienheureuse. La parole de Dieu dit de la loi de Dieu et des œuvres bonnes selon elle : *L'homme qui fera ces choses, y trouvera la vie* (Gal., III, 12). Mais elle dit aussi : *Celui qui garde toute la loi, mais la viole en un seul point, est coupable contre toute la loi* (Jacq., II, 10). Qui de nous n'a pas péché contre *un seul point*, et plus que contre un seul point? Et par conséquent, qui n'a pas nui plus ou moins même à ses bonnes œuvres? Qui ne s'est pas rendu coupable devant la justice éternelle de Dieu? Or, la culpabilité conduit, non au repos et à la félicité, mais au jugement et au châtiment. Ainsi donc, dans notre préparation à l'avenir, il nous incombe encore le souci important de purifier même nos bonnes œuvres du mélange du péché, et de nous affranchir de la culpabilité. Mais si même nos bonnes œuvres ne nous sont pas un secours suffisant, et même demandent elles-mêmes du secours, où trouverons-nous donc un secours suffisant? Le ciel, et la terre, et les anges eux-mêmes, peuvent-ils faire qu'un coupable soit innocent, et qu'un pécheur soit saint? Certainement ils ne le peuvent pas. Et que deviendrons-nous donc? Faut-il donc enfin reconnaître que, par le dommage porté à notre nature par le péché, nous sommes des êtres perdus? En vérité nous sommes des êtres perdus : seulement, que cette reconnaissance soit sans désespoir, et non sans espérance, et de là s'ouvre la vue sur le véritable chemin du salut. *En effet, le Fils de l'homme est venu chercher et sauver ce qui était perdu* (Matth., XVIII, 11). Le Fils de Dieu incarné nous affranchit de l'assujétissement à la justice éternelle, puisqu'il est *l'Agneau de Dieu, qui ôte les péchés du monde* (Jean, I, 29). Il donne à nos bonnes actions la force, la pureté et la perfection, puisque *Dieu a envoyé son Fils afin que la justice de la loi soit accomplie en nous qui ne marchons pas selon la chair, mais selon l'esprit* (Rom., VIII, 3, 4). Il nous parle, et ses *paroles sont esprit et vie* (Jean, VI, 65). Il commande, et avec le commandement il unit la félicité et le royaume du ciel : *Bienheureux les pauvres en esprit, parce que le royaume du ciel est à eux* (Matth., V, 3). Il ordonne de croire, et il promet : *Celui qui croit en moi, même s'il meurt, vivra* (Jean, XI, 25). Il appelle à le suivre, et il promet : *Là où je suis, mon serviteur sera aussi* (Jean, XII, 26). Il souffre sur la croix, et il nous donne l'exemple et la force de *crucifier la chair avec ses passions et ses convoitises* (Gal., v, 29). Il meurt, il ressuscite, et il nous fraie au travers du domaine de la mort un chemin facile vers la vie éternelle.

Vois-tu maintenant, Chrétien, ce qui est nécessaire par-dessus tout pour une bonne préparation à la mort et à la vie future? Crois au Seigneur Jésus, et invoque-le; suis son enseignement et son exemple; attache-toi à lui par le souvenir, et par l'esprit, et par le cœur, et tu pourras, sans hésiter, dire avec saint Paul: *Pour moi, vivre, c'est Jésus-Christ, et mourir, un gain.* — Ainsi soit-il.

---

5

# SERMON

## POUR LA FÊTE DE L'ANNONCIATION DE LA TRÈS-SAINTE MÈRE DE DIEU.

Elle réfléchissait à ce que voulait dire cette salutation.
— Luc, I, 29. —

Vous voyez que la très-sainte Vierge réfléchissait; et, à ce qu'il me semble, elle nous enseigne la réflexion. Expliquons-nous.

Lorsque l'archange Gabriel, envoyé pour lui annoncer l'incarnation en elle du Fils de Dieu, commença son annonciation par cette salutation: *Réjouis-toi, pleine de grâce: le Seigneur est avec toi: tu es bénie entre les femmes*, alors, selon le récit de saint Luc, *elle fut troublée de ses paroles*, et, comme l'Archange lui-même l'observait profondément, elle fut effrayée. En effet, comme esprit, il voyait à travers son silence même ce qui se passait dans son esprit, et il lui dit : *Ne crains pas, Marie ;* par conséquent, il voyait en elle de la crainte.

Que nous arrive-t-il, à nous, quand nous sommes saisis de trouble et de crainte ? — Nous tremblons, nous poussons un cri, nous nous efforçons de nous enfuir, et quelquefois nous perdons la tête au point de ne pouvoir plus dominer ni nos pensées, ni nos paroles, ni nos mouvements. C'est l'effet de notre imperfection, de notre pusillanimité, de notre faiblesse. Cela ne devait pas être dans la Vierge pleine de grâce, et cela ne fut pas en elle. Par l'effet d'une cause extérieure, ayant éprouvé involontairement du trouble et de la crainte, elle maîtrisa aussitôt son trouble, elle calma aussitôt sa crainte. De quelle manière ? — Par le moyen de la réflexion. *Elle réfléchissait.*

*La crainte*, dit le Sage, *la crainte n'est autre chose que la privation du secours qui vient de la réflexion* (Sag., XVII, 11). La très-sage Vierge ne resta pas longtemps dans la privation de ce secours, mais elle en usa sans retard : *Elle réfléchissait.*

La salutation inusitée de l'Archange fut l'objet de sa réflexion comme elle était la cause de son trouble et de sa crainte. *Elle fut troublée de ses paroles, et elle réfléchissait à ce que voulait dire cette salutation.* L'Archange appela la Vierge Marie *pleine de grâce*, c'est-à-dire remplie des dons sublimes de Dieu, qui surpassent les qualités naturelles, et *bénie entre les femmes*, ce qui, selon la propriété du langage sacré, signifie : bénie particulièrement au-dessus de toutes les femmes de tout le genre humain. Il n'est pas étonnant que cela l'ait jetée dans le trouble et la crainte, comme une personne emportée inopinément sur une hauteur. Comment donc chercha-t-elle *le secours qui vient de la réflexion*, et le trouva-t-elle? Cela, le regard de l'Archange put le pénétrer; nous, nous ne pouvons que le conjecturer. Que ferai-je, pensa-t-elle probablement? — Recevrai-je cette salutation inusitée? — Je crains que cela ne me soit imputé à orgueil. La repousserai-je? — Je crains d'offenser, par mon incrédulité, non-seulement l'envoyé de Dieu, mais encore Celui qui l'a envoyé. J'attendrai dans le silence ce que Dieu manifestera ultérieurement. — Ainsi, elle n'accueillit pas la haute salutation, et par là elle sauvegarda son humilité; mais elle ne la repoussa pas non plus, et par là elle sauvegarda sa foi. Mais en sauvegardant son humilité et sa fo elle sauvegardait aussi cette pure disposition d'esprit qui la rendait capable de recevoir la plus haute révélation de Dieu. A l'annonciation Divine qu'elle enfanterait le Christ Dieu, que l'Esprit-Saint descendrait sur elle, l'humilité la plus parfaite pouvait seule répondre d'une manière digne: *Voici la servante du Seigneur*; la foi la plus parfaite pouvait seule dire à l'Archange avec une confiance sans inquiétude: *Qu'il me soit fait selon ta parole.*

Vous voyez, mes Frères, que la Mère de Dieu, dans l'un des instants les plus difficiles de sa vie spirituelle, chercha du secours dans une méditation pieuse et humble, et y trouva en effet du secours. Et si l'Esprit Divin nous a montré ce trait de sa vie spirituelle dans l'Écriture Évangélique, et si, d'un autre côté, *tout ce qui a été écrit, a été écrit d'avance pour notre édification*, il faut reconnaître que, par l'exemple de Marie, il nous enseigne la méditation pieuse.

De ce que nous voyons dans l'Évangile la Mère de Dieu faisant usage de la méditation dans l'une des circonstances difficiles de la vie, on ne doit pas conclure qu'elle n'usait de la méditation que dans de rares circonstances pareilles. Nous savons par l'expérience que celui qui ne s'est pas instruit à la méditation et n'en a pas acquis l'habitude, celui-là n'y sait pas trouver du secours dans l'occasion inopinée et difficile. Ainsi donc, si la Mère de Dieu, dans une occasion inopinée et difficile, a trouvé du secours dans la méditation, cela prouve qu'elle s'était instruite de bonne heure à la méditation, et qu'elle en avait acquis l'habitude. De cette manière, l'enseignement qu'elle nous donne par son exemple s'élargit, et nous en devons conclure qu'une pieuse méditation doit être la compagne constante de l'homme dans la vie spirituelle.

De même que de la semence cachée dans la terre croît l'arbre avec ses fruits, ainsi des pensées cachées dans l'âme de l'homme s'élève sa vie morale avec ses œuvres. Selon l'espèce de la semence nourrie par la terre sont la plante et le fruit; selon l'espèce des pensées nourries par le cœur sont la vie et les œuvres. Celui qui se laisse avoir des pensées distraites, inconstantes, non dirigées par la raison, chez celui-là naturellement doivent se montrer aussi, dans son genre de vie, la distraction, l'inconstance, le désordre. Ainsi donc, sème dans ton esprit et dans ton cœur des pensées pieuses et bonnes, afin qu'il en provienne une vie pieuse et vertueuse; et de plus, ne les jette pas superficiellement, occasionnellement, à l'aventure; mais, comme un semeur habile et soigneux, judicieusement, avec ordre, avec mesure, place-les dans la profondeur du labour de l'esprit, et nourris-les constamment des sentiments du cœur; et, comme la terre, de la semence qui lui est confiée, attire profondément dans son intérieur des racines, et par là donne à la plante le moyen de s'élever et de s'étendre à l'extérieur, ainsi tu dois, par la méditation et la contemplation, enfoncer en toi, comme les racines d'une plante, le saint et le bon, afin que ta vie active s'élève aussi en belles actions et s'étende en une abondance de bonnes œuvres.

Dans notre temps, alors que les hommes *ont recherché* plus qu'auparavant *des pensées nombreuses* (Eccl., VII, 30), alors que, dès les premières années de la vie, ils s'efforcent d'exciter et de fortifier l'activité de la pensée, alors que, dans la diversité de pensées nombreuses, ils cherchent une civilisation imaginaire, la distinction, les jouissances, l'intérêt, la gloire; alors que, par-là, les âmes s'ensemencent si facilement d'ivraie dans leurs pensées, —il est particulièrement nécessaire de rappeler les hommes à la méditation solide, pure, élevée, pieuse.

Mais nous voyons dans la Sainte Écriture que, même dans les temps de l'antique simplicité, Dieu lui-même enseignait aux hommes la méditation pieuse. *Écoute, Israël*, dit Moïse par l'ordre de Dieu, *le Seigneur notre Dieu est le seul Seigneur*, et : *Tu aimeras le Seigneur ton Dieu;* et, afin d'enraciner dans le peuple de Dieu ces vérités de piété capitales, Moïse continue : *Et que ces paroles que je te commande aujourd'hui soient dans ton cœur et dans ton âme; et tu les enseigneras à tes fils, et tu en parleras assis dans ta maison, et marchant dans le chemin, et couché, et debout* (Deut., VI, 4-7). Par ces paroles : *couché* et *debout*, on peut voir que *la conversation* signifie, chez Moïse, l'entretien non-seulement avec les autres, mais aussi avec soi-même, c'est-à-dire la méditation.

Le prophète David proclame bienheureux l'homme dont la volonté est dans la loi du Seigneur, et qui s'instruit jour et nuit dans sa loi. Comment est-il possible de s'instruire jour et nuit dans la loi de Dieu? Aux temps de David, le monde n'était pas aussi rempli de maîtres et de livres qu'il l'est aujourd'hui, et ensuite, même au milieu de l'abondance de maîtres et de livres, on ne peut passer avec eux les jours et les nuits. Cependant, ce n'est pas un rêveur quelconque, mais un Prophète qui a promis cette félicité et qui a indiqué comme un moyen de félicité l'étude de jour et de nuit de la loi de Dieu. Comment donc cela est-il possible? — Cela est possible par le moyen de la méditation pieuse et de la prière du cœur, parce que l'homme peut s'en occuper, selon l'expression de Moïse, *et assis dans sa maison, et marchant dans le chemin, et couché, et debout.*

Frères chrétiens ! que serait-ce si, dans cet enseignement que Moïse et David donnaient, assurément non sans succès, à l'ancien et charnel Israël, nous ne faisions pas de progrès, nous qui nous glorifions de l'appellation d'Israël nouveau, spirituel? Ne serait-ce pas honteux pour nous? Ne mériterions-nous pas une condamnation sévère? Ne négligeons donc pas de chercher, selon l'indication de Moïse, la félicité en nous instruisant le jour et la nuit dans la loi du Seigneur. Soyons attentifs à méditer, suivant l'instruction de Moïse, sur Dieu et sur ce qui lui est agréable, et *assis à la maison, et marchant dans le chemin, et couchés, et debout.*

Pourquoi permettez-vous souvent à vos pensées, à l'instar de chevaux indociles et indomptés, de galoper sans direction, sans chemin, sans but? Instruisez-vous à *les réprimer des rênes et du mors* d'une volonté ferme et d'un jugement solide, et, selon la nécessité, soit à les amener au repos, soit à les conduire par le droit chemin vers un but utile, et principalement vers le grand but de votre existence, — vers Dieu, vers Jésus-Christ, vers le ciel, vers l'éternité.

Direz-vous que les objets de ce monde frappent malgré vous vos sens et entraînent vos pensées ? Il est vrai qu'ils peuvent malgré vous frapper vos sens ; mais ils n'ont pas la force d'entraîner vos pensées si vous ne vous livrez pas vous-mêmes à cet entraînement. Vous pouvez, particulièrement avec le secours de Dieu, *détourner vos yeux pour ne pas voir la vanité*, ou, regardant le sensuel de l'œil spirituel, vous pouvez, à l'exemple du bienheureux prélat Tikhon, *amasser dans le monde un trésor spirituel. Car tout ce qui est sous nos yeux*, dit saint Macaire, *est l'ombre et l'image des objets qui ont rapport à notre âme.* Et c'est pourquoi, ainsi qu'il nous l'enseigne encore, *quand tu regardes le soleil, cherche le vrai soleil, parce que tu es aveugle. Quand tu élèves tes regards vers la lumière, reporte de là tes yeux sur ton âme, et vois si tu as en elle la vraie et bonne lumière, c'est-à-dire la lumière de Dieu* (Hom. XXXIII).

Il est surtout propre au chrétien d'élever diligemment les méditations de son cœur vers Celui dont il porte le nom, — de se rappeler la vie du Seigneur Jésus-Christ afin de la prendre pour modèle, d'être attentif à son enseignement et à ses commandements afin de savoir les remplir, de contempler pieusement ses souffrances et sa mort sur la croix pour l'expiation de nos péchés, et sa résurrection glorieuse pour notre bienheureuse résurrection, afin de nourrir et de fortifier de cette manière sa foi, son amour, son espérance, afin que le Christ-Dieu vive dans l'homme dès cette terre, et qu'ensuite l'homme vive en Dieu dans le ciel pendant l'éternité. — Ainsi soit-il.

# QUATRIÈME PARTIE

# SERMONS POUR LES FÊTES DES SAINTS

---

## 1

## SERMON

### POUR LE JOUR DE LA COMMÉMORATION DE SAINT SERGE.

25 Septembre 1847.

> Comme le Saint qui vous a appelés, soyez saints aussi vous-mêmes dans toute votre vie, selon qu'il est écrit : Soyez saints, parce que je suis saint.
>
> — 1 Pier., I, 15, 16. —

Dans les empires de la terre, le peuple se conduit avec un respect particulier envers ceux qui entourent le tsar, en partie par révérence pour le tsar qui les a revêtus de sa confiance, de son pouvoir, de titres d'honneur, en partie dans l'espérance de leur bienfaisante intercession auprès de lui et de leur protection selon le pouvoir qui leur a été donné. Pareillement, dans le royaume de Dieu, qui est l'Église de Jésus-Christ, le peuple des croyants, comme vous-mêmes aujourd'hui, s'adresse avec dévotion aux saints hommes de Dieu, honorant la grâce de Dieu vivante en eux, et espérant, selon la foi, l'intercession de leurs prières devant Dieu, et leur bienfaisance selon la grâce qui leur a été donnée.

Mais dans l'empire humain, le peuple, en rendant honneur aux grands, reste le peuple, et, par la nature même de l'organisation de l'État, ne peut atteindre aux priviléges devant lesquels il s'incline, tandis que, dans le royaume de Dieu, il n'en est pas ainsi. Ici, tout membre du peuple des croyants, en honorant les Saints de Dieu, peut atteindre lui-même à la dignité qu'il honore dans les autres, et non-seulement il le peut, mais il est appelé, il est invité par tous les moyens possibles à être saint. *Comme le Saint qui vous a appelés, soyez saints aussi vous-mêmes dans toute votre vie, selon qu'il est écrit: Soyez saints, parce que je suis saint.*

Frères qui honorez la sainteté comme le privilége des élus! méditons sur la sainteté comme étant l'obligation de tous et de chacun.

Si l'on disait à un bourgeois ou à un paysan: Fais ceci et cela, sois de l'entourage du Tsar qui te donne droit à ce privilége et t'y appelle, avec quelle bonne volonté, avec quelle chaleur il se prendrait aux affaires qu'on exigerait de lui, quand bien même l'effort ne serait pas léger, ni le travail de courte durée! Eh bien, voilà que l'interprète de la volonté du Tsar céleste nous dit à nous qui ne sommes pas dignes même du dernier degré de bourgeoisie dans ce royaume: *Soyez saints;* soyez saints moralement, et ensuite vous serez saints glorieusement; vivez pieusement et vertueusement, et soyez de l'entourage du Tsar céleste qui vous permet, non-seulement d'approcher de lui, mais encore de demeurer en lui, et veut lui-même, non-seulement s'approcher de vous, mais encore vivre en vous. Quoi donc? Comment est reçu cet appel? Tous, — du moins beaucoup y répondent-ils avec empressement, avec un zèle fervent, avec une ardeur soutenue, avec une diligence sans réserve? N'est-il pas plus ordinaire que nous pensions et que nous disions : Comment pourrions-nous être saints? Nous sommes des hommes pécheurs; ce sera bien assez si nous nous sauvons d'une ou d'autre manière par le repentir.

« Comment pourrions-nous être saints? » Mais avons-nous pensé à ce que nous serons donc, et à ce qu'il en sera de nous si nous ne faisons pas tous nos efforts pour devenir saints? Il y a des degrés élevés de sainteté auxquels brillent les âmes particulièrement choisies et enrichies de la grâce; mais la sainteté en général n'est pas seulement une distinction spéciale entre les chrétiens, qu'il est louable à quelques-uns d'avoir, et dont les autres peuvent facilement se passer. Selon l'enseignement de l'Apôtre, quiconque est appelé par le Dieu Saint au royaume de Dieu, autrement dire, tout chrétien, dans cette vocation même et dans la pensée de Dieu qui l'a appelé, doit trouver pour lui une loi, une obligation et un motif d'être ou de devenir nécessairement saint. *Comme le Saint qui vous a appelés, soyez saints aussi vous-mêmes dans toute votre vie.* Ce principe est d'autant plus fortement obligatoire pour les fils de la Nouvelle Alliance de Dieu, qu'il avait été donné déjà par Dieu lui-même aux fils de l'Ancienne Alliance, qui était moins parfaite : *Selon qu'il est écrit : Soyez saints, parce que je suis saint.* Si donc vous vivez sans vous efforcer et sans avoir l'espérance d'être saints, vous ne vivez pas *selon le Saint qui vous a appelés;* vous ne correspondez pas à la dignité d'appelés de Dieu et de fils de l'alliance de Dieu; — vous êtes chrétiens de nom, mais non d'effet. Où mène une semblable vie, on peut le voir par ces paroles d'un autre apôtre : *Ayez avec tous la paix, la sainteté, sans lesquelles personne ne verra Dieu* (Hébr., XII, 14). Plus clairement : Ayez la paix avec tous, ayez la sainteté : car, sans la paix et sans la sainteté, personne ne verra Dieu, c'est-à-dire n'atteindra à la félicité éternelle.

Ainsi donc, si nous pensons négligemment et sans souci que nous ne pouvons pas être saints, nous écrivons nous-mêmes notre condamnation à ne pas voir Dieu, à être étrangers à la félicité éternelle.

« Nous sommes des hommes pécheurs. » — Il semble que ce soit là une vérité incontestable. En effet, et bien plus, *si nous disons que nous n'avons pas de péché en nous, nous nous séduisons nous-mêmes, et la vérité n'est point en nous*. Mais il arrive que l'abus de la vérité ne vaut pas mieux qu'une erreur prononcée. Si nous nous reconnaissons pécheurs, par une profonde connaissance de nous-mêmes, et si par là nous entrons dans le sentiment de notre indignité et de notre misère, si nous brisons notre cœur de repentir, si nous humilions l'orgueil natif du vieil homme, si nous nous excitons à la recherche du secours de la grâce et à la lutte contre le péché, une pareille reconnaissance de notre état de péché, non-seulement ne nous ôte pas l'espoir de parvenir à la sainteté, mais encore nous y fraie le chemin. Mais si nous nous appelons nous-mêmes pécheurs dans une pensée superficielle, sans la contrition du cœur, sans l'éloignement du péché, avec insouciance, avec le sous-entendu astucieux que tous les autres aussi doivent avouer la même chose, et que par conséquent il n'y a rien de honteux pour nous à en convenir, et qu'il n'est pas dangereux de rester après l'aveu les mêmes que nous étions avant l'aveu, un pareil aveu de culpabilité ne nous conduira certainement pas à la sainteté, et dans ce cas, même en disant cette vérité que nous avons le péché en nous, *nous nous séduisons nous-mêmes, et la vérité n'est point en nous*, c'est-à-dire dans notre cœur et dans notre vie, quoiqu'il y ait le son de la vérité sur nos lèvres. *C'est une vérité certaine et digne d'être reçue avec une entière soumission, que Jésus-Christ est venu dans ce monde pour sauver les pécheurs* (1 Tim., I, 15). Mais nous nous trompons si nous croyons que nous serons sauvés en restant pécheurs. Jésus-Christ sauve les pécheurs par là qu'il leur donne les moyens de devenir saints.

« Nous nous sauverons d'une ou d'autre manière par le repentir. » — Oui, le repentir appartient au nombre des moyens de salut que Jésus-Christ enseigne aux pécheurs quand il prêche : *Faites pénitence et croyez à l'Évangile*. Mais si nous pensons nous repentir d'une ou d'autre manière, nous sauver d'une ou d'autre manière, nous jugeons trop légèrement d'une affaire de haute importance. Le serviteur satisfera-t-il son maître en faisant son affaire d'une ou d'autre manière, et non pas de son mieux ? — Assurément il ne le satisfera pas. Combien moins l'homme satisfera Dieu s'il ne fait que d'une ou d'autre manière une *œuvre de Dieu* telle qu'est l'œuvre de notre salut. Si même une petite chose ne se fait pas bien et avec succès quand elle se fait d'une ou d'autre manière, sans attention, négligemment, combien moins réussira la grande affaire de notre salut, — œuvre qui demande toutes nos forces et nos facultés, œuvre capitale de toute notre vie. La pensée de se sauver par le repentir est une pensée salutaire ; mais que faut-il penser quand nous voyons dans la Parole de Dieu l'exemple malheureux d'un homme qui *ne trouva pas place au repentir, quoiqu'il l'eût cherché avec larmes* (Hébr., xii, 17)? Il est visible que le repentir lui-même ne permet pas qu'on le trouve d'une ou d'autre manière, mais qu'il exige que le pécheur le cherche diligemment, judicieusement, avec sincérité, avec une ferme intention d'amendement, sans se laisser aller jusqu'à l'endurcissement dans le péché. De plus, l'instituteur parfait du repentir, Jean-Baptiste, dit que le vrai repentir exige encore quelque chose après lui: *Faites*, dit-il, *de dignes fruits de pénitence* (Matth., iii, 8). Le repentir nettoie la terre du cœur de ses ronces, la défriche, l'amollit; la foi y sème la semence céleste; la croissance de cette nouvelle plante, c'est l'observation des commandements et la pratique du bien; sa fleur, — la lumière spirituelle intérieure, et son fruit mûr parfait — la sainteté. Il faut que le froment atteigne à la maturité pour être porté dans le grenier. Il faut que l'homme atteigne à la sainteté pour être introduit dans le royaume céleste.

A quoi, mes Frères, nous conduiront les réflexions proposées en ce moment? Sera-ce à un plus grand zèle et à une plus grande sollicitude pour l'affaire du salut, pour laquelle il faut non-seulement le repentir, comme son commencement, mais encore la sainteté, comme sa consommation? ou bien, peut-être, à une plus grande désespérance d'atteindre au salut par le moyen de la sainteté que nous voyons si haut au-dessus de nous?

Jésus-Christ, notre Dieu, notre espérance! ne nous laisse pas nous épuiser dans notre désespérance, mais fortifie-nous de ton espérance. Tes apôtres eux-mêmes furent un jour dans la désespérance; mais tu la dissipas par ta parole toute-puissante. Donne-nous, à nous aussi, d'expérimenter, dans la foi, la force de cette même parole : *Ce qui est impossible aux hommes, est possible à Dieu* (Luc, XVIII, 27).

En effet, mes Frères, s'il nous fallait atteindre à la sainteté par les forces naturelles humaines seulement, il ne serait pas déraisonnable à nous de déclarer nettement que cela est au-dessus de notre possibilité. Mais quand nous avons, pour cela, la grâce de Dieu qui nous prévient, nous éclaire, nous fortifie, nous assiste, nous protége, personne ne doit perdre l'espérance d'atteindre à ce pour quoi *Dieu et le Père de notre Seigneur Jésus-Christ nous a élus en lui avant la création du monde;* or, il nous a élus *pour que nous soyons saints et irrépréhensibles devant lui, dans l'amour* (Éphés., I, 3, 4).

C'est pourquoi, et par le sentiment du devoir, et par l'espérance d'un heureux succès avec le secours de Dieu, réveillons-nous de la négligence et de l'insouciance, excitons-nous au zèle dans l'affaire de notre salut. Selon l'exhortation de l'apôtre Paul, *Purifions-nous de la souillure de la chair et de l'esprit, faisant l'œuvre de sainteté dans la crainte de Dieu* (II Cor., VII, 1). Selon l'exhortation de l'apôtre Pierre, *Attendez avec une espérance parfaite la grâce qui vous est apportée par la révélation de Jésus-Christ, comme des enfants d'obéissance, ne retournant point aux premières convoitises de votre ignorance, mais, à l'exemple du Saint qui vous a appelés, soyez saints vous-mêmes dans toute votre vie* (I Pier., I, 13-16). Si, dans ces exhortations, vous rencontrez d'assez grandes exigences : faire l'œuvre de sainteté, être saints, en même temps, les moyens sont assez simples de satisfaire à ces grandes exigences, à savoir : renoncer à la convoitise, s'efforcer de se purifier de la souillure de la chair et de l'esprit. Dans la mesure où l'homme travaille diligemment et sincèrement de son côté à la purification de lui-même des œuvres impures, des passions et des désirs impurs, des pensées impures, sur lui descend, par l'entremise de l'Église et de ses mystères, la bénédiction de Dieu, dont puisse nous faire tous participants la grâce toute-puissante du Père et du Fils et du Saint-Esprit. — Ainsi soit-il.

---

2

# SERMON

## POUR LA FÊTE DE L'INVENTION DES RELIQUES DE SAINT SERGE,

AU TEMPS DE LA REPRISE ET DE LA CONTINUATION D'UNE MALADIE EXTERMINATRICE.

— 1848. —

> Après avoir instruit beaucoup de personnes, ils retournèrent à Lystre, à Icone et à Antioche, confirmant les âmes des disciples, les exhortant à persévérer dans la foi, et leur enseignant que c'est par beaucoup de tribulations qu'il nous faut entrer dans le royaume de Dieu.
>
> — Act. des Ap., XIV, 21, 22. —

Le saint évangeliste Luc parle, dans le livre des Actes des Apôtres, entre autres choses, du voyage de Paul et de Barnabé, par l'ordre exprès de l'Esprit-Saint, pour la prédication de l'Évangile. Ils parcoururent plusieurs villes; ils y prêchèrent la foi en Jésus-Christ, ils firent des miracles; ils amenèrent en effet beaucoup de personnes à la foi en Jésus-Christ; ils fondèrent des Églises; ils éprouvèrent, alternativement avec la gloire, les persécutions, de sorte que, dans la seule et même ville de Lystre, après la guérison soudaine par Paul d'un boiteux de naissance, les païens les prirent d'abord tous les deux pour des dieux et voulurent leur offrir des sacrifices, mais ensuite lapidèrent Paul, et que Dieu, qui n'abandonne jamais ses élus, lui conserva la vie uniquement par ce moyen qu'ils le crurent déjà mort et l'abandonnèrent. Ayant accompli la mission confiée par l'Esprit-Saint, Paul et Barnabé retournent par les mêmes villes qu'ils ont traversées d'abord, sans éviter même la ville meurtrière de Lystre: Telle est la hardiesse des apôtres! Ils ne s'inquiètent pas de se garder d'un danger qu'ils ont déjà couru, parce que toute leur sollicitude tend au salut des autres. Ils ne suivent pas simplement leur chemin de retour, mais ils continuent leur œuvre apostolique, *confirmant les âmes des disciples*, *les exhortant à persévérer dans la foi* et leur enseignant *que c'est par beaucoup de tribulations qu'il nous faut entrer dans le royaume de Dieu.*

Quand nous voyons des gens qui avaient reçu la foi immédiatement de la bouche des apôtres, qui avaient vu les miracles des apôtres, preuves de la vérité de cette foi, avoir encore besoin de la sollicitude des apôtres pour *confirmer* leurs *âmes*, que devons-nous penser, mes Frères, de nos âmes? Est-elle moindre, — n'est-elle même pas plus grande, la sollicitude nécessaire à leur confirmation?

Sont-elles fermes, nos pensées sur ce qui est saint et juste? Sont-elles fermes, nos bonnes intentions? Est-elle constante, la direction spirituelle de notre activité? Notre esprit n'est-il pas ébranlé par le doute, notre cœur et notre volonté, — par les passions et les désirs sensuels? Ne nous décourageons-nous pas, ne tombons-nous pas quelquefois dans l'abattement de la tristesse, quelquefois dans l'abattement de la nonchalance?

La parole de l'Apôtre désillusionne celui qui s'imagine se tenir fermement : *Que celui qui s'imagine être ferme, prenne garde de tomber* (I Cor., x, 12).

Ainsi donc, pour notre propre utilité, soyons attentifs à la manière dont les sages en Dieu Paul et Barnabé confirmaient les âmes des disciples. De quelle manière donc? — Ils les exhortaient à *persévérer dans la foi*. Cela veut dire que ce n'est pas assez de reconnaître la foi du Christ, de la recevoir par le baptême, et de rester plongé dans la vie habituelle de ce monde visible; ce n'est pas assez non plus de recourir à l'aide de la foi seulement de temps en temps, quand nous ne trouvons pas de secours naturel terrestre dans nos défaillances ou nos embarras; mais il faut nous disposer de telle façon, et veiller attentivement à être toujours dans une telle disposition d'esprit, que *nous persévérions dans la foi* constamment et sans interruption, que l'esprit de foi pénètre et embrasse nos forces, nos facultés, nos inclinations, nos désirs, nos actions, qu'il soit la principale force motrice de notre vie.

Ouvres-tu les yeux en te réveillant le matin, ouvre en même temps l'œil de la foi dans ton cœur, et porte-le vers Celui qui commande au jour et à l'éternité, et demande-lui son secours pour passer le jour qui commence de manière à ce qu'il puisse te conduire au jour qui n'a pas de soir, et non pas à la nuit éternelle.

Vas-tu te livrer au sommeil, souviens-toi de la mort dont le sommeil est l'image et le prélude, et, par une prière de foi, confie-toi à Celui qui est *la résurrection et la vie* (Jean, xi, 25); et puis, autant que tu peux dominer le sommeil, ou bien autant qu'il ne te domine pas, *souviens-toi, même pendant la nuit, du nom du Seigneur* (Ps. cxviii, 55), et, *au milieu de la nuit, lève-toi pour lui rendre gloire des jugements de sa justice* (62).

Entreprends-tu quelque chose, avant tout autre conseiller, consulte la foi. Répète les paroles de Paul : *Seigneur, que veux-tu que je fasse* (Act. ix, 6)? Mon entreprise, Seigneur, t'est-elle agréable? Si elle t'est agréable, bénis-la; si elle ne t'est pas agréable, ne me laisse pas faire ce qui ne t'est pas agréable. Et ensuite écoute ce que te dira le Seigneur dans sa Parole, dans ta raison, dans ta conscience, dans les conseils des personnes sages et pieuses, et dans les indications et les signes extérieurs.

Commences-tu à agir, fais pour ton œuvre le même souhait que tu fais pour l'œuvre du prochain : *Que Dieu me soit en aide! Hâte-toi, mon Dieu, de venir à mon aide* (Ps. lxix, 2)!

Vas-tu quelque part, *vas avec Dieu*, selon le souhait de voyage assez usité chez nous depuis nos pieux ancêtres, mais peut-être moins habituellement mis en pratique. *Marche en présence de Dieu* avec Abraham (Gen., xvii, 1); *Aie le Seigneur toujours présent à tes yeux* avec David (Ps. xv, 8); retiens autant que possible, dans ta pensée et dans ton cœur, que Dieu te voit, afin qu'il te soit honteux et redoutable de tenter quelque chose d'indigne devant les yeux de Dieu, afin que l'inattendu ne te trouble pas et que la difficulté ne t'émeuve pas quand le Seigneur *est à ta droite afin que tu ne sois pas ébranlé* (Ps. xv, 8).

Ta pensée veut-elle, comme l'oiseau, s'envoler au hasard, tournoyer dans la variété des frivolités, ou même s'abattre dans l'impureté, toi, au contraire, retiens-la;

lie-lui les ailes par une attention fortement tendue vers les objets spirituels ; ramène ton esprit errant vers ton cœur, et donne-lui le travail béni de l'invocation du nom libérateur du Seigneur Jésus dans la foi, l'amour et l'humilité, — travail qui, par une continuation fidèle, doit se changer et en aliment, et en repos, et en joie, sous l'ombrage du Saint-Esprit, puisque, selon l'Apôtre, *personne ne peut nommer le Seigneur Jésus, sinon par l'Esprit-Saint* (I Cor., XII, 3).

Telles doivent être les dispositions, et tels les exercices du croyant, afin qu'il puisse progressivement approcher de l'état de l'âme confirmée, dans lequel saint Paul a dit de lui-même sans hésitation : *Je vis en la foi du Fils de Dieu ; — Je vis, ou plutôt ce n'est plus moi qui vis, mais c'est Jésus-Christ qui vit en moi* (Gal., II, 20).

Retournons aux sages en Dieu Paul et Barnabé, pour examiner encore un moyen particulier par lequel ils confirmaient les âmes des disciples. Quel était ce moyen? — C'était de les convaincre ou de les prévenir *que c'est par beaucoup de tribulations qu'il nous faut entrer dans le royaume de Dieu.* Moyen surprenant ! Moyen, en apparence, ne promettant pas de conduire au but ! La pensée de beaucoup de tribulations sur le chemin du royaume de Dieu, n'est-elle pas plus propre à ébranler qu'à confirmer les âmes? Comment donc les apôtres l'emploient-ils alors qu'ils s'efforcent de confirmer les âmes ?

Paul et Barnabé, dans l'enseignement par lequel ils s'efforçaient de confirmer les âmes nouvellement éclairées de la foi, ne pouvaient pas ne pas mentionner les tribulations, parce que les tribulations étaient déjà devant eux. Les nouveaux convertis voyaient les infidèles soulever de tous côtés la persécution contre Paul et Barnabé à cause de la foi qu'ils prêchaient : selon toute probabilité, ceux qui embrassaient la foi devaient aussi s'attendre au même sort. Ce que les disciples appréhendaient par conjecture, les instituteurs le prévoyaient par l'inspiration de l'Esprit de Dieu ; et ainsi, contre des tribulations inévitables, il ne restait d'autre moyen salutaire à chercher que de les envisager judicieusement, et de savoir les recevoir et les supporter. C'est ce qu'enseignaient les apôtres lorsqu'ils disaient *que c'est par beaucoup de tribulations qu'il nous faut entrer dans le royaume de Dieu.*

C'est-à-dire : Vous appréhendez les tribulations, et vous en pouvez devenir pusillanimes. Sachez donc que les tribulations sont inévitables sur le chemin du royaume de Dieu. Il le *faut* ainsi : tel est l'arrangement de la Providence Divine. Ainsi donc, si, à la rencontre des tribulations sur le chemin du royaume de Dieu, vous êtes ébranlés et vous retournez sur vos pas, vous vous éloignez du royaume de Dieu. Mais si le royaume de Dieu est l'objet de vos désirs, vous devez rencontrer les tribulations sur le chemin qui y conduit, sans faiblesse et sans hésitation. Si vous marchez volontiers par un chemin même raboteux en songeant qu'il conduit à la maison paternelle, parcourez donc volontiers la carrière des tribulations qui conduisent au royaume de Dieu.

Ainsi, la pensée convenable des tribulations sur le chemin du royaume de Dieu, doit servir, non à l'affaiblissement, mais à la confirmation des âmes.

Je ne sais si les Chrétiens d'Antioche, d'Icone et de Lystre se retinrent, mais je pense que notre curiosité ne se serait pas retenue de demander au sage Paul : Pourquoi donc Dieu, qui veut que tous les hommes soient sauvés, qui a fondé la foi de Jésus-Christ, et qu la protége par des forces miraculeuses, — pourquoi n'a-t-il pas facilité aux croyants le chemin du salut? Pourquoi est-il ou décrété ou permis qu'il y ait des tribulations sur le chemin du royaume de Dieu?—Il y a, à cela, la réponse toute prête de Paul et en même temps d'Isaïe, d'un prophète et d'un apôtre: *Qui a connu la pensée du Seigneur? ou qui a été son conseiller* (Rom., XI, 34; —Is., XL, 13)? Réponse digne de la sagesse infinie de Dieu, et suffisante pour l'humble sagesse humaine!

Cependant, contre l'orgueil des pensées qui entreprennent sur la raison de Dieu, ajoutons à cela quelque chose, toujours sous la direction de la parole du Prophète et de l'Apôtre.

Il a été décrété que des tribulations doivent se trouver sur le chemin du salut, en premier lieu, par justice.

Dieu voulait conduire l'homme au ciel par le chemin du paradis; mais l'homme a transgressé la volonté de Dieu, et s'y est refusé. Il a conçu l'orgueilleuse chimère d'aller par un chemin plus haut que celui de Dieu, et il a été précipité par la justice de Dieu autant qu'il s'est précipité lui-même. Les ronces, les épines, le travail, la sueur, les chagrins, les soupirs se sont répandus sur son chemin, et, à l'extrémité, ont apparu la mort temporelle et la mort éternelle. Par la loi de naissance, nous avons tous hérité de notre premier père le péché et, sa conséquence inséparable, le châtiment: et nous pouvons d'autant moins repousser cette dernière partie de l'héritage, que nous augmentons nous-mêmes la première par des péchés volontaires. La miséricorde de Dieu nous a ouvert un nouveau chemin de salut en Jésus-Christ qui a satisfait pour nous à la justice de Dieu par sa mort sur la croix; mais, malgré tout cela, la loi de la justice de Dieu ne doit pas être violée, et, par conséquent, le pécheur gracié ne peut pas être traité à l'égal de l'homme innocent du paradis. Réjouis-toi de ce que ce n'est plus à la mort, mais à la vie, que te conduit la miséricorde, et reçois sans murmure les épreuves légères et peu prolongées de la justice : les travaux, les privations, les tribulations, les afflictions.

En second lieu, les tribulations, dans la main de la Providence, sont un moyen de guérison des âmes.

Le péché est une maladie qui s'est enracinée dans la nature de l'homme. L'impression du péché et la jouissance du vice laissent, en partie dans l'âme, en partie dans le corps, une trace qui devient plus profonde par la répétition des actes de péché, et qui, en se renouvelant par le ressouvenir, forme l'inclination au péché et une certaine soif du péché. C'est pourquoi, comme quelquefois le médecin du corps brûle ou enlève douloureusement avec le fer la contagion qui s'enracine dans le corps et l'infecte, et cause une douleur artificielle pour guérir la maladie, ainsi le médecin des âmes et des corps emploie l'instrument des tribulations pour arracher les racines et effacer les traces du péché, et brûle par le feu de la souffrance la contagion de l'inclination aux jouissances du péché. C'est ce qu'indiquent ces paroles de l'apôtre Pierre : *Celui qui a souffert dans la chair a cessé de pécher, en sorte que, durant le temps qu'il lui reste à vivre dans la chair, il ne vit plus pour la convoitise humaine, mais pour la volonté de Dieu* (I Pier., IV, 1, 2).

En troisième lieu, la Providence Divine emploie les tribulations pour les croyants et ceux qui sont sauvés comme un moyen d'épreuve et de préparation à un degré plus élevé de vertu, de perfection et de félicité.

Cette épreuve n'est pas nécessaire pour Dieu qui scrute les cœurs ; mais elle est nécessaire pour l'homme lui-même, dont *le cœur est profond* (Ps. LXIII, 7), et qui ne sait pas lui-même ce qui en peut être extrait et mis en œuvre. Comme le choc du fer contre une pierre dure produit des étincelles dont il n'y avait aucun symptôme auparavant, ainsi, au choc de la tribulation, jaillissent d'une âme ferme des étincelles de vertu qui, sans cela, ne se seraient pas allumées.

Quels coups violents et douloureux frappait en tombant sur le cœur paternel d'Abraham chaque mot de l'ordre de Dieu : *Prends ton fils bien-aimé, que tu as tant aimé, Isaac, et offre-le en holocauste* (Gen., XXII, 2) ! Mais quand l'épreuve extraordinaire eut porté le père d'Isaac à un exploit extraordinaire de foi, d'amour de Dieu et d'abnégation, dans quel éclat sublime apparurent et sa vertu et la récompense de sa vertu ! Il reçut une sublime et vaste bénédiction : *Il vit le jour de Jésus-Christ* (Jean, VIII, 56); il devint l'aïeul de Jésus-Christ, et le père des croyants.

Quelles pesantes et multiples tribulations supporta l'apôtre Paul ! Mais ce fut ce qui lui donna la hardiesse de dire : *Nous nous glorifions dans nos afflictions* (Rom., V, 3) ; *Je me réjouis dans mes souffrances* (Col., I, 24). Comment cela put-il être ? Cela put être et cela fut parce qu'il comprit, et que non-seulement il comprit, mais qu'il éprouva et sentit, du moins dans leur commencement, les fruits bénis et bienheureux des tribulations et des souffrances. *A mesure*, dit-il, *que les souffrances de Jésus-Christ abondent en nous, notre consolation abonde aussi par Jésus-Christ* (II Cor., I, 5).

Sois-nous témoin de l'enseignement consolateur, toi aussi, Bienheureux Père Serge. N'as-tu pas choisi volontairement les tribulations et les privations de la vie érémitique austère et délaissée? N'as-tu pas supporté les fatigues de la lutte contre l'astuce et l'audace d'ennemis invisibles? N'as-tu pas enduré des tribulations par suite de la faiblesse de gens qui ne comprenaient pas ta perfection, et de la haine de ceux qui étaient tentés par l'amour de l'autorité? Et voilà que selon la mesure de la semence abondante de tes luttes dans les tribulations, si abondante est pour toi la moisson de grâce que tu continues à en nourrir, selon la foi, beaucoup d'autres dans des générations nombreuses!

Mais qui comptera les tribulations des saints sur le chemin de la sanctification, et même dans l'état de perfection et de sainteté?

Et toi, très-sainte Mère Vierge, plus haute que les cieux, plus pure que la lumière du soleil, n'as-tu vécu sur la terre que de la joie d'être la Mère du Seigneur? Ton âme très-pure elle-même, éclairée de la bénédiction suprême, remplie de grâce, n'a-t-elle pas été transpercée d'*un glaive de douleur* (Luc, II, 35) aussi incomparable que sont incomparables ta dignité et ta gloire subséquente?

Revenant à nous-mêmes, ne reconnaîtrons-nous pas, mes Frères, qu'aujourd'hui particulièrement il est à propos d'approfondir l'enseignement de l'Évangile sur les tribulations? Il est visible que nous ne l'avons pas assez écouté, puisqu'il a été décrété d'en haut de nous envoyer, et plus d'une fois, des prédicateurs extraordinaires et sévères, — la maladie et la mort. Ils prêchent, non par des paroles, mais plus fort que par des paroles, par des faits. Que prêchent-ils? Je pense, quelque chose de semblable à la prédication de l'Ange de la révélation: *Craignez le Seigneur, et rendez-lui gloire* (Apoc., XIV, 7). Si, dans la prospérité, la reconnaissance et l'amour ne vous ont pas assez attirés à Dieu, que du moins la crainte du malheur vous amène à lui. Si vous n'avez pas fait volontairement usage des paisibles tribulations du repentir et de la mortification de la chair pour la purification de vos âmes, faites usage, dans ce but, du moins de la tribulation du malheur qui vous arrive involontairement, mais en la recevant dans le repentir, soit qu'elle vous atteigne ou qu'elle vous menace, ou que vous la partagiez, par la compassion, avec vos proches souffrants. Rendez gloire à la justice de Dieu, et, en recevant avec humilité et en vous condamnant vous-mêmes le châtiment temporel, sauvez-vous de l'éternel.

*Seigneur, ne* nous *condamne pas dans ta fureur, et ne* nous *châtie pas dans ta colère* (Ps. XXXIII, 2). *Châtie-nous avec sévérité* temporellement, *mais ne nous livre pas à la mort* (Ps. CXVII, 18) fatale et éternelle. — Avec la clef de la tribulation, *ouvre-nous les portes de la justice* et de la grâce, afin qu'*étant entrés nous te célébrions* (19), toi qui cherches ceux qui étaient perdus, qui sauves les pécheurs, qui rends heureux ceux qui sont dans la souffrance. — Ainsi soit-il.

3

# SERMON

## POUR LE JOUR DE LA COMMÉMORATION DE SAINT ALEXIS.

— 12 février 1849. —

Il est maintenant l'heure de nous réveiller de notre sommeil.

— Rom., XIII, 11. —

Est-ce donc que nous dormons? pouvez-vous dire pleins de courroux et m'accusant de sottise pour les paroles que je viens de vous adresser sans m'excepter du reste moi-même. Et moi aussi, je voudrais bien être persuadé, et pour vous et pour moi, que nous ne dormons pas, mais que nous sommes bien éveillés; mais à cette conviction s'oppose un fait semblable à celui que je rencontre dans l'Évangile. Lorsque, à la suite des jugements contradictoires sur le miracle de la guérison de l'aveugle-né, le Seigneur dit : *Je suis venu en ce monde pour le jugement, afin que ceux qui ne voient point, voient, et que ceux qui voient deviennent aveugles* (Jean, IX, 39), alors les pharisiens lui répliquèrent avec conviction : *Est-ce que, nous aussi, nous sommes aveugles* (40)? Mais ils ne gagnèrent rien par là, puisque le Seigneur leur dit : *Si vous étiez aveugles, vous n'auriez point de péché; mais maintenant vous dites que vous voyez, et votre péché demeure* (41). Ainsi donc, peut-être que, nous aussi, nous vivons comme des gens qui dorment et qui rêvent dans des songes, tandis que nous croyons avec la plus grande conviction que nous sommes bien éveillés ; mais le fait n'en vaut pas mieux, tandis que notre culpabilité en est plus grande.

Toi qui fus autrefois un gardien infatigable de la maison de Dieu sur la terre de ceux qui veillent et qui dorment, et qui, aujourd'hui, es notre intercesseur encore plus parfaitement infatigable là où il n'y a aucun sommeil quoiqu'il y ait un repos éternel, — Saint Alexis! par le signe bienheureux de ta main et par ta bénédiction, réveille d'abord ma pensée et ma parole assoupies, et ensuite l'attention des assistants, afin que nous puissions comprendre et recevoir dans nos cœurs et pour l'accomplir la parole d'appel de l'Apôtre : *Il est maintenant l'heure de nous réveiller de notre sommeil.*

Le saint apôtre Paul adresse une épître instructive aux Chrétiens de Rome, dont *la foi*, selon son propre témoignage, *est proclamée dans le monde entier* (Rom., I, 8); il dévoile les absurdités du paganisme, l'insuffisance du judaïsme, la corruption par le péché et l'état de perdition de toute l'humanité ; il proclame le salut unique dans la foi en Jésus-Christ ; il découvre le mystère du retour futur vers lui des Juifs incrédules ; enfin il donne des instructions pour la vie chrétienne, et, entre autres choses, il s'écrie : *Il est maintenant l'heure de nous réveiller de notre sommeil.*

Évidemment l'Apôtre ne craint pas que les Chrétiens de Rome s'offensent et lui répliquent : Est-ce donc en dormant que nous avons atteint à ce point que notre *foi est proclamée dans le monde entier?* Est-ce donc à des hommes endormis que tu as proposé un enseignement sublime et mystérieux, qu'à la fin tu penses nous éveiller du sommeil? Il est évident qu'il ne doute pas de leur disposition à convenir que, même avec l'éveil de l'esprit à la connaissance, le cœur peut quelquefois n'être pas encore éveillé au bien, et que des hommes pleins d'ardeur, en apparence, dans la foi, peuvent se montrer sommeillants dans la vie.

Pensez-vous que vous valiez mieux que les Chrétiens romains du temps apostolique? J'espère que personne ne sera aussi présomptueux, et qu'au contraire vous êtes prêts à vous reconnaître éloignés d'avoir atteint à la perfection des Chrétiens du temps apostolique. Soyez donc disposés, vous aussi, à vous éprouver vous-mêmes, et, si la conscience l'exige, à avouer que, peut-être, votre cœur non plus n'est pas éveillé au bien, et que peut-être votre esprit même n'est pas assez éveillé pour la vérité; que, peut-être, vous sommeillez, vous aussi, dans la vie spirituelle et morale, que peut-être même vous n'êtes pas vigilants dans la foi, et que par conséquent vous ne devez pas vous offenser, mais être reconnaissants lorque quelqu'un qui désire votre bien vous rappelle qu'*il est maintenant l'heure de nous réveiller de notre sommeil.*

Qu'est-ce que le sommeil? Qu'est-ce que la veille? La veille est la vie lucide, avec la conscience de soi-même. Le sommeil est la vie obscurcie, sans la conscience de soi-même. Ou autrement : puisque l'homme, par sa nature, vit de la vie du corps, matérielle et végétative, et de la vie de l'âme, immatérielle et intellectuelle, quand la vie de l'âme s'élève au-dessus de la vie du corps et se manifeste dans l'activité spontanée, dans la sensation, la connaissance, le désir, l'action, — c'est la veille; mais quand la vie de l'âme est immergée dans la vie du corps, est enfermée dans l'activité enchaînée, non spontanée, des membres, et se fait jour à peine par des perceptions fantastiques, — c'est le sommeil et le rêve. Mais le chrétien a encore, selon la grâce, une vie plus élevée, spirituelle, selon la parole du Seigneur : *Si quelqu'un ne naît de l'eau et de l'Esprit, il ne peut entrer dans le royaume de Dieu* (Jean, III, 5). Si, pour devenir capable du royaume de Dieu, ou, ce qui est la même chose, pour devenir chrétien, il faut naître de l'Esprit, sans aucun doute, il faut aussi vivre de la vie de l'esprit, plus élevée que la vie dont vit l'homme naturel ou, selon l'expression de l'Apôtre, l'homme *animal* (I Cor., II, 14). La vie spirituelle, ayant pour source l'Esprit de Dieu, a donc Dieu et sa grâce pour lumière, pour force, pour aliment, pour principe d'activité et pour but d'aspiration. Si cette vie spirituelle domine et commande la vie animale et sensitive, c'est l'état de veille spirituelle. Mais si la vie spirituelle est immergée dans la vie animale et sensitive, et dominée ou absorbée par elle, c'est l'état d'assoupissement ou de sommeil spirituel. Quand ton esprit regarde vers Dieu par la foi, par la prière, par la pensée de Dieu, il veille ; mais s'il cesse de penser à Dieu, tu commences à sommeiller ; et si tu as oublié Dieu, tu t'es endormi. Si l'amour de Dieu t'anime, tu veilles de la veille de ceux qui sont infatigables ; mais si ce n'est pas l'amour de Dieu qui t'anime, mais l'amour des créatures, la séduction de leur éclat frivole, le désir de les posséder et d'en jouir, tu rêves dans le sommeil. Si tu penses à vivre, *non de pain seulement, mais de toute parole sortant de la bouche de Dieu* (Matth., IV, 4); si, à l'exemple de Jésus-Christ, tu trouves une nourriture pour toi dans l'accomplissement de la volonté de Dieu, c'est aussi un signe que tu ne dors pas, mais que tu veilles, parce que ce n'est pas dans le sommeil que l'on prend une vraie nourriture ; mais si tu n'as pas faim de la parole de Dieu, si tu n'as pas soif de la vérité Divine et de l'enseignement spirituel ; si tu ne sens pas une saveur et une jouissance dans l'accomplissement de la volonté de Dieu, c'est l'insensibilité et le sommeil de l'esprit ; et si, comme cela arrive en même temps, tu es affamé de plaisirs sensuels, altéré de distractions et de divertissements ; si tu penses avoir le goût du bon quand tu choisis une nourriture délicate et une boisson agréable, et le goût du beau quand tu es ému par des sons passionnés, charmé par un spectacle habilement composé ou divertissant, crois bien que ce sont là plutôt les visions d'un homme qui rêve que les sensations d'un homme éveillé : tu le reconnaîtras quand ton esprit s'éveillera au jour de la grâce ou au jour du jugement. Si la pensée de Dieu te porte à la pratique du bien, et si, réciproquement, la pratique du bien t'attire vers Dieu pour lui offrir en sacrifice tes bonnes œuvres, pour le remercier de son secours dans tes bonnes actions, il est évident que tu marches devant Dieu et que, par conséquent, tu es éveillé ; mais si le ressort moteur et le but de ton activité, c'est la satisfaction de toi-même, la satisfaction des hommes, l'ambition, l'amour des richesses, quels que soient tes progrès et tes succès, viendra à la fin le temps où tu porteras les yeux en arrière sur ton activité prétendue infatigable, et où tu reconnaîtras l'accomplissement sur toi de la parole du Prophète : *Ils ont dormi leur sommeil, et ces vaillants n'ont trouvé nulles richesses dans leurs mains* (Ps. LXXV, 6).

Il n'est pas louable de dormir quand on peut veiller, mais il est honteux et dangereux de dormir sans interruption. Il ne dépend pas toujours de nous de nous réveiller du sommeil corporel ; mais il dépend toujours de nous de nous réveiller du sommeil de l'âme, parce qu'une voix forte qui nous appelle retentit sans cesse pour nous dans notre conscience, dans la parole de Dieu, dans les œuvres de la Providence, — voix qu'il n'est impossible d'entendre ni à ceux qui sommeillent ni à ceux qui dorment, s'ils ne ferment pas à dessein leurs oreilles.

Le Seigneur dit dans la parabole : *Pendant que l'homme dormait, l'ennemi vint et sema de l'ivraie parmi le froment* (Matth., xiii, 25). C'est-à-dire, pendant le sommeil, la nonchalance et l'insouciance, le démon vient et sème dans notre vie de mauvaises pensées, des désirs vicieux, des œuvres d'iniquité. Vous voyez combien est dangereux le sommeil moral.

Dans une autre parabole, le Seigneur nous dit : *Vous êtes semblables à des serviteurs qui attendent leur maître ;* et il ajoute : *Bienheureux sont ces serviteurs que le maître trouvera veillant quand il viendra* (Luc, xii, 36, 37). C'est pourquoi il fait encore cette recommandation : *Veillez donc, car vous ne savez pas quand viendra le maître de la maison, — de peur que, venant soudain, il ne vous trouve endormis* (Marc, xiii, 35, 36), et que vous ne soyez pas bienheureux. Enfin, il affirme que cette précaution est nécessaire pour tous sans exception : *Je le dis à tous : veillez* (37).

L'Apôtre indique encore un *temps* et une *heure*, qu'il suppose nous être *connus*, pour lesquels il semble se hâter de nous éveiller, nous qui dormons ou sommeillons moralement : *Connaissant le temps où il est bien l'heure de sortir de notre sommeil.* Quelle est cette heure? Il l'explique quelque peu : *Car le salut est plus près de nous aujourd'hui que lorsque nous avons commencé à croire.* Mais qu'est-ce que cet *aujourd'hui?* Peut-être cela signifie-t-il que le salut est plus près de nous aujourd'hui, — au temps du Nouveau Testament, quand nous avons vu Jésus-Christ déjà venu, et que nous avons reconnu et reçu ses mystères, qu'au temps de l'Ancien Testament, quand on croyait au Christ encore attendu. Ou bien : aujourd'hui que nous demeurons depuis un temps suffisant dans l'Église de Jésus-Christ, et que nous avons pu acquérir assez de moyens pour notre confirmation dans la vie spirituelle, le salut est plus près de nous que lorsque nous ne faisions que de nous approcher de la foi de Jésus-Christ. Mais, quoi qu'il en soit, ce qui est digne de notre attention profonde, c'est que l'enseignement de l'Apôtre exige que nous nous réveillions de notre sommeil moral *aujourd'hui*, et non demain, à l'*heure* présente, et non aux heures à venir. Qui de nous veut périr? Chacun pense plus ou moins à se sauver; mais le malheur est que beaucoup ne veulent pas *le salut qui est près* (Rom., XIII, 11), mais pensent ou rêvent à profiter d'un salut éloigné. Ils arrangent leur salut comme le riche dont il est fait mention dans l'Évangile arrangeait sa vie luxueuse et joyeuse, *pour des années nombreuses;* mais cet *aujourd'hui* qu'ils oublient engloutit ces *années nombreuses*, quelquefois même avant qu'elles ne soient nées : *Cette nuit, on te redemandera ton âme* (Luc, XII, 20).

Ainsi donc, mes Frères, il nous faut écouter l'avertissement de l'Apôtre ; il nous faut nous réveiller de la vie de songe sensuelle, mondaine, coupable, à la véritable vie spirituelle, conforme aux commandements de Dieu, à l'enseignement et à l'exemple du Seigneur Jésus, dans le moindre délai possible, aujourd'hui, à l'heure présente, *pendant que dure le jour qui s'appelle aujour-*

*d'hui* (Héb., III, 13), parce qu'à l'heure à venir, au jour de demain, peut-être que déjà *nous nous endormirons dans la mort* (Ps. XII, 4), et qu'il sera tard de nous réveiller, ou que peut-être même viendra nous réveiller, non plus la voix de la grâce pour le salut, mais la voix de l'Archange et de la trompette de Dieu, pour le jugement et la condamnation.

Éveillons-nous d'aussi bonne heure que possible, afin de ne pas nous attarder sans retour. *Quittons les œuvres des ténèbres, et revêtons-nous des armes de lumière. Revêtez-vous de notre Seigneur Jésus-Christ* (Rom., XIII, 12, 14). — Ainsi soit-il.

---

4

# SERMON

## POUR LA FÊTE DE LA SAINTE MARTYRE TATIANE,

Prononcé dans l'église de l'Université Impériale de Moscou, le 12 janvier 1850.

> Et il dit à l'homme : Voilà que la piété, c'est la sagesse, et que s'éloigner du mal, c'est la science.
> — Job, XXVIII, 28. —

L'un des Tsars grecs, ayant érigé l'un des temples les plus remarquables de la Chrétienté, l'appela le temple de la *Sagesse Divine*. Quelle fut la pensée qui produisit cette dénomination? — Celle, je crois, que notre Seigneur Jésus-Christ, selon la parole de l'Apôtre, est *la Sagesse de Dieu* (I Cor., I, 24), et que, sous le nom de *la sagesse*

(Prov., VIII, 27-29), c'est lui qui est représenté dans les livres de Salomon dont le Tsar grec fut en quelque sorte l'émule par le zèle qu'il apporta à la construction d'un temple. D'après ce raisonnement, tout temple chrétien, et, par conséquent, celui où nous nous trouvons en ce moment, est aussi le temple de la sagesse.

Et cette demeure de la science, qui a construit pour elle ce temple, et, en y célébrant aujourd'hui une fête, rappelle et consacre le jour de sa fondation, — qui, par sa *dénomination*, se proclame comme renfermant, ou du moins comme s'efforçant de renfermer en elle *toutes les sciences* humaines, — ne se présente-t-elle pas par là comme la demeure de la sagesse?

Ainsi donc, ici, même involontairement, doit venir la pensée de la sagesse. Mais, lorsque vient la pensée de la sagesse, on ne peut pas s'en séparer à l'instant. En effet, je ne sais s'il se trouverait un homme qui (pourvu seulement qu'il n'eût pas perdu complètement les facultés humaines), rencontrant la sagesse, ne désirât pas lui emprunter ne fût-ce que quelque chose.

Je veux, moi aussi, en ce moment, prendre ne fût-ce qu'une petite leçon de sagesse. Et puisque je me juge à peine digne d'être rien de plus que l'un de ses disciples, je prends, pour cette fois, pour maître, le juste Job.

Il me semble que c'est là un digne maître de sagesse. Il soutint, pour ce degré, une épreuve sévère, avec un succès parfait. Trois controversistes : Eliphaz, Baldad, Sophar, passèrent sept jours et sept nuits dans le silence près de lui, à recueillir leurs pensées ; ensuite, chacun d'eux entra plus d'une fois en controverse avec lui, et, après eux, vint encore le quatrième controversiste Eliu ; et tous reçurent chaque fois de Job une forte réplique.

A la fin, le Juge Suprême et Infaillible prononça sur cette discussion un jugement décisif : *Vous n'avez rien dit devant moi avec droiture, comme mon serviteur Job* (Job, XLII, 7). Il est vrai que lorsque ce Juge suprême continua lui-même directement l'épreuve et entra en discussion avec Job *au travers d'un tourbillon et d'une nuée* (XXXVIII, 1), alors la sagesse de Job faiblit, et qu'il avoua son incapacité de soutenir plus longtemps l'épreuve, et même sa nullité : *Comment contesterais-je encore, moi averti et confondu par le Seigneur, entendant de pareilles choses, et n'étant rien ? Quelle réponse ferai-je à ces choses? Je mettrai la main sur ma bouche* (XXXIX, 34). Mais il est évident que, même dans l'aveu de son impuissance et de sa nullité, il y a une certaine sagesse, puisque le Seigneur ne condamna pas Job pour cet aveu, mais le récompensa et termina par là aussi une autre épreuve, encore plus difficile, de Job, dans laquelle la subtilité infernale discutait contre sa sagesse, non par des paroles, mais par des maux cruels : *Le Seigneur donna en doublant, le double de tout ce que Job possédait auparavant* (XLII, 10).

Ainsi donc vous serez d'accord avec moi pour prendre Job pour maître de sagesse. Soyez donc attentifs à la leçon qu'il nous donne.

Voilà qu'il cherche la sagesse : *Où trouverai-je la sagesse? et quel est le séjour de l'intelligence* (XXVIII, 12)? Et il ne la trouve pas dans l'homme. *L'homme ne connaît pas ses voies, et elle ne se trouve pas dans les hommes* (13). Ils devraient bien songer à cela, ceux qui supposent que l'homme est lui-même pour lui-même une source de sagesse, et qu'il file de son sein la science comme le ver à soie son fil de soie, avec cette différence, qui n'est pas à l'avantage de l'homme, que tout ver sait filer une certaine quantité de bon fil de soie, tandis que tout le genre humain file le fil de la sagesse lentement, inégalement, sans solidité.

Job continue à chercher la sagesse ; mais il ne la trouve pas non plus hors de l'homme, dans la nature visible. *L'abîme a dit : Elle n'est pas en moi ; et la mer a dit : Elle n'est pas avec moi* (14). Ils devraient bien songer à cela ceux qui, par l'observation, l'expérience, l'investigation, s'efforcent de parcourir la nature visible en long et en large, et de pénétrer dans ses profondeurs ; qui, entassant aspect sur aspect de la matière, et la divisant en parties les plus minimes, espèrent arriver jusqu'au fond et à la base de la nature, et, sur cette base, construire la sagesse. L'investigation de la nature a son utilité quand elle en découvre les lois et, par là, renverse les préjugés régnants sur ceux qui ignorent ces lois ; quand elle y découvre des forces et des moyens pour satisfaire les nécessités de la vie humaine. L'investigation de la nature a son mérite, et peut devenir une voie vers la sagesse lorsque, comme dit l'antique livre de la Sagesse : *Par la majesté de la beauté des créatures, le Créateur en peut être connu proportionnellement* (Sag., XIII, 5); lorsque à l'œil dégagé des passions, comme dit l'Apôtre, *les perfections invisibles de Dieu sont visibles dans les créatures, aussi bien que son éternelle puissance et sa divinité* (Rom., I, 20) ; mais si nous élargissons et multiplions les connaissances sur le matériel sans songer au spirituel ; si nous nous enfonçons dans l'investigation des créatures sans nous élever au Créateur, alors, quand même nos connaissances paraîtraient vastes comme la mer, nos investigations — profondes comme l'abîme, il faut, au jugement de Job, craindre qu'à celui qui cherche là la sagesse, *l'abîme ne dise : Elle n'est pas en moi, et la mer ne dise : Elle n'est pas avec moi.*

Cependant Job apprécie très-haut la sagesse, ou, pour parler plus exactement, la met au-dessus de tout prix. *Elle ne s'achètera pas au prix d'un trésor, elle ne s'obtiendra pas au poids de l'argent* (Job, xxviii, 15). Ces paroles me donnent l'idée de demander, si cela se peut, à ce Maître, comment donc il aurait jugé d'un siècle dans lequel des hommes, s'imaginant penser et savoir plus que les autres, réunissent précipitamment des pensées, ou, à leur défaut, des rêves d'imagination, en remplissent des livres, les répandent avec effort, uniquement pour dérober habilement le temps des lecteurs, et en retirer un prix d'argent. Reconnaîtrait-il que ces productions idéales et éloquentes peuvent tant soit peu frayer ou aplanir le chemin vers l'inappréciable sagesse, ou bien ne font que l'encombrer? — Mon Maître, dans le lointain des siècles, ne m'entend pas et ne répond pas à mes questions. Peut-être même ce silence est-il bon, puisqu'il est fort douteux que la réponse fût agréable à ce siècle.

Enfin Job découvre où trouver la sagesse. *Dieu a bien connu ses voies : car lui-même sait sa demeure* (23). Si quelqu'un disait que par là on ne voit pas encore comment l'homme peut atteindre à la sagesse, je pourrais compléter les paroles du Maître. La *demeure*, connue de Dieu, de la sagesse, c'est son intelligence, sa parole, son esprit. Ainsi donc, suis le chemin qui conduit à Dieu, et par ce même chemin tu te rapprocheras de la sagesse. Or, le chemin qui conduit à Dieu est connu : — c'est la méditation pieuse, la prière, la foi.

Mais notre Maître lui-même complète son investigation de la sagesse en nous indiquant le guide-manuel le plus fidèle, donné par Dieu lui-même à l'homme. *Et il dit à l'homme : Voilà que la piété, c'est la sagesse, et que s'éloigner du mal, c'est la science.*

Quel guide-manuel simple de sagesse ! Aie la piété, et tu auras la sagesse : éloigne-toi du mal, et tu posséderas le savoir.

On peut craindre que cet enseignement ne soit peut-être pas assez clair ni assez à la portée de quelques-uns, par cela même qu'il est très-simple.

Est-il bien vrai, diront-ils, qu'il ne faille rien de plus? Faut-il donc mettre de côté toutes les sciences? Faut-il donc fermer toutes les demeures des hautes connaissances? Non, mes chers condisciples, la piété n'est pas la négation des sciences et des connaissances : on vous dit précisément, et l'on vous dit de la part de Dieu lui-même, que *la piété, c'est la sagesse;* or, la sagesse est la mère, l'éducatrice, la protectrice des vraies connaissances et des sciences utiles. Et la piété est le principe vital, directeur et conservateur du vrai savoir. S'éloigner du mal signifie allumer le flambeau de l'instruction dans le cœur et défendre le flambeau de l'esprit contre les orages qui peuvent l'éteindre ou allumer un incendie.

Qui n'a entendu parler de la sagesse de Salomon? — *La sagesse de Salomon*, dit le livre des Règnes, *surpassa de beaucoup le sens de tous les hommes anciens* (III Règ., IV, 30). *Il parla de tous les arbres, depuis le cèdre qui est sur le Liban même jusqu'à l'hyssope qui sort de la muraille* (33). C'est assez de ce seul trait pour avoir une idée de l'immensité et de la variété de ses connaissances. Qui donc les lui avait enseignées? — La piété. Toute la carrière d'étude de Salomon, tous ses moyens d'étude se bornent à ceci : *Seigneur Dieu, donne-moi la sagesse et la raison:*

*Et Dieu dit à Salomon : Je te donne la sagesse et la raison* (II Par., I, 9-12).

Chacun ne saura pas, avec ce seul moyen d'étude, atteindre au même succès. Et c'est pourquoi, vous qui cherchez la science et la sagesse, écoutez de doctes professeurs ; lisez des livres solides et bien intentionnés ; méditez ; mais n'oubliez pas non plus la leçon du sage Job ; n'oubliez pas non plus le moyen d'étude de Salomon, que l'Apôtre aussi nous propose à son tour : *Si quelqu'un de vous est privé de la sagesse, qu'il la demande à Dieu qui donne à tous sans acception de personnes et sans reproches, et elle lui sera donnée. Mais qu'il la demande avec foi.* (Jacq., I, 5, 6). — Ainsi soit-il.

---

5

# SERMON

## POUR LA FÊTE DE L'INVENTION DES RELIQUES DE SAINT SERGE.

— 1850. —

> Cherchez donc avant tout le royaume de Dieu et sa justice, et tout le reste vous sera donné par surcroît.
> — Matth., VI, 33. —

Celui qui porte une attention plus que superficielle sur soi-même et sur sa vie, celui-là a remarqué certainement combien il est peu rare que les affaires terrestres et mondaines deviennent un obstacle à l'affaire spirituelle et céleste, à l'affaire de la piété et du salut de l'âme. Par exemple, l'homme sent une impulsion intérieure à consacrer dans une mesure assez large son temps à Dieu, comme un sacrifice volontaire; mais son temps est réclamé par les vicissitudes naturelles et les alternatives de la vie terrestre, par le travail qui lui procure la subsistance indispensable, le vêtement, le logement, par les affaires de son état et de ses fonctions dans la société humaine, par le soin de l'augmentation et du soutien de sa prospérité terrestre, par les relations avec le prochain que commandent la nécessité, les liaisons, l'usage, enfin par les occupations agréables et les plaisirs; et le temps se gaspille de sorte que l'homme, non-seulement n'en fait pas à Dieu des sacrifices volontaires, mais encore dérobe à Dieu le temps que Dieu lui-même s'est approprié et consacré par un commandement.

Que faire donc? Comment parvenir à ce que les affaires terrestres et mondaines n'empêchent pas l'affaire spirituelle et céleste? Bien des hommes de divers temps et de divers lieux ont tranché cette question unanimement, simplement et heureusement. Ils ont rejeté résolûment les affaires terrestres et mondaines, se sont voués uniquement à l'affaire spirituelle et céleste. Pour se convaincre que cette solution de la question a été heureuse, il suffit de nommer quelques-uns de ceux qui ont adopté cette solution. Tels furent : le prophète Élie, Jean Baptiste, les Apôtres, Antoine le Grand, et, pour ne pas aller encore chercher bien loin, notre bienheureux Serge. Les résultats temporels et éternels justifient leur détermination.

Et ce n'est pas par hasard, et ce n'est pas par l'effet d'une sagesse humaine arbitraire qu'a été, que peut et que doit être heureuse la détermination d'abandonner tout ce qui est du monde ; mais c'est, d'un côté, par l'arrangement de Dieu, de l'autre,— par l'effet du désir zélé de suivre la volonté de Dieu. Nous ne savons pas comment s'arrangea, pour Élie, un genre de vie solitaire, désintéressé, exempt d'inquiétudes ; mais que ce fut par la volonté de Dieu, on peut le conclure de ce que Dieu soutint miraculeusement ce genre de vie en donnant, entre autres choses, un corbeau pour panetier à un homme qui, longtemps avant Jésus-Christ, s'était mis à suivre l'enseignement de Jésus-Christ : *Ne vous inquiétez point en disant : Que mangerons-nous, ou que boirons-nous, ou de quoi nous vêtirons-nous* (Matth., VI, 31)? Quant au successeur de l'esprit et du genre de vie d'Élie, Élisée, il fut évidemment amené à ce genre de vie par l'ordre exprès de Dieu. Que Jean-Baptiste ait vécu dans un renoncement complet au monde par l'arrangement de Dieu, cela avait été révélé dès avant sa naissance par la prédiction de l'Ange qu'il serait *revêtu de l'esprit et de la force d'Élie* (Luc, I, 17). Les apôtres *quittèrent tout* également, non de leur plein gré, mais sur l'invitation souveraine de Jésus-Christ. Depuis que l'Évangile a été prêché et écrit, les athlètes chrétiens élus en ont entendu sortir la voix qui les a appelés à un renoncement parfait au monde. Ainsi, Antoine entendit dans l'église ces paroles de Jésus-Christ : *Si tu veux être parfait, va, vends ton bien, et donne-le aux pauvres : et tu auras un trésor dans le ciel ; et marche à ma suite* (Matth., XIX, 21); et il reçut ces paroles comme si elles lui avaient été adressées personnellement ; et c'est pourquoi, étant sorti de l'église, il vendit la plus grande partie de son bien, et la distribua aux pauvres. Quelque temps après, il entendit encore dans l'église ces paroles de Jésus-Christ :

*Ne vous inquiétez pas du lendemain* (Matth., VI, 34), et il distribua encore le reste aux pauvres, et, ayant commencé dès lors la vie religieuse, il y atteignit à un tel degré de maturité spirituelle que toute l'Église l'a appelé et l'appelle le Grand.

De ce qui a été dit ressortent deux conclusions : la première, que la détermination de quitter tout pour le service de Dieu et le soin de l'âme est un don de Dieu désirable et excellent, et que bienheureux est celui qui a obtenu ce don, qui l'a reçu dans une sincère disposition, le conserve fidèlement, le met en œuvre diligemment ; la seconde, que ce don n'est pas pour tous, comme on peut le voir et par les exemples rapportés, et par les paroles citées de Jésus-Christ. Le Seigneur n'a pas donné le principe du désintéressement parfait comme un commandement obligatoire sans condition pour tous, mais comme un conseil proposé conditionnellement à celui qui le désire : *Si tu veux être parfait.* Et comme on ne peut pas attendre de chacun la perfection, il serait peu prudent de conseiller à chacun de quitter tout. Ensuite, l'organisation naturelle de la vie terrestre est telle qu'elle exige qu'il y ait des hommes pour s'occuper aussi des affaires terrestres. Si tous ceux qui s'occupent d'agriculture se déterminaient à accomplir littéralement ce principe : *Ne vous inquiétez pas du lendemain*, et, rejetant toute sollicitude du lendemain, rejetaient à plus forte raison toute sollicitude de l'année suivante, et cessaient de labourer et de semer, une direction si exclusive vers la vie spirituelle serait la ruine de la vie naturelle.

Mais s'il est ainsi inévitable que beaucoup n'abandonnent pas les occupations et les affaires de la terre et du monde, la question précédente se représente inévitablement : Comment parvenir à ce que les affaires de la terre et du monde ne soient pas des obstacles à l'affaire spirituelle et céleste? Nous pouvons trouver une solution d'un usage plus général et plus à la portée de notre faiblesse, de cette question, dans ces paroles du Seigneur : *Cherchez avant tout le royaume de Dieu et sa justice.*

Le placement d'une chose *en avant* montre qu'une autre chose est permise après. Par conséquent, dans les paroles du Seigneur sont contenues deux pensées, l'une manifeste, l'autre cachée dans ce mot : *Avant*. La pensée manifeste, c'est qu'il faut chercher le royaume de Dieu et sa justice avant tout. La pensée cachée, c'est qu'il n'est pas défendu de chercher encore quelques autres objets après. De cette manière, les paroles de Jésus-Christ montrent qu'il y a possibilité de s'appliquer avec succès à l'affaire céleste, à la recherche du royaume de Dieu et de sa justice, et, sans préjudice pour cette affaire, de s'occuper aussi des affaires de la terre, des affaires indispensables, comme, par exemple, de la recherche de la subsistance, du vêtement, du logement; — des affaires obligées, comme, par exemple, de l'accomplissement des obligations d'un état et d'une fonction dans la société humaine; — des affaires utiles ou seulement même innocentes, comme, par exemple, de l'acquisition et de la mise en œuvre de diverses connaissances dans le domaine de la nature et de l'art, à la condition toutefois de ne pas s'embourber avec ces trésors égyptiens dans la mer de la vie, mais de les dérober avec sagesse et justice aux Égyptiens, et de les faire servir à la gloire du Père céleste et au bien de ses enfants de la terre. Le secret d'un succès heureux et sans obstacle est renfermé dans ce que vous chercherez *avant tout*, dans l'affaire qui marchera chez vous avant les autres affaires, qui primera entre toutes les affaires, qui règnera sur vos pensées, vos désirs et vos aspirations, ou, comme s'exprimait l'un des anciens Pères, dans ce qui sera pour vous *l'affaire* et ce qui sera *l'accessoire*[1]. Si vous *cherchez avant tout le royaume de Dieu et sa justice;* si l'affaire du salut de votre âme par la grâce et par la foi, de votre purification par les commandements, de votre perfectionnement par la vertu, prime chez vous entre toutes les autres affaires, domine dans vos pensées, vos désirs et vos aspirations; si vous ne regardez que cela comme *l'affaire* vraie et importante, et toutes les affaires terrestres que comme *l'accessoire*, comme occupation subsidiaire, peu importante, à laquelle on accorde une certaine partie de son attention après l'affaire capitale, alors les affaires terrestres ne seront pas pour vous des obstacles à l'affaire céleste; vous pouvez espérer de trouver le royaume de Dieu que vous cherchez par dessus tout, et en même temps de ne pas manquer de ce dont vous vous inquiétez moins, de ce qui est nécessaire pour la vie terrestre, selon la promesse fidèle du Seigneur : *Tout le reste vous sera donné par surcroît.* Au contraire, si vous pensez qu'il faille d'abord vous garantir du côté des affaires de la terre et du monde, et vous occuper ensuite de l'affaire céleste; si quelque occupation terrestre de science, d'industrie, d'art, de profession, de recherche du lucre, de l'éclat ou des commodités de la vie, est devenue votre pensée première, votre désir dominant, votre *affaire* par excellence, et que l'affaire de la piété reste pour vous seulement *l'accessoire*, l'affaire du loisir après les occupations mon-

[1] L'abbé Jean, dans la relation de la vie de l'abbé Théodore, dans les *Vies des Saints Pères*.

daines, alors vous avez renversé l'ordre prescrit par la parole du Seigneur; vous n'êtes pas sur la voie qui conduit au royaume de Dieu ; et de plus, pour votre garantie du côté des biens terrestres, je ne sais sur quoi vous pouvez fonder votre espérance, parce que ce n'est pas à vous que se rapporte la promesse du Seigneur : *Tout le reste vous sera donné par surcroît.*

Et voilà, mes Frères, l'instrument, petit en apparence, *des grandes perscrutations du cœur* (Jug., v, 16). Ce n'est pas un instrument peu important pour se sonder soi-même, que cette petite question : Qu'avez-vous dans l'esprit et dans le cœur avant tout et par-dessus tout? Quand tu te réveilles le matin, quelle est ta première pensée? Ton cœur dit-il : Gloire au Dieu qui m'a donné de revoir la lumière? ou bien : Seigneur, bénis cette journée pour moi? S'il en est ainsi, c'est un bon signe. Mais si, au moment de ton réveil, se réveillent en toi et t'appellent la pensée et le souci de quelque affaire terrestre, pour laquelle tu t'es passionné et qui ne te permet pas de *te souvenir de Dieu et d'être transporté de joie* (Ps. LXXVI, 4), je crains pour toi, mon frère : il est douteux que tu cherches le royaume de Dieu avant tout. Si tu te tiens à l'église, et que ta pensée s'en aille dans ta maison, ou dans ton cabinet de travail, ou au marché, ou dans un lieu de divertissements, n'est-ce pas là un signe que chez toi la pensée qui fuit loin de Dieu est plus forte que la pensée qui accourt vers Dieu? Hâte-toi donc de ramener celle qui fuit, et recueille ta pensée et ton cœur dans l'aspiration vers Dieu.

Sondons souvent et diligemment, de cette manière et d'autres semblables, chacun notre disposition intérieure, et ne différons pas d'arracher notre pensée et notre cœur à l'attachement passionné pour ce qui est terrestre et mondain, afin que notre cœur s'affermisse dans le Seigneur, afin que le royaume de Dieu soit le but constant de nos aspirations, et que nous ne le perdions jamais de vue.

Puisque c'est *par le Seigneur* que *sont redressés les pas de l'homme* (Ps. XXXVI, 23), Seigneur, toi qui as ramené Sion de la captivité de Babylone, ramène nos âmes de la captivité des frivolités du monde qui la possèdent, et conduis-nous même jusqu'à la Jérusalem céleste, où tu règnes dans la gloire, et où ceux qui y sont parvenus règnent avec toi dans l'éternité. — Ainsi soit-il.

---

6

# SERMON

## POUR LE JOUR DE LA COMMÉMORATION DU SAINT PRÉLAT ALEXIS.

— 1853. —

Bienheureux ceux qui pleurent maintenant.
— Luc, VI, 21. —

Ce mot n'est-il pas bien triste ! Et auriez-vous désiré l'entendre aujourd'hui, quand nous célébrons avec joie la mémoire du bienheureux héros le saint prélat Alexis? — Mais je ne suis pas coupable de l'avoir prononcé. Les rites de l'Église ont ordonné de le proclamer nommément aujourd'hui dans la lecture de l'Évangile, et, de cette manière, ils l'ont proposé à notre pieuse attention, à notre méditation, à notre édification. Les sages ordonnateurs des rites de l'Église, en rapprochant ce mot de la commémoration de saint Alexis, nous donnent à comprendre par là que lui non plus n'a pas atteint sans larmes à la félicité.

Ainsi donc, il faut penser à la voie de larmes qui conduit à la félicité.

Il n'est difficile à comprendre pour personne que ce ne sont pas toutes les sortes de larmes qui peuvent être une source de félicité. Les enfants pleurent souvent pour de légères sensations désagréables, pour des privations de peu d'importance, pour un refus à leurs désirs déraisonnables ; il n'est pas rare que d'autres que des enfants pleurent aussi pour des causes qui ne sont guère plus sérieuses ; mais personne encore n'a trouvé la félicité dans de pareilles larmes, quoique quelquefois même quelques-uns y trouvent du plaisir.

Comment donc déterminer quels sont *ceux qui pleurent* qui se trouvent sur le chemin de la félicité? Le Christ Sauveur proclame bienheureux ceux qui sont *pauvres*, non pas simplement, mais pauvres *en esprit* (Luc, VI, 20). Et quand, selon le récit de saint Luc, il dit : *Bienheureux vous qui avez faim maintenant, car vous serez rassasiés* (VI, 21), il ne proclame pas bienheureux ceux qui ont faim de pain, parce que ce n'est pas une félicité que d'être rassasié de pain; mais, comme le dit plus pleinement et plus clairement saint Matthieu, *Bienheureux ceux qui ont faim et soif de la justice* (V, 6). C'est conformément à cela qu'il faut raisonner aussi de ceux qui pleurent. Bienheureux ceux qui pleurent *en esprit* et par une impulsion spirituelle, ceux qui pleurent sur la *justice* et la vertu qu'ils n'ont pas, qui déplorent les iniquités et les péchés dont ils sont chargés, qui pleurent par affliction d'esprit de ce qu'ils ont irrité et irritent souvent Dieu, et ensuite par amour d'esprit, de ce que, malgré tout leur désir, ils voient qu'ils ne correspondent pas assez à l'amour et à la miséricorde de Dieu.

Par là, on peut comprendre aussi pourquoi celui qui désire atteindre à la félicité ne doit pas éviter la voie des larmes. Le premier homme, créé innocent, était heureux sans larmes dans le paradis, et il marchait par une voie de joie vers la félicité plus haute du ciel. Mais quand, séduit par l'esprit du mal, l'homme glissa et tomba dans le péché, le chemin de joie du paradis disparut pour lui, et Dieu lui-même, comme un juste juge et en même temps un médecin plein d'humanité, le mit sur la voie des larmes quand il dit à Adam en lui montrant la terre maudite dans ses œuvres : *Tu la mangeras dans la tristesse tous les jours de ta vie* (Gen., III, 17); quand il dit à Ève : *Multipliant je multiplierai tes tristesses et tes gémissements* (16).

Que Dieu se soit conduit en cela comme un juste juge, cela se comprend de soi-même; mais qu'il se soit aussi conduit en cela comme un médecin plein d'humanité, ceci exige une explication.

Le Christ Sauveur a dit : *Le royaume de Dieu est au dedans de vous* (Luc, XVII, 21). Il est en nous, non pas, assurément, dans sa plénitude, comme il est dans le ciel, mais du moins dans ses prémices, quand la grâce de Dieu vit en nous, quand *Jésus-Christ habite par la foi dans les cœurs* (Eph., III, 17). Par opposition directe à cela, on peut dire avec justice que le royaume du démon, ou autrement l'enfer, et le feu lui-même de la géhenne, non dans sa plénitude, mais dans ses prémices, est au dedans de l'homme, quand le péché vit en lui. Ce feu caché se montre dans ses effets. Il allume incessamment dans l'âme du pécheur les désirs de nouveaux péchés, et *il brûle la conscience* (I Tim., IV, 2) par un remords latent, mais toujours douloureux, s'allumant, dans des circonstances particulières, en flammes de désespoir. C'est pourquoi, de même que pour l'extinction d'un incendie il faut de l'eau, ainsi, pour l'extinction du feu non naturel du péché dans l'âme, il faut les larmes du repentir. Comme, pour la guérison d'un désordre dans la santé, produit par la somptuosité et l'intempérance dans le manger et le boire, on emploie des remèdes amers, ainsi, pour la guérison de l'âme infectée par les impressions des jouissances coupables, il faut les douleurs du repentir et les larmes amères.

Du reste, les efforts et les moyens humains seuls sont insuffisants pour guérir l'âme de l'homme infectée du péché, et pour éteindre le feu du péché. Et c'est pourquoi la sagesse et la miséricorde du Médecin céleste ont inventé pour cela un remède propre, facile et parfait, — l'eau bienfaisante, bénie par l'Esprit, du saint baptême. Mais comme, même après la renaissance par le baptême à une vie nouvelle et pure, nous retombons plus ou moins dans la vie de péché du vieil Adam, nous avons indispensablement besoin, même après le baptême, du remède des larmes de repentir, — et à d'autant plus fortes doses que plus grave est la maladie après la guérison, la rechute après la réhabilitation, après la grâce, le péché et le mal.

Ceux qui vivent dans le monde occupés des choses du monde, liés par les usages du monde, peuvent soupçonner le chemin de larmes indiqué par l'Évangile d'être un sentier particulier qui n'est point fait pour eux, ou, s'il leur faut, à eux aussi, l'effleurer, qu'il est difficile d'accorder cela avec la direction ordinaire et inévitable de leur vie. Cette perplexité peut être résolue par un exemple. David était Roi. Qui ne sait que la vie d'un Roi est plus chargée d'affaires pleines de difficultés, plus remplie d'occupations diverses que la vie d'un homme privé? Mais écoutez ce que dit de sa vie le Roi David : *Je baignerai chaque nuit ma couche, et j'arroserai mon lit de mes larmes* (Ps. VI, 7). *Mes larmes ont été ma nourriture le jour et la nuit* (Ps. XLI, 4). Vous voyez qu'un Roi lui-même n'a pas été exempté de la voie de larmes pour aller à la félicité, et n'a pas trouvé difficile ou peu convenable de réunir une brillante vie royale avec la vie d'un humble pénitent. Régnant sur les hommes, le juste David ne s'est pas moins humilié devant Dieu que les humbles de la terre. Le jour, les Israélites le voyaient dans les occupations royales et la gloire royale; mais la nuit, les hommes ne le voyaient pas, et Dieu seul le voyait *baignant sa couche de ses larmes*, — c'est-à-dire lavant son âme de la poussière de la frivolité ou de l'impureté qui était tombée sur elle dans l'agitation du jour. Il y avait des jours où il partageait sa table somptueuse avec ses familiers et les grands; puis il y avait des jours et des nuits où les larmes de repentir, de componction, d'amour pour Dieu, de zèle pour la gloire de Dieu, étaient la nourriture de son âme. Du reste, il n'y a pas de doute que, *semant dans les larmes* de la contrition, il ne *moissonnât dans la joie* (Ps. CXXV, 5) une douce consolation.

Ainsi, ne dis pas que la voie des larmes n'est pas ta voie : c'est la voie directe pour tout pécheur, et par conséquent pour tout homme sur la terre : *car tous ont péché* (Rom., III, 23). Ne dis pas qu'il t'est difficile de mener une vie repentante dans ton genre de vie habituel et inévitable : cette difficulté n'est pas dans l'essence des choses, mais dans ton inattention, dans ton manque d'efforts pour placer l'affaire spirituelle au-dessus des affaires du monde et de la chair.

De l'exemple du juste David on peut encore tirer une conclusion qu'a tirée avant nous de l'exemple des saints en général le bienheureux Isaac le Syrien. *Si les saints pleuraient, et si leurs yeux étaient toujours remplis de larmes jusqu'à ce qu'ils quittassent cette vie, qui n'a pas à pleurer? Si ceux qui ont été parfaits et qui ont remporté la victoire ont pleuré ici, comment celui qui est couvert de blessures pourra-t-il retenir ses pleurs* (Serm. 21)?

Quelqu'un demandera-t-il : Comment apprendre les pleurs utiles à l'âme? — Celui-là, le même bienheureux Isaac le prévient par sa réponse : *Celui qui a un mort aimé gisant devant lui, celui qui se voit lui-même mort par ses péchés, a-t-il besoin qu'on lui enseigne dans quelle pensée il doit faire usage de ses larmes? Ton âme est morte par le péché et gît devant toi, elle qui t'est plus chère que tout au monde; ne réclame-t-elle donc pas tes pleurs?*

Le monde n'aime pas à pleurer quand la passion ou le malheur ne lui arrachent pas des larmes. Il aime la joie ou le rire. Il se hâte d'un pied bondissant d'atteindre une joie éphémère. Il aspire, ce semble, maintenant à un tel perfectionnement de frivolité qu'il ne veut plus rien faire que s'amuser. On s'occupe tant de plaisirs, on en parle tant, on en écrit et on en imprime tant, qu'il est incompréhensible que les hommes ne se fatiguent pas de plaisirs portés jusqu'à la satiété et l'épuisement.

Savez-vous, songez-vous où conduit ce chemin, à quelles conséquences mène cette passion de plaisirs, de luxe, de jouissances sensuelles incessantes, qui absorbe tout? — L'arrêt est déjà prononcé, et il est prononcé par un juge dont les sentences sont immuables, parce qu'il est infiniment juste et éternel : *Malheur à vous qui riez maintenant, car vous gémirez et vous pleurerez* (Luc, VI, 25)! Ce *maintenant*, que vous remplissez avec tant d'efforts d'enchantements et de chimères, passera bientôt ; les enchantements et les chimères s'évanouiront, et *vous pleurerez* sur la ruine de votre prospérité extérieure, sur la ruine de votre santé, sur la ruine des forces de votre âme, et, ce qui est déplorable par-dessus tout, *vous gémirez* enfin de ce que vous n'aurez pas pleuré des larmes passagères de repentir et de componction qui vous auraient apporté une consolation éternelle, et de ce que, par des joies et des rires passagers, vous vous serez acheté des larmes éternelles, brûlantes.

A l'heure de la solitude et du silence, rappelez-vous quelquefois et recevez dans votre cœur l'enseignement du bienheureux Macaire l'Égyptien. *Mes frères*, disait-il, *pleurons pendant que nous ne sommes pas arrivés là où les larmes nous brûleront.* — Ainsi soit-il.

---

7

# SERMON

## POUR LA FÊTE DE L'INVENTION DES RELIQUES DU SAINT PRÉLAT ALEXIS.

— 20 mai 1853. —

Toute la multitude cherchait à le toucher, parce qu'une vertu sortait de lui et les guérissait tous.
— Luc, VI, 19. —

Quel heureux temps! Quels hommes heureux ! Le Fils incarné de Dieu vit au milieu des hommes, et toute la multitude peut s'approcher de lui, et le toucher, et puiser la vertu guérissant tous les maux qui sort de lui !

N'avez-vous pas l'idée de porter envie aux contemporains de la vie terrestre de notre Seigneur Jésus-Christ? — Ce serait toutefois un péché, — parce que le sentiment de l'envie est opposé à l'amour du prochain, et inutile, — parce que l'envie ne nous donne pas ce que nous envions, et ne fait que nous tourmenter; mais cela n'est pas non plus nécessaire, — parce que Dieu, tout-sage et tout-bon, ne nous a certainement pas placés dans une situation telle que nous puissions avec justice porter envie à d'autres hommes et à d'autres temps, comme si la Providence nous avait fait une injustice.

Quoi donc? *Sort-il* encore aujourd'hui *une vertu de* notre Seigneur Jésus-Christ, pour *nous guérir tous?*

— Cela est, sans aucun doute. Mais pourquoi n'en voyons-nous pas toujours l'effet quand nous le désirons ?— Si ce n'est pas parce que sa vertu s'est cachée ou s'est éloignée, c'est assurément parce que nous ne savons pas *chercher à le toucher*.

Qu'était-ce que cette *vertu* qui *sortait* du Seigneur Jésus *et les guérissait tous?* — Ce n'était pas autre chose que la vertu de sa nature Divine unie à la nature humaine, et de son humanité divinisée.

La vertu de la Divinité est infiniment grande, puisque tous ses attributs sont infinis, et éternellement active, puisque tous ses attributs sont éternels et impérissables. Ainsi donc, non-seulement la vertu de la Divinité est sortie activement de ses trésors au temps de la création des six jours, mais elle en sort activement encore après cette création, selon ce qui a été dit par le Seigneur : *Mon Père agit jusqu'ici, et j'agis aussi* (Jean, v, 17). Elle se produit dans le monde invisible, et elle agit comme lumière primitive éclairant les secondes lumières, les purs esprits, — comme source de vie vivifiant et remplissant de béatitude l'existence immortelle des esprits. Elle se produit dans le monde visible, et elle agit comme étant *la lumière* qui *luit dans les ténèbres* (Jean, I, 5), qui *éclaire tout homme venant en ce monde* (9), comme étant la vie qui vivifie ce qui est mortel et ressuscite ce qui est mort. Le saint apôtre Paul voit et atteste que le Fils de Dieu *soutient tout par la parole de sa vertu* (Hébr., I, 3), qu'en Dieu *nous avons la vie, le mouvement et l'être* (Act., XVII, 28), qu'il s'approche de nous d'une manière admirable *afin que du moins nous le sentions et nous le trouvions comme n'étant pas loin de chacun de nous* (Act., XVII, 27).

Mais comme l'expérience des siècles a montré que l'esprit humain n'a pas su trouver et sentir spirituellement la Divinité s'approchant de lui, et, malgré sa destination à une communion bienheureuse avec Dieu, s'est embourbé dans les créatures, dans la corruption, dans la mort, alors, Dieu, inépuisable dans ses moyens de miséricorde, a imaginé un moyen nouveau et inusité de communiquer à l'homme sa vertu vivifiante et salutaire. Ce n'est plus seulement le rapprochement de la Divinité vers l'homme, mais l'union de la Divinité avec l'humanité dans la personne de l'Homme-Dieu Jésus-Christ, dans lequel, selon l'explication de l'Apôtre, *toute la plénitude de la Divinité réside corporellement* (Col., II, 9). Son humanité est remplie et imprégnée de la vertu Divine par l'union hypostatique ou unipersonnelle en lui des natures Divine et humaine; mais comme l'humanité assumée par lui et divinisée, comme humanité, est de nature identique avec tout le genre humain, — il s'ensuit qu'elle est, pour tous les hommes, une source ouverte et inépuisable de grâce Divine, de vertu vivifiante, curative, salutaire.

Telle est *la vertu* qui *sortait* du Seigneur Jésus et qui *les guérissait tous*. Est-ce que quelqu'un demandera encore : Sort-elle de lui encore aujourd'hui? — Avant la question, l'Apôtre a déjà répondu à cela : *Jésus-Christ était hier, et il est aujourd'hui, et il sera le même dans les siècles* (Hébr., XIII, 8). — Il est le même encore aujourd'hui, avec la même vertu sortant de lui et guérissant tous les maux, puisque c'est la vertu Divine, et par conséquent non temporelle, non passagère, mais éternelle et agissant éternellement, et principalement sur ceux qui aspirent et *cherchent à le toucher*.

Ici naît une nouvelle question, embarrassante en apparence : Comment pouvons-nous toucher Jésus-Christ, quand il ne vit plus sur la terre comme un homme au milieu des hommes, mais que, comme Dieu, il est assis dans les cieux, à la droite de Dieu le Père? Qui de nous peut atteindre à le toucher? — Si nous sommes attentifs, il se trouvera, à cette perplexité, une solution favorable même pour nous, dans les évènements du temps où Jésus-Christ vivait visiblement au milieu des hommes.

Beaucoup pensaient alors que la vertu bienfaisante de Jésus-Christ était bornée à son corps, et que, pour en éprouver l'action bienfaisante, il fallait toucher corporellement son corps ; et c'est pourquoi, même sans lui demander la guérison, on se précipitait simplement pour toucher à son corps, et, évidemment, on obtenait le succès, comme on peut le voir par les paroles du saint évangéliste Marc : *Il en guérissait beaucoup, de sorte qu'ils se précipitaient sur lui pour le toucher* (Marc, III, 10).

Ce n'est pas ainsi que pensa la femme affligée d'une perte de sang. Elle supposa que la vertu de Jésus-Christ ne se bornait pas à son corps, mais s'étendait plus loin, que ses vêtements mêmes en étaient imprégnés, que toucher à ses vêtements c'était toucher à lui-même et à sa vertu curative, et que par conséquent, au moyen d'un attouchement à ses vêtements, on pouvait recevoir la guérison. Et l'expérience justifia cette opinion. *Elle toucha son vêtement, — et soudain l'écoulement de sang s'arrêta en elle, et elle sentit en son corps qu'elle était guérie de ce mal* (Marc, V, 27-29).

Autrement encore pensèrent les dix lépreux. Toucher à Jésus-Christ, ou seulement à son vêtement, cela ne leur était pas permis, à cause de la loi sévère qui éloignait les lépreux, comme impurs, de toute communication avec les purs. Qu'avaient-ils donc à faire? Il était désirable d'être guéri, mais il n'était pas permis de toucher au Médecin. La nécessité les obligea de s'élever au-dessus de la forme sensible des idées. Ils pensèrent judicieusement que la vertu qui était en Jésus-Christ n'était pas corporelle, mais spirituelle, Divine, et que par conséquent on pouvait y toucher non-seulement par le corps, mais encore, indépendamment du corps, par l'esprit, par la pensée, par le désir, par la parole de la prière. Ainsi donc, ils *s'arrêtèrent au loin, et ils élevèrent la voix, disant : Jésus notre maître, aie pitié de nous* (Luc, XVII, 12, 13). Et que par là ils aient touché au Christ spirituellement, et qu'ils aient attiré à eux sa vertu curative, c'est ce que l'expérience démontra de même que sur la femme affligée d'une perte de sang. *Et il arriva, pendant qu'ils allaient, qu'ils furent purifiés* (14).

Par ces exemples se découvrent à nous trois aspects de l'attouchement salutaire à Jésus-Christ : l'attouchement corporel immédiat, l'attouchement par quelque objet intermédiaire ou signe visible, et l'attouchement spirituel.

Maintenant, que l'on demande : Peut-on toucher à Jésus-Christ à présent qu'il est monté au ciel ? — J'espère que la réponse sera intelligible et convaincante : On peut toucher à Jésus-Christ spirituellement, non par la main ou par les lèvres, mais par l'esprit, par la pensée, par le désir, par la prière, par la foi, par la contemplation de l'esprit, par l'amour du cœur, parce que l'esprit et ses mouvements ne sont pas restreints par l'espace et par le temps comme le corps et ses mouvements. Que si même l'esprit revêtu de la chair a besoin d'un objet intermédiaire ou d'un signe visible pour le rapprochement et l'attouchement à Jésus-Christ, lui qui a répandu sa vertu bienfaisante même dans ses vêtements matériels, ne l'a-t-il pas mieux encore répandue dans les âmes de ses Saints qui, baptisés en Jésus-Christ, ont été revêtus de Jésus-Christ, et, dans la mesure de leur foi et de leur pureté, sont devenus eux-mêmes les vêtements et les réceptacles de la vertu de sa grâce? Et, de leurs âmes saintes, ne s'est-elle pas répandue aussi sur leurs vêtements non faits de main d'homme, — sur leurs corps saints et leurs reliques incorruptibles; ne s'est-elle pas montrée et ne se montre-t-elle pas même par les saintes images? La vertu de Jésus-Christ ne se répand-elle pas par ces intermédiaires et ces symboles pour guérir tous les maux? Les croyants n'éprouvent-ils pas souvent cela, quoique tous ne sachent pas le voir et le comprendre? Désirez-vous encore davantage, — désirez-vous toucher Jésus-Christ corporellement, immédiatement? Que dire à cela? — Il faut dire qu'il vous a donné plus que vous ne pouviez désirer et vous représenter comme possible. Il a dit : *Prenez, mangez, ceci est mon corps; buvez, ceci est mon sang;* et, par la bouche du serviteur du mystère, il le dit encore aujourd'hui : et il nous offre, à nous croyants, toujours et en tout lieu, son Corps vivifiant et son Sang vivifiant, non pour les toucher seulement, mais encore pour les savourer, afin qu'après les avoir savourés avec foi, nous puissions crier vers lui, de la profondeur de notre sentiment intérieur, avec saint Basile le Grand : *Nous sommes remplis de ta vie infinie* : Que te faut-il donc encore, Chrétien de l'Église universelle? Peux-tu porter envie au Juif qui, après avoir entendu parler de Jésus, s'élançant de Jérusalem, ou de quelque autre endroit, vers la Galilée, *cherchait à le toucher parce qu'une vertu sortait de lui et les guérissait tous?*

Te plaindras-tu de ce que, quoique tu cherches à *le*

*toucher* par les moyens mêmes que j'ai indiqués, tu ne ressens cependant pas l'attouchement vivifiant et tu n'obtiens pas la guérison de tes passions, de tes afflictions et de tes infirmités ?

Examinons cette plainte également sur la base des expériences qui se présentent dans les récits Évangéliques.

Nous ne voyons pas dans l'Évangile que le Christ Sauveur ait refusé à quelqu'un l'attouchement vivifiant à sa vertu. En effet, même ce qu'il dit à la femme chananéenne : *Laisse d'abord se rassasier les enfants* (Marc, VII, 27), ne fut pas un refus décisif de la guérison de sa fille ; mais ce fut seulement une condamnation du paganisme et l'appel d'une païenne à la foi pure en l'unique vrai Dieu. Au contraire, l'Évangile dit qu'une vertu sortait sans cesse, comme d'elle-même, du Seigneur Jésus, et se répandait partout et sur tout, comme la vertu de la lumière sort du soleil. *Une vertu sortait de lui et les guérissait tous.* Et il témoigne lui-même de lui-même qu'une vertu était sortie de lui comme spontanément, au gré de ceux qui cherchaient à le toucher, sans la demande préalable de son consentement : *Quelqu'un m'a touché : car j'ai senti qu'une vertu est sortie de moi* (Luc, VIII, 46). Et ne convenait-il pas que cela fût ainsi ? Si du soleil visible sort incessamment et se répand sur tout la vertu vivifiante de la lumière, ne doit-elle pas être plus puissante, et plus incessamment active, et reconnaître encore moins de limites, la vertu du Divin Soleil de la vérité ?

Ainsi donc, si tu te plains que, malgré l'emploi des moyens connus de rapprochement et d'attouchement à Jésus-Christ, tu ne sentes pas l'action vivifiante et curative de sa vertu, comprends que ta plainte ne doit retomber sur personne autre que sur toi-même. De même que personne ne peut se plaindre avec justice que le soleil ne lui donne pas sa lumière et sa vertu bienfaisantes, ainsi personne ne peut se plaindre avec justice que Jésus-Christ ne lui donne pas la lumière et la vertu de sa grâce; avec cette différence que les nuages et la nuit peuvent être des obstacles à la lumière et à la vertu du soleil, tandis qu'aucune force ténébreuse et contraire ne peut mettre obstacle à la lumière et à la vertu de Jésus-Christ. Si tu ne vois pas la lumière réjouissante de Jésus-Christ, c'est assurément parce que tu ne sais pas ou que tu ne veux pas ouvrir ton œil spirituel. Si tu ne sens pas la vertu bienfaisante de Jésus-Christ, c'est assurément parce que ton sens intérieur n'est pas éveillé, ou qu'il est engourdi par les impressions des sens extérieurs, à cause de ton inattention et de ta négligence qui te dominent ; ou peut-être la vertu bienfaisante modère-t-elle avec prévoyance son influence manifeste, afin de ne pas briser ton vase fragile, parce que tu n'es pas encore assez fort, mais que tu ne fais que de commencer à te fortifier par son action mystérieuse elle-même. Si ton esprit ne trouve pas la force de s'élever vers ce qui est céleste, et de toucher d'une manière vivifiante à Jésus-Christ par la foi, n'est-ce pas parce qu'il est retenu par les attachements terrestres, auxquels tu as permis de prendre trop de force? Si les moyens qui te sont donnés pour t'approcher de Jésus-Christ et pour entrer en communication avec lui ne produisent pas sur toi l'effet désiré, n'est-ce pas parce que tu les emploies mal ou négligemment? n'est-ce pas parce que tes pensées sont distraites, tes désirs inconstants, ta prière nonchalante, ta foi morte par l'absence de bonnes œuvres, ton amour pour Dieu étouffé par l'amour pour les créatures?

*Mes frères saints*, je vous appelle de l'appel apostolique, *vous qui êtes participants de la vocation céleste, comprenez l'envoyé et le pontife de notre confession, Jésus-Christ* (Hébr., III, 1). Comprenez qu'en lui est notre vie, en lui notre lumière et notre force, en lui notre remède guérissant toutes les maladies de l'âme et du corps, en lui notre bonheur présent et notre félicité future; que hors de lui et dans l'éloignement de lui, il n'y a que des fantômes passagers de bien et de bonheur, et à leur suite le mal, et la corruption, et la mort. Et par conséquent, ne soyons pas moins attentifs à notre propre bonheur que cette multitude juive qui, oubliant maison et affaires, accourait vers lui de tous côtés et en foule, pour entendre son enseignement et pour recevoir de lui la guérison, et, avec des efforts indomptables, *cherchait à le toucher*. Courons et approchons-nous vers le Seigneur Jésus dans son saint temple, et dans notre cœur, qui doit aussi être son temple. Recueillons près de lui nos pensées en les arrachant aux distractions du monde. Élançons vers lui nos désirs loin de la passion pour les créatures. Adonnons-nous à la prière, afin qu'elle puisse enfin se changer en un entretien incessant de notre cœur avec Dieu. Par la foi active, puissions-nous acquérir la foi contemplative! Non-seulement ne nous permettons pas d'aimer la frivolité, mais imposons des bornes à l'amour terrestre, même naturel et légitime, et élevons au-dessus de lui l'amour de Dieu. Et, selon la mesure de sa fidélité et de ses efforts zélés, et par le don même de Jésus-Christ notre Dieu, que chacun soit trouvé digne, non-seulement de l'attouchement vrai, vivant et vivifiant, mais encore de *l'habitation de la vertu* (II Cor., XII, 9) bienfaisante qui *sort de lui et guérit tous les maux*. — Ainsi soit-il.

8

# HOMÉLIE

## POUR LE JOUR DE LA COMMÉMORATION DE SAINT SERGE.

— 1855. —

Veillez et priez, afin que vous ne tombiez pas dans l'adversité.

— Matth., XXVI, 41. —

Cette instruction fut donnée par le Christ Sauveur à ses disciples choisis, dans la dernière nuit de sa vie avant sa mort sur la croix. Il veillait et priait, et il engageait ses disciples à faire la même chose.

*Afin que vous ne tombiez pas dans l'adversité*, dit-il. C'est-à-dire : un danger vous menace. Un ennemi invisible et des ennemis visibles s'approchent avec des efforts désespérés, pour frapper la tête de l'Église nouvellement établie et en détruire le fondement. Votre foi est menacée d'une épreuve difficile. Vous devez voir votre Maître dans les liens, dans les souffrances, sur la croix, et vous attendre vous-mêmes à la même chose. Si vous fortifiez votre foi par la veille et la prière, vous passerez sains et saufs à travers l'épreuve. Mais si vous sommeillez, et si votre prière s'éteint dans l'assoupissement, le danger se convertira en un malheur réel. *Veillez et priez, afin que vous ne tombiez pas dans l'adversité.*

Par cela, on peut penser que si Pierre avait suivi exactement l'instruction de son Divin Maître et s'était fortifié dans la veille et la prière, il aurait conservé à l'heure du danger une fermeté calme et n'aurait pas passé d'une témérité déplacée à une lâche pusillanimité; il n'aurait pas fait la tentative déraisonnable et inutile de frapper avec l'épée le serviteur du Grand-Prêtre, et il n'aurait pas été amené par des bavardages de serviteurs et de servantes jusqu'à renier Jésus-Christ. Mais il sommeillait, et de là résultèrent des conséquences qu'il dut pleurer amèrement.

Ce rappel à la nécessité de la prière, je peux le regarder comme peu nécessaire pour beaucoup de ceux qui sont ici, et qui même y sont venus en priant et pour prier.

Mais pensons-nous assez *à la veille?* La connaissons-nous comme effort et comme vertu? L'employons-nous pour l'utilité de notre âme?

Chacun de nous veille plusieurs heures chaque jour; mais ce n'est point là cette veille que le Christ Sauveur nous enseigne pour notre salut. Chacun de nous donne chaque jour quelques heures au sommeil; mais ce n'est point là l'absence de la veille. La veille du chrétien consiste à retrancher du sommeil naturel autant de temps qu'il le peut sans déranger sa santé, et, en ce temps comme en tout autre, à tenir son âme éveillée à la pensée de Dieu, à la prière, à l'observation des mouvements de l'esprit, de la volonté, du cœur, des sens, afin qu'ils soient constamment dirigés vers le vrai et le bien, selon la volonté de Dieu.

L'expérience montre qu'un degré élevé de veille n'a pas une petite signification même dans la vie naturelle, par rapport à sa perfection ou à son perfectionnement. Dans le sommeil, la vie lumineuse de l'âme est gênée et oppressée par la vie obscure du corps : dans la veille, la vie de l'âme agit librement et avec autorité sur la vie du corps. Conformément à cela, les facultés de l'âme se développent ordinairement peu chez ceux qui dorment beaucoup, tandis qu'avec un développement élevé de ces facultés et avec l'acquisition de profondes connaissances s'unit ordinairement une mesure forcée de veille. Si, de cette manière, l'effort de la veille est nécessaire pour l'élévation de la vie naturelle qui, à cause de l'union de l'âme avec le corps, se partage toujours nécessairement entre la veille et le sommeil, combien plus doit être avantageuse la veille forcée pour l'épanouissement et l'élévation en force et en pureté de la vie spirituelle et de la grâce s'efforçant de s'assimiler et de s'unir à la vie des êtres incorporels, qui jamais ne dorment ni ne sommeillent, mais veillent toujours?

La sainte Église, qui fait tendre toutes ses paroles et toutes ses actions à nous guider sûrement et facilement vers le salut éternel, a exprimé distinctement la nécessité de la veille chrétienne, et y a ouvert un chemin commun pour tous en instituant depuis longtemps un Office divin particulier, connu sous le nom de *vigiles nocturnes*. Écartant les obstacles du côté de la vie extérieure, elle n'a pas pris pour cela les jours desquels il a été dit dans la loi : *Travaille six jours, et fais-y toutes tes affaires* (Ex., xx, 9). Et pour engager à cet effort avec facilité et agrément, elle a choisi pour les vigiles nocturnes les jours de fêtes, particulièrement des grandes fêtes, où ses enfants peuvent, avec une liberté particulière, offrir en sacrifice à Dieu leur temps aussi bien que leurs pensées, leurs sentiments et leurs actions, et où la joie spirituelle et les autres sentiments spirituels chassent sans effort le sommeil d'un corps paresseux. Mais comment profitons-nous de cette institution? La faiblesse, la nécessité, et, peut-être encore, d'autres causes moins excusables, ont abrégé les *vigiles nocturnes* au point que ce nom est plus maintenant un souvenir des anciens efforts de prière que l'expression de nos efforts réels. Et les heures peu nombreuses de la veille à l'église auxquelles nous avons réduit les vigiles nocturnes, ne sont-elles pas dérobées chez nous, soit par le sommeil ou les occupations mondaines qui nous empêchent entièrement de venir à l'église, soit par la légèreté qui nous attire à contre-temps loin de l'église, soit, dans l'église même, par l'assoupissement du corps qui asservit l'âme nonchalante, et par l'assoupissement de l'âme peu attentive à la célébration de l'Office divin?

Du reste, le plus important n'est pas de retrancher de plus en plus du sommeil du corps qui constitue une nécessité naturelle. Cela peut être empêché par un état particulier de santé et par des travaux corporels supportés légalement et exigeant un sommeil prolongé pour la réparation des forces épuisées. Mais ce qui est particulièrement et essentiellement important, c'est qu'au milieu de la veille elle-même du corps, nous ne nous plongions pas dans le sommeil de l'âme.

Tu t'efforces de tenir ouvert l'œil de l'esprit. *Tu lèves les yeux vers Celui qui habite dans les cieux* (Ps. CXXII, 1); tu contemples autant que possible ses perfections, et leurs manifestations en sa qualité de Créateur, de Dispensateur et de Sauveur, et, de préférence à toute autre affaire, tu excites ton cœur à le glorifier : *Réveille-toi, ma gloire; je me lèverai à l'aurore* (Ps. CVII, 2). Tu abaisses l'œil de l'esprit sur les êtres créés, et, au travers de ces objets, voyant encore la sagesse de Dieu, sa bonté et sa Divine providence, tu excites encore ton âme à la louange de Dieu : *Bénis le Seigneur, mon âme; Seigneur mon Dieu, tu es grand dans ta magnificence* (Ps. CIII, 1). Tu examines avec le flambeau de la loi de Dieu tes œuvres faites et entreprises, et tu veilles sur elles afin qu'elles ne soient pas dirigées par la passion et la convoitise, afin que l'iniquité ne se glisse pas en elles, et afin que l'impureté en soit lavée par les larmes du repentir. A la lumière de l'enseignement de Jésus-Christ, tu plonges l'œil de l'esprit dans ton intérieur : et ici encore tu veilles afin de découvrir et de dissiper les ténèbres secrètes dans tes pensées et tes désirs, et afin de ne pas permettre à l'ennemi invisible d'y semer une nouvelle ivraie; mais ne te reposant pas sur ta pénétration, tu t'adresses encore à Celui qui sonde les cœurs: *Éprouve-moi, mon Dieu, et sonde mon cœur; et vois s'il est en moi une voie d'iniquité, et guide-moi dans la voie éternelle* (Ps. CXXXVIII, 23, 24). Je me réjouis sur toi, mon Frère; tu veilles spirituellement : heureuse et salutaire est une telle veille. Une telle veille, devenue habituelle au jour, deviendra habituelle à la nuit, parce que l'esprit fortifié dans la veille sera *éveillé* même pendant le sommeil du corps, et ne te permettra pas de te bercer de rêves sensuels.

Mais si, nos yeux étant ouverts à la lumière visible, l'œil de notre esprit n'est pas ouvert à la lumière invisible, à la lumière de la présence de Dieu, à la lumière de la loi de Dieu, à la lumière de l'enseignement de Jésus-Christ, à l'observation vigilante de l'innocence et de la pureté de nos actions, de nos désirs et de nos pensées; si en nous il y a beaucoup de mouvement, selon l'homme extérieur, pour la poursuite des objets des désirs sensuels, pour la recherche de biens qui disparaissent promptement, et qu'il n'y ait pas de mouvement vif et éveillé, selon l'homme intérieur, vers la pensée de Dieu, vers la prière, vers les efforts de la vertu et de la charité, alors malheur à nous, mes Frères : notre esprit ne veille pas ; notre âme sommeille dans des rêves ; notre homme intérieur est plongé dans un sommeil dangereux, et non loin est l'attaque mortelle de l'ennemi invisible qui, s'il rugit comme un lion même contre ceux qui veillent, combien plus facilement se glissera-t-il comme un serpent vers ceux qui dorment, et les mordra-t-il. — O Christ, qui peux réveiller non-seulement du sommeil, mais même de la mort ! *éclaire mes yeux, de peur que je ne m'endorme un jour dans la mort, de peur que mon ennemi ne dise un jour : J'ai prévalu contre lui* (Ps. XII, 4, 5).

Dans la vie de notre bienheureux Père Serge, nous voyons des fruits merveilleux de la veille pieuse. Dans une de ces veilles de nuit qu'il passait en prière, il eut une vision claire et la promesse consolante de l'augmentation du nombre de disciples dignes de ce maître. Dans une de ces veilles de nuit qu'il passait en prière, il fut jugé digne de voir notre très-sainte Souveraine la Mère de Dieu, et de recevoir d'elle la bénédiction séculaire de son monastère.

Et que la précaution contre l'adversité, et le désir du salut, et l'espérance de la grâce se réunissent en nous, mes Frères, pour nous exciter sans cesse à l'accomplissement diligent de la parole de Jésus-Christ : *Veillez et priez.* — Ainsi soit-il.

---

9

# HOMÉLIE

## POUR LA FÊTE DE L'INVENTION DES RELIQUES DE SAINT SERGE.

— 1857. —

Nul, ayant mis la main à la charrue, et regardant en arrière, n'est apte au royaume de Dieu.

— Luc, IX, 62. —

Si l'on demandait à chacun, dans la multitude de ceux qui se tiennent ici, s'il désire être apte au royaume de Dieu, sans aucun doute chacun répondrait qu'il le désire. Mais si l'on demandait encore à chacun s'il se trouve réellement apte au royaume de Dieu, beaucoup, je pense, seraient embarrassés pour répondre, tandis que quelques-uns, plus attentifs et moins disposés à se flatter, avoueraient qu'ils se trouvent très-peu rapprochés du royaume de Dieu, et pas assez fermes dans le droit chemin.

D'où vient donc qu'entre un désir auquel il appartient naturellement d'être aussi vif et aussi réel qu'il est juste et agréable à Dieu, et l'accomplissement qui en est si désirable, il apparaisse quelquefois une distance si grande, et quelquefois même il s'ouvre un abîme? Et comment notre direction vers le royaume de Dieu pourrait-elle devenir réelle, sûre, ferme? — Nous pouvons puiser un enseignement sur cela dans la parabole du Seigneur : *Nul, ayant mis la main à la charrue, et regardant en arrière, n'est apte au royaume de Dieu.*

La mention de la *charrue* fait comprendre que la parabole est empruntée à l'agriculture. Le laboureur, *ayant mis la main à la charrue*, c'est-à-dire, ayant entrepris de labourer son champ, doit constamment regarder en avant, afin de conduire la charrue, ou le soc, bien régulièrement et à la profondeur convenable, et, de cette manière, préparer la terre à recevoir et à nourrir la semence, et à produire du fruit. Mais s'il détourne les yeux et regarde en arrière, alors il ne verra plus bien comment ira la charrue, ou sans la profondeur requise pour la semence, ou sans utilité plusieurs fois dans un seul et même sillon ; ou bien, il se détournera et laissera une partie de la terre non labourée, et, de cette manière, le travail demeurera infécond.

Que signifie donc cette parabole par rapport au royaume de Dieu? Que signifie *mettre la main à la charrue?* Que signifie *regarder en arrière?* Pour expliquer cela indubitablement selon la pensée de Jésus-Christ, il faut prendre en considération la circonstance dans laquelle la parabole a été racontée. Sur le chemin du Christ Sauveur se rendant à Jérusalem, s'approcha de lui un homme qui lui dit : *Je te suis, Seigneur; mais auparavant permets-moi de prendre congé de ceux qui sont en ma maison* (Luc, IX, 61). La réponse à cela fut la parabole, dans laquelle aux paroles : *je te suis, Seigneur*, correspondent les paroles allégoriques : *ayant mis la main à la charrue*, et aux paroles : *permets-moi de prendre congé de ceux qui sont en ma maison*, les paroles : *regardant en arrière ;* et enfin, sur les gens désignés par ce dernier trait, se prononce déjà sans allégorie le jugement : *nul* de ces gens *n'est apte au royaume de Dieu.*

Ainsi donc, sous la figure de *celui qui met la main à la charrue*, est représenté l'homme qui veut marcher à la suite du Christ, vivre et se conduire selon la foi en lui, selon ses commandements, selon son exemple ; qui entreprend l'effort de cultiver la terre de son cœur par l'enseignement de Jésus-Christ, pour l'ensemencer des bonnes pensées, des saints désirs de la prière, des contemplations divines, afin qu'elle puisse produire les fruits des bonnes œuvres spirituelles, nourrissants pour la vie éternelle. Jusque-là, cet homme est dans le droit chemin. Il se dirige vers le royaume de Dieu.

Mais ce même homme peut prendre la figure de *celui qui regarde en arrière*, quand il se retourne passionnément vers les objets terrestres qu'il avait laissés derrière lui pour suivre le Christ ; quand, des désirs spirituels, il retourne aux aspirations charnelles ; de l'obéissance à la foi, à sa propre sagesse et à sa propre volonté ; des commandements de Dieu, aux habitudes d'un monde frivole ; de l'exemple salutaire du Christ et de ses Saints, aux exemples pernicieux des gens sensuels et attachés au péché ; et, de cette manière, en se dissipant et en se dérangeant lui-même, il prive la terre de son cœur d'une culture spirituelle régulière, et par conséquent aussi d'une fécondité salutaire. Évidemment, c'est là déjà une fausse route, une fausse direction vers le royaume de Dieu. *Nul donc* de ces gens-là *n'est apte au royaume de Dieu.*

Demandez maintenant : Pourquoi, chez certaines gens qui désirent être aptes au royaume de Dieu, apparaît-il, entre ce désir et son accomplissement, une distance si grande, ou même un abîme? — Sur le fondement de la parole du Christ, nous répondons : C'est qu'*ayant mis la main à la charrue, ils regardent* plus ou moins *en arrière*, qu'ils ne s'efforcent pas d'avoir l'œil de l'âme constamment et principalement tourné vers le chemin du royaume de Dieu, vers les objets, les devoirs et les efforts spirituels, vers le Christ et son enseignement et son exemple, mais qu'en regardant quelquefois vers le ciel, ils se retournent beaucoup plus souvent vers le monde, et s'oublient à en considérer les charmes et la vanité; qu'ils regardent le spirituel indifféremment, et le charnel et le mondain avec passion; qu'ils s'engagent dans la lutte pour Dieu, et qu'ils se laissent aller à la paresse et s'adonnent à leur propre satisfaction.

Que faut-il donc pour que notre direction vers le royaume de Dieu devienne réelle, sûre, ferme? — Encore sur le fondement de la parole de Jésus-Christ, nous répondons : Il faut que *celui qui a mis la main à la charrue ne regarde pas en arrière*, afin qu'ayant une fois levé ses regards vers Dieu avec un pieux désir, il n'attache plus des regards passionnés sur les créatures; afin qu'ayant une fois engagé la lutte pour son salut, il n'y faillisse pas par apathie et par défaut de constance. Que si la nature corrompue, la mauvaise habitude mal domptée, le scandale, inclinent comme malgré lui sa pensée vers ce qui n'est pas agréable à Dieu, il doit promptement et résolûment s'arracher au pire pour le meilleur, se menaçant lui-même du jugement de Jésus-Christ : *Celui qui regarde en arrière ne sera pas apte au royaume de Dieu.*

Examinons, mes Frères, chacun pour soi-même, si nous ne sommes pas dans la situation de cet homme auquel le Christ Sauveur reprocha de se trouver en contradiction avec lui-même, et qu'il déclara inapte au royaume de Dieu.

Tu as ressenti avec affliction ton état de péché et sa pesanteur pour ta conscience, et tu as eu recours au repentir à la suite duquel tu peux avec consolation dire à Dieu, en te servant des paroles du Psalmiste : *J'ai reconnu mon iniquité, et je n'ai pas caché mon péché; j'ai dit : Je confesserai contre moi mon iniquité au Seigneur, et tu m'as pardonné l'impiété de mon cœur* (Ps. XXXI, 5). Par là tu es entré dans le bon chemin. Tu as *mis la main à la charrue :* tu t'es approché de Dieu et tu as commencé à faire ce qui lui est agréable. Mais ensuite? Continues-tu à marcher en avant? Gardes-tu avec soin la pureté d'âme que tu as acquise? ne retournes-tu pas négligemment et sans souci aux dispositions et aux œuvres que tu as condamnées et auxquelles tu as renoncé dans le repentir? S'il en est ainsi, prends garde et tremble. Tu *regardes en arrière*, et, par conséquent, en ce moment *tu n'es pas apte au royaume de Dieu.*

Tu as compris le néant des biens terrestres, l'insuffisance des consolations du monde, la supériorité de la vie éloignée du monde, la valeur de la chasteté, la nécessité de l'abnégation, la liberté du désintéressement ; tu romps donc, ou tu as rompu déjà l'alliance avec le monde, afin de consacrer tout ton temps et tout ton travail à bien disposer ton âme et à plaire à Dieu, dans la société de personnes semblables, sous la conduite de personnes instruites et expérimentées dans cette philosophie. C'est très-bien. Tu mets ou tu as mis *la main à la charrue* avec une telle résolution et une telle force qu'il paraît presque déplacé de craindre que tu t'avises de reporter tes regards en arrière. Cependant l'expérience démontre qu'ici même il y a place pour cette crainte. Après ceux qui fuient le monde courent les pensées mondaines, et involontairement quelquefois elles détournent leurs regards en arrière, comme cela arriva au bienheureux Jérôme qui, fuyant le monde frivole, s'éloigna de Rome dans la Terre Sainte, mais qui avouait que, même de là, les regards de son imagination indomptée retournaient aux spectacles frivoles et passionnés de Rome. Ainsi donc, celui qui s'éloigne du monde et *qui a mis la main à la charrue* de la grande œuvre spirituelle, doit surveiller son œil avec une attention et une prudence excessives, afin de l'élever diligemment en haut — vers Dieu, de le fixer en avant — vers un développement et un perfectionnement progressifs dans la piété et la vertu, et de ne pas lui donner la liberté de se reporter *en arrière* vers la considération de la chair et du monde, qui, en apparence occupe peu, mais qui charme et captive imperceptiblement. Qu'arrivera-t-il si tu tournes les yeux vers Sodome ? — Tu peux te transformer en statue de sel ? Qu'arrivera-t-il si tu songes à retourner en Égypte ? — Tu peux mourir dans le désert sans avoir atteint la terre promise.

Le peu de foi et la paresse peuvent nous conduire au découragement par la pensée qu'il n'est guère possible d'avoir les yeux attachés sur Dieu et sur le chemin de son royaume si fixement que l'on ne regarde jamais en arrière. Que dire à cela ? — Bienheureux Père Serge ! dévoile-nous notre peu de foi et notre paresse, réveille-nous, conseille-nous, encourage-nous, fortifie-nous par ton exemple et ton secours. *Tu mis ta main* encore enfantine *à la charrue* de la grande œuvre, te privant du lait maternel pour observer le jeûne, et tu n'as pas faibli dans tes exploits jusqu'à une profonde vieillesse. Si, après l'avoir manifesté, tu n'as pas accompli aussitôt ton désir de mener la vie érémitique, ce n'est pas que tu aies regardé *en arrière*, mais c'est que tu avais les yeux attachés sur le commandement de Dieu : *Honore ton père et ta mère* (Matth., xv, 4). En entrant dans la vie érémitique, tu ne t'es pas retourné vers le monde, non-seulement pour obtenir quelque soulagement ou quelque consolation, mais pour trouver même l'indispensable. Dans un temps de pénurie de pain dans ton monastère, tu ne l'as pas attendu des hommes, mais de Dieu. Dans la pénurie de pain pour toi-même, tu t'es contenté d'un pain moisi que tu as gagné par ton travail chez un de tes frères. Tu n'as accepté l'autorité que parce que tu n'as pas pu la décliner sans violation de l'obéissance, sans dommage pour beaucoup d'âmes; et pendant que tu dirigeais le monastère, qui avait acquis déjà de la célébrité, ton travail, ton mauvais vêtement, ta parole humble t'auraient fait passer pour le dernier des frères. C'est ainsi que tu conduisis *la charrue* de l'œuvre spirituelle, c'est ainsi que tu semas des larmes, afin qu'il en naquît, grandît et mûrît les fruits spirituels et visibles dont nous nous nourrissons jusqu'aujourd'hui.

A Dieu, admirable dans ses Saints, mais prenant en pitié et sauvant admirablement tous ceux qui cherchent avec zèle son royaume, gloire et reconnaissance dans les siècles. — Ainsi soit-il.

---

# CINQUIEME PARTIE

## SERMONS POUR LA CONSÉCRATION DES ÉGLISES

---

1

## SERMON

### POUR LA CONSÉCRATION DU TEMPLE DU SAINT-ESPRIT,

AU MONASTÈRE DE LA NATIVITÉ.

— 18 septembre 1847. —

> Ne savez-vous pas que vous êtes le temple de Dieu, et que l'Esprit de Dieu habite en vous? Si quelqu'un profane le temple de Dieu, Dieu le perdra.
>
> — I Cor., III, 16, 17. —

Pendant que des hommes pénétrés de l'amour de Dieu s'efforcent de construire, ou mieux de reconstruire, d'embellir, de consacrer un temple à Dieu, la parole de l'Apôtre nous montre un temple de Dieu d'un autre genre, qui est, ce semble, tout prêt. Et comme il est près de nous! Il est dans la personne de tout chrétien, dans notre propre corps. *Ne savez-vous pas*, dit-il, *que vous êtes le temple de Dieu, et que l'Esprit de Dieu habite en vous?* Et encore : *Ou ne savez-vous pas que vos corps sont le temple du Saint-Esprit, qui réside en vous* (I Cor., VI, 19)?

L'Apôtre parle de cela comme d'une chose parfaitement connue : *Ne savez-vous pas?... Ou ne savez-vous pas?...* Est-ce donc que vous ne savez pas?... Mais il est douteux que nous sachions tous assez bien de quelle manière le chrétien est le temple de Dieu. Et s'il en est ainsi, et si, par conséquent, nous sommes très-riches de temples de Dieu vivants non faits de main d'homme, on peut demander pourquoi nous construisons et nous consacrons des temples de Dieu faits de main d'homme. Que ces questions nous conduisent donc à la méditation.

Ce qui constitue l'essence du temple de Dieu, c'est une présence de Dieu spéciale et pleine de grâce. Je dis : une présence de Dieu spéciale et pleine de grâce, distinguant cela de l'omniprésence générale de la force créatrice et conservatrice de Dieu dans tous les êtres créés. C'est ainsi qu'a défini l'essence de son temple Dieu lui-même, lorsque, bénissant le temple de Salomon, il a dit : *J'ai sanctifié ce temple que tu as construit, pour y établir mon nom à jamais : et mes yeux seront toujours là, et mon cœur à toujours* (III Règ., IX, 3). *Et j'habiterai au milieu des fils d'Israël* (VI, 13).

C'est pourquoi, s'il faut que l'homme aussi soit le temple de Dieu, il faut donc que Dieu habite en lui et demeure constamment en lui. C'est aussi exactement ainsi que l'Apôtre définit le temple de Dieu dans l'homme quand il dit : *Vous êtes les temples du Dieu vivant, selon ce que Dieu a dit: J'habiterai en eux et je marcherai au milieu d'eux* (II Cor., VI, 16). Vous êtes les temples du Dieu vivant parce que Dieu, suivant son antique promesse donnée déjà par Moïse, s'est établi en vous par sa force pleine de grâce et demeure constamment en vous.

Mais de quelle manière la force de la grâce de Dieu

entre-t-elle et s'établit-elle dans l'homme? Elle y entre par la parole de Dieu : *Car la parole de Dieu est vivante et efficace, et plus effilée que toute épée à deux tranchants, et pénétrant même jusqu'à la division de l'âme et de l'esprit* (Hébr., IV, 12).

Par l'action de la parole de Dieu, la force de la grâce entre dans l'homme par le moyen de la foi, parce que *la foi vient de ce qu'on entend, et qu'on entend par la parole de Dieu* (Rom., X, 17); et c'est de cette manière que *Jésus-Christ s'établit par la foi dans les cœurs* (Éph., III, 17).

La force de la grâce entre dans l'homme par le moyen du saint baptême : *car vous tous qui avez été baptisés en Jésus-Christ, vous vous êtes revêtus de Jésus-Christ* (Gal., III, 27). Et comme *en Jésus-Christ habite toute la plénitude de la Divinité corporellement* (Col., II, 9), il s'ensuit qu'en ceux qui se sont revêtus de Jésus-Christ ne peut pas ne pas être présente une certaine force venant de la plénitude de la Divinité, par laquelle aussi s'accomplit en eux la nouvelle *naissance* venant *de Dieu* (Jean, I, 13).

La force de la grâce de l'Esprit-Saint entre dans l'homme par la sainte onction : car ce mystère, malgré une action extérieure non identique, produit une action intérieure identique à celle de l'imposition des mains des Apôtres sur les nouveaux baptisés, de laquelle il est écrit dans les Actes des Apôtres : *Ils leur imposaient les mains, et ils recevaient l'Esprit-Saint* (Act., VIII, 17); et à ce mystère il convient de rapporter les paroles de l'Apôtre : *Celui qui nous a donné l'onction*, c'est *Dieu, qui nous a aussi marqués de son sceau et nous a donné le gage de l'Esprit dans nos cœurs* (II Cor., I, 21, 22).

La force de la grâce de Jésus-Christ entre dans l'homme par le moyen de la communion du très-saint Corps et du très-saint Sang de Jésus-Christ : c'est ce dont nous assure la propre parole de Jésus-Christ : *Celui qui mange ma chair et qui boit mon sang demeure en moi, et moi en lui* (Jean, VI, 56).

La force de la grâce s'ouvre l'entrée dans l'homme par l'amour pour Dieu et pour Jésus-Christ, et par l'observation de sa parole, c'est-à-dire de son enseignement et de ses commandements : c'est ce dont nous donne aussi l'assurance la propre parole de Jésus-Christ : *Si quelqu'un m'aime, il gardera ma parole, et mon Père l'aimera, et nous viendrons en lui, et nous ferons en lui notre demeure* (Jean, XIV, 23).

La force de la grâce est reçue par l'homme au moyen de la coopération de la prière : car pendant la prière faite par un esprit humble dans le fond du cœur, non distraite, diligente, pure, *l'Esprit lui-même intercède pour nous par des gémissements inénarrables* (Rom., VIII, 26).

Vous voyez combien le Dieu tout-bon agit abondamment et diversement, imaginant des moyens, frayant des voies, ouvrant des entrées, afin de s'introduire et d'habiter dans l'homme. C'est parce qu'il veut de la plus forte volonté faire de l'homme son temple. C'est pour que l'homme ait la plus complète facilité de devenir le temple de Dieu.

Mais puisque Dieu lui-même, par la force de sa grâce, s'édifie et se consacre d'une manière si providentielle des temples vivants non faits de main d'homme, il doit donc y avoir autant de ces temples qu'il y a de chrétiens : pourquoi, dans le même temps, l'homme aussi bâtit-il et consacre-t-il un temple à Dieu ? — C'est pour contribuer à atteindre le même but pour lequel Dieu lui-même agit providentiellement, — pour contribuer à l'édification et à la consécration de temples vivants de Dieu dans les âmes et dans les corps des hommes.

L'homme naît dans le monde, très-éloigné d'être propre à être un temple de Dieu : *Car le temple de Dieu est saint* (I Cor., III, 17); mais tout fils d'Adam tombé, quel qu'il soit, doit avouer ce que le Prophète n'a pas hésité d'avouer : *J'ai été conçu dans l'iniquité, et ma mère m'a enfanté dans le péché* (Ps. L, 7). Ainsi donc, il n'est pas le temple de Dieu, mais la demeure impure du péché. Il faut que le temple de Dieu soit construit en lui à nouveau, avec d'autant plus de peine qu'il faut construire sur les ruines de l'édifice du péché. Pour cela, l'homme doit être reconstruit de telle sorte qu'il soit, selon la parole de l'Écriture, *une nouvelle créature* (II Cor., V, 17); ou être régénéré de sorte qu'il puisse réellement s'appeler un *homme nouveau* (Éph., IV, 24). Dans cette reconstruction agit l'Esprit de Dieu, et la force de sa grâce, comme dit l'apôtre Paul : *Il est construit en habitation de Dieu par l'Esprit* (Éph., II, 22). Dans cette régénération agit la parole vivante de Dieu, comme dit l'apôtre Pierre : *Engendrés, non d'une semence corruptible, mais incorruptible, par la parole du Dieu vivant* (I Pier., I, 23). Mais si Jésus-Christ lui-même présente la naissance naturelle comme l'image de la spirituelle, et si, pour la naissance naturelle, un sein maternel est nécessaire, pour la naissance spirituelle aussi un sein maternel n'est-il pas nécessaire, non dans l'acception littérale de ce mot, comme l'imaginait Nicodème, mais dans un sens plus élevé, conforme à l'objet? — Cette question se justifie et se résout du même coup si nous disons que le sein maternel et le trésor de la vie pour le nouvel homme, c'est l'Église de Jésus-Christ et le temple mystérieusement fécond de cette Église, fait de main d'homme, il est vrai, mais rempli de l'esprit de la grâce.

Dieu a fait don à son Église d'un trésor Divin, sa parole, afin qu'en pénétrant dans l'homme par sa force vive et bienfaisante, elle le régénère, le réédifie et fasse de lui le temple de Dieu : ne faut-il pas, pour la conservation de ce trésor, un lieu digne, séparé, autant que possible, des choses terrestres ordinaires, convenablement décoré, sanctifié? — Voilà bien ce qu'est le temple de Dieu fait de main d'homme. Mais comme tous ceux qui cherchent le salut ont besoin de la parole de Dieu, le lieu où elle se trouve déposée ne doit-il pas leur être connu à tous, ouvert à tous, accessible à tous? — Tel est encore le temple de Dieu fait de main d'homme.

Dieu a introduit sa Divine force bienfaisante et salutaire dans les mystères chrétiens, afin de l'introduire par eux dans les chrétiens. La dénomination de *mystères* indique évidemment, soit que la force de la grâce de Dieu agit mystérieusement en eux, soit que ces saints actes, à cause du respect dû à la force de Dieu renfermée en eux, doivent être des secrets inabordables pour ceux qui n'y sont pas préparés et n'en sont pas dignes. Ces deux indications se réunissent en un point, — dans la pensée de l'indispensable nécessité d'un temple consacré et destiné à la célébration des mystères, dans lequel les participants aux mystères puissent entrer avec respect, et dont le sanctuaire intérieur soit fermé et interdit à ceux qui ne sont pas préparés et qui ne sont pas dignes. Et en particulier, si le corps divinisé de notre Seigneur Jésus-Christ a été élevé, selon sa dignité, dans une demeure au-dessus de tous les cieux, et si ce même corps nous a été donné dans le mystère, est-il possible de ne pas faire tous les efforts imaginables pour que même sa demeure terrestre soit aussi peu terrestre que possible, aussi céleste que possible, par la magnificence, par la consécration, et par l'humble respect pour elle?

Dans les réflexions qui viennent d'être présentées, celui qui élève un temple peut puiser la consolation — de voir son sacrifice agréable à Dieu et d'autant plus propre à lui inspirer la confiance de trouver grâce devant lui que le temple fait de main d'homme servira à l'édification et à la sanctification d'un grand nombre de temples non faits de main d'homme : et puissent tous ceux qui entrent dans le temple y puiser un enseignement pour profiter du temple pour l'édification et la consécration d'eux-mêmes en temples de Dieu.

Ayant été et étant instruits, dans le temple, de la parole de Dieu; ayant été et étant participants de la grâce des mystères, nous pouvons penser que nous sommes déjà devenus nous-mêmes aussi des temples de Dieu. Ce n'est pas à tort. Mais écoutez ce que dit l'Apôtre et à ceux qui ont été régénérés par la parole du Dieu vivant, et à ceux qui ont été participants des mystères : *Et vous-mêmes, comme une pierre vivante, édifiez-vous en un temple spirituel* (I Pier., II, 5). Il ne dit pas affirmativement : Vous êtes déjà érigés en un temple spirituel, — mais impérativement : Érigez-vous en un temple spirituel. Qu'est-ce donc que cela signifie? — Que, et parmi ceux qui fréquentent le temple, et parmi ceux qui participent aux mystères, dans beaucoup d'entre eux, le temple spirituel est imparfait et inachevé, parce que la foi est imparfaite; ou bien que, après la construction, le saint temple est souillé et renversé en eux, parce qu'ils ne mènent pas une vie sainte, mais corrompue par le péché. Mais après cela suit l'arrêt menaçant de la parole Divine : *Si quelqu'un profane le temple de Dieu, Dieu le perdra.* Celui qui souillera par des pensées impures et des désirs mauvais, qui renversera par des œuvres de péché et d'iniquité le temple spirituel de Dieu dans son âme et dans son corps, et qui ne s'efforcera pas de le relever et de le renouveler par le repentir et par une vie amendée, celui-là, Dieu, patient, mais juste juge, le détruira à la fin lui-même par son juste jugement, c'est-à-dire le laissera rester une ruine éternelle de la vie, foulée aux pieds par les puissances ténébreuses.

Nous gardant d'un sort si misérable, selon cette exhortation de l'Apôtre : *O mes biens-aimés, purifions-nous de toute souillure de la chair et de l'esprit, faisant la sainteté dans la crainte de Dieu* (II Cor., VII, 1), accoutumons-nous à trouver un secours fidèle pour cette entreprise difficile, dans l'emploi fidèle des ressources propices du saint temple et de la pensée elle-même du temple.

Quand tu entres dans l'église, rappelle à ton souvenir la promesse du Seigneur à ceux qui se réunissent en son nom : *Je suis là au milieu d'eux*, et sois pénétré de respect comme devant sa face; et la grâce de la présence de Dieu t'ombragera, comme autrefois la nuée miraculeuse dans le temple de Jérusalem.

Quand tu persévères dans la prière à l'église, songe qu'en elle souffle l'Esprit-Saint, et réprime tout mouvement propre, et aspire en toi son souffle vivifiant.

Quand ici t'instruit la parole de Dieu, ouvre non-seulement ton ouïe extérieure, mais aussi l'intérieure; ouvre ton cœur par la foi; reçois avec un désir avide ce Pain céleste, et nourris-en non-seulement ton imagination et ta mémoire, mais ta vie et ton activité.

Quand tu veux être participant du mystère du Corps et du Sang de Jésus-Christ, ou quand tu assistes du moins à ce mystère, arrache-toi au visible, et attache-toi étroitement, par la pensée et par le cœur, à ce que tu crois, à la croix et au tombeau du Seigneur, au Corps de Jésus-Christ souffrant, mourant, enseveli, ressuscité, divinisé, glorifié, et l'attouchement à lui de ta foi sera plus réel que celui de la femme affligée d'une perte de sang à ses vêtements; et *la vertu* de Jésus-Christ *sortira* (Luc, VIII, 46) pour purifier et élever tes forces de l'âme et du corps.

Si parfois une pensée impure et un désir mauvais s'approchent du temple de ton âme, hâte-toi de les repousser par la pensée même du temple. Ne suis-je pas du nombre de ceux auxquels il a été dit : *Vous êtes le temple de Dieu?* Je n'aurai pas la témérité de souiller le temple de Dieu de ce qui est contraire à sa sainteté.

Mais si, contre tout espoir, le désir mauvais ou la passion prend le dessus et excite même ton corps à l'œuvre d'impureté, de péché et d'iniquité, arme-toi encore plus fort de la pensée du saint temple. Ne suis-je pas du nombre de ceux auxquels il a été dit : *Vos corps sont le temple du Saint-Esprit, qui vit en vous?* Comment donc oserais-je renverser en moi, par le péché et l'iniquité, le temple du Saint-Esprit? Qu'il ne m'arrive pas d'offenser et d'éloigner de moi l'Esprit-Saint !

Esprit-Saint, procédant du Père et reposant dans le Fils, puis après descendant et édifiant des sanctuaires, et consommant les Saints, et reposant dans les Saints! repose par ta grâce, sans en sortir, dans le temple consacré par toi, et agis d'une manière créatrice et vivifiante par ta force, afin que, tout indignes que nous en sommes, nous obtenions la grâce d'être édifiés en la demeure de Dieu, à la gloire du Père, du Fils et du Saint-Esprit. — Ainsi soit-il.

---

2

# SERMON

## POUR LA CONSÉCRATION DU TEMPLE DE SAINT-NICOLAS,

### AU VILLAGE DE PARTHÉNIEFF.

— 26 août 1848. —

Ils retournèrent à Jérusalem en le cherchant. Et il arriva que, trois jours après, ils le trouvèrent dans le temple.

— Luc, II, 45, 46. —

Après avoir accompli aujourd'hui, par la grâce de Dieu, la consécration de ce temple sous l'invocation du nom du saint prélat et thaumaturge Nicolas, nous avons un motif de lui consacrer le commencement de ce discours.

Voilà, notre saint Prélat et Père Nicolas, que, pénétrés de respect devant ta sainteté, ou plutôt devant la grâce de Dieu qui est en toi, nous avons élevé un temple en mémoire et en honneur de tes exploits et de tes vertus, dans l'espérance de tes prières secourables et de ta bienfaisante protection. Reçois avec amour l'offrande de la foi et de l'amour; présente-la au Père des lumières, vers lequel doit en définitive s'élever tout don pieux puisque c'est de lui primitivement que descend d'en haut tout don parfait. Et comme, dès ta vie terrestre, tu faisais déjà du bien à ceux qui recherchaient avec foi ta protection puissante en Dieu, ainsi fais du bien à ceux qui ont construit ce temple magnifique, évidemment, d'une main zélée, afin de rendre, autant que possible, le terrestre digne du céleste. Fais-leur du bien d'autant mieux que ta puissance bienfaisante n'en est plus maintenant à s'accroître, mais qu'elle est parvenue à sa pleine perfection et que rien n'empêche plus la manifestation de la grâce qui t'a été donnée et que la modestie cachait auparavant. Et comme bien des fois tu as converti un grand nombre d'hommes de l'incrédulité à la foi, du péché au repentir et à la vie spirituelle, tu en as guéri quelques-uns de leurs maladies, tu les as délivrés du malheur et tu les as comblés de bienfaits divers, ainsi, ne cesse pas d'assister ceux qui viendront dans ce temple, de ta prière et de ta puissance bienfaisantes, afin qu'ils y trouvent ce qui leur sera bon et utile : les ignorants — la connaissance de la vérité, les pécheurs — le repentir, les repentants — le pardon et la confirmation dans l'amendement, les combattants — le succès dans la lutte, les malades — la guérison, les malheureux — la délivrance, les nécessiteux — l'assistance, les affligés — la consolation, et tout cela pour l'accomplissement du salut de leurs âmes.

Revenant à ceux qui célèbrent la dédicace de ce temple, je pense que cette circonstance appelle quelques mots sur le temple, et c'est dans cette pensée que je prends pour sujet de méditation l'un des récits Évangéliques se rapportant d'une manière remarquable, mais qui n'est peut-être pas assez remarquée de tous, à l'enseignement sur le temple.

Le saint évangéliste Luc, nous donnant quelque connaissance des premières années de la vie terrestre de notre Seigneur Jésus-Christ, passée en grande partie dans l'obscurité, raconte qu'à l'âge de douze ans, avec sa très-pure Mère et le fiancé et gardien de celle-ci, Joseph, il alla à Jérusalem pour la fête de la Pâque. L'Évangéliste parle de ce voyage parce qu'à cette occasion l'Enfant Jésus, âgé de douze ans, montra dans le Temple une sagesse qui jeta dans l'étonnement les docteurs juifs. Mais pour que l'on ne pense pas que ce voyage fut accidentel et unique, l'Évangéliste dit en général que *Ses parents allaient tous les ans à Jérusalem pour la fête de la Pâque*.

Remarquez-vous dans ce récit le témoignage sur l'importance du Temple de Dieu? Pourquoi Marie et Joseph ne célébraient-ils pas la Pâque chez eux, à Nazareth? Pourquoi avaient-ils besoin d'aller à Jérusalem? — Parce que là se trouvait le Temple de Dieu. Pour que la célébration fût parfaite et agréable à Dieu, il fallait aller au Temple de Dieu.

Il semble que Marie et Joseph auraient pu s'exempter de la peine d'aller au Temple de Jérusalem, pour un motif très-plausible. Leur maison était sainte non moins que le Temple, si ce n'est plus. Le Temple était saint parce qu'il contenait en lui la figure du Christ; mais eux, ils avaient chez eux le Christ lui-même. Je ne sais jusqu'à quel point Joseph comprenait cela : quant à Marie, elle recueillait les paroles mystérieuses du Seigneur dans son cœur; mais elle savait indubitablement, par la salutation même de l'Archange, que Celui qu'elle avait enfanté du Saint-Esprit était le *Fils de Dieu*, dont *le règne n'aura pas de fin*. Considérez donc combien est important le temple de Dieu. Ceux-là mêmes qui ont chez eux, dans leur maison, le Seigneur lui-même du Temple, vont cependant adorer le Seigneur au Temple. Et même le Seigneur lui-même du Temple, Jésus-Christ, va au Temple de Dieu à l'égal des adorateurs, afin de nous inspirer le respect pour le temple de Dieu.

Par là, il n'est pas difficile de comprendre combien peu mérite de confiance et offre de sûreté la prétendue sagesse de ceux qui s'éloignent du temple consacré par Dieu, et qui pensent pouvoir se contenter de la prière à la maison ou dans quelqu'autre lieu de prière disposé arbitrairement et non consacré.

Il ne sera pas inutile pour nous de porter aussi notre attention sur ce que le Temple de Jérusalem, dans lequel Marie et Joseph se rendaient pour l'adoration, était, si l'on parle notre langage, l'unique église et cathédrale et paroissiale, non-seulement pour tout Jérusalem, mais encore pour toute la terre d'Israël, et pour tout l'univers. Pour s'y rendre de Nazareth, Marie et Joseph, et l'Enfant Jésus, avaient à faire un trajet de plusieurs jours.

A ce souvenir, combien il doit être honteux pour quelques-uns de nous, qui voient l'église à quelque distance d'eux, ou même plus près, qui entendent la sonnerie de fête de la cloche qui les y appelle, de rester à la maison, soit pour une occupation non bénie pour ce temps, ou tout à fait sans occupation!

Retournons au récit de saint Luc.

Ayant achevé la fête dans le Temple et à Jérusalem, Marie et Joseph partirent pour retourner dans leur maison. Et qu'arriva-t-il donc? *L'Enfant Jésus resta à Jérusalem, et Joseph et sa mère ne s'en aperçurent pas.*

Circonstance surprenante ! Comment Joseph et Marie purent-ils devenir si inattentifs que de perdre leur trésor inappréciable, Divin, l'Enfant Jésus ? Cela peut se comprendre jusqu'à un certain point si l'on songe à la multitude ; cependant, même avec cela, c'est surprenant. Quelle peut donc être l'explication la plus satisfaisante de cette circonstance? — C'est, je pense, que la Providence la permit afin qu'ensuite l'Esprit de Dieu l'insérât, par l'Évangéliste, dans la Sainte Écriture, dans laquelle *tout ce qui a été écrit, a été écrit pour notre édification*. Mais quelle édification ou quel enseignement peut-il ressortir de là pour nous? — C'est que celui qui commence à s'éloigner du temple de Dieu, et à se laisser distraire dans le tumulte et l'agitation de la foule, celui-là se trouve en danger de perdre Jésus-Christ loin de ses pensées et de son cœur. Prenez garde.

Des chrétiens doivent avoir Jésus-Christ avec eux et en eux, par la vertu des mystères chrétiens. C'est de quoi parle le Prophète : *Un enfant nous est né, un Fils nous a été donné* (Is., IX, 6). C'est ce dont témoigne l'Apôtre : *Vous tous qui avez été baptisés en Jésus-Christ, vous vous êtes revêtus de Jésus-Christ* (Gal., III, 27). C'est ce que promet et donne le Seigneur Jésus-Christ lui-même : *Celui qui mange ma chair et qui boit mon sang demeure en moi, et moi en lui* (Jean, VI, 56). Cette présence intérieure du Seigneur Jésus-Christ, ceux qui ont une foi forte et une vie pure la sentent comme une lumière, comme une paix, comme une force, comme une vie s'élevant au-dessus de la vie humaine naturelle ; et c'est ainsi que l'Apôtre dit : *Je vis, ou plutôt ce n'est plus moi qui vis, mais c'est Jésus-Christ qui vit en moi* (Gal., II, 20).

Je laisse à la conscience de chacun d'examiner si

vous jouissez de la proximité bienfaisante et de la présence salutaire du Seigneur Jésus-Christ, où s'il ne s'est pas caché à votre inattention, — ce à quoi sont particulièrement exposés ceux qui s'éloignent du temple de Dieu, soit par négligence, soit par déviation du chemin royal du temple, pour s'égarer dans les carrefours des subtilités arbitraires humaines.

Il y a des gens qui, se reconnaissant privés de la bienheureuse communion avec Jésus-Christ, vont la chercher par les chemins tortueux des enfants des hommes, dans des sociétés secrètes, ou dans des sociétés connues qui s'imaginent atteindre à une sainteté à elles propre sans la sainteté que Dieu donne, sans le temple, sans l'autorité ecclésiastique, sans le sacerdoce. Si on leur demande : Pourquoi dirigez-vous de ce côté votre recherche spirituelle ? il n'est pas rare de les entendre faire cette réponse : Parce que là sont nos pères, nos parents, nos connaissances. Quel succès peut avoir une pareille recherche de Jésus-Christ ? — Comme à dessein pour cette question, le récit Évangélique, en présentant l'exemple de ceux qui cherchaient Jésus avec la meilleure des intentions, mais non pas avec le succès désiré, dit : *Ils le cherchèrent parmi leurs parents et leurs connaissances, et, ne le trouvant pas, ils retournèrent*. Celui qui, s'écartant du temple, cherche Jésus-Christ chez ses parents, s'asservissant à leurs préjugés, ou chez ses connaissances, se laissant séduire par des paroles artificieuses, celui-là ne le trouvera pas, et tôt ou tard en viendra au regret de sa recherche infructueuse, et peut-être trop tard.

Mais, qui que tu sois, âme chrétienne éprouvée par la douloureuse privation de la proximité pleine de bénédictions du Seigneur Jésus, que tu l'aies éloigné de toi par le péché, ou que tu te sois éloignée de lui dans le carrefour d'une fausse sagesse, reçois l'impulsion de la grâce prévenante pour le chercher sincèrement, et vois le chemin le plus sûr pour le trouver sur les saintes traces de sa très-pure Mère et de Joseph. C'est moins par leur défaut de surveillance que par l'arrangement de la Providence qu'ils perdirent le Seigneur Jésus et qu'ils le cherchèrent avec angoisse, et uniquement pour te montrer le chemin sûr pour le trouver. *Ils retournèrent à Jérusalem en le cherchant. Et il arriva que, trois jours après, ils le trouvèrent dans le temple.* Et toi de même, quelque part qu'il t'arrive de t'éloigner de lui, retourne à la Jérusalem spirituelle, cherche le Christ Sauveur dans le temple, dans ses prières, dans ses mystères, dans ses prédications et ses enseignements, et, sinon à l'heure même, du moins avec le temps, selon la mesure du zèle de ta recherche, tu retrouveras, sans aucun doute, sa proximité pleine de bénédictions, et en elle ta joie, et le salut, et la félicité éternelle. — Ainsi soit-il.

---

3

# HOMÉLIE

## POUR LA RESTAURATION DU TEMPLE DU SAINT ARCHISTRATÈGUE MICHEL,

AU MONASTÈRE CATHÉDRAL DES MIRACLES,

Prononcé le 6 septembre 1849.

> Il trouva grâce devant Dieu, et demanda de trouver une demeure au Dieu de Jacob : et cependant ce fut Salomon qui lui éleva un temple.
>
> — Act. des Ap., VII, 46, 47. —

Ainsi parle Étienne le Protomartyr, des rois David et Salomon.

Qu'est-ce donc que fit David? Comment *trouva*-t-il *une demeure au Dieu de Jacob?* — L'histoire de sa vie montre qu'il entreprit d'élever un temple à Dieu, et que, selon la révélation de Dieu par un ange, il en fixa l'emplacement.

Ainsi donc, selon l'opinion du saint Protomartyr, pour devenir le fondateur d'un temple, il en faut obtenir la *grâce* de Dieu, et il faut le *demander* à Dieu comme une faveur.

La grâce de faire du lieu où nous nous trouvons en ce moment la demeure du Dieu de Jacob, de lui élever ce temple, ce fut saint Alexis qui l'obtint.

Aujourd'hui, par la bonté de Dieu, nous voyons ce

temple renouvelé intérieurement avec toute la conservation possible de son ancien aspect, et renouvelé moins à cause du besoin que nous en avons que par respect pour son antiquité.

A propos est maintenant encore une rénovation, — la rénovation dans nos pensées du souvenir de l'ancienne destinée de ce lieu, qui s'est perpétuée depuis les temps anciens jusqu'aux nouveaux.

Il y a quatre cent quatre-vingts ans, et un peu plus, ce lieu appartenait à un khan tatare : car la domination tatare pesait alors sur la Russie. Il n'y a pas de doute que, de même qu'il était désagréable au Grand-Prince de voir dans son Kreml même, non loin de son palais, l'autorité du roi d'une horde, ainsi il ne fût désagréable à saint Alexis de voir, non loin de l'église cathédrale, le repaire des adorateurs du faux-prophète. Et si le Grand-Prince n'avait pas encore trouvé le moyen de changer cela, assurément moins encore le Prélat.

Mais Alexis *trouva grâce devant Dieu :* et cette grâce lui donna le moyen de changer le palais des ennemis du Christianisme en une maison et une demeure du Dieu chrétien.

La femme du maître de ce lieu, du khan Djanibek, Taïdoula, était affligée de graves paroxysmes et privée de la vue. Comme autrefois la cruauté de sa maladie obligea le païen Næman à se rendre à la foi en la puissance spirituelle du prophète Élisée, ainsi arriva-t-il à la mahométane Taïdoula, après ce qu'elle apprit de la puissance spirituelle du saint prélat Alexis. Le khan exigea qu'il vînt et qu'il la guérît. Le Prélat n'hésita pas dans la foi : il se rendit à la horde et guérit la reine. Taïdoula reconnaissante lui fit présent de ce lieu, et lui, douze ans avant sa mort, il éleva ici un monastère et un temple sous l'invocation du saint archistratègue Michel, — *selon la révélation de Dieu*, dit une ancienne tradition ; mais quelle fut cette révélation, nous ne le savons pas.

Le Saint mourut, et, selon sa dernière volonté, il fut inhumé ici, dans le temple qu'il avait érigé. Quand il se fut écoulé ensuite environ soixante ans, le temple s'écroula soudainement pendant qu'on y célébrait le Service divin. Mais par la grâce qu'avait trouvée saint Alexis, cela ne causa de mal à personne, et fut un signe de la Providence pour la découverte des reliques du saint Prélat.

Le grand-prince Basile Basiliévitch ordonna de construire à la place du temple écroulé un nouveau temple en pierres, et quand il fallut en jeter dans la terre les fondements profonds, on trouva les reliques de saint Alexis exhalant les parfums de l'incorruptibilité et d'une vertu salutaire pour la guérison des maladies.

Si le temple restauré aujourd'hui n'est pas dans toutes ses parties le même qui fut fondé par le grand-prince Basile Basiliévitch, du moins est-il le même dans ses fondements, puisque, même après sa réédification au commencement du seizième siècle, il conserva en lui, comme auparavant, le tombeau de saint Alexis, dans lequel fut jugé digne alors d'être placé l'archevêque de Novogorod Hennadius, qui avait servi avec zèle ce monastère et l'orthodoxie.

Ce temple, après sa consécration, reçut dans une chapelle de l'Annonciation de la très-sainte Mère de Dieu, qui lui était adjointe, les reliques de saint Alexis déjà pieusement vénérées, et les conserva quelques dizaines d'années.

Ensuite, auprès de cet ancien temple, fut érigé un nouveau temple sous l'invocation de saint Alexis, dans lequel passèrent aussi ses reliques; mais, avec le temps, ce nouveau temple tomba en ruines, et les traces en disparurent. Il fut remplacé par le temple, que nous voyons aujourd'hui, de Saint-Alexis et de l'Annonciation de la Mère de Dieu, et enfin y trouvèrent le repos les reliques de saint Alexis, apportées par les mains des tsars Jean et Pierre.

On peut dire que cet antique temple a soutenu assez fermement cette épreuve que, selon la parole de l'Évangile, soutient la maison construite par l'homme sage : *La pluie est descendue, et les fleuves sont venus, et les vents ont soufflé, et ils se sont précipités sur cette maison, et elle n'est pas tombée : car elle était fondée sur le roc* (Matth., VII, 25). Plus d'une fois est tombée sur cette terre une pluie de maux, envoyée par le ciel pour la laver de ses péchés et pour y faire croître de bonnes végétations; plus d'une fois sont venus les fleuves de feu des incendies; plus d'une fois ont soufflé impétueusement les vents de divers bouleversements humains; ici ont exercé leurs fureurs les Polonais, et, par eux, dans ce monastère même, le bienheureux patriarche Hermogène, pour son zèle dans la foi et son inébranlable fidélité à sa patrie, a souffert le martyre et la mort par la faim; les Gaulois ont dévasté et renversé le Kreml; mais ce temple, ce rempart des antiques et saintes images, est demeuré debout, soutenant les attaques des hommes, des temps et des éléments, parce qu'il est affermi *sur le roc*. Sur lequel? — Sur le roc de la foi de saint Alexis, sur la grâce qui lui a été donnée, sur sa bénédiction primitive ici, sur lui-même, sur son corps qui reposait dans les fondations de ce temple avant sa fondation de pierre.

Ce n'est pas à tout homme qu'est accordé le partage de construire ou de restaurer un temple de Dieu, en pierre ou en bois ; mais chacun de nous a un temple animé de Dieu, plus ou moins ancien, qu'il peut et doit restaurer.

Par la création de l'homme, Dieu s'était construit un temple animé, et y avait placé son image. L'homme, trompé par l'esprit séducteur, ne se contentant pas de l'honneur d'être le temple de Dieu, conçut le désir d'être dieu lui-même : et il obscurcit en lui l'image de Dieu, et il porta la désolation et la ruine dans le temple de Dieu. Dieu le Père, tout-clément, ne livrant pas son œuvre au mal, envoya son Fils unique, par lequel *tout a été créé* (Col., I, 16), reconstruire son temple dans l'homme, et, pour restaurer en lui son image, il introduisit dans l'humanité, par le moyen de l'incarnation, l'*image* consubstantielle de *son hypostase* (Hébr., I, 3). L'Homme-Dieu, Jésus-Christ, selon sa propre prédestination et sa propre prophétie, *rétablit le temple de son corps détruit* par la mort de la croix (Matth., XXVII, 40), par sa résurrection, afin qu'à l'exemple et par la vertu de cette résurrection pût s'élever un nouveau temple de Dieu, ou l'Église, et dans toute l'humanité, et dans chaque homme. Jésus-Christ est lui-même aussi le fondement de ce temple, selon la parole de l'Apôtre : *Personne ne peut poser un autre fondement que celui qui est posé, qui est Jésus-Christ* (I Cor., III, 11) ; et il en est lui-même le constructeur, suivant sa propre parole : *Je bâtirai mon église* (Matth., XVI, 18). Il y a aussi des aides-constructeurs, bâtissant avec les instruments de la parole et des mystères, ainsi qu'en parle l'Apôtre : *Nous sommes les coopérateurs de Dieu ; — Comme un sage architecte, j'ai posé le fondement, et un autre bâtit* (I Cor., III, 9, 10). Mais puisque ce ne sont pas des temples morts, mais des temples vivants, qui se construisent, nous, qui sommes ces édifices, nous ne devons pas être sans faire le travail que nous donne aussi l'Apôtre quand il dit : *Approchez-vous de* Jésus-Christ, *la pierre vivante rejetée par les hommes, mais choisie, honorée par Dieu, et vous-mêmes, comme des pierres vivantes, élevez-vous en un temple spirituel* (I Pier., II, 4, 5).

Construis-toi toi-même en un temple spirituel : cette exigence n'est-elle pas difficile? — En effet, mes Frères, elle est difficile, — je dirai plus : elle est même impossible à remplir, si nous nous imaginons de nous construire par notre seule intelligence, par notre seule force. Quand le premier des apôtres, appelé Pierre, c'est-à-dire *la pierre* (Marc., III, 16), sans doute à cause d'une fermeté particulière, voulut s'affermir sur ses propres pensées et sur sa propre force, et dit : *Quand même tous seraient scandalisés, moi, je ne serai jamais scandalisé* (Matth., XXVI, 33), il apparut bientôt qu'il bâtissait sur le sable : au léger souffle de la bouche d'une servante babillarde, sa maison spirituelle tomba, et il renia Jésus-Christ.

*Mais ce qui est impossible aux hommes est possible à Dieu* (Luc, XVIII, 27). Ce même Pierre, quand il fut revenu de l'aberration de son assurance et de sa confiance en lui-même, quand il eut cessé de se fonder sur sa force et sa vertu, ce qui lui faisait dire : *Est-ce par notre vertu ou notre puissance que nous avons fait cela* (Act., III, 12)? quand il commença à se fonder sur la force de la grâce de Jésus-Christ, ainsi qu'il l'a dit aussi : *C'est cette pierre qui est devenue le chef de l'angle, et il n'y a point de salut dans une seule autre* (IV, 11), alors, non-seulement il fonda solidement et il éleva haut son propre temple spirituel, mais encore il éleva quelquefois en un jour plusieurs milliers de temples vivants, par l'enseignement, par le baptême et par la communication du Saint-Esprit. De la même manière, l'autre Prince des apôtres aussi, alors que, *travaillant plus que tous les autres* (I Cor., xv, 10) apôtres, il ne s'attribuait rien à lui-même, mais tout à la grâce : *Ce n'est pas moi, mais la grâce de Dieu, qui est avec moi*, — éleva des temples nombreux et grands, et ne fortifia et n'orna pas peu, par ses écritures, toute l'Église universelle.

Ces modèles sont bien élevés pour nous : cependant, la loi du fondement et de l'édification solides, et pour les grands édifices et pour les petits, est une seule et même loi. Et que chacun de nous, pour s'élever en un temple spirituel, ne se repose pas sur sa propre sagesse, ne se confie pas en sa propre force ; mais qu'il cherche la grâce de Dieu, qu'il invoque la bonté de Dieu ; qu'il fasse de Jésus-Christ, et de la foi en lui, et de l'amour pour lui, le fondement de ses pensées, de ses actions et de sa vie ; et, sur ce *fondement*, qu'il *construise*, selon l'allégorie de saint Paul, non *en bois*, *en foin*, *en jonc*, c'est-à-dire, non des pensées frivoles et corruptibles, et les œuvres de la chair et du monde, mais *en argent*, *en or*, *en pierres précieuses* (I Cor., III, 12), c'est-à-dire des pensées pures et des œuvres de piété et de vertu. Si nous nous construisons ainsi, alors, *quand même la maison terrestre de notre corps se détruira, nous aurons une autre construction venant de Dieu*, *une maison non faite de main d'homme, éternelle dans les cieux* (II Cor., v, 1). — Ainsi soit-il.

4

# HOMÉLIE

## POUR LA CONSÉCRATION DU TEMPLE DU SAINT ORTHODOXE GRAND-PRINCE ALEXANDRE NIEFSKY,

PRÈS LA MAISON DE L'ACADÉMIE DE COMMERCE.

— 4 novembre 1851. —

> Et les fenêtres de sa chambre étaient ouvertes du côté de Jérusalem; et, à trois heures différentes du jour, il fléchissait les genoux, priant et se confessant devant son Dieu.
>
> — Dan., VI, 10. —

C'est ainsi que dans le livre du prophète Daniel est rapportée la règle de prière de ce Prophète.

En entendant cela, vous pouvez vous demander pourquoi je choisis en ce moment ce modèle. Il présente la prière à la maison, tandis que nous nous trouvons en ce moment dans une église nouvellement consacrée: ne vaudrait-il donc pas mieux, s'il faut inaugurer une église par des réflexions sur la prière, présenter quelque modèle particulièrement digne d'attention et d'imitation, de la prière à l'église?

Il est vrai que c'est ici une église; mais prenez aussi en considération qu'elle est dans une maison. C'est pour cela que la pensée de la prière à l'église se rencontre ici avec la pensée de la prière à la maison; et de là naît cette question : Pourquoi les ordonnateurs de cette maison et de cette institution d'utilité publique n'en ont-ils pas laissé les habitants s'y contenter de la prière à la maison seulement, mais ont-ils désiré leur procurer le moyen de jouir aussi des avantages de la prière à l'église dans la maison même? — L'exemple du prophète Daniel nous aidera à résoudre cette question, à justifier cette idée, et nous donnera des enseignements utiles.

*Et les fenêtres de sa chambre étaient ouvertes du côté de Jérusalem.* C'est-à-dire : lorsque le prophète Daniel voulait prier dans sa maison, il ouvrait la fenêtre tournée du côté de Jérusalem, et, à cette fenêtre, il fléchissait les genoux pour la prière. Il faut maintenant se rappeler que c'était le temps où Jérusalem et le Temple du vrai Dieu, à Jérusalem, renversés par les Babyloniens, étaient gisants sous les ruines, et que Daniel se trouvait enveloppé dans la captivité de Babylone, à Babylone même, ou, peut-être, dans la capitale Perse de Darius le Mède, d'où il était aussi impossible au Prophète de voir Jérusalem qu'à nous de la voir d'ici. Si nous pouvions entrer dans la chambre de Daniel en prière, nous pourrions lui demander pourquoi, en priant, il regarde par la fenêtre, dans le lointain de la terre. S'il cherche dans le visible quelque chose qui puisse le rapprocher de la présence invisible de Dieu, ne vaudrait-il pas mieux pour lui élever les yeux en haut, vers le ciel, ainsi que Dieu lui-même l'a indiqué en quelque façon à l'un des prophètes précédents : *Le ciel est mon trône* (Is., LXVI, 1) ? Ou bien ne vaudrait-il pas mieux regarder vers l'orient, selon l'indication d'un autre prophète : *Chantez au Seigneur, qui est monté au-dessus du ciel des cieux à l'orient*

(Ps. LXVII, 33, 34)? Nos questions n'arriveront pas jusqu'à Daniel, et ne nous amèneront point de réponse; mais nous devons nous-mêmes comprendre sa conduite dans un sens conforme à la dignité d'un Prophète, qu'il n'est pas possible de soupçonner d'un entraînement superstitieux pour Jérusalem. Il savait que le temple de Jérusalem, par sa consécration accompagnée des signes du feu du ciel et de la nuée de gloire, avait reçu le don constant de la sainte présence de Dieu, ainsi qu'en témoigne Dieu par sa propre parole : *Mes yeux seront là, et mon cœur tous les jours* (III Règ., IX, 3). Il comprenait que les Babyloniens avaient pu brûler le bois et renverser les pierres du temple, mais qu'ils n'avaient pu toucher à la grâce invisible. Il prévoyait que la grâce du premier temple, qui était détruit, se conservait pour le second temple, qui devait s'élever, et dont devait être *grande la seconde gloire plus que la première* (Agg., II, 10), puisqu'en lui apparaîtrait la Source de la grâce, Jésus-Christ. De cette manière, là où les hommes ordinaires ne voyaient que les ruines du temple, Daniel considérait la grâce du temple et la sainte présence de Dieu.

Et par conséquent, en ouvrant sa fenêtre et en étendant ses regards du côté de Jérusalem, il allait en esprit au temple de Jérusalem, et, en fléchissant les genoux, il priait dès lors comme s'il eût été dans le temple de Jérusalem.

Et ainsi, l'on peut dire que la prière du prophète Daniel était non-seulement une prière faite à la maison, mais aussi une prière faite dans le temple. Et il est à remarquer combien peu il se contentait de la prière à la maison, avec quelle vivacité il sentait la supériorité et la nécessité de la prière dans le temple, avec quelle ardeur il s'y adonnait, sans considérer les obstacles, sans considérer même le danger que courait sa vie. Mal disposés envers lui, les employés et les princes de Darius le Mède avaient obtenu astucieusement de ce Roi l'ordre que, durant l'espace de trente jours, personne n'osât présenter aucune prière à aucun Dieu ni à aucun homme autre que Darius, sous peine d'être condamné à être dévoré par les lions. Daniel savait cela, et sans doute il comprenait que ce piége mortel avait été tendu pour le prendre. Mais cela même ne le contraignit pas à se renfermer entièrement dans la seule prière à la maison, qui ne pouvait être vue de personne et par conséquent était sans danger. Il continua, selon son habitude, à ouvrir, à l'heure de la prière, sa fenêtre du côté de Jérusalem, et à diriger avec ardeur ses regards et son esprit vers le temple de Jérusalem, ce qui le conduisait directement et l'amena en effet au péril mortel auquel il ne fut dérobé que par un miracle inattendu. Les lions affamés n'osèrent pas déchirer le Prophète.

Si nous remarquons dans le Prophète une conviction si inébranlable de l'insuffisance de la prière à la maison, de la supériorité et de la nécessité de la prière à l'église, nous permettrons-nous à nous-mêmes de chanceler dans la même conviction?

Si Daniel qui, d'après le témoignage céleste, était *un homme de désirs* (Dan., x, 11), un homme qui vivait et respirait par les désirs aspirant vers Dieu, un homme de prière parfait, avait besoin du temple pour exciter et élever sa prière, pour nous qui, — convenons-en, — sommes pour la plupart loin de la perfection dans la prière, qui peut-être même y sommes peu disposés, qui ne sommes pas instruits à l'attention dans la prière, qui sommes enclins à la distraction des pensées, combien plus indispensable est un temple de Dieu qui nous recueille de nos distractions, et renferme en lui, et concentre par ses saintes images et par ses cérémonies notre attention à la prière, qui excite et élève en nous l'esprit de prière, et en ranime la chaleur !

Si Daniel, *qui avait en lui le saint Esprit de Dieu* (Dan., IV, 5), ne se contente point de chercher la bienheureuse présence de Dieu seulement dans son intérieur, mais la cherche dans un lieu déterminé dans lequel Dieu, par une action mystérieuse particulière, l'a placée et affermie pour son Église, combien plus pour nous qui n'avons peut-être pas encore même *les prémices de l'Esprit*, est-il indispensable de chercher Dieu de préférence dans le temple dans lequel il a placé, comme dans son trésor, sa présence, sa grâce, ses mystères, sa force, ses dons !

Reconnaissons donc la pensée juste et pieuse des fondateurs de ce temple, qui, désirant consolider, élever et couronner l'éducation intellectuelle, conforme aux nécessités de leur condition, que reçoivent ici les enfants, par l'éducation morale et chrétienne, ont trouvé nécessaire de leur donner, non-seulement des salles de classe avec leurs leçons, mais aussi un temple saint avec sa rière et ses mystères.

Reconnaissons la grandeur du bienfait accordé à ceux à qui il a été donné de jouir dans une telle proximité, avec une telle facilité, du temple consacré aujourd'hui. Et qu'ils reçoivent pieusement ce don saint, et qu'ils profitent de ce bienfait avec reconnaissance et avec zèle !

Et nous tous, recevons du prophète Daniel l'enseignement de vénérer le temple, d'être zélés pour la prière. Ou bien, si vous ne voulez pas de cet enseignement, parce que vous savez tout cela, tandis que l'enseignement n'est nécessaire que pour les ignorants, cherchez donc vous remplissez fidèlement ce que vous savez, et si, en déclinant l'enseignement par le savoir, vous ne vous exposez pas à être accusés de ne pas remplir ce que vous savez.

Daniel s'élançait vers le temple à travers mille distances, de tout son pouvoir et au delà de son pouvoir. Nous, ne sommes-nous pas paresseux quelquefois pour atteindre au temple à quelques centaines de pas seulement? Même alors que le temple nous envoie les sonneries d'invitation de la cloche de fête, ne nous montrons-nous pas, comme ceux qui sont condamnés dans la parabole, inattentifs à cet appel bienfaisant, et quelques-uns ne *s'en vont*-ils pas, *l'un à sa maison des champs, et l'autre à son négoce* (Matth., XXII, 5), ou pis encore, l'un à des réjouissances frivoles, l'autre à un spectacle immodeste?

Le Prophète révérait la sainteté éloignée même d'un temple en ruines. Nous, même dans l'intérieur du temple, même devant sa sainteté inviolable, n'oublions-nous pas quelquefois que nous nous trouvons en présence de Dieu, et, nous occupant avec les assistants, ne nous détournons-nous pas l'un l'autre de Celui devant lequel nous sommes?

Daniel, *à trois heures différentes du jour, fléchissait les genoux, priant et se confessant devant son Dieu.* Pouvons-nous nous féliciter d'une semblable application à la prière, du moins à la maison? Dirons-nous que nous ne pouvons pas nous en féliciter, mais que nous pouvons avoir quelque excuse de ce que nous ne prions pas fréquemment en ce que nous sommes occupés du matin a soir de nos devoirs, de nos affaires, de nos travaux? — Mais Daniel ne priait-il si souvent qu'à loisir? Il était l'un des trois premiers grands officiers auprès de Darius, auxquel étaient soumis cent vingt princes, et même *le roi l'avait établi sur tout son royaume* (Dan., VI, 1-3). Ayant dans ses mains les affaires d'un immense royaume, Daniel trouvait cependant le temps de prier à genoux trois fois le jour.

Nous ne serons pas trop exigeants. Nous ne demanderons pas que personne, dans la voie de Dieu, ne reste en arrière du Prophète. Mais nous vous proposerons une chose et due et possible, si nous disons : Honorez et aimez le temple de Dieu; fréquentez-le avec piété aussi souvent que vous le pouvez et que l'exigent les saints rites de l'Église, surtout les jours de fête; consacrez à Dieu les prémices de chaque jour et de chaque nuit par la prière, le remerciant pour le passé, demandant sa bénédiction pour l'avenir, et, dans le cours de la journée, aux heures qui vous sont dérobées par le monde et ses affaires, dérobez autant que possible ne fût-ce que quelques minutes pour vous souvenir de Dieu, élevant secrètement vers lui votre cœur et une pensée pieuse, reconnaissante, suppliante. En vous exerçant à cela avec attention et persévérance, vous trouverez en vous ce qui est écrit dans le psaume : *Je me suis souvenu de Dieu, et j'ai été réjoui* (Ps. LXXVI, 4). — Ainsi soit-il.

5

# SERMON

## POUR LA CONSÉCRATION DU TEMPLE DE LA SAINTE MARTYRE TSARINE ALEXANDRA,

AU CORPS DES CADETS D'ALEXANDRE, RÉCEMMENT OUVERT POUR LES ORPHELINS.

— 6 décembre 1851. —

Que les fils d'Israël posent leur camp devant le Seigneur, que les fils d'Israël posent leur camp autour du tabernacle du témoignage.

— Nomb., II, 2. —

Rien n'a été marqué, dans le temps, des traits de l'éternité autant que l'Église de Jésus-Christ. Ses dogmes sur un Dieu éternel et immuable sont par là même des vérités éternelles et immuables. Ses principes de vie, provenant de la même source éternelle, ont naturellement le même caractère d'immutabilité. Ayant pour but de conduire l'homme à une vie éternellement bienheureuse, elle le dirige sans cesse, pendant la vie temporelle aussi, vers ce dans quoi sont renfermées les semences et les prémices, indestructibles par le temps, de la vie future éternellement bienheureuse. C'est pourquoi l'Église de Jésus-Christ, même dans celles de ses institutions qui sont inévitablement soumises à la loi du temps, comme étant des manifestations extérieures et accidentelles de son esprit, n'aime pas le changement, mais exige toute la constance possible. *Ne transporte pas les bornes séculaires qu'ont posées tes pères* (Prov., XXII, 28). *Demeurez fermes et conservez les traditions que vous avez apprises* (II Thess., II, 14).

Celui qui considère avec ces pensées l'œuvre accomplie ici aujourd'hui, — la consécration d'un temple de Dieu dans une maison qui peut s'appeler un camp guerrier (quoique ce ne soit pas une rangée de tentes, mais une réunion immense d'édifices), celui-là, probablement, est disposé à demander : Cette œuvre est-elle contenue dans les *bornes qu'ont posées nos pères?* Peut-on trouver en elle les traits de la tradition conservée depuis l'antiquité?

Pour donner une réponse à cela, il faut quelque peu s'enfoncer dans la profondeur des Saintes Écritures et de la sainte antiquité.

L'apôtre Paul nous apprend que, lorsque le peuple hébreu, sur le chemin de la terre promise, devant le mont Sinaï, *devant le feu brûlant, et le nuage, et les ténèbres, et la tempête, et au son des trompettes*, reçut de Dieu la loi, et entra en alliance avec lui, alors, dans la préparation de cette alliance, que nous appelons maintenant ancienne, agit souverainement *le Médiateur de la nouvelle alliance, Jésus, dont la voix ébranla alors la terre* (Hébr., XII, 18-26). De là il convient de conclure que notre Seigneur Jésus-Christ, par ses ordonnances et ses arrangements propres, disposa alors aussi, par l'entremise de Moïse, entre autres choses, ce qui fut appelé *le Tabernacle du témoignage*, c'est-à-dire le temple de Dieu, mobile et portatif pour qu'il fût convenable aux besoins d'un peuple voyageur, et, par rapport aux desseins salutaires de Dieu sur toute l'humanité, rempli de figures mystiques de Jésus-Christ et de l'Église de Jésus-Christ, et des prémices de la grâce, enveloppées sous les formes visibles d'une loi toute de cérémonies. De là il suit encore que c'est aussi notre Seigneur Jésus-Christ qui a donné cet ordre : *Que les fils d'Israël posent leur camp devant le Seigneur, que les fils d'Israël posent leur camp autour du tabernacle du témoignage.* Plus loin, dans cet ordre, est déterminée avec exactitude la disposition du campement autour du Tabernacle. *Les premiers posant leur camp à l'orient, — l'ordre de la légion de Juda* (ou, selon une autre interprétation de l'hébreu : *l'étendard de la légion de Juda*), avec deux autres tribus ; à l'occident — *l'ordre de la légion d'Éphraïm*, avec deux autres tribus encore ; au nord, — *l'ordre de la légion de Dan*, avec deux tribus ; au sud, *l'ordre de la légion de Ruben*, avec deux tribus. De cette manière, le camp était disposé en forme de croix ; et le centre de la croix était occupé par le Tabernacle du témoignage.

Voilà le premier Temple érigé dans le monde (car il n'y avait auparavant que des autels de sacrifices, sans temples), et nous le voyons au milieu du camp et des légions, ordonné dans cette disposition par le Seigneur lui-même du Temple. C'est le camp d'un peuple voyageur ; mais, par une observation attentive des circonstances, on ne peut ne pas reconnaître que c'est aussi un camp guerrier. Autrement, à un peuple divisé en douze tribus, pourquoi donner encore une division en quatre corps ? — Israël voyageant avait besoin d'une disposition guerrière et parce que, sur son chemin, il rencontrait des ennemis, et parce qu'il devait conquérir par les armes la terre promise. C'est pourquoi, quand le Tabernacle du témoignage, avec tout le camp, se mettait en marche, Moïse prononçait la prière de guerre : *Lève-toi, Seigneur, et que tes ennemis soient dissipés* (Nomb., x, 34). Devant la sainteté essentielle de ce temple, — devant l'arche d'alliance de Dieu, — Israël marcha au combat contre les Madianites, et les extermina tous sans perdre un seul guerrier. Devant cette même sainteté de ce temple, le Jourdain se sécha afin d'ouvrir un chemin à Israël allant conquérir la terre promise. Devant cette sainteté de ce temple, tombèrent les murs de Jéricho assiégée et les trente tsars de la Palestine. Ce fut ainsi quand Israël fut fidèle à la sainteté du Seigneur.

Tirons de ces antiques dispositions législatives, et des actes et des évènements qui les suivirent, les pensées et les règles qui y sont contenues et dont nous avons besoin en ce moment. Le soldat et l'armée, chez le peuple de Dieu, recevaient l'instruction et la direction sous la protection et l'indication de la main de Dieu. Le Tabernacle du témoignage, ou le temple de voyage d'Israël combattant, est une institution de Dieu et de Jésus-Christ. Ce temple, placé au milieu des légions d'Israël combattant, disait par là même à l'israélite — guerrier : Tu dois être le défenseur de ton Gouvernement, de ton peuple, de ta patrie, et en même temps le défenseur de la foi et de l'Église. L'arche d'alliance de Dieu, accompagnant, selon les circonstances, Israël dans ses mouvements de guerre, et favorisant ses victoires par des signes miraculeux, disait par là au guerrier israélite : Étant le défenseur de ton Gouvernement, de ton peuple, de ta patrie, de ta foi, de ton Église, tu dois mettre ton plus ferme appui et ta plus sûre défense dans la foi, dans l'Église et dans sa sainteté.

Ne sera-t-il pas agréable au Russe combattant de voir par là qu'il marche dans les *bornes* invariables de ses *pères*, qu'il conserve la *tradition*, reçue par droit d'hérédité, d'une profonde et sainte antiquité, quand il possède, vénère et fréquente avec zèle le temple de Dieu au milieu de ses régiments et de ses institutions guerrières ; — quand il marche au combat sous un étendard bénit par l'Église, à l'ombre de la croix vivifiante de Jésus-Christ ; — quand il détermine l'objet et le but de sa vocation par l'obligation de combattre pour la Foi, le Tsar et la Patrie ; — quand il pose la foi et la confiance en Dieu comme base de son courage, de ses victoires et de son invincibilité?

Et pour les fils de la patrie qui ne combattent pas, n'est-il pas consolant de savoir que la profession destinée à veiller à la garde de la sécurité de l'Empire en assurant cette sécurité par une fidélité et un courage éprouvés, et par une éducation militaire accomplie sous la direction immédiate de l'Autocrate, — a la base la plus profonde de fermeté et de sécurité pour elle-même et pour nous, suivant l'exemple rassurant de l'antique peuple de Dieu, dans la foi et l'espérance en Dieu, et, conformément à cette foi et à cette espérance, dans la protection toute-puissante de la providence de Dieu?

*Dieu de la paix* (Hébr., XIII, 20), et *Seigneur des armées* (Ps. XLV, 12)! *Dieu de la paix* — par essence! *Seigneur des armées, fort dans les combats* (Ps. XXIII, 8) — pour la défaite de ceux qui s'élèvent contre ta paix! *bénis ton peuple par la paix*, et, s'il n'est pas encore tard d'implorer ta longanimité invincible, établis et prolonge la paix du monde. Mais, pour que ne se lèvent pas, et pour que ne prévalent pas les fils de dissension et d'iniquité, *donne* encore *la force à ton peuple* (Ps. XXVIII, 11), comme anciennement à ton peuple élu, comme à nos pères; que *ton esprit* continue *à marcher dans nos camps* (Jug.,

XIII, 25) ; que *les fils* de la Russie *posent leur camp devant toi*, Seigneur, en regardant vers toi par la foi, par la prière, par l'espérance ; qu'ils marchent en ta présence, à la lumière de tes commandements et de ta loi.

Bénis surtout, Seigneur, et sauve notre Très-Pieux Autocrate et son Orthodoxe Héritier, l'Exécuteur zélé de ses volontés bienfaisantes ; prends sous ta protection l'œuvre nouvelle entreprise ici, après beaucoup d'autres, par la sollicitude Impériale pour la multiplication de dignes défenseurs de la patrie, et en même temps — l'œuvre aussi de la clémence paternelle Impériale envers des enfants privés de l'assistance de leurs parents, — et l'œuvre de la piété Impériale qui couronne un établissement destiné à des études utiles en le dotant du sanctuaire de la foi. — Ainsi soit-il.

---

6

# HOMÉLIE

## POUR LA CONSÉCRATION DU TEMPLE DU SAINT APOTRE PHILIPPE,

DANS LA MAISON DE L'ÉGLISE DE JÉRUSALEM, A MOSCOU.

— 20 septembre 1852. —

Celui au cœur duquel est cher le nom, consacré par nos pères, d'*Église une*, *sainte*, *œcuménique et apostolique*, celui-là doit trouver selon son cœur la solennité accomplie ici aujourd'hui de la consécration d'un temple, comme étant une solennité dans laquelle on peut observer les traits heureux de *l'union des Saintes Églises de Dieu*, que nous demandons chaque jour dans nos prières.

Il y a plusieurs dizaines d'années que l'Église de Jérusalem désirait avoir ici un temple à elle, et l'Église Russe, avec le consentement de son Très-Pieux Autocrate, lui a offert ici un temple avec un lieu de séjour pour ses serviteurs de l'autel. Le zèle des orthodoxes enfants de l'Église Russe a contribué à l'embellissement du temple qui était ici auparavant, et à la construction, auprès de ce temple, de demeures pour les serviteurs de l'autel de l'Église de Jérusalem, et aujourd'hui, il a ajouté un nouveau temple à l'ancien. Or, le très-illustre Patriarche de Jérusalem, répondant à la communion de la charité par la communion proprement ecclésiastique et liturgique, a manifesté, dans sa lettre à notre Médiocrité, le désir que ce temple reçût sa consécration de l'Autorité ecclésiastique de l'Église Russe, ce qui, par la grâce de Dieu, s'est accompli aujourd'hui.

Il n'est pas hors de propos de rappeler à ce sujet que, dans cette ville protégée de Dieu, il y a depuis longtemps un couvent[1] ressortissant au patriarchat de Constantinople; que depuis peu de temps un temple[2] a été concédé aussi au patriarchat d'Antioche; qu'un envoyé du Patriarche d'Antioche réside ici déjà depuis plusieurs années, recueillant les bienfaits des enfants de l'Église Russe pour son Église infortunée, et qu'en ce moment se trouve en chemin pour se rendre ici également un envoyé du Patriarche d'Alexandrie, aussi

[1] Le couvent de Saint-Nicolas Thaumaturge.
[2] L'église du Saint-Prêtre-Martyr Ipatius.

dans l'espoir que la bienfaisance des Russes sera secourable à l'Église infortunée d'Alexandrie.

Remarquons ici, comme je l'ai déjà dit, les traits heureux de l'unité et de la communion des Églises composant l'Église Sainte, Œcuménique et Apostolique. Mais afin qu'il n'y ait point de doute que ce ne soient là les traits fidèles de la véritable unité, examinons comment l'unité et la communion des Églises sont définies dans la Parole de Dieu. Le saint apôtre Paul, dans l'épître à l'Église d'Éphèse, lui enseigne à *conserver l'unité de l'esprit dans l'union de la paix*, et, pour base de cet enseignement, il pose les raisonnements suivants : *Soyez un seul corps, un seul esprit, comme vous avez été appelés dans une seule espérance de votre vocation ; comme il y a un seul Seigneur, une seule foi, un seul baptême, un seul Dieu et Père de tous, qui est au-dessus de tous, et au milieu de nous tous, et en nous tous* (IV, 3-6). De cette manière, l'Apôtre montre le centre le plus interne et le sommet extrême de l'unité des Églises dans *un seul Dieu Père de tous*; et il ajoute significativement qu'il est seul *au-dessus de tous* par son pouvoir souverain, seul *au milieu de nous tous* par l'action, qui embrasse tout et pénètre tout, de sa providence et de son gouvernement, seul *en nous tous* par l'action intérieure de la grâce du Saint-Esprit. Par là il est facile de comprendre que, pour fonder et soutenir inébranlablement l'unité de l'Église universelle, il faut les perfections Divines, et non des forces et des moyens humains. La source principale de l'unité de l'Église, selon l'enseignement de l'Apôtre, c'est *un seul Seigneur*, Jésus-Christ, qui est aussi appelé, dans la même épître, *la Tête de l'Église*, qui elle-même, conformément à cela, est appelée *son Corps*. Les autres traits consécutifs, dans la peinture de l'Apôtre, de l'unité de l'Église, sont : *l'unité de la vocation* au salut et *de l'espérance* des biens futurs, *l'unité de la foi* et de ses dogmes, *l'unité du baptême* et des mystères en général, enfin *l'unité d'âme* et *l'union de la paix*.

N'est-ce pas par ces traits Apostoliques qu'est signalée encore aujourd'hui l'unité et la communion des Églises composant l'Église Catholique Orthodoxe? Elles reconnaissent toutes une unique Tête Divine de tout le corps de l'Église — notre Seigneur Jésus-Christ. Toutes, elles conservent saintement *la foi unique* comme l'ont prêchée les Apôtres, comme l'ont exprimée les trois cent-dix-huit Pères du premier Concile universel et les cent cinquante Pères du second Concile universel, — elles la conservent sans changement, sans suppression, sans addition. La communion des mystères entre les Églises séparées par les distances lointaines des lieux et par les nationalités, vous la voyez ici aujourd'hui en action. L'Église Russe fait présent à l'Église de Jérusalem de son sanctuaire, et l'Église de Jérusalem, pour la célébration du mystère dans le sanctuaire qui lui est devenu propre, invite l'Autorité ecclésiastique de l'Église Russe. N'est-ce pas *l'unité d'âme et l'union de la paix* qui se manifestent entre les Églises, aussi en cela que des Églises éloignées, de nationalités différentes, envoient avec confiance et espérance leurs ambassadeurs à l'Église Russe pour lui manifester leurs besoins, et que l'Église Russe prend à cœur leurs afflictions et leur tend volontiers une main secourable? N'est-ce pas là une continuation de la communion primitive Apostolique, de laquelle l'apôtre Paul écrit : *Jacques, et Céphas, et Jean, regardés comme les colonnes, ont donné à Barnabé et à moi la main de communion, afin que nous allassions vers les gentils, et eux vers la circoncision, pourvu seulement que nous nous souvinssions des pauvres, ce que j'ai eu grand soin de faire exactement* (Gal., II, 9-10)? c'est-à-dire : Jacques, Pierre et Jean, regardés comme les colonnes de l'Église universelle, ayant particulièrement l'autorité sur les Églises des Juifs, sans violation de l'unité de l'Église universelle, ont remis une autorité exactement pareille à Paul et à Barnabé sur les Églises des gentils, à cette condition seulement qu'ils donnassent aux Églises qui souffraient le malheur et la pauvreté, le secours de l'Église qui jouissait de la paix et de l'abondance.

Glorifions, mes Frères, Dieu qui nous a donné la grâce d'être des membres, quoique petits, de l'unique grand corps spirituel de Jésus-Christ, de l'unique Église Sainte, Œcuménique et Apostolique. Oh! si chacun de nous en était un membre vivant par la foi et la vertu! Oh! si aucun de nous n'était en péril d'être retranché de ce corps immortel, comme un membre mortellement contagié par l'incrédulité et l'envahissement du péché! Pensons à cela et inquiétons-nous-en diligemment et sans cesse : cela dépend de notre attention, de notre désir et de notre sollicitude; la grâce de Dieu est toujours prête à nous y aider.

Admirons les décrets incompréhensibles, mais évidemment prévoyants, de Dieu sur l'Église universelle. Pendant que, sur les peuples des antiques et grandes Églises de l'Orient, s'appesantissait par degrés le joug des infidèles, et qu'en conséquence les Églises elles-mêmes étaient livrées à des embarras dans la direction, étaient privées de ressources matérielles, diminuaient dans le nombre des fidèles, soit par les malheurs, soit par la séparation des moins fermes dans la foi, et que l'Occident s'assombrissait *sous la fumée du puits de l'abîme ouvert par une étoile tombée du ciel sur la terre* (Apoc., IX, 1-3), Dieu a semé, fait croître, fortifié, étendu l'Église Russe, et, par le moyen de l'amour zélé de nos Tsars pour Jésus-Christ, l'a faite la protectrice de la foi orthodoxe dans les pays infidèles, et a ouvert dans le zèle chrétien de notre peuple, pour les Églises malheureuses, une source de consolation et de secours.

Commençons à apprécier, Frères de l'Église Russe, la bonté envers nous de la Providence Divine. En même temps que du don Divin de la foi orthodoxe, il nous a été donné de jouir, dans la paix de l'Empire, de la paix de l'Église. Le Dieu du nouvel Israël *nous a donné*, selon la parole prophétique du juste Zacharie, *après nous avoir délivrés de la main de nos ennemis*, *de le servir sans crainte dans la sainteté et la justice devant lui*, *tous les jours de notre vie* (Luc, I, 74-75). Pendant que d'autres Églises et leurs enfants luttent dans les afflictions, dans l'oppression, dans les privations, à nous, rien ne nous empêche de célébrer les triomphes de la foi, d'user des trésors ouverts et des consolations de la grâce, *afin que nous puissions aussi consoler ceux qui sont dans l'affliction*, *de la consolation dont nous sommes consolés nous-mêmes par Dieu* (II Cor., I, 4). Efforçons-nous d'employer fidèlement ces dons en bonnes œuvres, en regardant avec crainte vers Celui qui tient dans sa droite les destinées des Églises, qui *donne à celui qui garde ses œuvres jusqu'à la fin*, *la puissance sur les nations* (Apoc., II, 26), et qui excite les imparfaits à de meilleures œuvres par la menace de *changer de place le flambeau* (5) qui ne luit pas de la lumière de la foi vive et des bonnes œuvres. — Ainsi soit-il.

7

# SERMON

## POUR LA CONSÉCRATION DU TEMPLE DE LA PROTECTION DE LA TRÈS-SAINTE MÈRE DE DIEU,

DANS L'ÉDIFICE DE LA PRISON PRINCIPALE DE MOSCOU.

— 18 septembre 1852. —

Jésus se tenait debout, et appelait en disant : Si quelqu'un a soif, qu'il vienne à moi et qu'il boive.

— Jean, VII, 37. —

Au milieu du temple de Jérusalem se tenait le Christ Sauveur, et, à la foule qui le remplissait à l'occasion d'une grande fête, il répétait à haute voix cette invitation : *Si quelqu'un a soif, qu'il vienne à moi et qu'il boive.* Qui ne ressentirait la soif à cette invitation, si déjà il ne la ressentait auparavant? Qui ne désirerait s'approcher du Christ et goûter le breuvage qu'il présente?

Pourquoi un zèle pieux s'est-il donné la peine de bien construire et de bien orner ce temple? Pourquoi l'Autorité ecclésiastique s'est-elle empressée de le consacrer par la prière et la célébration des mystères? N'est-ce pas pour qu'il soit la Maison de Dieu, la demeure de la présence bienheureuse de Jésus-Christ? pour qu'il soit possible de s'approcher ici de Jésus-Christ et de participer à ses dons?

Et ainsi, du moment où a été proclamée l'entrée ici

du Roi de gloire, le Christ Sauveur n'y est-il pas venu en effet? Ne se tient-il pas debout ici invisiblement? Ne répète-t-il pas aux âmes, intelligiblement pour celles *qui ont des oreilles pour entendre*, inintelligiblement pour *les cœurs endurcis*, — ne répète-t-il pas ici aussi son invitation de Jérusalem : *Si quelqu'un a soif, qu'il vienne à moi et qu'il boive?*

*Si quelqu'un a soif.* Il s'agit, évidemment, non de la soif corporelle, pour l'étanchement de laquelle il y a assez de fleuves, de sources et de réservoirs, et par conséquent il n'est pas besoin d'une indication extraordinaire pour montrer où l'aller étancher. Ainsi donc, il faut conclure qu'il s'agit de la soif de l'âme, des désirs du cœur, que rien n'a pu calmer au dedans ni satisfaire au dehors.

*Si quelqu'un a soif.* Cette expression conditionnelle et faisant une distinction donne lieu de penser qu'il y a des gens altérés, et qu'il y en a qui n'ont pas soif, ou dont le sens engourdi ne la ressent pas assez, ou qui l'éteignent par une satisfaction trompeuse. Sous ce rapport, il nous faut nous éprouver pour savoir dans quelle situation nous nous trouvons et ce que nous avons à faire pour ne pas mourir d'une soif inassouvie ou d'un étanchement erroné et nuisible.

Notre esprit a besoin de la connaissance de la vérité. C'est sa faim et sa soif, — exigence de la nature tout comme l'exigence de la nourriture et de la boisson par le corps. Quoi donc? La nature satisfait-elle les exigences de la nature raisonnable? Il y a des gens auxquels il n'est pas aisé même de demander cela, parce que chez eux, ce qui est actif, ce sont les sens, la mémoire, l'imagination, la pensée sensitive, le désir sensitif; mais l'esprit proprement dit dort ou sommeille, et ils ne ressentent pas, ou bien ils ressentent très-faiblement ce qu'il demande et ce qui lui manque. Interrogeons des gens dont l'esprit semble éveillé, qui se disent civilisés, quelque chose comme des Athéniens. L'Apôtre, qui les a observés personnellement, nous répond pour eux qu'*ils n'étaient occupés de rien autre que de dire ou d'entendre quelque chose de nouveau* (Act., xvii, 21). Qu'est-ce que cela signifie? — C'est que, pour l'étanchement de la soif de leur curiosité, ils ne pouvaient ou ne savaient trouver rien de plus que quelques gouttes de nouveautés qui laissaient toujours leur soif inassouvie. Interrogeons des hommes plus solides, les investigateurs de la science: interrogeons les gens adonnés à la philosophie. L'un d'entre eux, des plus dignes de confiance, a avoué que, par tous ses efforts dans l'étude de la philosophie, il n'avait atteint qu'à une seule connaissance: — il avait reconnu qu'il ne savait rien. C'est-à-dire : il avait reconnu qu'il avait soif, et il n'avait pas trouvé de quoi satisfaire cette soif. Interrogeons un autre investigateur encore plus digne de confiance; écoutons ce que dit le très-sage Salomon: *J'ai adonné mon cœur à connaître la sagesse et la science; et mon cœur a vu beaucoup de choses, la sagesse et la science, des paraboles et des finesses: j'ai reconnu que cela aussi est affliction d'esprit. Parce que dans l'abondance de sagesse il y a abondance de dépit; et celui qui multiplie la science multiplie la douleur* (Eccl., i, 17, 18). Pour autrement dire : Celui qui est le plus avide de satisfaire sa soif de science, celui-là souffre le plus de la soif: c'est que plus l'homme sait, plus il voit combien ce qu'il sait est insignifiant en comparaison de ce qu'il ne sait pas et de ce qui est interdit à la science.

Notre volonté, par sa nature, a soif du bien et de la justice. L'homme trouvera-t-il en lui-même la satisfaction complète de cette soif?—Non, répond le très-sage et expérimenté Salomon : *Il n'y a point sur la terre d'homme juste qui fasse le bien et ne pèche point* (Eccl., VII, 21). La trouvera-t-il autour de lui? — Non, répond encore à cela Salomon : *Je me suis tourné ailleurs, et j'ai vu toutes les calomnies qui sont sous le soleil, et voici les larmes de ceux qui sont calomniés, et il n'y a point pour eux de consolateur* (Eccl., IV, 1). Ce Salomon, qui se montra autrefois un prodige d'équité, voit qu'il n'est pas en son pouvoir de satisfaire complètement sa soif d'équité.

Le cœur humain a soif d'affection et d'amour. C'est encore une exigence de la nature, parce que la nature de l'homme a été créée à l'image de Dieu ; or, *Dieu est amour*, a dit le chef des théologiens. Conservant les traits profondément gravés de cette image, le cœur humain cherche un amour sincère, désintéressé, immuable, unissant librement les âmes et ne les asservissant pas, les élevant en esprit et ne les abaissant pas dans la sensualité, pur, saint ; mais le trouve-t-il souvent? Ne rencontre-t-il pas plus souvent l'indifférence, la froideur ; sous le masque de l'amour, l'amour-propre ou l'intérêt-propre, la perfidie, la jalousie, la haine, l'animosité? Et quelques-uns, ou ne comprenant pas les hautes exigences de leur cœur, ou désespérant de les satisfaire, ravalent le saint nom de l'amour, donnant le nom d'amour aux désirs sensuels, à des appétits qui ne mettent en rien l'homme au-dessus de la bête ; et ils s'imaginent satisfaire cette soif malsaine à la coupe des délices impures, et ils reconnaissent trop tard qu'ils ont bu un breuvage, non pas sain, mais mystifiant et délétère.

Tout l'être humain est altéré de félicité. Et ce n'est pas là une exigence exagérée. Si l'agneau, au pâturage, bondit dans ses sensations de contentement et de plaisir ; si l'oiseau, sur la branche, chante sa joie et son bien-être, la nature humaine, plus élevée, ne doit-elle pas exiger plus que ce qui est accordé à la brebis et à l'oiseau ? Ne doit-elle pas exiger le bonheur? Et où est-il? Nous avons entendu dire qu'il était au Paradis ; mais qui l'a trouvé sur la terre, dans la vie naturelle de l'homme terrestre? Pour que l'homme pût être heureux, il faudrait que la soif de son esprit fût satisfaite par la vérité, la soif de sa volonté — par le bien et la justice, la soif de son cœur — par l'amour pur ; mais aussi longtemps que ces différentes soifs ne trouveront pas une pleine satisfaction, le bonheur ne pourra être pour lui qu'un objet de soif, et non de jouissance.

Après ces réflexions, que dirons-nous de la condition de l'invitation de Jésus-Christ : *Si quelqu'un a soif?* Quelqu'un dira-t-il : Je n'ai pas soif? ou bien : J'ai de quoi étancher ma soif? Ne vaut-il pas mieux avouer tous que nous sommes altérés, et que nous ne trouvons ni en nous-mêmes ce qui pourrait étancher notre soif, ni dans le monde qui nous entoure ce qui pourrait la satisfaire? Si donc il en est ainsi, la saine raison exige que nous répondions le plus activement, le plus fidèlement possible à l'invitation de Jésus-Christ : *Si quelqu'un a soif, qu'il vienne à moi et qu'il boive.*

Ainsi donc, âmes altérées, venez à Jésus-Christ. Lui seul peut étancher votre soif de la vérité : car il est lui-même *la Vérité; en lui sont renfermés tous les trésors de sagesse et de raison* (Col., II, 3) ; Il *vous appelle des ténèbres à sa lumière admirable* (I Pier., II, 9).

Venez à Jésus-Christ. Lui seul peut satisfaire votre soif de bien et de justice, parce qu'il est *l'agneau de Dieu, qui ôte les péchés du monde;* parce que c'est lui qui *purifie par* son *sang notre conscience des œuvres mortes;* parce que c'est lui qui *nous donne les forces Divines qui sont pour la vie et la piété;* parce que c'est lui qui *a vaincu le monde*, et qu'il nous *donne*, à nous aussi, *la victoire* sur toute iniquité du monde.

Venez à Jésus-Christ. Lui seul peut étancher votre soif de véritable amour. C'est que *nous l'aimons parce qu'il nous a aimés lui-même le premier* (I Jean, IV, 19). C'est que c'est lui qui donne l'Esprit-Saint, et *que l'amour de Dieu se répand dans nos cœurs par l'Esprit-Saint, qui nous a été donné* (Rom., V, 5), — amour qui embrasse même les ennemis, et par conséquent n'est restreint par rien qui lui soit contraire.

Venez à Jésus-Christ. Il étanchera même votre soif de bonheur, à la coupe inépuisable de la félicité éternelle. Ne vous troublez pas de ce que lui-même, un jour, dans ses souffrances mortelles, s'est écrié : *J'ai soif;* mais n'en soyez que plus fermes dans l'espérance. S'il a pris part à votre tourment de la soif, c'est pour que vous participiez en lui à la douceur de la satisfaction de la soif spirituelle.

Avancez-vous vers Jésus-Christ dans son Église. Approchez-vous de lui par la foi, la prière, l'amour. Buvez la lumière de la vérité et la vie de la grâce et de la justice, dans ses commandements, dans son Évangile, dans ses mystères.

Enfin, ne chercherons-nous pas une parole particulière pour étancher le genre particulier de soif de ceux qui habitent autour de ce temple? — Probablement, vous souffrez tous d'une même soif, — de la soif de votre délivrance. Que vous dirai-je donc? Il n'est pas possible de satisfaire immédiatement votre soif de la manière que vous désireriez. Mais songez qu'il y a eu dans les prisons des gens qui ne souffraient pas, ou qui souffraient très-peu de la soif de la délivrance. Joseph, dans la prison d'Égypte, en était comme le maître : *car tout était dans les mains de Joseph* (Gen., xxxix, 23) ; l'apôtre Pierre, dans la prison de Jérusalem, à la veille de sa condamnation à mort, reposait tranquillement, comme s'il avait été dans sa maison. Les apôtres Paul et Silas, dans la prison de Philippes, *chantaient Dieu* de toute leur âme, comme s'ils eussent été dans une église. Pourquoi cela? — Parce qu'ils étaient innocents ; parce que Jésus-Christ était avec eux, ainsi qu'il est écrit nommément de Joseph : *Le Seigneur était avec Joseph, répandant sur lui la miséricorde.* Si même il se trouvait ici, parmi vous, des innocents qu'y auraient amenés les décrets de Dieu pour les éprouver, je leur dirais : Considérez ces exemples ; ayez recours à Jésus-Christ, et espérez que *le Seigneur sera avec vous*, et que tôt ou tard il *répandra sur vous la miséricorde.* Mais si sur votre conscience pèse le poids d'une faute, alors jugez si ce serait même un bien pour vous qu'une délivrance prompte et facile de ces lieux. L'iniquité qui pèse sur votre conscience, et la soif de justice qui vous tourmente plus ou moins, ou le chagrin de la perte de l'honnêteté et de la vertu, sortiraient d'ici avec vous ; et qui sait si vous n'étancheriez pas cette soif avec du feu au lieu d'eau, c'est-à-dire par de nouvelles iniquités plutôt que par le repentir, et si, de cette manière, votre soif, qui peut encore s'apaiser, ne se changerait pas à la fin en cette soif brûlante et inextinguible dans laquelle un homme qui n'avait pas cherché à boire de l'eau de la grâce dans le temps de sa vie terrestre, cherchait, au delà du tombeau, pour sa langue, un doigt mouillé dans l'eau, mais le cherchait en vain.

Occupez-vous plutôt d'étancher, non la soif de la liberté extérieure, mais la soif de la délivrance intérieure des liens du péché et du crime. Ne laissez pas s'allumer en vous la soif brûlante du désespoir, mais, en l'éteignant par les larmes du repentir, courez à Jésus-Christ, qui attend de vous, non l'indifférence dans la profondeur du mal et du désespoir, mais le repentir et l'espérance. *Car le Fils de l'homme est venu chercher et sauver ce qui avait péri.* — Ainsi soit-il.

---

8

# HOMÉLIE

## POUR LA RESTAURATION DU TEMPLE DE LA RÉSURRECTION DE JÉSUS-CHRIST,

PRÈS LA MAISON DE DÉTENTION DES DÉBITEURS.

— 22 décembre 1853. —

Car il m'a abrité dans sa demeure au jour de mes maux.

— Ps. XXVI, 5. —

Le Roi et Prophète David a montré souvent, dans ses actions et dans ses paroles, un amour extraordinaire pour le temple de Dieu.

En disposant Jérusalem pour en faire la capitale du nouveau royaume, il y construisit, au lieu du tabernacle de Moïse, qui était détérioré par l'usage, un nouveau tabernacle dans lequel il transféra en grande pompe l'arche d'alliance de Dieu.

Il désirait vivement élever à Dieu un nouveau temple plus durable et plus magnifique que le tabernacle de l'alliance, et ce ne fut que par un ordre particulier de Dieu qu'il fut empêché de cette entreprise qui, par les décrets de Dieu, était réservée à son fils Salomon.

Et lorsque, en même temps que cette décision de Dieu sur le temple, le prophète Nathan annonça à David la haute bénédiction de Dieu sur sa postérité, son premier mouvement de joie fut d'entrer dans la maison de Dieu, et d'offrir une prière d'action de grâces.

Et dans des circonstances opposées à celle-ci, quand il souffrait, dans le jeûne et l'humiliation, de l'affliction du repentir de son péché et du chagrin de la maladie de son fils, dès qu'il apprit la mort de celui-ci, aussitôt *il changea de vêtements, et il entra dans la maison de Dieu* (II Règ., XII, 20) pour offrir au jugement de Dieu un sacrifice de soumission dans une prière dès lors exempte de tristesse.

Voici une des nombreuses expressions dans lesquelles il a manifesté son amour pour le temple de Dieu, et l'entraînement incessant de son cœur vers lui : *J'ai demandé une seule chose au Seigneur, et je la solliciterai : c'est de vivre dans la maison du Seigneur tous les jours de ma vie, de contempler la beauté du Seigneur, et de fréquenter son temple saint* (Ps. XXVI, 4).

Et voici l'une des causes par lesquelles David expliquait et justifiait son amour et son entraînement incessant vers le temple de Dieu : *Car il m'a abrité dans sa demeure au jour de mes maux*. Je désirerais, dit-il, passer tous les jours de ma vie dans la maison de Dieu, parce qu'au jour le plus malheureux de ma vie, le Seigneur m'a abrité dans sa demeure contre les maux qui me menaçaient, et m'a donné dans son temple la sécurité.

Qu'ils entendent cela, les hommes qu'assurément non un jour de prospérité, mais un *jour de maux* a enfermés dans les murs de cette maison. Le Prophète veut nous convaincre par sa propre expérience que l'on peut s'abriter contre le jour des maux, trouver un asile sûr dans le temple de Dieu. Et cet asile, vous voyez comment une sollicitude pieuse et philanthropique pour ceux qui sont dans le malheur l'a placé près d'eux et l'a embelli. Vous pouvez voir que l'on n'a pas songé seulement à préparer et à ouvrir un saint refuge pour ceux qui souffrent, mais qu'on s'est encore efforcé d'attirer, par *la beauté* visible *du Seigneur*, leurs cœurs vers la grâce invisible du Seigneur. Imitez donc de David, si digne d'être imité, son amour pour le temple de Dieu. Vous qui êtes poursuivis par des jours de maux, réfugiez-vous ici pour y chercher des jours de consolation, de grâce et de paix. Plus vous accourrez ici avec zèle, et plus sûrement vous trouverez la consolation, la grâce et la paix.

Peut-être demandera-t-on : Quand et comment cela a-t-il été que Dieu ait caché, au jour mauvais, David dans sa demeure? — Il semble que l'on pourrait croire à la parole du Prophète sur ce qu'il sait par sa propre expérience, sans une investigation qui même n'est pas toujours possible, parce qu'il n'est pas rare que des évènements très-importants de la vie d'un homme soient secrets, inaccessibles à l'information, inconnus à l'histoire.

Mais afin de porter, autant que possible, même *ceux qui sont lents de cœur à croire*, à la foi en la grâce du temple proclamée par David, cherchons l'événement correspondant à ses paroles dans sa biographie, au livre des Règnes. Après des jours de gloire, lorsque des victoires sur les ennemis l'eurent rendu cher au peuple et gendre de Saül, l'envie contre cette gloire amena des jours de maux. David apprit que l'on entourait sa maison pour le tuer, et il fut obligé de se dérober par la fenêtre. D'abord il se confia à la protection de Dieu en la personne et dans la demeure du prophète Samuel : et il fut protégé. En effet, lorsque les envoyés de Saül, et ensuite lui-même, s'approchèrent pour prendre David, l'esprit de Dieu leur suscita un délire dans lequel ils firent et dirent autre chose que ce qu'ils avaient prémédité. Mais ensuite David trouva nécessaire de s'enfuir même de cet asile. Alors qu'en un *jour de maux* nombreux il était sans maison, sans nourriture, sans armes, en danger de mort, dans l'absolue nécessité de cacher à son persécuteur même ses traces, il eut recours à l'assistance de la maison de Dieu : et il reçut une assistance extraordinaire. Le grand-prêtre Abimélech pria Dieu pour lui, et certainement il le fortifia par l'espérance d'être sauvé du danger ; il n'hésita pas à violer la Loi pour lui en lui donnant cinq pains que, d'après la Loi, les prêtres seuls pouvaient manger ; enfin, quoique la destination du temple ne fût nullement de préparer des armes pour qui que ce fût, cependant il s'y trouva aussi une arme pour David, l'épée de Goliath. Là-même le danger poursuivit encore David ; mais le bouclier invisible de Dieu l'en garantit. Là se trouvait en ce moment le mal-intentionné Doëg, et il vit David ; mais il ne vint pas à la pensée de Doëg d'en avertir Saül aussitôt, et, quand il l'avertit, la trace de David avait déjà disparu.

Sans aucun doute, ce n'est pas l'unique expérience, dans la vie de David, du secours de Dieu manifesté par le moyen du temple de Dieu ; mais cette seule expérience même n'est-elle pas suffisante pour faire comprendre et pour justifier sa pensée et son sentiment : Je demande par-dessus tout au Seigneur de vivre dans la maison du Seigneur, car il m'a caché, et j'espère qu'à l'avenir il me cachera encore dans sa demeure au jour de mes maux?

En voyant dans les vies des saints les merveilleux effets bienfaisants sur eux de la providence particulière de Dieu, et en croyant à la vérité des récits qui en sont faits, beaucoup cependant les considèrent comme des accidents inusités, survenant dans un monde particulier auquel nous n'appartiendrions pas. Ils disent : Cela est arrivé à des saints : pouvons-nous attendre rien de semblable? Est-il possible d'attendre que Dieu me cache aussi dans sa demeure contre mes persécuteurs, contre mes privations, contre mes afflictions et mes chagrins? Cela est possible pour toi aussi, ou n'est pas possible, selon que tu le voudras. Cela est possible si tu crois que Dieu, non-seulement *aime les justes*, mais encore *exerce sa miséricorde sur les pécheurs*, et si, selon cette foi, tu t'efforces d'obtenir d'abord la miséricorde de Dieu, et ensuite même son amour. Cela n'est pas possible si, cette foi en la providence toute bonne et merveilleuse de Dieu, que tu sens en toi quand tu considères les saints, tu l'éteins en toi-même quand tu reportes tes regards sur toi. Tout est possible à Dieu : à toi, rien n'est possible sans Dieu ; mais à toi aussi *toutes choses sont pos-*

*sibles par la foi* (Marc, IX, 23). Attache-toi par la foi à la toute-puissance de Dieu, et tu vaincras ton impuissance ; et, sans cesser de te reconnaître pécheur, tu entreras avec les justes en partage des dons de la providence particulière et de la grâce de Dieu. Le juste Siméon entra avec foi dans le temple, et il obtint le bien suprême, il reçut dans ses bras Jésus-Christ. Le pécheur publicain entra avec foi dans le temple, et il obtint la délivrance des maux de l'âme, qui sont pires que tous les maux extérieurs.

Du reste, en accourant avec foi au temple de Dieu, ne cherchez pas avec trop d'efforts la prompte cessation de tous les maux extérieurs. Cela n'a pas été donné même au juste David, et, pour un grand nombre, cela ne serait même pas utile. Dans l'intention de la providence de Dieu, la prospérité extérieure même doit nous conduire à Dieu par le chemin de la reconnaissance ; mais sur ce chemin agréable, beaucoup sommeillent et oublient où ils doivent aller ; et, au contraire, les afflictions et les persécutions extérieures doivent nous pousser vers Dieu par le chemin de la connaissance de nos infirmités et de tout ce qui nous manque, par le chemin de l'humilité, afin que l'homme puisse à la fin confesser par expérience : *Il est bon pour moi que tu m'aies humilié* (Ps. CXVIII, 71).

Que le pécheur cherche, dans le temple, à se dérober aux poursuites de sa conscience dans l'asile de la pénitence.

Que l'affligé entre dans le temple pour transformer son affliction en prière, et il pourra arriver à dire avec le Prophète : *Selon la multitude de mes douleurs dans mon cœur, ta consolation a réjoui mon âme* (Ps. XCIII, 19).

Que chacun apporte au temple, comme un sacrifice, et livre à Dieu sa volonté. Plus nous livrerons, plus nous recevrons. Livrons-nous entièrement à Dieu par la foi, comme en holocauste dans le feu de l'amour de Dieu, et nous recevrons fidèlement l'héritage tout entier de la nouvelle vie et de la béatitude éternelle. — Ainsi soit-il.

---

9

# SERMON

## POUR LA CONSÉCRATION DU TEMPLE DE SAINTE-MARIE-MAGDELEINE ÉGALE AUX APOTRES,

PRÈS L'ÉCOLE DE COMMERCE.

— 1854. —

Pères, ne provoquez point vos enfants à la colère, mais élevez-les en les corrigeant et les instruisant selon le Seigneur.

— Éphés, VI, 4. —

N'est-ce pas aussi ce qui se fait ici, que ce que le saint Apôtre Paul commandait dans les paroles qui viennent d'être prononcées ?

Cette maison est instituée pour y réunir des enfants de l'une des classes de la société, pour les y former par un enseignement correspondant aux exigences de leur condition, pour y compléter d'une part l'œuvre des soins de leurs parents, pour y suppléer d'autre part à ces soins par la sollicitude des professeurs et des gouverneurs. Et que de plus il y ait encore l'intention d'*élever* ces *enfants en les corrigeant et les instruisant selon le Seigneur*, c'est ce dont peut témoigner le temple du Seigneur élevé près la maison d'éducation.

Qu'ai-je donc à dire après cela? Louer et me taire? — Je ne pense pas que par là mon devoir fût accompli.

Une bonne intention est un bon fondement d'une bonne œuvre. Mais quand on a posé un solide fondement, alors encore tout n'est pas construit. Après la bonne intention doit suivre le souci de son fidèle accomplissement. Le souci doit exciter à la réflexion.

De notre temps, l'importance de l'éducation pour toute la suite de la vie est comprise et reconnue mieux que dans d'autres temps. Le nombre des écoles comme moyens d'éducation, et le nombre des élèves, par la protection d'une Administration éclairée, par l'émulation des particuliers, augmentent de jour en jour. Pour une multitude réunie d'élèves, on réunit beaucoup d'instituteurs : il n'est même pas rare que pour un seul élève on appelle plusieurs instituteurs. Le Très-Pieux Autocrate apporte avec prévoyance une attention particulière à l'éducation morale, et, comme en étant la base, à l'éducation religieuse. Mais tous suivent-ils assez fidèlement cette impulsion? L'éducation savante, l'éducation professionnelle, l'éducation brillante n'attirent-elles pas trop vivement à elles les soucis de quelques éducateurs et de quelques élèves par des vues d'avantages extérieurs, de profits, de gloire, de plaisir? — C'est pourquoi il n'est pas superflu, pensé-je, de rappeler aux parents et aux éducateurs des enfants l'enseignement de l'Apôtre : *Élevez en corrigeant et en instruisant selon le Seigneur*. C'est-à-dire : Par la parole et par l'action, dirigez les enfants vers la vie religieuse et honnête selon l'enseignement de Jésus-Christ.

Nous paierons notre dette d'estime au savoir et à l'érudition. Nous dirons, si vous voulez, que les hommes qui possèdent des connaissances profondes dans les sciences de la nature, de l'humanité et de la société humaine, sont les yeux de la nation. Cependant, de même que chaque membre du corps n'a pas besoin d'être un œil, ainsi chaque membre de la société n'a pas besoin d'être un savant. Mais les reproches répétés faits à l'ignorance et les éloges accordés à l'instruction comprise d'une manière indéterminée ont fait naître dans quelques hommes l'idée exclusive que l'éducation digne de son nom est uniquement scientifique; qu'élever, c'est enseigner les sciences; qu'il faut considérer comme élevé celui qui a suivi un certain nombre de cours scientifiques. C'est adresser l'éducation plutôt à la tête qu'au cœur et à tout l'homme. Heureux le disciple si son instituteur dans la foi réussit à semer en lui la semence de la doctrine spirituelle plus profondément que les autres instituteurs les semences des doctrines mondaines, et si la semence spirituelle est nourrie par les exercices de piété de la maison et de l'église, sous l'influence d'une bonne direction et d'un bon exemple! La science Divine purifiera, fortifiera et sanctifiera les sciences humaines, et les rendra plus usuelles pour l'utilité privée et publique, parce que *la piété*, comme dit l'Apôtre, *est utile à tout, ayant la promesse de la vie présente et de la vie future* (I Tim., IV, 8). Mais si la piété, quoiqu'on en expose les règles, n'est pas établie dans l'âme elle-même du disciple comme base des connaissances humaines, celles-ci ne seront pas assises sur une vraie base; des connaissances mal fondées ne servent pas à la bonne direction de la vie, et cependant elles enorgueillissent ordinairement; celui qui est orgueilleux d'une science et d'une éducation imaginaires, se place le plus souvent au-dessus de sa condition. De là proviennent des hommes qui ne se réconcilient pas avec la pauvreté, ne s'accordent pas avec la médiocrité, ne conservent pas la modération dans l'abondance; qui sont altérés d'élévation, d'éclat, de jouissance; qui se désenchantent par la satiété aussi bien que par l'impossibilité de trouver des aliments à leurs passions; qui sont toujours mécontents; qui aiment les changements et non la constance, et qui, en poursuivant des rêves, jettent le désordre dans la réalité présente et future.

Les savants eux-mêmes ont reconnu qu'une éducation savante n'est pas toujours à sa place ni applicable avec utilité, particulièrement dans les conditions moyennes et inférieures de la société, puisqu'ils en ont distingué et se sont efforcés d'organiser séparément, pour ces conditions, l'éducation professionnelle, c'est-à-dire appropriée aux professions de ces conditions, à l'agriculture, aux métiers, aux arts, à l'industrie et au commerce. Pensée sage moyennant une sage exécution. Du reste, ce n'est pas à moi de raisonner là-dessus. Mon devoir est de rappeler, — de rappeler, dis-je, parce que je pense qu'il n'est pas besoin de démontrer, — que l'éducation professionnelle ne peut qu'avec le secours de l'éducation religieuse et morale former des agriculteurs, des artisans, des industriels, des commerçants laborieux, honnêtes, capables de s'arranger une bonne position et d'être des membres utiles de la société.

Que dire de l'éducation brillante, — de l'éducation des enfants par les arts d'agrément? — Par bonheur, je peux maintenant dire quelque chose en faveur de cette branche de l'éducation d'après une expérience rapprochée. Nous avons entendu ici de jeunes élèves prendre part aux chants de l'Église. Voilà une application d'un art d'agrément à l'éducation, qui est digne d'éloge et d'encouragement. L'exercice dans le chant d'église, et dans les chants qui s'en rapprochent par le sens spirituel et moral, conduit à l'utilité par le chemin du plaisir; il adoucit le cœur, mais ne l'amollit pas comme d'autres genres de chant; il éveille et nourrit les sentiments élevés, et non les passions; en occupant une âme innocente, non-seulement il n'en diminue pas l'innocence, mais encore il la sanctifie. Nous ne cacherons pas notre désir, — sans nous arrêter à considérer s'il est applicable, — que ce plaisir pur passât, par l'habitude, de l'éducation dans la vie, et que les Chrétiens, comme cela était autrefois, non-seulement à l'église, mais aussi dans leurs maisons, selon l'enseignement de l'Apôtre, *s'entretinssent entre eux de psaumes, d'hymnes et de cantiques spirituels, chantant et célébrant le Seigneur du fond de leurs cœurs* (Éphés., v, 19).

Ce n'est pas ce que veut la coutume du siècle. Il emploie les arts d'agrément dans l'éducation de telle sorte que, — expliquons-nous avec autant de discrétion que possible, — ils paraissent des fleurs qui ne rapportent pas de fruits, et auxquelles sont jointes des épines qui blessent agréablement. Sur cet objet, le sentiment religieux, le pur sentiment moral et la sagesse expérimentée doivent être soigneusement appelés au conseil, sur le point de savoir sous quel aspect et dans quelle mesure admettre l'agréable, pour que sous son couvert ne s'insinue pas le nuisible, — la mollesse, la dissipation, la passion des plaisirs sensuels.

Le monde se représente les amusements comme une nécessité de la vie presque égale à celle du travail, de la nourriture et du repos. Il pense vivre quand il joue. Non, mes Frères, la vie n'est pas un jeu, mais une affaire importante. La vie terrestre a été donnée à l'homme pour en tirer, par le bon usage de sa libre volonté, par la force de la grâce de Dieu, sa félicité éternelle. Celui qui a compris cette affaire et s'en occupe comme on le doit, celui-là aura peine à trouver beaucoup de temps pour le jeu et les amusements.

Et c'est pour cela que l'Apôtre, dans sa prévoyance et sa sollicitude de notre bien, nous recommande d'enseigner et d'apprendre cette affaire le plus tôt possible, dès la jeunesse, dès l'enfance. *Élevez en corrigeant et en instruisant selon le Seigneur*.

Parents et enfants, éducateurs et disciples! réfléchissez, et n'oubliez pas que les études humaines préparent à la vie temporelle, mais qu'elles ne peuvent la rendre heureuse sans le secours de l'enseignement du Seigneur, tandis que l'enseignement du Seigneur prépare à la vie éternelle et bienheureuse; et puisse Dieu nous trouver tous dignes d'y atteindre par un chemin court ou long, mais droit et sûr! — Ainsi soit-il.

10

# HOMÉLIE

## POUR LA CONSÉCRATION DU TEMPLE DE SAINT-ÉTIENNE, ÉVÊQUE DE PERM,

PRÈS LA MAISON DU PREMIER GYMNASE DE MOSCOU.

— 3 octobre 1854. —

Or, les princes des prêtres et les scribes, voyant les prodiges qu'il opérait, et les enfants qui criaient dans le temple et disaient : Hosanna au Fils de David, furent indignés.

— Matth., XXI, 15. —

Quel étrange phénomène dans le temple de Jérusalem ! Le Christ, Roi doux et tutélaire, entre dans le Temple, opère des prodiges bienfaisants, donne aux boiteux la faculté de marcher droit, la vue aux aveugles, et l'on s'en indigne. Les enfants le saluent pieusement : *Hosanna au Fils de David*, et l'on s'en indigne. Et qui donc ? — Les princes des prêtres et les scribes, gens qui, assurément, pouvaient plus facilement que les enfants reconnaître le Christ, et mieux qu'eux juger de quel respect et de quelle glorification il était digne.

Le Christ Sauveur condamnait l'impiété des princes des prêtres et le peu de bon sens des docteurs, et justifiait la sagesse des enfants en prouvant par la Sainte Écriture non-seulement que la louange des enfants était juste, mais encore que leur action était l'œuvre de la providence de Dieu, puisque, plusieurs siècles auparavant, elle avait été prédite par l'Esprit de Dieu : *N'avez-vous jamais lu que c'est de la bouche des enfants, et de ceux mêmes qui sont à la mamelle, qu'il a tiré une louange parfaite* (Matth., XXI, 16)?

Grâce à Dieu, ce n'est pas aujourd'hui dans ce temple la même chose qu'autrefois dans celui de Jérusalem! Nous avons entendu ici des enfants et des jeunes gens chanter un seul et même hymne de louanges avec les enfants de Jérusalem, seulement avec une plus grande évidence de la vérité : *Je crois en un seul Seigneur Jésus-Christ, Fils de Dieu, — incarné, pour notre salut, dans le sein de la Vierge Marie, — dont le règne n'aura pas de fin : hosanna au plus haut des cieux !* et personne n'a songé à s'indigner ; mais au contraire, les hommes réfléchis se réjouissent assurément de ce que des enfants chrétiens savent et proclament des vérités plus hautes que celles auxquelles ont jamais atteint les sages non chrétiens. Des protecteurs de la vraie sagesse ont érigé ce temple pour que les enfants et les jeunes gens viennent ici, par la foi et par la prière, à la rencontre du Christ dès aujourd'hui présent ici par sa grâce, pour qu'ils le reconnaissent à sa parole, pour qu'ils grandissent dans cette connaissance, et pour qu'ils le glorifient d'une gloire digne de lui.

Je retourne à l'évènement de Jérusalem. Comment put se produire cette chose inattendue que les enfants de Jérusalem se montrassent plus avancés dans la connaissance de la foi que les princes des prêtres et les docteurs? — La pensée du Christ et l'attente de son avènement, avant le temps de cet avènement, étaient fort répandues non-seulement parmi les orthodoxes, dans l'Église de l'Ancien Testament, mais même parmi ceux qui n'étaient pas orthodoxes. La Samaritaine dit avec conviction : *Je sais qu'un Messie viendra, appelé le Christ; quand Celui-ci viendra, il nous annoncera toutes choses* (Jean, IV, 25). Et il est remarquable que, chez elle, évidemment, l'idée du Christ n'est pas aussi grossière que chez beaucoup de juifs charnels : elle ne se le représente pas comme un roi terrestre et conquérant, mais comme le guide le plus parfait vers la véritable connaissance et la véritable adoration de Dieu. Si la Samaritaine, qui n'était pas orthodoxe, qui avait eu, comme le lui reprocha le Seigneur, cinq maris, et en avait encore un sixième sans le nom de mari légal ; — si une femme à laquelle il était d'autant moins aisé de trouver la sagesse spirituelle qu'elle était plus adonnée à la sensualité, était cependant si peu ignorante au sujet du Christ, ne faut-il pas supposer que les Juifs orthodoxes ses contemporains le connaissaient mieux encore, eux qui n'étaient point aveuglés par les passions et les vices qui la dominaient? Ainsi donc, les enfants de Jérusalem avaient pu, à Jérusalem, apprendre de bons pères et de bonnes mères la même chose que disait la Samaritaine près du puits de Jacob : *Un Messie viendra, appelé le Christ ; — il nous annoncera toutes choses*. Et quand ils entendaient dire encore que Jésus avait paru, qui annonçait le royaume de Dieu et les mystères de Dieu, quoique ce ne fût pas sans paraboles, qui montrait le chemin du bonheur, appelait à la pénitence et pardonnait les péchés, exigeait la foi et opérait sur les croyants des prodiges salutaires, guérissait les incurables, chassait les esprits méchants, ressuscitait les morts, et par là montrait en lui une puissance Divine, alors c'était assez même d'une intelligence d'enfant, non encore arrivée à la maturité, pourvu que le cœur ne fût pas encore obscurci par les passions, pour reconnaître dans la personne de Jésus le Christ attendu, jusqu'alors inconnu. Mais quand ils apprirent que Jésus s'avançait vers Jérusalem, quand ils virent le chemin de Jérusalem et les rues de Jérusalem remplis de peuple allant à sa rencontre et l'accompagnant avec des acclamations triomphales, alors, pour prendre part plus facilement à ce triomphe, ils s'élancèrent dans le Temple non encore occupé par le peuple, et là, se formant en une troupe distincte et en un chœur d'enfants, ils acclamèrent le Seigneur entrant dans le Temple: *Hosanna au Fils de David!* Peut-être-même quelques-uns *des principaux*, qui *croyaient en lui, mais qui, à cause des pharisiens, ne le confessaient pas, de peur d'être chassés de l'assemblée* (Jean, XII, 42), envoyèrent-ils, de leur autorité paternelle, se joindre à cette troupe leurs propres enfants, afin de soulager, ne fût-ce que par eux, leur conscience par la confession du Christ, avec moins de danger de la part des pharisiens, contre la sévérité desquels leur jeunesse protégeait ces confesseurs.

Ceux qui m'entendent ne pensent-ils pas en ce moment: A quoi bon ici cette discussion sur des enfants et des parents hébreux? Mais à moi, il me semble qu'elle n'est pas déplacée, et, peut-être, pas inutile. Elle est liée avec la sollicitude sur les enfants et les parents chrétiens.

Ne conviendrez-vous pas avec moi que sages et heureux furent ces parents hébreux qui, ayant reçu par l'Écriture et la tradition quelque connaissance de la venue du Christ et attendant avec foi son avènement, s'efforcèrent d'allumer de bonne heure en leurs enfants quelque lumière de cette connaissance, et d'échauffer leurs cœurs de cette foi? Leurs efforts produisirent un très-beau fruit: leurs enfants devinrent, dans un âge encore peu avancé, d'excellents prédicateurs de la gloire du Christ. Convenez donc aussi qu'ils sont sages, et qu'ils doivent être heureux, les parents chrétiens, et de même aussi les guides d'enfants chrétiens, qui s'efforcent de donner aux enfants, d'aussi bonne heure que possible, de simples mais pures et claires idées de Dieu et du Christ, et d'éveiller dans leurs cœurs le sentiment de la piété, de la foi et de l'amour envers Dieu et le Christ. Hâtez-vous de semer la semence de la parole de Dieu dans la terre du cœur arrosée de l'eau vive du saint baptême et non encore envahie par l'ivraie du péché volontaire et les épines des pensées fausses et frivoles. N'est-elle pas évidente ici, l'espérance d'une bonne croissance de la semence et d'un fruit abondant? De même que l'ivraie et les broussailles, croissant les premières, étoufferaient le froment, ainsi le froment, grandissant et se fortifiant le premier, empêchera l'ivraie et les broussailles de s'élever et de se fortifier.

Heureux furent les enfants hébreux qui trouvèrent la rare occasion d'offrir dans le temple de Jérusalem une *louange parfaite* au Christ, immédiatement, avec une approbation immédiate de sa part : car leur louange ne fut pas autre chose qu'un bienheureux enthousiasme de la foi. Pourquoi vous aussi, Enfants chrétiens, ne seriez-vous pas également heureux, si ce n'est plus? Je ne dis pas que vous pouvez avoir l'occasion, — non, mais que vous avez constamment la facilité, ici, dans le temple, où notre Seigneur Jésus-Christ vient pour accomplir sa promesse d'*être au milieu de ceux qui sont réunis en son nom*, et pour *être immolé et donné comme nourriture aux fidèles,* — qu'ici vous avez constamment la facilité de l'accueillir et de crier vers lui d'un cœur croyant, avec l'Église : *Béni soit Celui qui vient ; — hosanna au plus haut des cieux !* Et il n'y a pas de doute qu'il ne vous couvre de sa grâce, et, selon la mesure de votre foi, qu'il ne vous récompense par une sainte joie dans le cœur. Seulement, je vous le répète, ce sera selon la mesure de votre foi. Ce n'est pas assez de s'approcher de Dieu des lèvres; ce n'est pas assez de mettre dans sa mémoire l'enseignement sur Jésus-Christ, et de n'en faire que l'usage d'une leçon apprise par cœur : il faut qu'à la connaissance et à la pensée de Dieu se joigne inséparablement le sentiment de sa présence, le respect profond pour sa majesté, le désir d'être agréable à sa sainteté. La connaissance du Christ Sauveur ne sera efficacement salutaire pour nous qu'autant que, surveillant nos imperfections et nos défauts, nous serons intérieurement, profondément convaincus que sans lui nous ne sommes que faiblesse, obscurité, néant, qu'*il est la voie* de notre vie, et *la vérité* et la lumière de notre esprit, et *la vie* de notre cœur, — et qu'en conséquence de ces convictions, nous courrons avec zèle et activité à la rencontre de sa lumière et de sa vie bienfaisantes, par la voie de l'accomplissement de ses commandements. C'est ainsi que Jésus-Christ *habite par la foi dans les cœurs* (Éphés., III, 17), et qu'alors sont vraiment *bienheureux ceux qui croient* et qui aiment leur Seigneur. — Ainsi soit-il.

---

II

# HOMÉLIE

## POUR LA CONSÉCRATION DU TEMPLE DE LA TRÈS-SAINTE-TRINITÉ,

AU COUVENT DE LA CONDUITE DE LA TRÈS-SAINTE-TRINITÉ.

— 1er octobre 1855. —

*Si ce n'est pas le Seigneur qui construit la maison, en vain ont travaillé ceux qui la construisent*, dit le cantique inspiré de Dieu (Ps. CXXVI, 1).

La parole de l'Esprit de Dieu exprime, sans aucun doute, la vérité exacte et incontestable.

Ainsi donc, s'il est réellement vrai qu'une maison ne se construise heureusement et solidement qu'avec l'aide de Dieu, sous la protection de sa providence, avec sa bénédiction, avec son secours, il est également juste, à la vue d'une maison heureusement et solidement construite, de dire : Il est évident que *Dieu a construit* cette maison, *puisque ceux qui l'ont construite n'ont pas travaillé en vain;* il est évident qu'à cette œuvre ont été accordés la bénédiction de Dieu et le secours de Dieu.

Nous voyons ici non-seulement une maison, mais encore des maisons parfaitement construites; non-seulement des maisons pour la demeure des hommes, mais encore une maison de Dieu, la maison de la prière, des mystères et de la gloire de Dieu, et non plus seulement une maison de Dieu, mais bien quatre autels érigés pour l'offrande à Dieu de la Victime propitiatoire, non sanglante, mais vivante et vivifiante. Comment donc ne pas penser, et ne pas dire, selon la pensée du saint Psalmiste : Il est évident que le *Seigneur a construit* tout cela ; il est évident que sa bienfaisante providence et son secours ont contribué à ce que *ceux qui ont construit n'ont pas travaillé en vain ;* il est évident que sur ce lieu reposent sa bénédiction et sa protection.

Nous devrons être encore plus confirmés dans ces pensées si nous rappelons à ceux qui le savent, et si, à ceux qui ne le savent pas, nous montrons une assez longue chaîne d'évènements, composée en grande partie de faits inattendus qui ont rendu possible la fête que nous célébrons ici aujourd'hui, avec l'espérance, pour ce lieu, de jours heureux et prolongés.

Il y a vingt-neuf ans, un vieillard vint en ce lieu, ermite chargé d'années, et avec lui quelques vierges et quelques veuves qui se trouvaient sous sa direction spirituelle. C'étaient des oiseaux privés de nid, des brebis n'ayant pas de bercail. La bienfaisante propriétaire de ce lieu leur offrit cette terre pour s'y établir. L'ermite lui-même fut effrayé de la sauvagerie de ce lieu où il ne voyait que bois et marais, et qui n'offrait aucune ressource pour se procurer les nécessités de la vie. Il alla chercher d'autres lieux ; mais ceux-ci lui présentèrent des inconvénients plus graves sous le rapport du calme de la vie spirituelle. Ainsi ce lieu fut accepté comme un don du destin, qui ne paraissait pas avantageux, mais qu'il n'était pas possible de refuser.

Mais qui était ce vieillard? Qui étaient ces vierges et

ces veuves formant sous sa conduite une Communauté pieuse, mais n'ayant pas de couvent? — Ils n'étaient pas nés dans cette contrée; ils n'avaient pas vécu dans cette contrée : un destin imprévu les avait jetés ici des extrémités lointaines de la Sibérie. Cette circonstance était la conséquence d'autres circonstances.

Dans la seconde moitié du siècle dernier, vivait en ermite, dans les forêts de Briansk, le prêtre-moine de pieuse mémoire Adrien (devenu plus tard l'austère anachorète Alexis) avec quelques disciples. Vers eux vint un jeune et noble guerrier qui avait reconnu la vanité de la vie du monde; il fut captivé par leur genre de vie, et il ressentit un grand désir de s'attacher à eux. Les inquiétudes que leur suscitèrent des gens malintentionnés et une attaque de brigands furent les causes pour lesquelles ils se transportèrent dans la partie nord-ouest de leur pays, au monastère de Konieff, dont Adrien fut nommé supérieur. Là, l'ex-guerrier Zacharie entra en religion sous le nom de Zosime, et il passa dix ans, partie dans la Communauté, partie dans la solitude érémitique. Mais lorsque Adrien, par amour du silence, quitta la dignité de supérieur et le monastère de Konieff, alors, suivant ses conseils, Zosime, avec un autre moine pieux nommé Basilisc, qu'il regardait comme son ancien, alla chercher la solitude dans les forêts de la Sibérie, et y passa vingt ans et plus.

Dans le royaume de la grâce du Christ Sauveur, il n'est pas rare qu'on puisse observer qu'au milieu de leurs luttes secrètes, il allume dans les âmes élues la lumière de la grâce; mais ensuite il agit selon son principe, exprimé dans l'Évangile, de ne pas cacher la lampe sous un boisseau, mais de l'utiliser pour en éclairer aussi les autres. On peut remarquer cela aussi dans la vie des religieux Basilisc et Zosime.

Basilisc vivait, sans en sortir, dans la solitude du désert. Zosime était quelquefois obligé de parcourir les villages pour s'y procurer les choses indispensables à la vie, et, par conséquent, d'avoir des relations avec les hommes. Il rencontra des âmes fatiguées et accablées dans le monde, cherchant le repos spirituel et éprouvant le besoin de sa direction. Sur leurs instances réitérées, avec la permission de son ancien Basilisc, Zosime les recevait sous sa direction; et ce fut de cette manière que commença, dans le fond de la Sibérie, la Communauté que nous voyons ici aujourd'hui.

Comment donc vint-elle ici? — Elle sentit la difficulté de vivre sur la terre étrangère, sans église, sans prêtre, sans relation régulière avec une autorité spirituelle : le moine Zosime, excité par la philanthropie spirituelle, entreprit et accomplit deux fois le voyage de Pétersbourg pour s'adresser au Très-Saint Synode, et il obtint pour cette Communauté le monastère abandonné de Tourinsk, recevant en même temps la commission de le remettre en ordre. Plus cet arrangement promettait de succès, plus fut grande la fureur de l'ennemi du salut du genre humain pour y opposer les plus grands obstacles. Il éveilla en quelques-uns la passion de l'autorité : de là naquirent des dissensions et des intrigues; elles donnèrent lieu à un jugement : le jugement fut faussé par la protection, et les sœurs de la Communauté qui restèrent fidèles à la direction du moine furent obligées de s'éloigner avec lui, et se rendirent à Moscou, puis ici, comme des oiseaux privés de nid, comme des brebis n'ayant pas de bercail..

De ce moment, les circonstances pénibles commencent à se convertir en circonstances consolatrices.

Une pauvre demeure fut disposée ici pour la Communauté; mais il n'y avait point de moyens de subsistance; il n'y avait point d'enceinte solide; il n'y avait point d'église. Zosime fut obligé de se rendre à Moscou pour y chercher l'indispensable. Quelqu'un lui demanda : Pourquoi ne restes-tu pas dans ta solitude, et viens-tu chercher le tumulte de la ville? Il répondit : Il m'est plus facile de supporter cela, à moi qu'à des vierges consacrées à Dieu. Cette parole spirituellement philanthropique trouva une oreille spirituellement philanthropique. Un homme pieux, auquel Dieu avait accordé une richesse honnêtement acquise, et qui en distrayait généreusement une partie pour la construction et l'ornementation des temples de Dieu, et pour des bienfaits aux Communautés religieuses et au prochain nécessiteux, — nous ne tairons pas son nom, puisque Dieu l'a rappelé à lui depuis peu, et qu'il n'a plus besoin de se garder de la gloire humaine, — le serviteur de Dieu Siméon, résolut de délivrer des vierges consacrées à Dieu de la nécessité de s'exposer souvent au tumulte de la ville pour subvenir à leurs besoins. Il fournissait à la Communauté tout ce qui lui était nécessaire, dès qu'il en était informé; il construisit pour elle des édifices suffisants et solides qu'il entoura d'une enceinte; il lui donna une terre qui pût toujours fournir des moyens d'existence aux sœurs de la Communauté.

Une église était indispensable à une Communauté spirituelle, et cependant, n'étant qu'une institution privée, elle ne pouvait pas la demander légalement. Le doigt de Dieu la montra à la pieuse Princesse Impériale Thomara, et celle-ci, par le droit de son rang, ayant obtenu du Très-Saint Synode l'autorisation de construire une église pour elle, et l'ayant construite avec le concours d'autres personnes pieuses et bienfaisantes, fit don à la Communauté de ce trésor céleste sur la terre, après quoi il ne fut plus difficile de lui obtenir une existence légale reconnue, confirmée par la bénédiction du Très-Saint Synode et par le Pouvoir Suprême.

Cependant, comme l'église construite par la Princesse n'était pas grande et parut insuffisante, voilà qu'à la fin le serviteur de Dieu Siméon, d'impérissable mémoire, en tripla la structure et l'étendue, et fit plus qu'en tripler la beauté.

Glorifions Dieu qui prépare de différentes manières, merveilleusement, au delà de notre intelligence et de notre espoir, les voies de la paix et du salut aux hommes, selon leur foi et leur zèle du bien; qui donne un instituteur aux ignorants, du secours aux délaissés, un toit à ceux qui sont sans asile, un refuge aux persécutés; qui *fait habiter dans une même maison ceux qui ont un même esprit* (Ps. LXVII, 7); qui donne à ceux qui sont dénués de tout, tout ce qui leur est nécessaire, par l'entremise de la compassion de ceux qui sont dans l'abondance, et à ceux qui sont dans l'abondance le gage d'une meilleure acquisition céleste, dans leurs œuvres de philanthropie et dans les prières de ceux qui ont reçu leurs bienfaits.

Que personne n'espère en soi-même.

Que personne ne désespère de la bonté de la Providence de Dieu.

Pauvre, affligé, persécuté, ne te prive pas toi-même de la foi et de la patience, et cherche sans cesse le Seigneur, quoique en apparence il se cache. *Ceux qui cherchent le Seigneur ne seront pas privés de tout bien.* (Ps. xxxiii, 11).

Délivrés de la persécution, de l'affliction, de la pauvreté, ne vous endormez pas dans votre repos. Le repos vous a été donné pour la bienfaisance sans empêchement et le libre service de Dieu : en négligeant cela, vous détruisez vous-mêmes votre repos. Remerciez sans cesse Dieu, le Bienfaiteur suprême, et en lui aussi les bienfaiteurs terrestres, les bons serviteurs de sa bonté. Le cœur reconnaissant envers Dieu est un vase ouvert à sa grâce. — Ainsi soit-il.

---

**12**

# HOMÉLIE

## POUR LA CONSÉCRATION DU TEMPLE DU BIENHEUREUX ALEXIS, HOMME DE DIEU,

AU MONASTÈRE DE LA PASSION.

— 24 octobre 1855. —

Je ne sais si c'est une pensée particulière qui a dirigé l'intention de consacrer au nom du Bienheureux Alexis, homme de Dieu, un temple érigé au-dessus de la porte d'un monastère ; mais à cette porte je rencontre des pensées devant lesquelles il serait inexcusable de passer sans attention.

Le juste Alexis vécut dix-sept ans à la porte de la

maison paternelle, dans une cabane, dans la pauvreté, dans l'éloignement volontaire de ses parents quoiqu'il vît de temps à autre son père et qu'il entendît la voix de celle qui avait été sa fiancée, — dans le jeûne et l'usage des aliments secs quoiqu'il reçût une bonne nourriture de la table de son père, — au milieu des humiliations et des outrages des esclaves dont il aurait pu être le maître s'il n'avait refusé l'héritage terrestre pour l'héritage céleste. Et cette manière de vivre fut une bénédiction, non-seulement pour la maison de son père, mais encore pour toute la ville de Rome.

Ici, on offre au juste Alexis, non plus une pauvre cabane à la porte d'une maison magnifique, mais un temple magnifique au-desssus de la porte d'un pieux monastère, non pour quelques années, mais pour des siècles : personne n'ose l'humilier, mais tous reconnaissent sa sainteté, lui apportent un hommage respectueux, recherchent sa protection.

Viendra-t-il? Consentira-t-il à habiter ici? Croyons que, par la foi, par les prières de l'Église, par la volonté de Dieu admirable dans ses saints, l'homme de Dieu visite invisiblement aujourd'hui, et visitera ce temple avec bienveillance et bienfaisance autant qu'il n'y aura rien ici de contraire à sa sainte habitation auprès de la pieuse maison d'Euphimien.

Si nous pouvions ouïr maintenant le Bienheureux Alexis, nous entendrions, je pense, quelque chose de semblable à ce qui suit :

« Vous désirez m'avoir pour gardien au-dessus de la porte de votre monastère : par amour pour mon Seigneur, le Pasteur céleste des âmes, je désire être le gardien de ses vraies brebis ; soyez donc des brebis sans tache de son troupeau béni. Écoutez la voix du Pasteur céleste et des surveillants établis par lui. Attachez-vous au bercail — à l'enceinte abritée de tout danger de l'Église orthodoxe. Ne quittez pas le pâturage spirituel qui vous est propre, pour les pâturages étrangers des jouissances sensuelles du monde.

« Il me fut agréable d'être une sentinelle spirituelle à la porte de la maison paternelle, parce qu'en elle, dans les âmes d'Euphimien, d'Aglaé et de leur bru, étaient amassés et se conservaient les trésors de la prière mystérieuse, de la foi et de la vertu. Amassez, vous aussi, de pareils trésors, qui soient dignes de la garde d'une sentinelle céleste. Mais si, par votre négligence, il n'y a rien de bon de déposé dans les trésors de vos âmes, ou si ce qui s'y trouve vient à être dissipé par vous ou dérobé par les esprits du mal, à quoi bon une sentinelle pour des trésors vides ? Ne doit-elle pas abandonner une garde inutile ?

« Auprès d'une riche maison, je suis demeuré dans la pauvreté qui m'était chère. Jugez s'il me serait agréable de demeurer là où des personnes qui ont fait vœu de pauvreté ou qui s'y préparent, songeraient à l'abondance, à la superfluité, à des biens imaginaires nombreux, amassés pour des années nombreuses.

« Moi qui ai tant aimé les douceurs du jeûne, me serait-il agréable de m'approcher de personnes desquelles sortirait l'odeur étouffante d'un corps surchargé par l'intempérance ?

« Moi qui ai été habitué à me cacher à mes parents, malgré leur voisinage, pour appliquer mon attention à mon âme et à Dieu, pourrais-je ne pas m'éloigner de personnes qui ne feraient attention ni à leur âme ni à Dieu; qui aimeraient à franchir l'enceinte du silence pour chercher des parents et des connaissances, et avec eux, la plupart du temps, la distraction et la frivolité?

« Moi qui ai reçu avec patience et amour les offenses de mes esclaves, comment pourrais-je avoir des communications avec des personnes qui n'observeraient pas la patience dans leurs relations avec leurs sœurs, et qui répondraient par le murmure aux justes remontrances de leurs supérieurs? »

Que celles qui habitent ce couvent songent avec attention à ce que leur dit le Bienheureux Alexis, homme de Dieu, appelé aujourd'hui à habiter dans ce temple, et qu'elles s'efforcent de se disposer tellement qu'elles puissent l'avoir pour gardien bienfaisant et conservateur de leur couvent, pour protecteur de leurs âmes et pour appui de leur salut. — Ainsi soit-il.

---

## 13

# HOMÉLIE

### POUR LA CONSÉCRATION DU TEMPLE DE LA SAINTE GRANDE-MARTYRE BARBE,

PRÈS LA MAISON DES ORPHELINS DE SAINTE-BARBE.

— 1er novembre 1855. —

Le saint Psalmiste, dans un long psaume rempli de l'esprit de prière, de l'amour de Dieu et d'un enseignement spirituel, après cette invocation suppliante à Dieu : *Donne-moi l'intelligence, et je m'instruirai dans tes commandements*, s'écrie avec une certaine soudaineté, comme éclairé d'une lumière inattendue : *J'ai compris, Seigneur, que tes décrets sont justes* (Ps. CXVIII, 73, 75).

Il paraît qu'auparavant, en considérant sa vie et certains évènements, il était dans la perplexité sur les décrets de Dieu. Il paraît qu'il avait rencontré des faits sur lesquels sa raison ne savait que demander de quelle manière, d'après quoi et pourquoi cela avait été ordonné ou permis par la Providence Divine, et quelle était en cela la justice des décrets de Dieu, mais sans savoir donner de réponse à cela. Comment donc s'est éclairée son ignorance, et se sont résolus ses doutes ? — Il n'a pas prétendu pénétrer les secrets des jugements de Dieu; il a désiré seulement *s'instruire dans les commandements* de Dieu, comprendre suffisamment la volonté de Dieu, pour plaire à Dieu, et c'est ce qu'il a demandé : *Donne-moi l'intelligence, et je m'instruirai dans tes commandements*. Et cette prière simple, humble, lui a obtenu une lumière qui l'a éclairé, non-seulement de la connaissance des commandements de Dieu et de la volonté salutaire de Dieu, mais encore de la révélation des secrets et de l'intelligence de la justice cachée des jugements de Dieu : *J'ai compris, Seigneur, que tes décrets sont justes*.

Cette expérience spirituelle d'un saint homme nous donne des enseignements dignes d'une profonde attention.

Ne te trouble pas quand tu rencontres des faits tristes ou affligeants, et que tu ne comprends pas comment ils ont été permis par la providence de Dieu, et comment les accorder avec la justice et la bonté de Dieu. Ne pense pas qu'il n'y ait plus de justice de Dieu là où ton œil grossier ne l'aperçoit pas.

Ne t'efforce pas de pénétrer les mystères des décrets de Dieu. Les Saints eux-mêmes n'ont pas eu cette hardiesse.

Comprends ce qu'il est possible et nécessaire de comprendre avant le reste, et nommément que ta raison seule n'est pas suffisante, non-seulement pour pénétrer les secrets des jugements de Dieu, mais encore pour comprendre les commandements de Dieu dans toute leur étendue et toute leur profondeur, non plus que dans la variété de leurs applications à la vie intérieure et extérieure, et que, pour cela, il faut acquérir le don de l'intelligence par cette prière ardente à Dieu : *Donne-moi l'intelligence, et je m'instruirai dans tes commandements.*

Pénètre-toi de cette vérité consolante que le désir sincère et efficace de s'instruire des commandements de Dieu et de remplir la volonté de Dieu, peut élever l'âme vers le ciel et lui attirer un éclair de lumière spirituelle, non pas éblouissant et terrassant, mais éclairant, non-seulement par la vue du droit chemin de la vie, mais encore par la révélation des secrets de la justice de Dieu.

Les réflexions proposées en ce moment, qui peuvent être employées avec utilité toujours et partout, sont particulièrement applicables au temps présent et à ce lieu.

Il est dans l'ordre naturel que les descendants érigent des monuments à leurs aïeux, les enfants — à leurs parents. Mais ce temple, avec l'institution de bienfaisance qui lui est adjacente, est un monument érigé par des aïeux à leurs descendants, par un père à ses enfants. Ses deux fils, élevés avec soin dans une morale saine et pieuse, arrivés à l'âge qui pouvait lui promettre bientôt des fils de ses fils, ont passé dans la maison invisible du Père céleste. Une fille qui commençait déjà à remplir une pareille espérance, devenue épouse et mère, s'est éloignée prématurément, comme ses frères, par delà les limites du visible, emportant avec elle aussi sa postérité. Une espérance encore est restée au père de famille; mais beaucoup d'espérances sont déjà perdues sans retour. Sombre est le nuage de la destinée sur ces évènements. Mais béni soit le Maître des destinées, le Père des miséricordes, le Dieu des consolations ! Il a inspiré à l'amour affligé sur ses enfants de chercher une consolation dans l'amour pour le prochain, dans une œuvre de philanthropie. La consolation, sans aucun doute, a été trouvée. Est-il possible de trouver aussi la lumière pour reconnaître la justice et la bonté des décrets de Dieu à travers l'obscurité d'évènements qui sont loin d'être sereins et joyeux? — Il semble que ce soit possible.

Il est arrivé que l'âme d'un adolescent s'est ouverte à moi jusque dans ses profondeurs. Il cherchait la solution de ses doutes. Il avait vu le désir de son père de l'amener à la vie conjugale, alors que lui-même il désirait consacrer sa vie à Dieu dans la virginité. En lui deux vertus étaient engagées dans une lutte difficile : le respect pour son père et l'amour de la virginité. Il ne voulait pas résister au désir de son père, il ne voulait pas non plus renoncer à l'amour de la virginité. Je lui donnai le conseil, sans contredire son père, de demander du temps pour la réflexion, et cependant de recourir diligemment à Dieu par la prière : *Dis-moi, Seigneur, le chemin où je dois marcher, parce que j'ai élevé vers toi mon âme* (Ps. CXLII, 8). Le Seigneur a exaucé la prière : il a fait cesser la difficulté ; il a sauvé la vertu : — au bout de quelque temps, il a appelé à lui le jeune homme, qui a conservé et sa virginité et son respect pour son père. N'est-ce pas là un immortel rayon de lumière venu de la tombe ? Ne voyez-vous pas ici la justice et la bonté des décrets de Dieu ?

Et la destinée de la servante de Dieu, de la boïarine Barbe, d'éternelle mémoire, pleurée en son temps par l'amour de ses parents, ne doit-elle pas être bénie aujourd'hui, et bénie dans l'avenir par l'amour chrétien? Le jeune arbre s'est flétri, et le fruit est tombé à terre avant le temps et la maturité ; mais est venu l'art par l'action duquel apparaît le jardin qui commence à produire des fruits d'une nouvelle espèce, destinés à se renouveler incessamment. Celle qui n'a pas laissé après elle de postérité naturelle, reçoit une postérité artificielle, suscitée et enfantée, non de la chair et du sang, mais de l'esprit d'amour chrétien. Si l'on reconnaît comme une *bénédiction* de voir ses *fils*, *comme de jeunes oliviers*, *autour de sa table* (Ps. CXXVII, 4, 5), est-ce une moindre bénédiction, n'est-ce pas même une bénédiction plus haute — que de réunir par philanthropie une quantité de filles ou de fils étrangers, orphelins, délaissés, d'en remplir la maison, de leur préparer la table, le vêtement, l'habitation, une instruction utile, et surtout de les conduire à Dieu par le moyen de l'enseignement de la foi, par le moyen de la prière et de la sainteté du temple? Ceux qui ont soin de leurs enfants suivent l'impulsion de la nature ; celui qui prend chrétiennement sous sa tutelle et qui élève des enfants étrangers délaissés, apporte un service désintéressé à la patrie terrestre et à la patrie céleste, et au Père céleste lui-même. Le *Père cé-*

leste *des orphelins* et des délaissés leur manifeste sa bonté en excitant dans le cœur de l'homme le désir compatissant de répandre sur eux ses trésors; le Dieu de justice recueille ces trésors corruptibles et en compose pour le bienfaiteur un trésor incorruptible dans les cieux. *Il a dissipé, il a donné aux pauvres : sa justice demeurera dans le siècle du siècle* (Ps. CXI, 9).

Rendons gloire aux décrets de Dieu, souvent incompréhensibles pour nous, mais toujours justes et bons, qui quelquefois, par le chemin de l'obscurité, conduisent à la lumière; par la privation de la consolation naturelle — à la consolation de la grâce.

Si parfois nous ne parvenons pas à pouvoir dire : *J'ai compris, Seigneur, que tes décrets sont justes*, apprenons du moins à dire : Je crois, Seigneur, *que tes décrets sont justes*, et je m'y soumets avec confiance.

Louons dans le prochain, — et louons pour notre édification à nous-mêmes — l'art de guérir l'affliction par l'exercice du bien. C'est un art de guérir excellent.

Nous conjouissant avec la bienfaisance et avec ceux qui reçoivent les bienfaits, souhaitons que ce qui a été semé par l'homme, Dieu le fasse croître.

Christ philanthrope, qui as dit autrefois : *Laissez les enfants venir à moi* (Marc, X, 14)! voici devant toi une foule d'enfants. Personne ne les empêche de venir à toi, mais nous nous efforçons de les rapprocher de toi et de les incliner sous la bénédiction de ta main. Bénis-les aujourd'hui et bénis-les toujours, afin qu'ils croissent en piété et en honnêteté, afin qu'ils soient dignes de la société chrétienne, afin qu'ils deviennent des enfants de ton royaume éternel. — Ainsi soit-il.

# HOMÉLIE

## POUR LA CONSÉCRATION DU TEMPLE DE L'IMAGE DU SEIGNEUR NON-FAITE-DE-MAIN-D'HOMME,

DANS L'ÉDIFICE DE L'HOSPICE DE BARIKOFF.

— 17 novembre 1855. —

> Et nous tous, contemplant à visage découvert la gloire du Seigneur, nous sommes transformés en la même image de gloire en gloire, comme par l'Esprit du Seigneur.
>
> — II, Cor., III, 18.

L'image du Seigneur a sanctifié préalablement ce lieu; ensuite la vénération pour l'image du Seigneur lui a consacré ce temple.

Il y a quarante-trois ans, une main ennemie sacrilége porta atteinte à ce temple, et, par suite, le Service Divin y fut interrompu. Mais l'Image du Seigneur se préserva de la main sacrilége, et elle préserva son temple d'une destruction complète; du reste, elle le quitta pour un temps, moins en réalité qu'en espérance et en attente. Longtemps nous avons regardé ce temple, ne voulant pas le détruire, mais ne rencontrant pas non plus les conditions nécessaires pour lui rendre le plein et continuel exercice du culte. Des pèlerins venaient vers l'Image du Seigneur; mais le Roi de gloire ne franchissait pas la porte de ce sanctuaire pour la consommation du grand mystère de son Corps et de son Sang.

*Il y a un temps pour chaque chose sous le ciel* (Eccl., III, 1), a dit un observateur habile des évènements du monde. Enfin l'espérance et l'attente n'ont pas été vaines. Celui qui priait devant cette Image du Seigneur a recueilli un fruit bienheureux de sa prière, et le don a éveillé la reconnaissance. La piété et la philanthropie se sont réunies, non-seulement pour rendre complètement à ce temple sa sainteté, mais encore pour consacrer cette maison à une œuvre de Dieu, — à l'œuvre de l'assistance des délaissés. Cette œuvre d'une personne est devenue l'œuvre de la société inspirée du même esprit de piété et de philanthropie, et ce temple s'est revêtu d'une magnificence qu'il n'avait pas eue depuis le commencement.

*Que les pauvres voient et qu'ils se réjouissent* (Ps. XLVIII, 33). *Qu'il se réjouisse, le cœur de ceux qui cherchent le Seigneur* (Ps. CIV, 3). Que les croyants glorifient le Seigneur, qui rend, dans ses décrets, honneur à sa sainte Image.

Et il n'est pas hors de propos maintenant, pour les pieux adorateurs de l'Image du Seigneur, de réfléchir sur la manière dont nous pouvons et devons lui rendre l'honneur et la gloire qui lui appartiennent.

Ordinairement, nous nous approchons de l'Image du Christ et nous la contemplons dans une pensée et un sentiment de piété. Cela est digne et juste! En effet, par l'entremise de la représentation, nous nous approchons et nous portons nos regards vers Celui-là même qui est représenté, vers notre Seigneur Jésus-Christ, le Fils incarné de Dieu.

Nous nous prosternons devant l'Image de Jésus-Christ. Cela est convenable et significatif! C'est l'expression propre à l'homme de l'humilité devant la majesté du Dieu-homme.

Nous brûlons un cierge devant l'Image de Jésus-Christ. Dès l'antiquité, ce fut le signe de l'apparition de la majesté, et du respect devant la majesté! Et dans l'arche de Moïse, et dans le temple de Salomon, devant la sainteté qui figurait Jésus-Christ, brûlait le flambeau à sept lumières, qui était aussi la figure de la lumière de Jésus-Christ. En mettant devant l'image du Christ un cierge allumé, c'est comme si nous lui disions par cette action: Tu es la lumière immatérielle du monde; reçois de nous l'offrande la moins matérielle, — la lumière et le feu, et rends-nous les dons intérieurs de la grâce de la lumière de l'esprit et du feu du cœur.

Nous osons toucher à l'Image du Christ et la baiser. Hardiesse consolante pour le croyant! C'est le symbole visible de l'invisible *attouchement* de la foi (Luc, VIII, 46), le mouvement d'un zèle pieux à la rencontre de la condescendance espérée de la grâce.

Devant l'Image du Christ, nous apportons notre prière au Christ Dieu. Institution d'une haute sagesse dans sa simplicité! Secours bienfaisant pour celui qui prie! Pour que l'invisibilité et l'incompréhensibilité de la Divinité ne paraissent pas être son absence, pour qu'en cherchant la présence de Dieu l'esprit ne tombe pas dans des représentations chimériques, pour que les pensées se concentrent et se préservent de la distraction, la sainte Image de *Dieu se manifestant dans la chair* se présente en même temps et au regard des sens et à la contemplation spirituelle, et recueille les pensées et les sentiments extérieurs et intérieurs dans une même et unique contemplation du Divin.

Quand, par notre prière ou celle des autres devant l'Image de Jésus-Christ, nous recevons ou nous voyons la bienfaisance de Dieu, nous admirons, nous nous réjouissons, nous nous conjouissons, nous louons et nous remercions le Christ Dieu ; et notre foi reçoit une nouvelle incitation à recourir à la source de la grâce s'ouvrant à nous avec une évidence particulière. Tous ces mouvements de l'âme correspondent à l'essence de la chose et à notre obligation.

Tout est-il parfait de cette manière ? Est-ce assez de cela ? — Ne vous hâtez pas de répondre : C'est assez.

L'un de nous s'est approché de l'Image du Seigneur, s'est prosterné devant elle, a prononcé ou entendu une prière, peut-être même a reçu un bienfait avec reconnaissance ; mais ensuite il s'est éloigné de l'Image du Seigneur, non-seulement de corps, mais aussi d'esprit ; il a cessé de la considérer, non-seulement de l'œil, mais aussi de l'esprit ; il a disséminé ses regards sur les vanités et les attraits du monde ; il a éteint l'encensoir de sa prière ; il a rempli son âme des images, ou, pour mieux dire, des idoles des passions et des désirs ; quel sacrifice a-t-il donc offert au Christ ? Que signifient quelques paroles qui avaient en elles la signification d'une prière, mais non l'esprit de la prière dans celui qui les a prononcées, et qui se sont dissipées en l'air ? Que signifie une reconnaissance d'une minute qui a disparu du cœur ? Que s'est-il acquis ? Si même quelque chose avait été acquis, tout n'est-il pas perdu ?

Que faut-il donc encore pour que nous soyons des adorateurs vrais, dignes, agréables à Dieu, de l'Image du

Seigneur? Écoutons l'un de ces adorateurs, et instruisons-nous. *Nous tous*, dit le saint apôtre Paul, *contemplant à visage découvert la gloire du Seigneur, nous sommes transformés en la même image de gloire en gloire, comme par l'Esprit du Seigneur*. Remarquez qu'il ne parle pas de lui seul, mais de *tous;* conséquemment, il ne parle pas d'un privilége particulier d'un homme inspiré de Dieu, mais d'une action et d'un état qui sont accessibles à un grand nombre, et, dans un certain degré, *à tous*. *Nous tous*, dit-il, *nous contemplons à visage découvert la gloire du Seigneur*, c'est-à-dire, nous contemplons, non pas simplement le visage de Jésus-Christ, mais sa *gloire*, qui est au dedans, la lumière de sa Divine vérité, ses vertus et ses perfections; nous ne contemplons pas comme des spectateurs inactifs, mais nous présentons notre âme au visage lumineux de Jésus-Christ comme un miroir pour recevoir sa lumière, et recevant et nous appropriant cette lumière bienfaisante, nous-mêmes *nous nous transformons en la même image;* — dans la mesure de notre possibilité, nous imprimons activement dans notre âme et dans notre vie les traits de la vérité de Jésus-Christ et des vertus de Jésus-Christ, nous nous *transformons de gloire en gloire*, nous efforçant sans interruption de croître en ressemblance à l'image de Jésus-Christ; et tout cela s'opère en nous, non comme on pourrait l'attendre de la nature humaine laissée à elle-même, mais comme cela doit être *de la part de l'Esprit du Seigneur* donné aux croyants.

Celui qui est inattentif à la véritable vie spirituelle dira peut-être : Est-ce donc qu'il faut à chacun de nous se transformer à l'image du Christ? Comment cela se peut-il? — Que cela doive être, c'est ce que nous assure la parole fidèle de Dieu : *Ceux qu'il a prévus dans sa prescience*, c'est-à-dire, les hommes dans lesquels Dieu a prévu le désir sincère et invariable de lui plaire et d'atteindre au salut éternel, *ceux-là, il les a aussi prédestinés pour être conformes à l'image de son Fils* (Rom., VIII, 29). Mais si Dieu nous a prédestinés pour nous rendre conformes à l'image de son Fils, assurément il a fait que cela soit possible, et même facile.

Le Christ Sauveur a lui-même peint en partie son image quand il a dit : *Je suis doux et humble de cœur.* Et en même temps il a montré aussi comment nous pouvons nous transformer à cette image : *Apprenez de moi que je suis doux et humble de cœur* (Matth., XI, 29). Si tu vois dans ton âme des traits d'irascibilité et de fierté, mets-y des traits de douceur et d'humilité, et tu mettras en toi les traits de l'image du Christ.

D'après cet exemple, en contemplant de l'œil du corps l'Image visible du Christ Sauveur, contemplons diligemment de l'œil de l'esprit et du cœur son image spirituelle. Et en nous éclairant de la lumière de sa vérité, et en imitant, autant que nous le pouvons, les vertus qu'il a montrées dans sa vie terrestre, son zèle pour la gloire du Père céleste, sa persévérance incessante dans la prière, sa bonté et son amour pour les hommes, sa douceur et son humilité, sa patience et son obéissance à la volonté du Père céleste même jusqu'à la mort, *transformons-nous en la même image de gloire en gloire, comme par l'Esprit du Seigneur.* Si même nous sommes indignes, ne nous désespérons pas ; mais efforçons-nous par des efforts infatigables d'atteindre à cette grâce qui ouvre l'unique entrée dans la gloire éternelle. — Ainsi soit-il.

15

# HOMÉLIE

## POUR LA CONSÉCRATION D'UNE ÉGLISE SOUS L'INVOCATION DE LA TRÈS-SAINTE MÈRE DE DIEU,

DANS UNE MAISON PRIVÉE.

— 1856. —

La Providence Divine, en nous préparant dans la vie des Saints un enseignement expérimental et une conduite pour notre vie, nous a conservé par le moyen des Écritures un antique et frappant exemple de respect et d'amour pour le temple de Dieu, dans le roi et prophète David. Voici quelques-unes de ses propres expressions, de ses pensées et de ses sentiments. *Saint est ton temple* (Ps. LXIV, 5). *Le Seigneur est dans son temple saint* (Ps. X, 3). *Combien sont aimables tes tabernacles, Seigneur des armées! Mon âme souhaite et se meurt de désir d'entrer dans les parvis du Seigneur. Un seul jour dans tes parvis vaut mieux que mille. J'ai choisi d'être humilié dans la maison de mon Dieu plutôt que d'habiter dans les tentes des pécheurs* (Ps. LXXXIII, 2, 3, 11). *Quand viendrai-je et paraîtrai-je devant la face de Dieu? Les larmes ont été mon pain le jour et la nuit* (Ps. XLI, 3, 4).

Vous voyez qu'il éprouvait comme une nostalgie du

temple de Dieu lorsque, durant un certain temps, il n'avait pas la consolation d'en jouir. Et ce sentiment était si fort en lui que lorsque, à cause des circonstances de la vie, il n'avait pas la faculté de s'approcher du temple, il avait la hardiesse de désirer que le temple s'approchât de lui.

A cause des affaires de l'État, le roi David avait établi sa résidence à Jérusalem. Le tabernacle du témoignage (c'est-à-dire le temple portatif de Dieu, construit par Moïse d'après l'ordre de Dieu) se trouvait alors à Nomba, ou peut-être à Gabaon; mais la sainteté essentielle de ce temple, l'arche, avec les tables de la loi gravées par Dieu, séparée de ce temple par suite d'évènements malheureux, était conservée à Cariathiarim, dans la maison d'Aminadab. David résolut d'avoir le temple de Dieu près de lui, à Jérusalem, *et il prépara un lieu à l'arche de Dieu, et il lui dressa un tabernacle* (I Paral., xv, 1). Et, après quelques difficultés, il y transporta effectivement l'arche de Dieu, afin d'avoir, de cette manière, la facilité de visiter le temple de Dieu, à chaque fête, pour la prière, le chant des cantiques et l'offrande des sacrifices, et, hors des fêtes, quand il éprouvait un besoin particulier de fortifier sa prière par la grâce du saint temple.

N'oubliez pas que cet homme qui sentait si vivement la nécessité du saint temple était lui-même un temple vivant de Dieu, parce que, comme Prophète, il était rempli de l'Esprit de Dieu. Dès sa jeunesse, il avait reçu du prophète Samuel une onction secrète et mystérieuse: *Et l'Esprit de Dieu était porté sur David depuis ce jour et dans la suite* (I Rég., xvi, 13).

Ce saint exemple nous donne le droit de conclure que

ceux-là sont dans le droit chemin, pour qui le chemin du temple de Dieu est aussi agréable que l'est pour le voyageur le chemin de la maison paternelle; qui regardent comme les plus belles heures de leur vie les heures passées dans le temple de Dieu; pour qui la privation de la participation à la prière, au chant des cantiques, au mystère du temple, est l'une des privations les plus profondément ressenties; qui enfin, n'ayant pas la force et la possibilité de se rendre au temple de Dieu, osent désirer que le temple de Dieu vienne à eux.

Mais que doit-on conclure de ce même saint exemple pour ceux qui n'ont pas souci de leur soumission aux statuts de la maison de Dieu, pensant être au-dessus de l'opinion populaire, et adorer plus librement un Dieu qui n'a pas besoin de nos efforts extrêmes? Ne doit-on pas conclure qu'ils se placent au-dessus du Prophète, qui avouait son besoin de suivre les statuts du temple de Dieu, et, par suite de cela, éprouvait un entraînement irrésistible vers lui? Orgueil assurément peu digne d'envie! Celui qui s'élève lui-même, celui-là se prépare lui-même une chute.

Mais à ceux dont un homme selon le cœur de Dieu justifie, par son exemple, le désir hardi de rapprocher d'eux le sanctuaire de Dieu, on ne doit pas cacher que lui aussi peut ébranler cette hardiesse et inspirer la crainte. Il y eut un moment où lui-même redouta d'avoir près de lui le temple de Dieu, et où, comme à la vue d'un danger, il s'écria : *Comment l'arche du Seigneur viendra-t-elle chez moi* (II Rég., vi, 9)?

Quand, pour l'élévation du tabernacle nouvellement construit à Jérusalem à la dignité de temple de Dieu, il fallut y transporter l'arche du Seigneur, et que, pour la prendre, David vint avec l'assemblée du peuple à Cariathiarim, une faute se glissa dans l'œuvre sainte. Malgré l'ordonnance Divine d'après laquelle le grand-prêtre et les prêtres avaient seuls le droit de toucher à l'arche, et, pour le transport, devaient la couvrir de voiles, et ensuite les lévites la porter en en posant les brancards sur leurs épaules, — malgré cela, elle fut placée sur un char. En chemin, dans un endroit inégal, le lévite Oza, au lieu de soutenir le char qui s'inclina, toucha l'arche elle-même. L'arche ne tomba pas ; mais celui qui la toucha témérairement et illégalement tomba mort. Alors David effrayé s'écria : *Comment l'arche du Seigneur viendra-t-elle chez moi?* Et, n'osant pas la porter dans son tabernacle, il la laissa dans la maison d'Abeddara.

Nous n'irons pas exercer notre curiosité à chercher pourquoi Oza fut frappé si sévèrement, si ce fut seulement pour avoir violé la loi des cérémonies, et en même temps pour l'instruction du grand-prêtre et des prêtres qui l'avaient oubliée, ou, de plus, pour quelque impureté morale personnelle, incompatible avec le service de la sainteté. Le Juge qui scrute les cœurs sait cela.

Mais pourquoi cet évènement frappa-t-il si vivement David, qui n'était pas coupable de ce que le grand-prêtre et les prêtres n'avaient pas observé leurs statuts ? — Assurément, dans ce fait particulier, il vit la loi générale exprimée autrefois, dans un cas semblable, par Moïse, de la part de Dieu : *Je serai sanctifié dans ceux qui m'approchent* (Lév., x, 3). C'est-à-dire, celui qui, plus que les autres, s'approche de Dieu et de la sainteté qui symbolise la présence de Dieu, en celui-là se montre et se signale particulièrement la sainteté de Dieu, heureusement communicative pour les dignes, inabordable pour les indignes. Moïse s'approche, dans le jeûne et la pureté, de Dieu sur le Sinaï, et il reçoit les tables de la Loi écrites par Dieu, et il se trouve illuminé de sorte que le peuple ne peut supporter la lumière de son visage. Oza s'approche de la même sainteté des tables, et ne touche pas aux tables elles-mêmes, mais seulement à l'arche, et il est frappé de mort. Ainsi, si tu crois, si tu t'humilies, si tu purifies ta conscience, alors, la sainteté de Dieu consume le péché et illumine l'homme ; dans le cas contraire, elle consume le pécheur. David avait assez de connaissance de lui-même et d'humilité pour ne pas se croire exempt de péché, et c'est pour cela qu'il redouta la sainteté qui avait frappé le pécheur devant ses yeux.

Que devons-nous penser devant ce fait ? Pouvons-nous avoir plus de hardiesse que le juste David ? Ne *craindrons-nous* pas avec lui le *Seigneur*, et ne dirons-nous pas : *Comment l'arche du Seigneur viendra-t-elle chez moi?* Comment recevrai-je, comment conserverai-je dignement près de moi le temple de Dieu avec sa sainteté ? N'est-ce pas assez de me rendre, quand cela est possible, au temple où il est, et de me tenir près de son seuil avec le publicain et avec sa prière repentante, et, quand il ne m'est pas possible d'être au temple, alors, de ma chambre secrète, d'adresser à Dieu l'invocation de David : *Quand viendrai-je et paraîtrai-je devant la face de Dieu?* et de nourrir l'amour pour la sainteté du temple seulement des larmes de la privation : *Mes larmes ont été mon pain?*

Mais déjà *l'arche du Seigneur est entrée*. La grâce de Dieu, dans ses symboles mystiques, est déjà entrée dans ce temple. Maintenant il n'est déjà plus temps d'hésiter, par crainte, à recevoir la sainteté qui s'approche : présente est l'obligation définitive de conserver avec crainte la sainteté qui s'est approchée. Modérons par la crainte la hardiesse de l'amour pour la sainteté ; modérons la crainte par la foi et l'amour pour la sainteté.

Pour cela, nous appellerons encore une fois à l'aide le juste David. Il nous effraie par sa crainte; il nous rassure aussi par la hardiesse de la foi qu'il retrouve après la crainte, parce que, après l'instant de la colère de Dieu à cause de la sainteté offensée, s'est manifestée, par la même sainteté, la bonté persévérante de Dieu.

L'arche de Dieu, qui a frappé Oza, et, par crainte, a été laissée dans la maison d'Abeddara, n'a pas frappé la maison d'Abeddara ; au contraire, *on annonça au roi David en lui disant : Le Seigneur a béni la maison d'Abeddara et tout ce qui lui appartenait, à cause de l'arche de Dieu* (II Règ., VI, 12). David éloigna la crainte ; il recouvra la hardiesse : ayant renouvelé l'assemblée solennelle du peuple, il transporta, selon la loi, sur les épaules des lévites, l'arche de Dieu dans le tabernacle qu'il avait érigé pour elle, et ensuite il jouit toute sa vie de la grâce de ce sanctuaire.

Glorifions la grâce du Nouveau Testament, généreuse et condescendante plus que celle de l'Ancienne Loi. La Loi de Moïse n'avait érigé qu'un tabernacle et qu'un temple, et le second tabernacle de David était sans exemple. La grâce de Jésus-Christ érige des temples partout où il y a des croyants, et il n'est pas rare qu'elle permette à la maison de l'homme de recevoir dans son enceinte la maison de Dieu.

Que ceux qui ont reçu aujourd'hui ce don bienheureux se réjouissent dans le Seigneur, et qu'ils le conservent avec une pieuse conservation. Qu'ils s'efforcent assidûment, par la foi et la piété du cœur et par la direction de la vie, de s'approcher du Seigneur Jésus-Christ, qui est près d'eux par sa grâce et ses mystères, et de sa très-pure Mère, qui a pris ce temple sous sa protection. Qu'aucune main téméraire, qu'aucune pensée étrangère à la piété ne touche à la sainteté qui s'est fixée ici. Que *le Seigneur bénisse* cette *maison*, comme *la maison d'Abeddara*, *à cause de l'arche de Dieu*. — Ainsi soit-il.

---

**16**

# HOMÉLIE

## POUR LA RESTAURATION D'UN TEMPLE SUR UN LIEU DE SÉPULTURE DES TRÉPASSÉS.

— Septembre 1857. —

Le Seigneur a dit par la bouche du Prophète : *Ma maison s'appellera la maison de la prière* (Is., LVI, 7). Quelles pensées consolantes sur le temple nous donne cette parole du Seigneur !

Le temple est *la maison de la prière*. La prière y habite. Elle est passagère dans quelques lieux, elle en visite quelques autres ; quelques personnes la cherchent avec effort ; l'agitation et l'inquiétude de la vie l'éloignent de quelques autres qui même l'appellent : ici, elle demeure dans le temple ; ici, chacun peut la trouver ; et, si cette prière est désirable qui arrive jusqu'à Dieu, la prière dans le temple est particulièrement désirable, parce qu'ici particulièrement elle s'approche de Dieu, puisque *la maison de la prière* est en même temps *la maison de Dieu.*

Si nous réfléchissons que Dieu habite dans les hauts lieux, au delà des cieux, nous en viendrons à douter qu'une maison soit possible pour lui sur cette terre si basse devant les cieux. Si nous réfléchissons à la grandeur du Créateur du monde et à son omniprésence, nous trouverons incompréhensible qu'une maison, quelle qu'elle soit, puisse être possible pour lui dans quelque lieu que ce soit. Mais il n'y a nulle place aux doutes quand le Seigneur dit lui-même : *Ma maison.*

Nous croyons, Seigneur, à ta parole : car *ta parole est la vérité* (Jean, XVII, 17). Nous croyons que ce temple aussi, consacré selon la tradition et la règle des apôtres établis par toi et de leurs successeurs, et honoré invisiblement de ton entrée et de ta bienheureuse présence, est en vérité ta maison, ta demeure, ton ciel sur la terre ; et non-seulement nous croyons cela, mais encore nous pouvons le voir en partie, puisque ici s'offre le mystère du Corps Divin, évidemment présent, de ton Fils unique notre Seigneur Jésus-Christ, qui est un corps vivant et vivifiant, avec lequel par conséquent est présent aussi l'esprit du Dieu et homme Jésus-Christ.

A ces réflexions, que doit sentir l'âme croyante?

Lorsque le patriarche Jacob, passant la nuit dans un lieu désert, vit en songe le Seigneur se tenant au sommet d'une échelle qui unissait le ciel à la terre, entendit de lui sa bénédiction et la promesse de sa protection, et, à cause de cette apparition de Dieu, appela cet endroit *la maison de Dieu*, il ressentit en même temps de la crainte. *Il fut effrayé et il dit que ce lieu était terrible* (Gen., XXVIII, 17, 19). Mais le Prophète

Psalmiste, à la pensée de la visite du tabernacle de Dieu, ou du temple de Dieu, éprouvait de la joie. *Je me suis réjoui en ceux qui m'ont dit : Nous irons dans la maison du Seigneur* (Ps. cxxi, 1). Lequel est juste, de ces deux sentiments opposés? — Tous deux sont justes, quoiqu'ils soient opposés. Le temple de Dieu est redoutable à cause de la grandeur de Dieu, qui y est présent; le temple de Dieu est une source de joie à cause de la grâce de Dieu, qui y habite. L'homme qui s'humilie devant Dieu entre avec crainte dans le temple; l'homme animé de l'amour de Dieu entre avec joie dans le temple. Qu'il tremble particulièrement en entrant dans le temple, l'homme chargé de péchés, parce qu'ici est présent Dieu, juste Juge; et qui sait s'il ne frappera pas soudainement le pécheur, comme autrefois Nadab et Abiu, Dathan et Abiron? Cependant, que la crainte n'éloigne pas le pécheur du temple, car ce serait s'en aller du salut à la perte; mais qu'elle l'excite au repentir et à l'amendement de sa vie, afin qu'il puisse entrer dans le temple avec l'espérance d'y trouver Dieu miséricordieux, lui pardonnant et le sauvant. Le temple de Dieu est un refuge assuré pour le pécheur qui désire échapper au fléau du péché.

Dieu, présent partout, élevé au-dessus de tout, quel besoin aurait-il d'une maison terrestre pour lui, si son indulgence Divine pour les habitants de la terre ne l'exigeait pas? Par bonté et indulgence, Dieu établit sa maison sur la terre et l'ouvre à l'homme, afin que celui-ci y trouve une échelle facile pour faire monter sa prière à Dieu, afin qu'il y reçoive la bénédiction de Dieu et l'enseignement de sa vérité par ses ministres, afin qu'il y use des mystères Divins comme de moyens de régénération spirituelle, d'alimentation, d'accroissement, de réconfortation, de guérison, de viatique pour la vie céleste.

De cette utilité du temple pour les hommes, il résulte nécessairement que les temples doivent être construits et sont construits au milieu des habitants qui en doivent profiter. Mais pourquoi donc quelques temples, comme celui-ci même, s'élèvent-ils, non au milieu des vivants, mais au milieu des morts? Ceux qui reposent dans le sommeil de la mort se lèveront-ils maintenant, et diront-ils avec le patriarche Jacob se levant de son sommeil à Bethel, et avec nous : *Ce lieu est terrible; ce n'est ici que la maison de Dieu?* ou avec le Psalmiste et avec nous : *Je me suis réjoui en ceux qui m'ont dit : Nous irons dans la maison du Seigneur?*

A cela il faut dire que les temples construits dans les lieux de repos des morts, sont nécessaires et utiles aux vivants afin qu'ils y viennent, non-seulement pour s'affliger et pleurer sur ceux qui reposent, mais aussi pour y apporter pour eux une prière qui est particulièrement bienfaisante dans le temple, pendant la célébration du mystère du Corps et du Sang du Seigneur, quand le prêtre célébrant rapproche les noms et la mémoire des trépassés de l'Agneau de Dieu qui ôte les péchés du monde, et qu'il les plonge dans le Sang vivifiant de Jésus-Christ. (Ceux qui ont reçu la consécration savent que je n'imagine pas ceci, mais que je rappelle un acte profondément significatif.) De cette manière, pour les morts aussi, le temple élevé sur eux peut être utile par l'entremise des vivants.

Mais est-ce seulement par l'entremise des vivants? Les morts ne peuvent-ils pas aussi par eux-mêmes et immédiatement profiter de la sainteté du temple? La mort du corps ne les a pas retranchés de l'Église de Jésus-Christ, qui, pareille à l'échelle vue par Jacob, s'élève entre le ciel et la terre, s'étend du visible à l'invisible, des derniers degrés sur la terre atteint au degré sublime, dans les cieux, de l'intuition de Dieu, invitant à l'ascension désirable et permettant la descente suffisamment motivée. N'a-t-on pas vu, par exemple, le bienheureux Serge, après être monté aux demeures célestes, en redescendre dans sa demeure terrestre, et se tenir dans le temple avec ceux qui chantaient, sans doute pour que les frères du monastère reçussent par la vue mieux que par l'ouïe l'enseignement du respect pour le Service Divin de l'église. Mais ne nous bornons pas aux élus. Où sont maintenant les âmes de ceux qui sont morts dans la foi, parfaits et imparfaits? Dans quel état? Sont-elles loin?—Conformément à ce à quoi elles se sont préparées dans leur vie terrestre, elles sont, selon la parole de Dieu, *dans la main de Dieu* (Sag., III, 1), — *dans le sein d'Abraham* (Luc, XVI, 23), — *dans le repos* (Sag., IV, 7), — et d'autres incapables de trouver la paix, et dans *les lamentations*, comme autrefois Jacob se le prédit à lui-même : *Je descendrai vers mon fils, en gémissant, dans le sépulcre* (Gen., XXXVII, 35). Nous ne parlons pas de ceux qui sont semblables au riche de la parabole de l'Évangile, qui vécut et mourut sans foi et sans vertu, et par conséquent fut précipité au fond de l'enfer, d'où ne sont accessibles ni les demeures célestes, ni la sainteté de ce monde visible. La tradition et l'expérience montrent que les âmes des morts, quoique délivrées des liens de la chair, cependant, même après qu'elles en sont séparées, par une disposition particulière de la Providence, et quelques-unes, peut-être, aussi par l'entraînement de l'habitude et des souvenirs terrestres, apparaissent assez souvent dans les lieux de leur séjour sur la terre et dans le voisinage des corps avec lesquels elles ont traversé la vie temporelle et qu'elles reprendront pour la vie éternelle. En effet, de quelle manière font des miracles, et particulièrement, de quelle manière agissent bienfaisamment sur l'état de l'âme les reliques des saints, si ce n'est par la vertu bienfaisante des âmes des saints, manifestée par l'entremise de ces reliques? Rappelons-nous ce qui arriva au saint prélat Spiridon de Trimyphonte, lorsqu'il eut besoin de savoir de sa fille défunte où était caché un trésor qui lui avait été confié, et qu'elle n'avait pas révélé avant sa mort. Il se rendit à son tombeau, interrogea la morte, et elle entendit, et elle donna la réponse désirée. Pourquoi donc ne pas nous permettre, à nous aussi, la pensée consolante que les âmes de ceux qui reposent près de ce temple, du moins quelques-unes, entendent immédiatement la voix de nos cantiques et de nos prières, perçoivent le parfum spirituel de la célébration des mystères, et reçoivent ou une augmentation de leur *repos*, ou un soulagement à leurs *lamentations?*

Bénis soient le zèle, la générosité, la sollicitude, le travail déployés pour la construction et la décoration de ce saint temple, par lesquels a été offert un sacrifice à Dieu et procuré un bienfait aux vivants et aux morts! Que le Dieu de consolation et de générosité les récompense de ses dons favorables à la vie temporelle et à la vie éternelle! — Ainsi soit-il.

17

# HOMÉLIE

## POUR LA CONSÉCRATION DU TEMPLE DES SAINTS PRINCES DES APOTRES PIERRE ET PAUL,

PRÈS L'HÔPITAL DE MARIE, A MOSCOU,

— 15 décembre 1857. —

Une église et un hôpital sont en ce moment devant nos yeux, et, par suite, naturellement dans nos pensées; ils sont rapprochés de sorte qu'ils se trouvent sous un même toit commun, et ils ne sont séparés que de sorte que la sainteté conserve l'inviolabilité qui lui convient. N'y a-t-il pas un rapprochement intellectuel dans ce rapprochement matériel? — Assurément, oui : car un tel arrangement est provenu, non d'une spontanéité irréfléchie, mais d'un raisonnement fondé et bien intentionné. Il me semble que cet édifice dirait lui-même, si je ne le disais pas, qu'un hôpital a besoin de cette union avec une église, que e malade a besoin non-seulement du médecin, mais encore du ministre des autels, non-seulement des remèdes médicinaux, mais encore de la prière et des mystères.

Tous reconnaissent-ils ces nécessités? — Dans quelle mesure faut-il les reconnaître? — Ne renvoyez pas ces questions aux malades : au milieu des souffrances de la maladie, dans l'affaiblissement des forces du corps et de l'âme, ils auraient de la peine à trouver des règles pour leur état présent si ces règles n'étaient préparées d'avance; la maladie et la mort ne consentent pas à attendre que le malade se compose une philosophie de la maladie qu'il n'a pas apprise en temps plus utile. Et la destinée invisible n'a pris envers nul de ceux qui se portent bien l'engagement d'empêcher que la maladie ne lui soit envoyée aujourd'hui ou demain, et qu'elle ne tombe sur lui soudainement et violemment. Celui qui veut remporter la victoire pense à la guerre dans la paix : c'est dans la santé que doit songer sainement à la maladie celui qui désire la vaincre ou conserver son esprit invincible à ses coups.

Il y a des gens qui hésitent à admettre les remèdes humains, ou qui même sont résolûment prêts à les repousser tout à fait. Ils écoutent avec une attention profonde la parole du Seigneur : *Je tuerai et je ferai vivre; je frapperai et je guérirai* (Deut., XXXII, 39), et ils désirent répondre à cela par la parole de David : *Que je tombe donc dans la main du Seigneur, car ses miséricordes sont infiniment grandes; mais que je ne tombe pas dans la main des hommes* (II Règ., XXIV, 14).

Que dirons-nous à cela? — Louons ceux qui ont une pareille foi et un pareil dévouement à la volonté de Dieu. Nous savons qu'il y a eu et qu'il y a des gens qui ont justifié par le fait lui-même une pareille foi. Mais savez-vous quelle foi est nécessaire pour cela? — Selon l'exigence de l'Évangile, qui semble modérée, il faut au moins *de la foi comme un grain de sénevé* (Matth., XVII, 20). Et cette foi, quelle est-elle? Elle est telle que si avec elle *vous dites à cette montagne : Passe d'ici là, elle y passera, et rien ne vous sera impossible.* Qui de nous se flattera d'avoir acquis une pareille foi? Et si quelqu'un s'en flatte, alors il faut craindre que, par cet éloge de lui-même, il n'ait renversé l'appui indispensable de cette foi, — l'humilité. L'apôtre Pierre pensait qu'il avait la foi de marcher sur les eaux, et, de plus, sa foi était fortifiée par la présence visible et par l'ordre souverain de Jésus-Christ : cependant la foi de Pierre ne fut suffisante que pour quelques pas, et les pensées de doute l'auraient submergé si le Seigneur n'avait eu pitié de son peu de foi et ne lui avait tendu une main secourable. Ainsi donc, nous souhaitons à chacun une foi vive, forte, efficace, salutaire, et, si vous voulez, capable même d'opérer des prodiges; mais en même temps nous devons reconnaître comme indispensables l'attention vigilante et la prudence pour que la foi soit gardée par l'humilité, et pour qu'elle ne tente pas Dieu par une présomption inutile et exagérée.

Si la maladie vient, et qu'il ne soit pas facile d'avoir un médecin et des remèdes, ou si le traitement employé n'a pas de succès ; si le devoir ou l'humanité t'appellent auprès d'un malade dont la maladie peut se communiquer à ceux qui l'approchent et le touchent, ne te prépare pas toi-même le poison des pensées de découragement, de crainte, d'impatience, de murmure ; mais compose-toi un remède universel des pensées saines et des purs sentiments de la foi, de la prière, de la confiance en Dieu ; sois certain, d'après ses paroles, que s'il *frappe*, c'est pour *guérir* ; crois qu'il te préservera ou te guérira de la maladie, ou qu'il t'aidera à supporter 'affaiblissement maladif et la souffrance, et qu'il fera ervir ta maladie à la guérison et à la purification de ton me , afin que s'accomplisse sur toi la parole de l'Écriture : *Celui qui a souffert dans la chair a cessé de pécher* (I Pier., IV, 1). Ose dire au Seigneur avec David : *Quand même je marcherais au milieu de l'ombre de la mort, je ne craindrais pas le mal, parce que tu es avec moi* (Ps. XXII, 4). *Et qu'il te soit fait selon ta foi. Que ta foi te sauve.*

Mais en cas de facilité, ne méprise pas même les moyens naturels de traitement, et ne tente pas Dieu par l'exigence de dons extraordinaires, en négligeant les moyens préparés par lui-même pour toi dans la nature. Écoute l'enseignement d'un antique et pieux sage : *Honore le médecin selon les exigences de l'honneur qui lui est dû : car c'est le Seigneur qui l'a créé. — Le Seigneur a créé de la terre ce qui guérit, et l'homme sage ne le dédaignera pas* (Sag. de Sir., XXXVIII, 1, 4). Et puisque le Seigneur a créé et le médecin et les médicaments, en en profitant, invoque la bénédiction de Dieu et sur l'intelligence du médecin et sur l'efficacité du remède ; et si tu as reçu du secours de la médecine, remercie Dieu, la Source de la vie.

Du reste, il n'y a pas beaucoup de gens qu'il soit besoin de persuader d'*honorer le médecin*, de ne pas *dédaigner ce qui guérit*. Chez la plupart, en même temps que la maladie, vient d'elle-même la pensée du médecin et du traitement ; mais beaucoup de malades sont trop longtemps sans rencontrer la pensée d'une autre nécessité très-importante, — la nécessité du secours de la foi, et ceux qui les entourent craignent d'éveiller en eux cette pensée, alors même qu'ils le désirent. Étrange préjugé ! On ne craint pas d'appeler un médecin qui prescrit un traitement peut-être utile, peut-être inutile, peut-être, par suite d'une fausse combinaison, nuisible et mortel, et l'on craint d'appeler le ministre de l'autel pour apporter un traitement qui dans aucun cas ne sera nuisible ni dangereux, mais qui sera toujours bienfaisant pour l'âme et pour le corps !

Les médecins et les maîtres dans l'art de guérir ne trouveront-ils pas que j'empiète sur leur domaine quand j'affirme que le ministre de l'autel apportera au malade un remède aussi pour le corps? — Qu'ils ne se formalisent pas. L'enseignement médical nous a été donné à nous aussi; seulement ce n'est pas dans une multitude de connaissances et de livres, comme à eux, mais dans une courte prescription médicale, infaillible pour toutes les maladies, à la condition d'un fidèle emploi. Voici ce qu'a écrit l'un des disciples choisis du Divin Médecin des âmes et des corps : *Quelqu'un de vous est-il malade? qu'il appelle les prêtres de l'église, et qu'ils fassent la prière sur lui en l'oignant d'huile au nom du Seigneur, et la prière de la foi sauvera le malade, et le Seigneur le soulagera, et, s'il a commis des péchés, ils lui seront remis* (Jacq., v, 14, 15). Il distingue clairement deux effets de la prière du prêtre et de la sainte onction : le traitement de l'âme : *s'il a commis des péchés, ils lui seront remis;* et le traitement du corps : *le Seigneur le soulagera*, — non pas toujours sans condition, bien entendu, mais selon la mesure de sa foi, et conformément aux vues salutaires de la Providence Divine.

Que dirons-nous de l'utilité et de l'influence bienfaisante du mystère de la pénitence sur le malade et sur la maladie elle-même? — Il semble que nous puissions en appeler au témoignage des médecins du corps eux-mêmes. Ils savent que la paix de l'âme est un secours, et son état de trouble — un obstacle à la guérison. Mais n'est-ce pas la paix la plus profonde et la plus complète que procurent à l'âme l'allégement de la conscience par un sincère repentir et le sentiment consolant de la rémission des péchés?

J'offenserais, je pense, votre foi éclairée et la dignité Divine du mystère, si j'allais démontrer l'utilité et la bienfaisance, pour le malade, du mystère du Corps et du Sang du Seigneur, — de même que si quelqu'un imaginait de démontrer que le soleil éclaire et échauffe, et qu'il est bienfaisant pour notre vie quoique nous ne le voyions pas toujours et que nous ne ressentions pas toujours son action. C'est assez de rappeler la parole du Seigneur : *Celui qui mange ma chair et qui boit mon sang a la vie éternelle* (Jean, VI, 54). C'est pourquoi celui qui, dans le mystère, a reçu en lui *la vie éternelle*, et la conserve par la foi, et ne l'éloigne pas de lui par de nouveaux péchés, pour celui-là, la maladie est le chemin, et la mort est la porte de l'éternité bienheureuse; mais en même temps n'est-il pas naturel d'attendre que de l'abondance de la Source de la vie éternelle reçue par l'homme dans le mystère, il découlera une vertu bienfaisante aussi pour la vie temporelle?

D'où est donc venue cette étrangeté que, dans les maladies, beaucoup diffèrent de recourir aux secours de la foi, et craignent même d'en parler? — Il est probable que, d'une bonne pensée ont été déduites irrégulièrement des pensées fausses qui se sont répandues et fortifiées. On regarde comme un bonheur particulier que le malade, après avoir reçu le pardon des péchés et la communion de la vie éternelle dans les mystères, entre avec cette pureté intacte dans la vie future. C'est une bonne pensée. Mais on en a déduit irrégulièrement ces pensées fausses que ce n'est qu'à l'extrémité qu'il faut recourir aux mystères, et qu'en parler au malade, c'est lui annoncer sa condamnation à mort.

Puissent longtemps jouir d'une bonne santé ceux qui m'entendent en ce moment, et ceux qui ne m'entendent pas! Mais nous tous, mes Frères, nous ne sommes ni immortels ni exemptés de la maladie. Ne différons pas de renoncer à temps au préjugé qui met une barrière entre nous et la Sainteté dans un temps où elle nous est particulièrement bienfaisante. Mettons-nous plus près du Médecin des âmes et des corps que des médecins du corps. Affermissons-nous dans la disposition de désirer et de chercher, avec plus de soin que la guérison corporelle, la guérison spirituelle, bienfaisante pour l'âme et pour le corps.

Je ne puis me taire sans partager avec vous la réflexion consolante que l'établissement agréable à Dieu et philanthropique dans lequel nous nous trouvons en ce moment, et beaucoup d'autres semblables dans cette ville capitale, proviennent, de nom et de fait, de nos grands et puissants Souverains, et jouissent successivement de leur protection immédiate et de leur incessante sollicitude.

Conserve, Russie, par ta foi et ta fidélité, la piété et la philanthropie qui règnent sur toi, et, par une prière pure, s'élevant d'une vie irréprochable, retiens sur toi la bienfaisante protection céleste. — Ainsi soit-il.

18

# HOMÉLIE

## POUR LA CONSÉCRATION D'UN TEMPLE

AU MONASTÈRE NOUVELLEMENT FONDÉ DE LA TRANSFIGURATION DU SAUVEUR DE GOUSLITSKY [1].

— 24 mai 1859. —

Il y a de merveilleux décrets particuliers de Dieu sur certaines personnes : il y a aussi des décrets particuliers

[1] Le 24 et le 25 mai 1859, fut accomplie la consécration d'un temple en même temps que celle d'un monastère nouvellement fondé et nommé de la Transfiguration du Sauveur, du nom d'une ancienne église prise pour son fondement, et de Gouslitsky, du nom populaire d'un endroit voisin.

L'année précédente, 1858, il avait plu au TRÈS-PIEUX SOUVERAIN EMPEREUR d'exprimer sa volonté SUPRÊME que, pour la construction de ce monastère, il fût choisi un emplacement sur une terre des apanages, et l'on choisit un endroit écarté sur les bords de la rivière de Nerska.

Pour accélérer la construction du Monastère, il fut proposé de transporter du bord opposé de la rivière une ancienne et petite église de bois et de construire quelques cellules, et d'élever ensuite une autre église plus grande. Le 29 décembre 1858, cette proposition fut confirmée SOUVERAINEMENT, et, pour le monastère fondé, il fut donné TRÈS-GRACIEUSEMENT 150 déciatines de terre * avec forêts, et de plus 2,000 arbres et 5,000 roubles.

Dans les derniers jours de janvier, la terre accordée TRÈS-GRACIEUSEMENT fut délivrée, et, le 8 février, fut faite la première prière pour la bénédiction de l'emplacement du monastère; en mars, fut transportée au lieu désigné l'église de bois mentionnée plus haut, et, comme il ne fallait pas peu de temps pour y établir un nouvel iconostase, afin que les moines

* A peu près 164 hectares.

de Dieu sur certains lieux, décrets que, par une pieuse attention, nous pouvons découvrir et considérer pour notre consolation et notre édification.

Dieu, pour montrer dans la personne d'Abraham un exemple de foi propre à l'instruction des générations à venir, et en même temps pour symboliser d'avance le mystère du futur sacrifice de Jésus-Christ sur la croix,

qui se trouvaient dans les bâtiments ne fussent pas privés de la fréquentation du temple, une église fut disposée à la hâte, dans l'étage inférieur de l'édifice, sous l'invocation de la Résurrection de Jésus-Christ, et consacrée le 4 avril.

Après cela, jusqu'au 24 mai, on établit l'iconostase dans l'église supérieure, et l'on éleva quelques constructions de bois pour les cellules, pour le réfectoire des frères et pour les autres exigences du monastère, et une enceinte de bois formant un carré de 80 sagènes * sur chaque face.

Le 22 mai, le Métropolite de Moscou partit de cette ville après l'office célébré de grand matin, et, ne s'arrêtant en chemin que pour visiter quelques églises et pour bénir le peuple, il arriva au nouveau monastère vers quatre heures après midi, et il fut reçu par le prêtre-moine supérieur Parthénius et par la Communauté, comme il l'avait été dans les autres églises, selon l'usage, avec la croix. Mais dans quelques villages où il n'y avait pas d'église, et en premier lieu au village d'Eusébieff, les paysans orthodoxes, comme s'ils se fussent associés au saint événement qui allait avoir lieu, reçurent le Métropolite avec une image et en lui présentant le pain et le sel.

Le 23, dans le temple préparé pour la consécration, le Métropolite célébra les premières vêpres avec deux archimandrites et tout le clergé. Au chœur des chantres du Métropolite se joignit le chœur des chantres du bourg de Pavlofsk, composé volontairement des fidèles zélés de l'église, et amené à un point de perfection remarquable.

Le 24, le Métropolite, avec le même clergé, célébra la consécration de l'église supérieure sous l'invocation de l'Assomption de la Mère de Dieu, à laquelle assista, arrivé inopinément le matin même, Sa Grandeur Athanase, archevêque de Kasan. A la fête prirent part une assemblée nombreuse du peuple des environs, et quelques-uns des pieux citoyens de Moscou, bienfaiteurs du nouveau couvent.

La fête continua le 25. Sa Grandeur Athanase, archevêque de Kasan, avec tout le clergé, célébra l'Office Divin dans l'église nouvellement consacrée. Lorsque l'Office fut achevé, le Métropolite et l'Archevêque, avec l'assemblée du clergé portant les saintes images, se rendirent du temple

* Environ 171 mètres.

lui ordonna d'offrir en sacrifice son fils unique Isaac. Pourquoi, semble-t-il, ne pas accomplir cela à l'endroit même où Abraham vivait à cette époque *et invoquait le nom du Seigneur Dieu éternel* (Gen., XXI, 33)? Mais non. Dieu envoya pour cela Abraham dans un autre lieu, éloigné, inconnu d'Abraham, n'ayant pas de nom. *Va dans la terre élevée, et, là, offre-le en holocauste sur l'une*

à l'endroit préparé, et procédèrent à la pose de la première pierre du nouveau temple en l'honneur de l'Image Non-faite-de-main-d'homme, et de la Transfiguration du Seigneur, et de Saint Nicolas.

Immédiatement après, les deux Prélats et toute l'assemblée passèrent dans le centre du monastère, et, là, le Métropolite prononça la prière pour l'inauguration du monastère, et donna la bénédiction en forme de croix avec la sainte croix. L'inauguration du monastère fut achevée par une procession autour de ses murs, et, après le retour à l'église, terminée par la prière à haute voix pour la prolongation des jours du TRÈS-PIEUX SOUVERAIN EMPEREUR ALEXANDRE NICOLAIÉVITCH et de toute la Maison Impériale.

Pour l'explication de la dénomination du temple fondé, il faut ajouter qu'en même temps que l'ancienne église de bois, furent transportées dans le monastère deux antiques peintures de l'Image Non-faite-de-main-d'homme du Christ Sauveur et de l'image de la Transfiguration du Seigneur, vénérées dans ces lieux avec une piété particulière. Une tradition locale dit qu'à l'endroit où est aujourd'hui situé le monastère, il y avait déjà, dans les anciens temps, un monastère, et qu'en cet endroit apparut primitivement l'Image Non-faite-de-main-d'homme du Seigneur, et, par conséquent, elle est maintenant revenue, contre toute attente, au lieu de sa première apparition.

Nous ne nous tairons pas non plus sur le 26, qui sera également pour cette contrée un jour mémorable. Se conformant au désir et à la demande des citoyens du bourg de Pavlofsk, la veille de ce jour, le Métropolite officia aux premières vêpres, et, le jour même, le Métropolite et l'Archevêque célébrèrent conjointement l'Office Divin dans l'église de la Résurrection du bourg de Pavlofsk, en présence d'un concours empressé de peuple : puis, dans l'église même, ils prirent congé l'un de l'autre, parce que le Métropolite devait se rendre sans délai à 7 verstes* de là, au village de Méra, pour la pose de la première pierre d'un temple dont ce village manquait jusque-là, dont une population nombreuse était privée, et qu'avaient enfin entrepris de construire les plus religieux des propriétaires de cet endroit. (*Note de l'Éditeur russe.*)

* 7 kilomètres.

*des montagnes que je te dirai* (XXII, 2). Abraham marcha deux jours avec son fils, sans savoir où il allait : le troisième jour, il vit une montagne, et, par une nouvelle révélation, il sut que c'était sur elle qu'il devait accomplir son sacrifice. Il prit dans ses mains le feu et le couteau, il chargea Isaac du bois de l'holocauste, monta sur la montagne, dressa un autel, y plaça le bois, et, sur le bois, son fils attaché, et il étendit la main vers le couteau pour immoler Isaac. En ce moment, dans son cœur, dans son intention résolue, il immola déjà Isaac invisiblement, et son sacrifice s'accomplit ; mais avant qu'il eût le temps d'immoler Isaac visiblement, effectivement, un ange l'arrêta. Abraham aperçut inopinément un bélier dans un épais buisson, et il l'offrit en holocauste. Parce qu'Abraham avait montré une soumission et une foi si parfaites envers Dieu, un pareil sacrifice de lui-même dans l'accomplissement de sa volonté, Dieu, l'ayant appelé d'une voix céleste, le bénit d'une bénédiction haute, bienheureuse, héréditaire, s'étendant de lui à tous les peuples.

Je demande de nouveau : Pourquoi donc cela ne s'accomplit-il pas dans l'endroit où vivait Abraham, ou près de là ? Pourquoi était-il besoin — d'un voyage lointain, d'une montagne inconnue ? — Écoutez. Nous arriverons à la réponse.

Cette montagne, inconnue auparavant, reçut d'Abraham le nom de montagne de la *Vision de Dieu ;* et, sans aucun doute, elle devint d'impérissable mémoire pour Abraham et pour Isaac, et en partie pour leurs descendants, particulièrement pour ceux qui vénérèrent et gardèrent pieusement les saintes traditions paternelles ; et la tradition en a survécu aux siècles et aux nations.

Mais la montagne de la Vision de Dieu était sur la terre des païens, qui ne connaissaient ni le vrai Dieu ni ses mystères. Des siècles passèrent : près du lieu du sacrifice d'Abraham fut construite la ville païenne de Jébus.

Des siècles passèrent encore : un descendant d'Abraham, le roi David, prit Jébus par les armes ; il l'appela Jérusalem et en fit la capitale du royaume d'Israël.

Des siècles passèrent encore : apparut dans la terre d'Israël le Fils incarné de Dieu, selon la chair fils d'Abraham et de David, notre Seigneur Jésus-Christ ; il prêcha l'évangile du salut éternel, et, à cause de la haine aveugle des impies dévoilés par lui, et surtout selon la prévision et la prédétermination mystérieuses du Père céleste, près des murs de Jérusalem, à l'endroit de l'antique sacrifice d'Abraham, il fut attaché à la croix comme victime pour le salut du monde entier, il fut enseveli et il ressuscita.

Maintenant on peut dire pourquoi fut indiquée à Abraham la montagne de la Vision de Dieu. Ce fut pour que, se tenant dans ce lieu, il pût voir par la foi ce qui devait se passer en ce lieu deux mille ans après lui ; pour que, selon la propre parole de Jésus-Christ, *il vît le jour* de Jésus-Christ *et se réjouît* (Jean, VIII, 56) en son Sauveur. Abraham vit alors en Isaac portant le bois du sacrifice sur la montagne de la Vision de Dieu, l'image de Jésus-Christ portant la croix sur la montagne du Golgotha ; en Isaac placé sur l'autel, — l'image de Jésus-Christ élevé sur la croix ; en Isaac vivant après son oblation en sacrifice, — l'image de Jésus-Christ ressuscité après la mort de la croix ; dans la bénédiction, en la semence d'Abraham, de toutes les nations de la terre, — la promesse à tous les hommes du salut éternel par Jésus-Christ.

La montagne de la Vision de Dieu, d'Abraham, nous ouvre à nous aussi des aspects majestueux et magnifiques. Comme *dès l'éternité Dieu connaît toutes ses œuvres* (Ac., xv, 18)! Comme dès l'éternité le futur le plus lointain est pour lui prévu et prédéterminé! Comme il nourrissait mystérieusement la foi des anciens en leur présentant le mystère de Jésus-Christ dans des promesses et des symboles! Avec quelle force il corrobore notre foi en nous révélant le mystère de Jésus-Christ dans un accord parfait avec les antiques promesses et symboles qui l'annonçaient! Comme il consacra merveilleusement par le sacrifice d'Abraham un lieu pour le sacrifice de la croix de Jésus-Christ!

Je rappellerai encore un exemple, moins éloigné de nous, d'un décret particulier de Dieu sur un lieu, en liaison avec la destinée humaine. Le saint apôtre André, prêchant la foi de Jésus-Christ, fait le tour de la Mer Noire, parcourt la Chersonnèse, remonte le Dniépre, s'arrête dans un endroit montueux, passe la nuit, sans aucun doute, en prières, et, le matin, dit à ses disciples et à ses compagnons : Sur ces monts brillera la grâce de Dieu, il y aura une grande ville, Dieu élèvera un temple et éclairera cette terre par le baptême. En signe de cela, l'Apôtre arbore la croix.

Des siècles passent : en cet endroit se fonde Kieff; le Christianisme commence à y paraître; de là, Olga et Vladimir, égaux aux Apôtres, propagent la lumière de Jésus-Christ sur toute la terre de Russie.

Il n'est pas clair pour nous de quelle manière le fil de la tradition de la prédiction de l'Apôtre est parvenu jusqu'à notre chroniqueur le Bienheureux Nestor; mais, évidemment, il n'a pas été rompu ; et peut-être a-t-il été assez fort pour soutenir la foi des premiers chrétiens de Kieff au milieu du paganisme dominant alors.

Mais pourquoi est venu ici le souvenir des antiques grandes destinées? — Il a été appelé par ce petit endroit, nouveau ou renouvelé, attendant dans une pieuse ignorance ses destinées du Très-Haut, sans lequel ne se construit pas, non-seulement la ville ou la maison de l'homme, mais encore le nid de la tourterelle. La croix est arborée ici; un temple est consacré; un couvent naît: et, comme un enfant nouveau-né annonce sa vie par des cris, ainsi ce couvent nouveau-né commence sa vie par des cris de prière vers Dieu : *Manifeste pour moi le signe de ta clémence* (Ps. LXXXV, 17), et, sur *les frères qui habitent ensemble*, ne fût-ce que comme quelques gouttes de *la rosée d'Aermon qui descendit sur la montagne de Sion, puisse descendre la bénédiction et la vie pour l'éternité* (Ps. CXXXII, 4) !

Oserons-nous dire qu'ici nous ne sommes pas entièrement privés du *signe de la clémence?*

Ces lieux avaient besoin d'un monastère qui, par l'ordre solennel du culte Divin, par l'esprit de prière, par la vie édifiante des frères, par la persuasion et la parole de la vérité et de l'orthodoxie, manifestât la lumière de Jésus-Christ et offrît la douceur de l'Église à des gens devenus étrangers à l'Église orthodoxe par ignorance et même par contrainte, et restant dans cet éloignement parce qu'ils ne voient pas et ne connaissent pas les vérités et les beautés de l'Église orthodoxe.

Il a plu à notre TRÈS-PIEUX TSAR que ce monastère fût établi sur une terre de l'apanage tsarien particulier. Selon cette indication, nous avons choisi ce lieu désert, inconnu. Le 29 décembre de l'année passée, le TRÈS-PIEUX

Souverain a confirmé ce choix et posé les fondements de ce monastère par ses générosités impériales. Dieu a ouvert les cœurs et les mains généreuses de religieux citoyens de Moscou, et le commencement de l'œuvre a reçu un espoir d'accomplissement.

Mais que s'est-il encore découvert? — Une tradition locale nous a dit qu'en ce lieu, dans les siècles passés, fut un couvent de moines; qu'au commencement du siècle présent on appelait encore ce lieu *le Monastère;* qu'en ce lieu, dans les siècles précédents, apparut l'image miraculeuse du Christ Sauveur que nous avons transportée ici avec cette petite église qui était dans le voisinage, lors de la première bénédiction du monastère construit. Pour compléter cette tradition, le séjour dans ces lieux, au quinzième siècle, du saint prélat de Moscou Photius nous indique la probabilité que sa bénédiction fut sur le monastère qui était ici, et par conséquent sur ces lieux.

Cela n'est-il pas consolant, mes Frères, que, cherchant un lieu sur lequel reposât la bénédiction de Dieu, nous ayons choisi contre toute attente, sans le savoir, un lieu sur lequel repose une antique bénédiction? N'est-ce pas là un *signe de la clémence?*

Que notre foi ne faiblisse pas à la vue des difficultés d'une œuvre qui a été commencée avec un heureux succès, mais qui, pour se consommer, se consolider, porter des fruits, exige évidemment beaucoup de travaux et beaucoup de moyens qui pour la plupart sont encore inaperçus. *Que notre cœur s'affermisse dans le Seigneur,* qui de rien fait tout, qui d'un petit grain produit un arbre, et fait en sorte que la terre, l'air, l'eau, lui fournissent, sans s'appauvrir, ce qui lui est utile pour sa croissance et sa fécondation. Que la foi et l'espérance en

Dieu corroborent tout effort, et particulièrement l'effort de la prière, qui est le soutien de tous les efforts et de toutes les vertus.

Christ Sauveur! ta grâce n'a pas abandonné ces lieux; mais ceux-là mêmes qui s'étaient écartés du bercail de ton Église sainte, quoique pour un temps, elle les attire à elle par la vertu de ton Image miraculeuse. *Seigneur, réveille ta puissance, et viens pour nous sauver* (Ps. LXXIX, 3) en gardant les brebis qui sont dans ton bercail des loups de la pensée et en ramenant à ton enceinte tutélaire celles qui ne sont pas de ton bercail.

Notre très-sainte Souveraine, Mère de Dieu! ce temple t'est confié aujourd'hui : abaisse tes regards bienveillants sur ce temple et sur ce monastère, et garde-les comme autrefois tu gardas victorieusement la ville de Constantin, comme tu as gardé plusieurs fois la ville de Moscou et plusieurs villes et monastères de notre terre. Cet humble monastère n'ose pas te demander la promesse que tu as daigné donner au monastère du Bienheureux Serge de *ne pas t'éloigner de ce lieu;* mais, du moins, lorsque ce monastère criera vers toi dans ses afflictions, *écoute-le avec bonté et prends-le en pitié.*

Saint Père Photius! l'amour du silence t'a amené dans ces lieux, et certainement ils ne sont pas devenus étrangers à ton cœur. Le souvenir de ta sainteté et de tes bénédictions est encore vivant ici. Souviens-toi aussi de nous dans ton séjour céleste et bénis la vie paisible et silencieuse des frères, de sorte que le silence sans reproche et pur de leur vie soit un témoignage fidèle et une prédication de la vérité, de la foi et de l'orthodoxie de l'Église. — Ainsi soit-il.

## SIXIÈME PARTIE

# SERMONS

## POUR LE TEMPS D'UNE MALADIE EXTERMINATRICE

---

### 1

# SERMON

### LU DANS LES ÉGLISES DE MOSCOU

AVANT UNE PRIÈRE POUR DEMANDER LA PRÉSERVATION D'UNE MALADIE EXTERMINATRICE.

— 14 septembre 1847. —

> Et Dieu vit leurs œuvres, et qu'ils étaient revenus de leurs voies mauvaises : et Dieu se repentit du mal qu'il avait dit qu'il leur ferait, et il ne le fit pas.
> — Jon., III, 10. —

Ces paroles consolantes sont écrites dans le livre du prophète Jonas, et se rapportent aux habitants de la grande ville de Ninève. Le prophète Jonas fut envoyé par Dieu pour leur dire qu'à cause de leurs péchés toute leur ville devait périr. Les Ninévites furent effrayés des jugements de Dieu; ils reconnurent leurs péchés; ils se tournèrent vers Dieu dans le repentir, dans le jeûne, dans la prière : et Dieu miséricordieux accepta leur repentir et leur prière, et les délivra de la ruine à laquelle ils étaient déjà condamnés.

Dans cet évènement se découvrent des vérités que nous devons conserver dans notre mémoire, et employer à l'utilité de notre vie.

La première vérité est celle-ci, que les grands malheurs publics ne sont pas des effets du hasard ou de quelque destinée complètement incompréhensible, mais qu'ils sont des effets de la providence de Dieu, dirigés par la justice et la miséricorde. *Lève-toi*, dit Dieu à Jonas, *et vas à Ninève la grande ville, et annonces-y que le cri de sa malice est monté jusqu'à moi* (Jon., I, 2). Que signifie *le cri de la malice?* Il signifie la multiplication des vices, des injustices et des iniquités, à cause de laquelle crient ceux qui sont opprimés par les injustices, *et* que *la créature soumise involontairement à la vanité*, non-seulement *gémit* (Rom., VIII, 20, 22), mais, à cause de l'excès des abus, *crie* vers Dieu pour la justice. Dieu voit même le petit péché, et il entend la voix pécheresse, et la pensée pécheresse ne lui est pas cachée : cependant il est patient pour un temps, attendant l'amendement du pécheur. Mais quand *le cri de la malice s'élève* jusqu'à lui, il la réprime par ses jugements terribles, afin qu'elle ne détruise pas le bien. Ainsi arrive généralement le déchaînement des malheurs publics, quoique, pour des occasions particulières, il y ait des décrets particuliers de Dieu, comme, par exemple, dans les malheurs publics, entre les pécheurs, souffrent et meurent quelquefois aussi des justes, sans injustice pour leur mérite, parce que, par leur patience, ils édifient les autres, et qu'ils multiplient leurs propres couronnes, et, par la mort, acquièrent la vie éternelle.

Une autre vérité, instructive, qui suit immédiatement la première, est celle-ci, qu'il faut aller au-devant des malheurs publics par la pénitence et la prière, et que plus on le fait en temps utile, et mieux cela vaut. Lorsque Jonas prédit aux Ninévites la ruine, *les hommes de Ninève crurent en Dieu, et commandèrent un jeûne. Et chacun revint de sa voie mauvaise, et des iniquités qui étaient dans sa main, disant : Qui sait ? Dieu se repentira peut-être, et il sera fléchi, et il reviendra du courroux de sa fureur, et nous ne périrons pas.* Ils ne différèrent pas leur conversion à Dieu ; ils ne dirent pas qu'il n'était pas encore certain que la prophétie s'accomplît, qu'il n'y avait pas encore de signes du malheur menaçant, qu'il n'y avait aucun mouvement extraordinaire des éléments, ni nuées, ni éclairs, ni tourbillons, ni tremblements de terre, et qu'aucune maison dans la ville ne s'était encore écroulée : mais *les hommes de Ninève crurent* sans attendre le commencement des maux : à la seule parole du Prophète, ils reconnurent leur culpabilité, crurent au jugement menaçant de Dieu, et se hatèrent d'apaiser Dieu par la pénitence, le jeûne et la prière. Et ils firent sagement. Alors ils pouvaient encore offrir à Dieu leur repentir volontairement, tandis qu'après l'arrivée du malheur il n'aurait plus été aussi volontaire, et, par conséquent, n'aurait plus été aussi propitiatoire : alors ils pouvaient encore prier d'un cœur touché de componction, mais non complètement oppressé, tandis que par l'effroi du fléau déjà arrivé pouvait être étouffé même le sentiment de la prière. Ce genre de conduite des Ninévites fut complètement justifié par les conséquences.

La troisième vérité, consolante, est celle-ci, que la pénitence et la prière sont des moyens efficaces contre les plus grands maux qui nous menacent ou déjà pèsent sur nous. Dieu avait déjà révélé au Prophète que *le cri de la malice* des Ninévites *était monté* jusqu'à lui, que leurs péchés étaient mûrs pour le châtiment. Déjà le Prophète, changeant en cette décision définitive : *Ninève sera renversée*, ce témoignage de Dieu contre la ville coupable : *Le cri de sa malice est monté jusqu'à moi*, l'annonçait publiquement aux Ninévites. Il semblait que, et l'immutabilité du jugement de Dieu, et la dignité de la parole prophétique, qui doit être inviolable, exigeassent que la décision annoncée fût exécutée inflexiblement. Mais rien ne mit obstacle à la miséricorde et à la clémence de Dieu dès que leur fut tant soit peu ouverte la voie par la pénitence et la prière. *Et Dieu se repentit du mal qu'il avait dit qu'il leur ferait, et il ne le fit pas.* C'est-à-dire, dans le repentir des Ninévites, par lequel était arrêté le mal du péché, il trouva le moyen d'arrêter le mal du châtiment qui s'approchait. Comme quelquefois un tsar sage et miséricordieux, ne désirant pas autant punir le coupable par l'effet du châtiment que le corriger par la crainte du châtiment, ordonne de délibérer et de lui annoncer la décision sévère qui le condamne, mais, avant la mise à exécution, lui accorde le pardon, ainsi se conduisit Dieu envers les Ninévites.

Les vérités énoncées ici peuvent toujours être utiles pour la conduite de notre vie. Dieu nous préserve que nos péchés se multiplient jusqu'au cri de Ninève vers le ciel ! Mais, comme dit le Prophète, *qui comprend la transgression ?* Nous nous tranquillisons souvent par la pensée que nos péchés ne sont pas très-graves ; mais peut-être nous séduisons-nous seulement. Peut-être l'œil tout-pur de Dieu ne les voit-il pas ainsi, et le jugement de Dieu s'approche-t-il de nous à pas silencieux et inaperçus.

Mais, dans le temps présent, il y a une visite non cachée de Dieu, venue à quelques contrées de notre patrie, à laquelle nous ne devons pas être inattentifs. Une maladie exterminatrice, dans laquelle, il y a dix-sept ans, nous avons éprouvé déjà, les uns le jugement, les autres la miséricorde de Dieu, a franchi les limites de notre patrie, venant du même pays étranger que la première fois. Il n'y a point de Prophète pour nous prévenir si elle viendra jusqu'à nous, ni pour nous en délivrer quoique non sans nous effrayer. Mais il y a déjà une miséricorde de Dieu en cela qu'elle-même s'annonce de loin à nous et nous engage à la circonspection.

Que devons-nous donc faire? — Sans doute il sera raisonnable et prudent d'employer, comme précaution contre un malheur plus ou moins menaçant, les moyens éprouvés qui furent suffisants aux Ninévites pour détourner une ruine complète.

Ainsi donc, si une visite affligeante de Dieu nous menace, reconnaissons-y la justice de Dieu, en partie punissant les péchés, en partie nous engageant à nous réformer, et encourageons-nous à améliorer notre vie sous le rapport de la piété, des bonnes mœurs, de la tempérance, de la philanthropie.

Ne différons pas de recourir à Dieu par la prière, soit pour la délivrance de nos frères, enfants de la même Église et de la même patrie, qu'a déjà atteints la douloureuse visite, soit pour nous-mêmes afin que ne s'approche pas de nous l'Ange de la mort, ou qu'il n'appesantisse pas sa main sur nous : et que nos anges gardiens ne nous refusent pas leur protection, leur assistance et leur inspiration afin que nous nous soumettions toujours au Père des esprits, et que nous fassions sa volonté, et que nous trouvions auprès de lui grâce et miséricorde.

Ne soyons pas négligents non plus dans l'emploi des moyens naturels et des précautions pour la conservation de notre santé et pour l'éloignement des influences nuisibles. Comment pouvons-nous exiger que Dieu nous garde si nous ne nous gardons pas nous-mêmes, et si nous nous livrons à l'action des influences destructives par la pusillanimité et le défaut d'espérance en Dieu, par l'immodération et l'intempérance, et par d'autres imprudences? Garde-toi attentivement avec la petite précaution possible pour toi, et Dieu te gardera avec sa grande précaution toute-bonne et toute-puissante. — Ainsi soit-il.

---

2

# HOMÉLIE

## AVANT UNE PRIÈRE D'ACTION DE GRACES AU SEIGNEUR DIEU

POUR LA CESSATION D'UNE MALADIE EXTERMINATRICE.

— 24 octobre 1854. —

Notre Mère l'Église a invité ses enfants, — et vous avez accepté son invitation, — à apporter aujourd'hui une prière publique d'action de grâces au Seigneur Dieu qui punit et qui pardonne : *Que Celui qui donne la prière à celui qui prie* ouvre nos cœurs à nous tous *afin que* notre *prière s'élève comme un encens* devant lui, et que l'encens des pensées pieuses, brûlant dans le feu de l'amour, fasse descendre et répande le parfum de la grâce céleste.

Les scrutateurs de la nature, dans le monde savant, ont cherché avec beaucoup de peine, sans le succès désiré, les causes cachées dans la nature d'une maladie exterminatrice qui, depuis plus de vingt ans, parcourt le monde civilisé, et qui, autant elle fait sentir avec force sa présence, autant elle se laisse peu comprendre. Mais cela même qu'elle vient par une voie secrète, qu'elle ne permet pas qu'on lui barre le passage, qu'elle tombe comme un coup imprévu et inévitable de la destinée, cela même allége aux enfants de la foi le travail pour découvrir par la voie qui leur est propre sa provenance, dans la nature et au delà de la nature : — dans la nature, dans le mal volontaire de la nature morale engendrant le mal involontaire de la nature matérielle subordonnée, dans le mal du péché attirant le mal du châtiment ; — au delà de la nature, dans la providence et le jugement du Créateur de la nature, permettant le mal matériel pour châtier, arrêter, guérir le mal moral. La Sagesse incarnée de Dieu nous enseigne à comprendre ainsi les évènements vengeurs inexplicables pour la raison ordinaire.

A Jérusalem, la tour de Siloé était tombée, et, dans sa chute, elle avait tué dix-huit personnes. Après avoir rappelé cet évènement, le Christ Sauveur en tira le raisonnement suivant : *Ces dix-huit, sur qui tomba la tour de Siloé, et qu'elle tua, pensez-vous qu'ils fussent plus débiteurs que tous les autres habitants de Jérusalem? Non, je vous le dis : mais si vous ne faites pénitence, vous périrez tous de la même manière* (Luc, XIII, 4, 5). Cet exemple conduit à la conclusion générale que, dans un malheur public, accidentel et incompréhensible pour ceux qui ne sont pas intelligents, ceux qui sont intelligents et qui croient doivent voir un arrêt du jugement de Dieu qui frappe quelques-uns, tandis qu'il menace tous les *débiteurs* de la justice de Dieu, c'est-à-dire les pécheurs, afin de les engager à la pénitence et de les préserver d'un châtiment ultérieur et de la mort elle-même. De la même manière, en suivant la direction de pensées donnée par la parole de Jésus-Christ, quelqu'un ne pourrait-il pas nous dire aujourd'hui : Ces quelques milliers, frappés en trois mois par la maladie exterminatrice, *pensez-vous qu'ils fussent plus débiteurs que tous les autres habitants* de Moscou? *Non, je vous le dis : mais si vous ne faites pénitence*, vous ne pouvez pas vous croire à l'abri de nouveaux arrêts, semblables ou autres, de la justice de Dieu. C'est déjà la troisième fois, en un petit nombre d'années, que nous sommes visités par la maladie exterminatrice : il faut chercher avec sollicitude si cela n'implique pas l'accusation que nous n'avons pas profité de la première et de la seconde visite avec assez de soin ou avec assez de persévérance pour nous livrer au repentir et amender notre vie.

Du reste, si nous avons encore été châtiés, nous sommes encore pardonnés. La maladie ne nous a pas trop accablés par sa prolongation, et elle semble avoir voulu seulement nous avertir en prenant, d'abord pour son accroissement, et ensuite pour son décroissement, le nombre de jours qui est représenté dans les Saintes Écritures et dans l'Église comme le nombre de jours destiné à l'effort du repentir et de la purification.

Durant environ quarante jours elle a progressé depuis son commencement jusqu'à son plus haut degré de violence; durant environ quarante jours elle a décliné jusqu'à sa fin. Il semble que l'Ange de la mort ait fait attention à certains temps d'une dévotion particulière de l'Église, et ait suspendu sa moisson. Le jour, abondant en prière et en dévotion, de l'Assomption de la très-sainte Mère de Dieu, il y a eu la moitié moins de morts que le précédent, et trois fois moins que le suivant. Un pareil privilége a été accordé à l'anniversaire de la Réception de l'image miraculeuse de la Mère de Dieu de Vladimir, signalé par une procession. Le premier jour où il n'y ait eu aucun nouveau malade ni aucun mort de la maladie exterminatrice, a été le jour de la fête de saint Serge. N'est-il pas possible de voir dans ces particularités un indice que si nous étions tous constamment et parfaitement remplis et embrassés de l'esprit de prière, de dévotion, de sanctification, alors l'esprit corrupteur de la nature terrestre, constamment repoussé par l'esprit vivifiant de la grâce céleste, n'oserait jamais toucher à personne?

N'empêchons pas plus longtemps la parole de la vérité de rendre témoignage au bien. Nous avons eu des exemples consolants du réveil de l'esprit de prière. Outre la participation aux prières quotidiennes du Service Divin pour demander d'être délivrés de la maladie exterminatrice, les frères, tantôt d'une église, tantôt d'une autre, tantôt de quelques églises voisines entre elles, de leur propre mouvement, ont institué des prières particulières en présence d'une sainteté particulièrement vénérée, et la place et la rue se sont changées en églises pour la nombreuse assemblée suppliante. Un grand nombre ont montré du zèle à sanctifier leurs maisons par de semblables prières, sans aucun doute avec foi dans la protection qui vient par elles. A ces vues consolantes, se fait entendre à moi la parole approbatrice et encourageante au bien qui fut entendue anciennement du ciel : *Qui leur donnera que leur cœur soit tel en eux qu'ils me craignent, et qu'ils gardent mes commandements tous les jours, afin qu'ils soient heureux, eux et leurs enfants, dans les siècles* (Deut., v, 29)? Mais en même temps, à mon grand chagrin, me vient aussi à la pensée la parole amère du Prophète sur ce qu'ont été bien loin de correspondre à cette bienveillance céleste, des gens qui en ont été favorisés : *Quand il les frappait, alors ils le cherchaient, et ils retournaient sur leurs pas, et ils venaient à Dieu dès l'aurore; et ils se souvenaient que Dieu est leur soutien*; mais ensuite — *leur cœur n'était pas droit avec lui; — combien de fois ils l'ont irrité* (Ps. LXXVII, 34, 35, 37, 40)! Peuple du Seigneur! faisons attention à nous et veillons sur nous, afin que notre cœur, éveillé et tourné vers Dieu dans les jours de sa visite terrible, ne cesse pas de se tourner vers lui, de s'élancer vers lui, de s'attacher à lui également dans les jours de sa miséricorde. Scrutons la voie de notre cœur, et dirigeons-le par l'intelligence spirituelle, et non par les désirs aveugles de la chair, afin de ne pas nous égarer dans la voie tortueuse et conduisant au précipice de l'ancien Israël ingrat devant Dieu, qui se tournait pour un temps vers le Dieu vengeur, et oubliait promptement le Dieu miséricordieux et bienfaisant.

Il y a une maladie volontaire qui ouvre l'accès à beaucoup d'autres maladies volontaires et involontaires, et à la fin exterminatrices. Cette maladie est la négligence morale. Ceux qui entendent ceci peuvent penser que c'est une maladie peu grave et peu dangereuse; mais par là même qu'ils la regardent comme peu grave et peu dangereuse, elle devient grave et dangereuse.

La parole Évangélique nous montre des gens qui, invités à un festin royal en l'honneur du fils du roi, reçurent cela avec indifférence: *Ils ne s'en inquiétèrent pas et ils s'en allèrent, l'un à sa maison des champs, et l'autre à son négoce* (Matth., XXII, 5). Ils ne pensaient pas être des rebelles ou des criminels: ils se permettaient seulement la négligence. Mais qu'en résulta-t-il? Ils se privèrent eux-mêmes de l'honneur et de la joie d'être des convives de la table royale; ils montrèrent au roi de l'irrévérence et de la désobéissance; ils donnèrent un mauvais exemple à d'autres qui allèrent plus loin et qui tuèrent les envoyés du roi; ils poussèrent par là le roi à la colère, et ils soumirent leur ville à sa condamnation. Mes Frères, le Roi du ciel, par la grâce de son Fils unique Jésus-Christ, nous invite tous à son festin spirituel, pour nous y nourrir de la force, de la vie et de la joie de son royaume dans le temps et dans l'éternité. Si un tentateur venait à nous et nous disait : N'allez pas au festin du royaume de Jésus-Christ, nous aurions horreur assurément, et nous dirions : Retire-toi, Satan! Il le sait et ne s'y prend pas aussi grossièrement. On nous appelle à Jésus-Christ dans l'église; mais le tentateur dit: On peut n'y pas aller, ou pas très-souvent, et pour un temps peu prolongé; vous avez vos affaires;—et, avec notre indifférence, il nous arrive ce qui est dans la parabole: *Ils ne s'en inquiétèrent pas et ils s'en allèrent, l'un à sa maison des champs, et l'autre à son négoce.* Les envoyés du Roi céleste, les prophètes et les apôtres, nous suggèrent qu'il faut aller à Jésus-Christ et au festin de son royaume par la voie de la pénitence, de la prière, de l'accomplissement des commandements de Dieu ; mais le tentateur dit : Qui est sans péché ? Il est impossible à ceux qui vivent dans le monde de ne pas suivre plus ou moins la voie du monde ; la voie de la pénitence se trouvera encore ouverte plus près de la mort et du festin céleste lui-même ; — et nous, quoique nous ne renoncions pas à ce festin, ou bien nous n'y allons pas, ou bien nous y allons en boitant des deux genoux, et nous nous mouvons à peine en avançant du pis vers le mieux. L'Évangile nous enseigne que, pour une digne communion au festin du royaume de Jésus-Christ, il faut avoir un vêtement propre, convenable pour approcher le Roi ; que notre esprit doit être revêtu de pensées pieuses, notre cœur de saints désirs ; que notre corps doit être purifié par la tempérance ; que les œuvres de foi, de justice, de vertu doivent composer le vêtement blanc de notre être spirituel ; mais une pensée trompeuse s'insinue et murmure que c'est là exiger de l'homme une vie Angélique, qui est au-dessus de lui : — et beaucoup d'entre nous, sous ce prétexte que nous ne sommes pas obligés de mener une vie Angélique, se plongent avec indifférence, de tout leur être, dans une vie mondaine, dissipée, sensuelle, impure, animale. Et qu'en résulte-t-il? — Par notre négligence, nous nous privons nous-mêmes de la jouissance des dons de la grâce de Jésus-Christ ; dans notre accomplissement insuffisant de nos obligations, les hommes les plus enclins à l'infraction de leurs obligations voient leur justification, et ils vont plus loin dans la profondeur du mal ; le Roi céleste est offensé ; le temps qui nous est donné pour notre salut s'épuise sans utilité, la condamnation de la justice de Dieu nous menace : — c'est encore une bonté de Dieu si c'est une condamnation temporelle de Dieu qui nous menace pour nous châtier et nous corriger, et non pas encore la condamnation définitive et éternelle.

Je le répète : faisons attention à nous et veillons sur nous. Gardons-nous non-seulement de nous laisser aller au mal, mais encore, dans notre activité non condamnable en apparence, redoutons la négligence et l'insouciance paresseuse qui nuisent au bien et fraient insensiblement la voie au mal. Il est écrit dans le Prophète : *Maudit soit celui qui fait avec négligence l'œuvre du Seigneur* (Jér., XLVIII, 10). Vous voyez que non-seulement il est funeste de ne pas faire l'œuvre de Dieu, mais encore qu'il est redoutable de la faire avec négligence. Soyons, selon l'enseignement de l'Apôtre, *diligents dans notre sollicitude, fervents en esprit, servant le Seigneur* (Rom., XII, 11). — Ainsi soit-il.

# SEPTIÈME PARTIE

# SERMONS POUR LES FÊTES IMPÉRIALES

---

1

## SERMON

### POUR L'ANNIVERSAIRE DE L'AVÈNEMENT AU TRONE DE TOUTES LES RUSSIES DU TRÈS-PIEUX SOUVERAIN EMPEREUR NICOLAS PAVLOVITCH.

— 20 novembre 1847. —

Rendez donc à César ce qui est à César, et à Dieu ce qui est à Dieu.

— Matth., XXII, 21. —

Chaque fois que le cercle de l'année, tournant sur lui-même, nous ramène le jour de l'avènement ou du couronnement de notre Très-Pieux AUTOCRATE, et que le devoir et le sentiment cordial de sujets fidèles nous réunissent dans une prière d'actions de grâces pour ce don de la Providence, et d'invocation pour la continuation de ce don, l'Église nous fait entendre la discussion pharisienne et l'enseignement de Jésus-Christ sur l'obligation envers le Tsar en conformité avec l'obligation envers Dieu. C'est ainsi qu'elle propose aujourd'hui encore cet objet à notre méditation. Mais si j'en parle, ne répèterai-je pas une leçon déjà gravée dans toutes les mémoires? Afin que cette pensée n'arrête pas ma parole et n'affaiblisse pas votre attention, appuyons-nous sur l'exemple de l'Apôtre, qui a écrit: *Vous écrire les mêmes choses ne m'est pas pénible, et vous est avantageux* (Phil., III, 1).

Nous avons besoin proprement de l'enseignement de Jésus-Christ; mais comme l'Évangile nous y conduit par la voie de la discussion des Pharisiens, nous ne nous écarterons pas de cette voie.

Ce n'était pas simplement une discussion, mais une entreprise malicieuse. Les Pharisiens, portant envie à la gloire du Seigneur Jésus, et étant irrités de ses accusations et de ses prédictions défavorables pour eux, résolurent de le perdre, et, dans une délibération commune, ils imaginèrent un moyen pour cela : *Les Pharisiens*, écrit le saint Évangéliste Matthieu, *tinrent conseil pour le prendre au piége de leurs paroles* (XXII, 15). Et saint Luc ajoute : *Pour le surprendre dans ses paroles, afin de le livrer à l'autorité et au pouvoir du gouverneur* (XX, 20).

Comparons ce commencement de l'entreprise avec la fin, l'intention avec le résultat, et voyons, au-dessus de la difformité des œuvres humaines, la manière d'agir majestueuse de la Providence Divine, qui fait tourner les entreprises habilement concertées, mais malintentionnées, à la honte de leurs inventeurs, et même, du mal fait sortir le bien. Les Pharisiens pensaient prendre Jésus par leur parole astucieuse et hypocrite comme dans un filet, et l'attirer inévitablement à sa perte; mais leur tentative aboutit à ce que leur faiblesse fut dévoilée par sa parole, et leur grossièreté couverte de confusion. L'antique ennemi du genre humain pensait, par eux, perdre le Christ, et détruire le fondement à peine posé de l'Église du Christ ; mais, au lieu de cela, il ne fit que donner au Christ l'occasion de proclamer un enseignement affermissant pour les siècles l'alliance entre l'Église et l'État, alliance favorable à la sécurité de l'Église, essentiellement importante pour la prospérité et la solidité de l'État.

L'astuce et la mauvaise intention des Pharisiens se découvrent, avant les paroles, dans la personne de leurs envoyés vers le Christ. *Ils envoient vers lui leurs disciples avec les Hérodiens.* Mais pourquoi n'allèrent-ils pas vers lui eux-mêmes ? — Sans doute par ce calcul que, dans le cas d'une heureuse réussite par l'entremise de leurs disciples, ils jouiraient du succès aussi bien que s'ils avaient agi eux-mêmes, mais qu'en cas d'insuccès il valait mieux que la honte tombât sur le visage des disciples, et que les maîtres restassent de côté. Mais pourquoi n'envoient-ils pas leurs disciples seuls, et leur adjoignent-ils les Hérodiens ? — Ici encore apparaît l'artifice de la machination. Quand la Judée, auparavant indépendante, fut soumise aux Romains, alors l'obligation, désagréable à cause de la domination nouvelle et étrangère, de payer un tribut au César Romain, rendit intéressante pour un grand nombre cette question : *Est-il convenable de payer le tribut à César, ou non ?* Les Hérodiens et les Pharisiens étaient, sur cela, d'opinions opposées. Les Hérodiens, qui avaient emprunté leur nom d'Hérode, lequel avait reçu son pouvoir du César Romain, soutenaient qu'il fallait payer le tribut à César, et regardaient les adversaires de cette opinion comme des rebelles. Au contraire, les Pharisiens, d'accord avec les Zélotes, prétendus *zélateurs* de la loi de Dieu, prétendaient que les

Juifs, comme étant le peuple de Dieu, devaient, pour leur distinction des peuples païens, ne payer de tribut qu'à Dieu seul, dans son temple, un demi-sicle par âme, comme il est prescrit dans la loi de Moïse, et que payer le tribut au César Romain, qui était idolâtre, c'était offenser le vrai Dieu. Comment donc ces gens, d'opinions opposées entre elles, s'unissent-ils maintenant pour agir de concert? — Ils mettent de côté pour un temps leur animosité, afin de réunir leurs forces pour faire du mal au Maître de la vérité, qu'ils détestent les uns et les autres. Voici leur calcul. S'il dit qu'*il convient de payer le tribut* au César Romain, les Pharisiens proclameront qu'il a trahi le peuple de Dieu et Dieu lui-même, et, de cette manière, ils détruiront dans sa personne la dignité d'envoyé de Dieu et la confiance du peuple en lui. Mais s'il dit : *Il ne convient* pas *de payer le tribut* à César, les Hérodiens le dénonceront au gouverneur Romain comme un rebelle, et le feront tomber sous le coup d'une condamnation à mort. N'est-il pas vrai que le filet est solidement tissu et habilement tendu *pour le surprendre dans ses paroles?* —

Il n'est pas possible, en outre, de ne pas arrêter l'attention sur le triste état, chez les Juifs, du peuple et de la société divisée en sectes et en coteries. En formant des associations séparées, ils nuisent à l'unité du tout, première condition de la vie sociale; ils diminuent la force commune en la divisant en forces partielles mutuellement opposées; ils affaiblissent la confiance publique; ils jettent le désordre dans les idées du peuple au lieu de garantir sa prospérité par une activité régulière dans une tranquille obéissance au pouvoir; ils ébranlent l'édifice de la société en tournant en questions et en disputes ce qui a été reconnu dès la fondation des sociétés, posé pour leur base et confirmé par la nécessité absolue ; ils introduisent dans la société une guerre intestine, assurément non pour sa tranquillité, ni pour sa sécurité, et quelquefois ils concluent entre eux, encore plus funestement, une trève hypocrite, pour s'élever avec plus de force contre la vérité et la justice. Heureux le peuple et l'État dans lequel, pour centre unique, commun, lumineux, puissant, attirant tout, dirigeant tout, comme le soleil dans l'univers, se tient un Tsar limitant librement son autocratie illimitée, par la volonté du Tsar Céleste, par la sagesse, la grandeur d'âme, l'amour du peuple, le désir du bien public, l'attention aux bons conseils, le respect des lois de ses prédécesseurs et des siennes propres, et dans lequel les rapports des sujets avec le pouvoir suprême s'appuient, non sur des questions se renouvelant chaque jour et sur des discussions interminables, mais sur la tradition des aïeux saintement conservée, sur l'amour héréditaire et légitimement acquis pour le Tsar et la Patrie, et encore plus profondément sur la vénération envers le Tsar des tsars et le Seigneur des seigneurs ! Seigneur ! tu nous a donné ce bien. Il nous reste à remercier, à conserver et à prier : *Confirme, mon Dieu, ce que tu as fait en nous* (Ps. LXVII, 29).

Retournons au piége des Pharisiens, pour voir quelle sera leur prise. Comme amorce pour faire tomber dans le piége, est posée la question : *Convient-il de payer le tribut à César?* Mais celui qu'ils veulent prendre voit non-seulement l'amorce, mais encore le piége caché derrière elle ; non-seulement la question, mais encore les cœurs et les intentions de ceux qui l'interrogent. Pour poser une base palpable à la solution de la question, il demande *la pièce d'or du tribut*, la monnaie qu'il faut employer pour payer le tribut, et, à la question qu'il fait à son tour : *De qui sont cette image et cette inscription?* ayant reçu la réponse inévitable que ce sont — l'image et l'inscription de César, et que par conséquent son droit sur la pièce de monnaie est évident, il prononce une solution qui rompt le piége et en même temps prend ceux qui l'ont tendu : *Rendez donc à César ce qui est à César, et à Dieu ce qui est à Dieu.* Que pourra maintenant accuser le zèle des Pharisiens? Il a été dit : *Rendez à Dieu ce qui est à Dieu.* — Que dénonceront les Hérodiens au Gouverneur? Il a été dit : *Rendez à César ce qui est à César.* Pour les uns et pour les autres il doit être honteux d'avoir proposé comme extraordinairement difficile une question qui se résout par un seul coup d'œil sur une pièce de monnaie.

Mais si c'est une honte pour les Pharisiens et les Hérodiens, c'est un enseignement salutaire pour le monde entier : *Rendez à César ce qui est à César, et à Dieu ce qui est à Dieu.* Serviteurs du Tsar céleste et zélateurs de sa gloire! le Tsar céleste ne vous exempte pas de vos obligations envers le Tsar terrestre, mais lui-même il les proclame, et lui-même il vous ordonne de les remplir, parce que c'est *par lui* que *les tsars règnent*, et qu'*il n'y a point de pouvoir qui ne vienne de Dieu. Rendez à César ce qui est à César.* Sujets du Tsar terrestre! en vous soumettant à lui, le Tsar céleste ne vous exclut pas de sa propre souveraineté, qui embrasse tout, mais il exige et de vous et de lui la soumission à ses lois : *Rendez à Dieu ce qui est à Dieu.* Et que l'Église *rende à César ce qui est à César* en offrant des prières pour le Tsar et pour l'État, en inspirant à ses enfants la fidélité envers le Tsar, la Patrie et les lois, et en corroborant cette fidélité par un serment au nom de Dieu. Et que l'État *rende à Dieu ce qui est à Dieu*, en même temps que son Autocrate, en révérant le Tout-Puissant, en accordant ses lois avec les commandements qu'il a reçus de lui, en assistant l'Église de sa protection, de même qu'elle aussi assiste l'État par l'enseignement et la prière, *afin que nous vivions une vie paisible et tranquille, en toute piété et pureté.*

Il convient de remarquer particulièrement que, quoique la question proposée par les Pharisiens ne portât que sur l'obligation envers César, et quoique cette question, par l'indication du tribut et par le commandement : *Rendez à César ce qui est à César*, fût résolue d'une manière suffisante et irréfutable, le Seigneur cependant ne se contenta pas de cela, mais étendit sa réponse au delà des limites de la question, et ajouta immédiatement l'autre commandement : *et à Dieu ce qui est à Dieu*, marquant par là l'union des deux commandements, et l'insuffisance du premier sans le second. De même, dans d'autres cas encore, la parole de Dieu réunit immédiatement l'obligation envers le Tsar à l'obligation envers Dieu. C'est ainsi que le Sage de l'Ancien Testament dit : *Crains Dieu, mon fils, et le tsar* (Prov., XXIV, 21). Ainsi encore l'apôtre Pierre : *Craignez Dieu, honorez le tsar* (I Pier., II, 17).

Frères, enfants du royaume terrestre, et, par la foi et l'espérance, enfants du royaume céleste! sans aucun doute, celui-là ne se trompera pas qui, même dans les choses terrestres, suivra l'indication céleste. Pourquoi la parole de Dieu nous présente-t-elle la pensée du Tsar dans un rapprochement immédiat avec la pensée de Dieu?

— Sans aucun doute, c'est pour que ces pensées soient unies et inséparables dans notre cœur et dans notre activité, et pour que la pensée céleste soit le soutien de la terrestre. La vénération et l'amour pour notre Tsar sont originaires en nous; mais la pensée du Tsar des tsars donne le plus sûrement possible à ces sentiments une force pleine, une pureté parfaite, une fermeté inébranlable et l'infaillibilité de l'effet. A la lumière de la pensée de Dieu, nous remplissons les obligations de sujets et de subordonnés, dirai-je en me servant des paroles de l'Apôtre, *dans la simplicité du cœur, ne servant pas seulement devant les yeux, comme ne cherchant qu'à plaire aux hommes, mais comme des serviteurs de Jésus-Christ, faisant la volonté de Dieu de toute notre âme, servant avec conviction, comme servant le Seigneur et non pas seulement les hommes* (Éphés., VI, 5 — 7). — Ainsi soit-il.

---

2

# SERMON

## POUR L'ANNIVERSAIRE DE L'AVÈNEMENT AU TRONE DE TOUTES LES RUSSIES DU TRÈS-PIEUX SOUVERAIN EMPEREUR NICOLAS PAVLOVITCH.

— 20 novembre 1848. —

> O Dieu, je te chanterai un cantique nouveau; je te chanterai sur le psaltérion à dix cordes, à toi qui donnes le salut aux tsars.
>
> — Ps. CXLIII, 9, 10. —

Vous est-il jamais venu à la pensée que, dans l'antique Église hébraïque, de même que chez nous aujourd'hui, il y eût un chant de prière d'un genre propre pour la santé et le salut du Tsar? Il y en avait réellement un, ainsi que le montrent les Livres Saints. Ce n'étaient pas seulement ceux qui priaient qui l'exécutaient, mais même les Prophètes. Le prophète David promet un cantique à Dieu qui *donne le salut aux tsars*, et assurément il remplira sa promesse : et ce sera certainement un chant de prière : car un cantique à Dieu est en même temps une prière. *O Dieu, je te chanterai un cantique nouveau; je te chanterai sur le psaltérion à dix cordes, à toi qui donnes le salut aux tsars.* Remarquez que David ne parle pas d'*un tsar*, c'est-à-dire de lui seul personnellement, mais *des tsars* en général, c'est-à-dire de la protection de Dieu sur la dignité souveraine.

Plus remarquable encore est un cantique semblable de la prophétesse Anne, dans lequel, offrant une prière d'action de grâces à Dieu qui lui avait donné son fils Samuel, elle s'éleva jusqu'à l'enthousiasme prophétique. *Anne pria, et dit*, exposant les actions merveilleuses de la Providence de Dieu sur le ton de la prière et en même temps sur le ton prophétique : *Il donnera la force à nos tsars, et il exaltera la puissance de son Christ* (I Règ., II, 1, 10). Il faut de plus se rappeler que ce ne fut que plus tard, au temps du fils d'Anne, que Dieu donna des tsars au peuple hébreu. Il n'y avait donc pas encore de tsars chez les Hébreux, et cependant la Prophétesse invoquait déjà et prédisait la protection de Dieu sur leurs tsars.

Tant appréciaient chèrement la dignité souveraine, pour le bien du peuple élu de Dieu, les personnages inspirés de Dieu ! Tant la véritable Église, anciennement et aujourd'hui, est toujours également fidèle à la vérité, qui est si bienfaisante pour la société humaine, et à elle-même!

Mais que veut dire que le Prophète se propose un cantique *nouveau* pour le salut des tsars, alors que ce cantique doit déjà n'être plus le premier? — Il faut croire que de nouveaux évènements publics, la délivrance de nouveaux dangers, la victoire sur de nouvelles difficultés, une nouvelle manifestation de la protection et de l'assistance de Dieu au tsar, avaient éveillé dans l'esprit du Psalmiste de nouvelles pensées, dans son cœur de nouveaux sentiments, sur son psaltérion à dix cordes de nouveaux accents, dans la prière accoutumée pour le tsar un nouveau cantique.

Et nous aujourd'hui, en célébrant avec reconnaissance le jour où Dieu *a exalté celui qu'il a élu entre les siens*, nous a fait don de notre Très-Pieux Autocrate, nous offrons pour lui une prière qui n'est pas nouvelle, mais depuis longtemps habituelle; mais, à la pensée de nouveaux évènements, le cœur se remplit de nouveaux sentiments de reconnaissance envers Celui qui donne le salut au Tsar.

Tenant d'une main ferme, pour la troisième période décennale, le sceptre d'un immense empire, il a fait beaucoup d'expériences dans son règne, il a accompli beaucoup d'exploits; gardé et protégé par Dieu, il a surmonté beaucoup de difficultés; mais l'année qui s'accomplit aujourd'hui a offert encore une preuve, d'un genre nouveau, de son esprit et de sa sagesse dignes d'un tsar. Dans des États plus ou moins alliés avec la Russie et dont quelques-uns sont ses voisins, chez des peuples nombreux, civilisés, dans un moment d'assoupissement des Gouvernements, des antres de sociétés secrètes, immorales et impies, s'est élancé inopinément un tourbillon de révolte et d'anarchie qui, ébranlant et renversant l'ordre d'un État après l'autre, menaçait la paix et la sécurité de toutes les nations de l'Europe; mais il soufflait particulièrement sa fureur, avec fracas et en hurlant, contre la puissance Russe comme contre la protectrice puissante et zélée du pouvoir légitime, de l'ordre et de la paix. Ici, on peut dire avec Débora : *Grandes épreuves du cœur* (Jug., v, 16)! Et il était difficile de conserver la patience, et il n'était pas aisé de donner carrière au zèle. Rester dans l'inaction n'était pas sans danger, et l'audace des ennemis de la paix pouvait s'en accroître; mais il n'était pas non plus opportun d'agir, car cela même pouvait fournir un prétexte à ceux qui cherchaient une occasion d'allumer la guerre. *Grandes épreuves du cœur !* Mais le cœur du Tsar s'affermissait dans le Seigneur, et il n'était pas ébranlé par les difficultés. Le Très-Pieux Souverain, avec la franchise qui lui est habituelle, fit entendre sa parole tsarienne à son peuple sur les agitations turbulentes qui avaient lieu au delà des frontières de la Russie, et qui pouvaient heurter aussi à ses frontières, et il exprima sa volonté, également inébranlable, tant de repousser les ennemis de la paix que de conserver la paix. Par un mouvement intérieur de forces armées vers les frontières menacées, sans sortir de l'état de paix, il prit une attitude menaçante, et, de cette manière, il fortifia moralement les alliés fidèles et les amis de l'ordre et de la paix, et il effraya de loin l'audace de la révolte et de l'anarchie. Si quelques Souverains voisins, contre lesquels l'anarchie, sans se couvrir même d'un masque, se leva dans toute sa difformité et en faisant les efforts les plus destructeurs, lui opposèrent avec assurance et succès l'autorité et la puissance légitimes, ils n'y furent pas peu aidés, sans aucun doute, par cela que derrière eux se tenait une solide digue défensive de la souveraineté absolue et de tout pouvoir légitime, — la Russie. Et ainsi, cela n'est-il pas nouveau, que l'Autocrate de la Russie, d'un signe de son sceptre, agisse aussi puissamment que par les armes, triomphe, sans interrompre la paix, de l'une des forces les plus hostiles, éteigne d'un mot la guerre prête à s'allumer, ferme, par un majestueux silence, les bouches qui soufflent le feu? Et une année d'agitations et de frayeurs pour bien des peuples, est restée chez nous une année de paix et tranquillité.

O Dieu, nous te chantons un cantique nouveau, à toi qui donnes le salut au Tsar!

Je retourne au Psalmiste hébreu, curieux que je suis de voir de plus près quelles circonstances l'ont engagé à chanter un nouveau cantique pour le salut des tsars. Une voie pour la solution de cette question m'apparait dans le Psaume lui-même. Le Psalmiste prie Dieu : *Délivre-moi des grandes eaux, de la main des fils étrangers, dont les lèvres disent la vanité, et dont la droite est la droite de l'injustice* (Ps. CXLIII, 7, 8). Et c'est après cela qu'il s'écrie: *O Dieu, je te chanterai un cantique nouveau, — à toi qui donnes le salut aux tsars.* Pour comprendre cette transition soudaine d'une prière triste à une exclamation triomphale, il est indispensable de présupposer que dans les gens dont les lèvres disent la vanité, dont la droite est la droite de l'injustice, il voit un grand péril non-seulement pour les particuliers, mais encore pour le royaume, et que c'est pour cela qu'il regarde l'éloignement de pareilles gens comme un grand bienfait de Dieu, digne d'une reconnaissance solennelle.

Que la multiplication des gens dont la droite est la droite de l'injustice soit nuisible et dangereuse, non-seulement pour les hommes dans leur vie privée, mais encore pour la société, on ne prévoit à cela aucun doute ; mais est-il vrai qu'ils soient également nuisibles et dangereux, ceux-là aussi *dont les lèvres disent la vanité?* Y a-t-il beaucoup de lèvres si austères qu'elles n'aient jamais dit la vanité?

Pour raisonner là-dessus avec fondement, il faut plus qu'un coup d'œil superficiel sur la vanité. Salomon a écrit un livre entier pour l'explication de la vanité; mais, pour cela, c'est assez de prendre seulement le commencement et la fin de son livre. Au commencement il est dit : *Tout est vanité* (Eccl., I, 2), et à la fin : *Crains Dieu et garde ses commandements, car c'est là tout l'homme* (XII, 13). En rapprochant ces pensées nous trouvons que, selon l'enseignement de Salomon, tout ce qui élève l'homme au-dessus de la vanité est contenu dans la crainte de Dieu et dans l'observation des commandements de Dieu; et que, au contraire, hors de la crainte de Dieu et de l'observation des commandements de Dieu, tout, dans l'homme, est vanité. Ainsi donc, *les lèvres qui disent la vanité*, que le Psalmiste craint comme un déluge, signifient la diffusion abondante d'un genre de pensées à la base duquel ne se trouve pas le respect de Dieu et de ses commandements. *Délivre-moi*, dit-il, *des grandes eaux, de la main des fils étrangers, dont les lèvres disent la vanité.*

On ne peut, assurément, soupçonner de vaine crainte ou de pusillanimité un homme inspiré de Dieu. Si donc le danger de la vanité duquel il parle est effectivement connu par expérience, faisons-nous bien quand nous voyons, nous écoutons, et, peut-être, nous nous permettons la vanité sans crainte et sans prudence? Et dans notre temps, et près de nous, ne se multiplient-elles pas, les lèvres qui disent la vanité dans l'oubli de Dieu et de ses commandements? Ne parlent-elles pas souvent, librement, d'une manière séduisante, dans les conversations, dans les spectacles, dans les livres?

L'œuvre de la vanité commence par la diminution de l'attention pour ce qui est divin et du goût pour ce qui est spirituel, et par l'accroissement de l'inclination pour ce qui est sensuel; on est captivé par le brillant, on cherche l'agréable, tout en se refroidissant pour le vrai et le bon; on s'occupe plus du jeu des passions qu'on n'écoute la raison et le sens moral. Mais comme ce qui est divin, spirituel, vrai, bon, immortel, est par conséquent naturel à l'âme immortelle de l'homme et lui procure une jouissance constante, tandis que le sensuel est corruptible, et par conséquent ne peut satisfaire une âme immortelle; que l'agréable qui n'est pas appuyé sur le vrai et le bon est éphémère, et cesse, par la répétition et la satiété, d'être agréable, — d'où naît la soif incessante du nouveau; que les passions, par l'affaiblissement des rênes de la raison et du sens moral, se changent facilement en coursiers fougueux, il s'en suit que l'œuvre de la vanité, prenant de la force, ne peut s'arrêter aux seules récréations, mais que, selon les circonstances, elle s'élance plus ou moins fort, plus vite ou plus lentement, en avant. Où? — Cela est, par malheur, trop évident de notre temps chez *les fils étrangers*. Des *lèvres* nombreuses chez eux, *disant la vanité*, ont d'abord dit la vanité agréable, ensuite l'immodeste, ensuite la scandaleuse, ensuite la vanité ouvertement vicieuse, enfin la vanité séditieuse et destructive; ils ont soulevé les esprits ; ils ont appelé, encouragé et même instruit à nouveau des gens *dont la droite — est la droite de l'injustice*, et de cette manière se sont produites, selon l'expression du Psalmiste, *les grandes eaux*, — le déluge du mal, qui déchausse la base de tout ordre et de toute prospérité publique et privée.

C'est ainsi chez *les fils étrangers*. Mais sommes-nous assez prudents ? Quelques aspects de leur vanité ne s'introduisent-ils pas chez nous ouvertement, ne se glissent-ils pas chez nous insensiblement ? On dira probablement que nous ne leur empruntons que la vanité innocente. Je n'entrerai pas en discussion contre cela, quoiqu'on puisse douter qu'une vanité quelconque soit trouvée innocente devant le tribunal de la vérité et de la vertu ; je dirai seulement que, quand la porte est ouverte pour la vanité, comme on dit, innocente, il faut d'autant plus de sollicitude attentive pour qu'elle soit fermée pour la vanité non innocente et non sans danger.

Grâces à Dieu et au Très-Pieux Souverain protégé par lui, de ce que nous sommes gardés des *grandes eaux* et des *fils étrangers, dont les lèvres disent la vanité, et dont la droite est la droite de l'injustice !* Puissions-nous nous conserver, de notre côté, dignes de la protection d'en haut ! Le moyen simple et sûr pour cela, c'est celui qu'a proposé Salomon, et que nous ont transmis nos aïeux comme le meilleur des héritages : — *Crains Dieu et garde ses commandements, car c'est là tout l'homme :* — c'est ce qui fait la dignité, le bien et la félicité de l'homme et de l'humanité. — Ainsi soit-il.

3

# SERMON

## POUR L'ANNIVERSAIRE DE L'AVÈNEMENT AU TRONE DE TOUTES LES RUSSIES DU TRÈS-PIEUX SOUVERAIN EMPEREUR NICOLAS PAVLOVITCH

— 20 novembre 1849. —

Au Seigneur appartient l'empire, et lui-même possède les nations.

— Ps. XXI, 29. —

Avez-vous remarqué qu'en commençant les prières de l'Église nous disons ordinairement à haute voix : *Béni soit notre Dieu*, ou : *Gloire à la Sainte Trinité*, tandis qu'en commençant les prières pour notre Très-Pieux Souverain le jour anniversaire de son avènement ou de son couronnement, nous employons cette doxologie particulière : *Béni soit le règne* de la Sainte Trinité? Et si vous l'avez remarqué, avez-vous réfléchi à ce que signifie cette particularité? L'Église ne pense-t-elle pas, peut-être, représenter comme moins élevé l'empire terrestre en élevant à dessein au-dessus de lui l'empire céleste dans le temps même où le peuple fidèle honore son Tsar avec une solennité particulière par la prière et la joie? Non. L'Église a en cela une autre pensée et une autre intention — bien meilleures. Elle élève et consolide l'empire humain en le rattachant à l'empire de

Dieu. En fêtant le commencement d'un règne béni, et en bénissant en même temps Dieu nommément en qualité de Tsar, elle nous fait comprendre par là que l'origine la plus élevée de ce règne est cachée en Dieu, quoique cette origine se découvre par le moyen de la loi terrestre de l'hérédité du trône selon la volonté du chef de la maison régnante, et que, si nous profitons pour notre bonheur des grandes actions et des exploits du Tsar, de sa sagesse, de sa force, de sa clémence, c'est pour cela que doit être *béni le règne* de Dieu qui nous envoie ces dons. Quand on le considère ainsi, que le Tsar est élevé, puisque son pouvoir est un instrument et une manifestation du pouvoir du Tsar céleste ! Comme il est ferme sur son trône, qui est soutenu par l'éternel et tout-puissant Maître du monde ! Et dans cette conception quel puissant motif est contenu, pour le Tsar, de rechercher toute vertu et toute perfection afin de pouvoir être le digne instrument du Tsar souverainement parfait ! Quel puissant et pur motif pour le sujet, non-seulement d'être soumis au Tsar, mais encore de le vénérer ; non-seulement d'accomplir ses lois et ses ordres par des actions visibles, mais encore de lui être dévoué d'un cœur fidèle et aimant, à la vie et à la mort, devant les yeux du Tsar des tsars, qui voit tout !

Dans notre temps, bien des nations connaissent peu le rapport de l'État au royaume de Dieu, et, ce qui est particulièrement étrange et digne de regret, ce sont des nations chrétiennes qui connaissent peu cela : — elles le connaissent peu, non parce qu'elles ne peuvent pas le connaître, mais parce qu'elles ne veulent pas le connaître ; et ceux qui se disent sages au milieu d'elles repoussent avec dédain ce qui a été bien connu et reconnu par la sagesse antique. Ils n'aiment pas l'antique organisation de l'État sur la base de la bénédiction et de la loi de Dieu; ils pensent ériger beaucoup mieux l'édifice de la société humaine, dans un nouveau goût, sur le sable des opinions populaires, et le soutenir par les orages de dissensions interminables. Leurs nouvelles constructions ne s'achèvent jamais, menacent ruine chaque jour, souvent s'écroulent en effet : cependant, ces nouveaux artisans d'une tour de Babel, sans faire attention à la confusion des pensées, pire que l'antique confusion des langues, ne pensent pas encore, à ce qu'il semble, à renoncer à la construction de leur tour.

Dans des temps pareils, comme il est particulièrement nécessaire, de même il doit nous être particulièrement agréable, mes Frères, de nous rappeler souvent et de soutenir fermement la doctrine justifiée par la destinée de notre patrie, qui nous a été transmise par nos aïeux, ou, pour mieux dire, par les Prophètes, que *le Très-Haut règne sur l'empire des hommes*, qu'*au Seigneur appartient l'empire, et* que *lui-même possède les nations.*

Quand même la parole de Dieu n'aurait pas découvert à l'homme cette vérité particulière, il aurait pu la trouver dans l'ensemble général de ses connaissances sur Dieu, Créateur et Conservateur de l'Univers.

Comme Dieu est le Créateur du monde matériel et du monde spirituel, il est aussi, sans aucun doute, le Conservateur de l'un et de l'autre. Et si sa providence est indispensable au monde matériel, qui est mû par la nécessité absolue des lois imprimées en lui à la création, n'est-elle pas plus indispensable encore au monde spirituel, dont les êtres, jouissant du privilége de la liberté, peuvent quelquefois, par cela même, s'écarter de la direction et de la destination qu'ils ont reçues du Créateur, et qui, pour de pareilles circonstances, appellent particulièrement la main d'une providence qui les garde et les ramène? Et si des êtres spirituels et moraux ont besoin d'une providence de Dieu individuelle, selon leurs facultés, leurs dispositions et leurs circonstances propres, des sociétés humaines entières n'ont-elles pas besoin aussi d'une providence collective de Dieu, puisque de la société dépendent beaucoup le perfectionnement et la prospérité de chaque individu? Mais comme le bon ordre et la conservation d'une société humaine dépendent particulièrement du pouvoir souverain placé sur elle, il en résulte l'évidence de la nécessité indispensable que la providence de Dieu soit particulièrement attentive au pouvoir souverain, afin que *le Très-Haut règne sur l'empire humain.*

Le règne de Dieu sur l'empire humain n'est pas manifeste pour tous ni toujours, en premier lieu parce que le Tsar céleste est infiniment grand et incompréhensible, et que son action d'en haut se cache souvent dans la chaîne des causes et des influences naturelles médiatrices : en second lieu parce qu'en régnant sur des êtres auxquels il a donné la liberté, il conserve son don intact et laisse assez de latitude à la liberté humaine : et de là vient que nous entendons assez longtemps le bruit, que nous voyons assez longtemps le mouvement des choses humaines, souvent embrouillées et désordonnées, et que nous ne remarquons pas comment les suivent doucement la providence et le jugement de Dieu, affermissant, gardant et élevant ce qui sert au règne de Dieu, et tôt ou tard abaissant ce qui lui résiste. C'est pourquoi, pour voir le règne de Dieu au-dessus du règne humain, il faut observer avec attention les occasions particulières dans lesquelles, selon l'exigence des circonstances, il se révèle avec une clarté particulière.

*Le Seigneur dit à Samuel : Viens, je t'enverrai vers Jessé, à Bethléem, car j'ai vu un tsar pour moi entre ses fils* (I Rég., xvi, 1). Samuel hésita, trouvant cette mission dangereuse. Et le Seigneur reconnut le danger, et il ordonna de couvrir la mission extraordinaire de l'apparence de l'oblation d'un sacrifice ordinaire, mais il ne contremanda pas la mission elle-même. Le Prophète arrive à Bethléem, examine les fils de Jessé, ne sachant pas lequel d'entre eux doit être tsar. Avec peine enfin fut trouvé David, qui était auprès du troupeau et négligé sans attention par son père : et alors enfin Samuel reçut de Dieu l'ordre définitif, et il sacra David en qualité de tsar. Mais qu'arriva-t-il après cela? David s'en alla, non pour monter sur le trône, mais pour retourner à son troupeau. De temps en temps il était appelé dans la maison du tsar, non pour régner, mais pour jouer de la harpe. De temps en temps encore il venait à l'armée, non comme guerrier avec des armes, mais comme pourvoyeur avec du pain pour ses frères qui étaient dans l'armée : mais il s'offrit inopinément à un combat singulier contre Goliath; il le vainquit, et il en reçut de la gloire; il devint parent du Tsar. Dès lors il n'était plus aussi éloigné du trône; mais après cela même il ne devait pas encore être roi, mais exilé, sans asile, errant par les montagnes et leurs gorges, ne trouvant pas quelquefois la sécurité dans sa patrie, et obligé de se cacher chez les étrangers. Qu'est-ce donc que cela signifie? Pourquoi David avait-il été sacré tsar de si bonne heure, si peu à propos en apparence, à son péril? C'était, en premier lieu, pour lui communiquer par l'onction la grâce royale qui devait le faire et vainqueur et aimé du peuple, et invincible dans la persécution, et qui, à la fin, le conduisit au trône, ainsi qu'il a été dit, dans l'Écriture, qu'à la suite de l'onction, *l'Esprit du Seigneur était porté sur David depuis ce jour et dans la suite* (I Règ., XVI, 13). En second lieu, David fut sacré de bonne heure pour que, dans la suite, après son avènement effectif, les insoumis eux-mêmes fussent obligés de reconnaître que le Tsar n'est pas placé par le hasard, ni par le peuple, mais par Dieu lui-même.

Il ne sera pas inutile, je pense, de montrer maintenant une manifestation particulière du règne de Dieu sur le règne humain dans les temps chrétiens.

Au commencement de ces temps, durant trois siècles, l'Église de Jésus-Christ ne jouit pas de l'assistance de l'empire humain, mais, au contraire, fut souvent soumise à des persécutions de sa part. La parole Apostolique nous donne l'intelligence du mystère de cette permission de Dieu : *Dieu a choisi les faibles du monde pour confondre les forts, — afin que nulle chair ne se glorifie devant Dieu* (I Cor., I, 27, 28). Il fallait que l'Église de Jésus-Christ parût délaissée afin qu'il fût évident qu'elle n'était pas fondée, affermie et élevée par la puissance humaine, mais bien par la puissance de Dieu. Il lui fallait souffrir, et vaincre par la souffrance, afin de fermer la bouche aux incrédules et aux blasphémateurs anciens et actuels. Mais il fallait pourtant à la fin rendre à la vérité une justice même visible; il fallait que, selon la parole du Prophète, *la justice obtînt le repos* (Is., XXXII, 17); que l'Église, après tant de tsars persécuteurs, eût un Tsar protecteur. Dieu choisit pour cela Constantin; mais Constantin est un gentil, et la vérité de Jésus-

Christ, par la voie ordinaire de l'enseignement humain, ne pénètre pas jusqu'au fond de son cœur. Ce sera donc le Tsar des tsars qui agira lui-même, ainsi que l'a raconté Constantin, et que nous le répète, pour l'avoir appris de lui, l'historien Eusèbe : « Un jour, un peu « après l'heure de midi, comme le soleil commençait « déjà à s'incliner vers l'occident, disait le Tsar, je vis « de mes propres yeux, fait de lumière et situé sur le « soleil, le signe de la croix avec cette inscription : « Triomphe par celle-ci. Ce spectacle le remplit de ter- « reur, lui-même et toute l'armée. Après cela, le Christ « Dieu lui apparut en songe avec le signe qu'il avait vu « au ciel, et lui ordonna, après avoir fait un étendard « semblable à celui qu'il avait vu au ciel, de l'employer « pour sa défense contre les attaques des ennemis « (Eusèbe, *Vie de Constantin*, liv. I, chap. XXVIII, XXIX). » Constantin exécuta ce qui lui avait été ordonné : sous l'étendard de la croix, il vainquit Maxence; il devint le seul maître de l'Empire Romain; il crut en Jésus-Christ, et il devint le premier tsar chrétien et égal aux apôtres. N'est-il pas évident ici que les tsars chrétiens tirent leur première origine immédiatement du Tsar céleste?

Je pourrais encore montrer les voies particulières du règne de Dieu dans le règne de notre Vladimir égal aux apôtres, et dans le règne de nos Tsars des temps plus rapprochés. Mais je ne veux pas fatiguer les auditeurs par la continuation de ce discours en ce jour de fête; je me hâte de le conclure par les pensées qui naissent d'elles-mêmes des réflexions précédentes.

Si Dieu lui-même, par sa parole et par ses actes, nous dicte la pensée que, par l'entremise d'une providence particulière, il règne sur l'empire humain, c'est assurément que cette pensée est avantageuse pour nous, et que nous ne devons pas la perdre de vue. En effet, en elle sont contenus la force, l'instrument, l'appui de l'autorité, et la règle de conduite à suivre pour le tsar, pour l'État et pour chacun dans l'État. — Qu'il se présente à accomplir un effort légal, indispensable, mais difficile : le tsar terrestre ordonne ; le Tsar céleste aide : — l'effort est accompli. Mais, ainsi que cela arrive quelquefois, il n'est pas remarqué, ou il n'est pas pleinement remarqué : rien n'est perdu ; la récompense entière se garde auprès du Tsar céleste. — Approche la tentation, la séduction : s'il arrive que le respect pour la loi du Tsar terrestre soit ébranlé par la force de la séduction, l'œil du Tsar qui voit tout éclairera de loin les gouffres et les précipices qui se rencontrent inévitablement dans les voies mauvaises de l'iniquité, et retiendra celui qui sera tenté dans le chemin du devoir et de l'honneur.

Si le Tsar Jésus-Christ a fondé immédiatement, par son action, dans la personne de Constantin, égal aux apôtres, la dignité du Tsar chrétien, pour la protection de sa vraie foi, de son Église Orthodoxe, un État chrétien quelconque peut-il, sans offense pour le Tsar Christ, mépriser cette sainte obligation ? — Gloire à Dieu ! notre Très-Pieux Souverain remplit cette obligation avec diligence et succès, et plus d'un million d'âmes a passé de la non-orthodoxie à l'orthodoxie. Soyons zélés, nous aussi, chacun dans la sphère de son activité, afin que l'obligation de servir le Tsar terrestre et celle de servir le Tsar céleste, l'obligation d'être de fidèles sujets et celle d'être de vrais chrétiens, constituent pour nous une seule obligation indivisible, le seul exploit non interrompu de toute notre vie. — Ainsi soit-il.

4

# SERMON

## POUR L'ANNIVERSAIRE DE LA NAISSANCE DU TRÈS-PIEUX SOUVERAIN EMPEREUR NICOLAS PAVLOVITCH.

— 25 juin 1851. —

Comme libres, et non comme ayant dans votre liberté un voile de malice, mais comme des serviteurs de Dieu, rendez honneur à tous, aimez vos frères, craignez Dieu, honorez le tsar.

— I Pier., II, 16, 17. —

Que les plus importants de ces commandements donnés par l'Apôtre nous soient familiers et ne restent pas pour nous sans effet, — c'est ce dont peut témoigner le jour présent.

Le commandement — *honorez le Tsar* — se montre en action quand vous célébrez joyeusement et solennellement le jour béni de la naissance d'un Tsar dont le règne est béni.

Le commandement — *craignez Dieu* — se montre en action quand votre joie au sujet du Tsar, vos vœux et vos espérances pour lui, vous les apportez devant Dieu afin qu'il bénisse votre joie, qu'il exauce vos vœux, qu'il accomplisse vos espérances.

Et qu'elle soit indissoluble, l'alliance magnifique et

bienfaisante de ces deux commandements ! Un peuple qui cherche à être agréable à Dieu — est digne d'avoir un Tsar béni de Dieu. Un peuple qui honore le Tsar — se rend, par là, agréable à Dieu, parce que le Tsar est une institution de Dieu.

Comme le ciel, incontestablement, est meilleur que la terre, et le céleste meilleur que le terrestre, ainsi ce qui est institué à l'image céleste doit être aussi incontestablement ce qu'il y a de meilleur sur la terre, et c'est aussi ce que Dieu a enseigné à Moïse, qui a vu Dieu : *Vois, et fais selon le modèle qui t'a été montré sur la montagne* (Ex., xxv, 40), c'est-à-dire sur la hauteur de la Vision de Dieu.

Conformément à cela, Dieu, selon le modèle de sa souveraineté unique dans le ciel, a institué le Tsar sur la terre : à l'image de sa toute-puissance — le Tsar Autocrate ; à l'image de son règne qui ne passe pas, qui se continue depuis les siècles et dans les siècles — le Tsar héréditaire.

Oh ! si tous les Tsars de la terre sentaient assez leur dignité céleste, et joignaient fidèlement aux traits de l'image céleste gravés en eux tout ce qui est exigé d'eux : une justice et une bonté semblables à celles de Dieu, une vigilance céleste, la pureté de la pensée, la sainteté de l'intention et de l'activité ! Oh ! si tous les peuples comprenaient assez la dignité céleste du Tsar et l'ordonnance de l'empire terrestre à l'image céleste, et se signalaient constamment par les traits de la même image : — par la vénération et l'amour pour le Tsar, par l'humble obéissance à ses lois et à ses ordres, par la concorde et l'affection mutuelle, et s'ils éloignaient d'eux tout ce dont il n'y a pas d'exemple au ciel : — l'orgueil, la dissension, la volonté propre, la cupidité et tout mal de pensée, d'intention et d'action! Tout étant ordonné à l'image céleste, tout serait heureux à l'image céleste. Tous les empires terrestres seraient de dignes parvis de l'empire céleste.

Russie! tu es partagée, dans ce bonheur, mieux que beaucoup d'autres empires et d'autres peuples. *Retiens ce que tu as, de peur que quelque autre ne reçoive ta couronne* (Apoc., III, 11). Conserve et continue à embellir la brillante couronne, en t'efforçant incessamment d'accomplir plus parfaitement les commandements qui donnent la couronne : *Craignez Dieu, honorez le Tsar.*

M'étendant du connu à ce qui, peut-être, est moins remarqué et moins compris dans la parole de l'Apôtre, j'appelle votre attention sur ce que l'Apôtre, en enseignant la crainte de Dieu, le respect du Tsar, l'obéissance aux autorités, enseigne en même temps la liberté. *Soyez soumis*, dit-il, *à toute autorité humaine pour l'amour du Seigneur, soit au tsar, comme au souverain, soit aux gouverneurs, comme à des hommes envoyés par lui, — comme étant libres* (I Pier., II, 13, 14, 16). Soyez soumis comme des hommes libres. Soyez soumis, et demeurez libres.

A celui qui douterait que ces parties de l'enseignement fussent assez compatibles ensemble, je demanderais bien : S'il y a des gens qui te soient soumis par devoir d'obéissance, par exemple — des subordonnés par condition et par devoir, des serviteurs, des ouvriers, ne remarques-tu pas qu'entre eux les uns n'obéissent que par nécessité, avec répugnance, par force, les autres — spontanément, volontiers, avec zèle; par conséquent — librement? et ne comprends-tu pas que celui qui n'est soumis que par nécessité ne cédera à cette nécessité qu'autant qu'il ne pourra pas lui résister, qu'il travaillera pour toi le moins possible, avec peu de souci du succès de l'entreprise et de ton utilité, et même qu'il sera prêt à négliger tout à fait l'ouvrage dès qu'il n'y sera pas contraint par la surveillance ou qu'il ne sera pas menacé d'un châtiment et de la privation de la rémunération; qu'au contraire, celui qui est soumis par une libre disposition travaillera pour toi de toute sa force, fidèlement et sans surveillance, avec soin et en dehors de la crainte du châtiment? Ainsi donc, n'est-il pas évident que la soumission peut être unie avec la liberté, et qu'une telle soumission est meilleure que la soumission qui n'est pas libre?

Mais il y a de la difficulté à trouver par quel moyen accorder et réunir la soumission et la liberté, puisque leurs directions se présentent comme opposées : — la liberté veut élargir l'activité humaine, tandis que la soumission la limite. En ce cas, la chose dépend surtout de la manière dont on comprend la liberté. En effet, à peine y a-t-il dans les langues humaines un mot qui soit exposé à une fausse interprétation et aux abus autant que ce mot : *liberté.*

Quelques-uns, sous le nom de liberté, veulent entendre la faculté et la latitude de faire tout ce que l'on veut. C'est une chimère, et une chimère non pas simplement irréalisable et absurde, mais impie et funeste.

Savez-vous qui le premier sur la terre a été séduit par cette chimère? — C'est le premier homme, Adam. Ayant reçu, à sa création, de hautes facultés et des forces puissantes; ayant été établi maître du paradis et de la terre, il jouissait de la liberté la plus large que puisse avoir un être créé. Mais à cette liberté même avait été posée une limite, — l'arbre de la science du bien et du mal. La liberté n'avait pas été accordée à Adam de goûter de son fruit. Le violateur de la liberté plus ancien que l'homme, devenu, par l'abus de la liberté, l'esprit des ténèbres et du mal, enseigna, par de sombres suggestions, le même abus à l'homme. L'homme conçut le désir d'avoir une liberté complètement illimitée, comme Dieu, et il osa franchir la limite posée par le commandement de Dieu. Et que s'en suivit-il? — Non-seulement il n'acquit pas une plus grande liberté, mais il perdit la plus grande partie même de celle qu'il avait; et quand même Dieu ne l'aurait pas condamné, la nécessité naturelle de sa nature endommagée par le péché l'aurait également condamné au travail de l'esclavage : *Tu mangeras ton pain à la sueur de ton front.*

Elle est étonnante, la tentative du premier père d'élargir illégalement le domaine de la liberté, qui, sans cela même, était presque universel; toutefois, elle peut s'expliquer par le défaut d'expérience, par l'astuce du tentateur, et par l'étendue elle-même d'une puissance réelle, au moyen de laquelle il était facile de ne pas s'arrêter devant une limite en apparence insignifiante. Pour ce qui concerne ses descendants, qui manifestent la même aspiration, — je ne sais s'il faut plus s'étonner de ce qu'ils ne respectent pas et semblent ne pas voir les limites imposées à la liberté humaine et par la loi de Dieu, et par la constitution elle-même de la société humaine, et par la nécessité de la nature, — ou plus déplorer cette contagion originelle qu'ils ont héritée d'un premier père infecté de l'abus de la liberté, et que, par un aveuglement d'esprit hérité de la même manière, ils ne savent pas assez apercevoir, et encore moins guérir, quoique cela soit même simple à la clarté de la vraie lumière.

*Comprenez donc,* — dirai-je avec le Prophète, — *comprenez, insensés entre les hommes; et vous, stupides, soyez sages une fois* (Ps. XCIII, 8). Comprenez, rêveurs de la liberté illimitée, l'insanité funeste de vos chimères, — comprenez à la fin, et après de dures expériences, après que la liberté, ayant brisé ses limites, a rougi plus d'une fois la surface de la terre d'un sang innocent, et, en répandant des torrents de sang humain, s'y est noyée elle-même!

Mais comment donc comprendre et définir convenablement la liberté? — La sagesse enseigne que la liberté est la faculté et la latitude de choisir raisonnablement et de faire ce qui est mieux, et qu'elle est par nature l'apanage de tout homme. Que peut-on, ce semble, désirer de plus? Mais cette doctrine a sa lumière sur la hauteur de la théorie de la nature humaine telle qu'elle doit être, tandis qu'en descendant vers l'expérience et la réalité telle qu'elle est, elle rencontre l'obscurité et des pierres d'achoppement.

Dans la multitude innombrable du genre humain, beaucoup ont-ils un esprit assez ouvert et assez éclairé pour voir sûrement et distinguer le mieux? Et ceux qui voient le mieux, ont-ils toujours assez de force — pour le choisir résolûment et le mettre en pratique? Parmi les meilleurs des hommes, n'entendons-nous pas ces plaintes : *Je trouve en moi la volonté de faire le bien, mais je ne trouve pas le moyen de l'accomplir* (Rom., VII, 18)? Que dire de la liberté de ces gens qui ne sont dans la servitude de personne, mais qui sont soumis à la sensualité, dominés par la passion, esclaves de la mauvaise habitude? L'avare est-il libre? n'est-il pas chargé de chaines d'or? Le sensuel est-il libre? n'est-il pas lié, si ce n'est de durs liens, au moins de doux lacets? Est-il libre, l'homme orgueilleux et ambitieux? n'est-il pas enchaîné, non par les mains et les pieds; mais, par la tête et le cœur, n'est-il pas enchaîné à sa propre idole?

De cette manière, l'expérience et la conscience, du moins de certains hommes, dans certains cas, ne disent-elles pas ce que dit en général la Vérité Divine : *Quiconque fait le péché, est esclave du péché* (Jean, VIII, 34)?

L'observation des hommes et des sociétés humaines montre que les hommes qui se sont le plus livrés à cet esclavage intérieur, moral, — à l'esclavage du péché, des passions, du vice, — apparaissent plus souvent que les autres comme zélateurs de la liberté extérieure, — de la liberté la plus large possible dans la société humaine devant la loi et le pouvoir. Mais l'élargissement de la liberté extérieure les aidera-t-il à leur délivrance de l'esclavage intérieur? — Il n'y a point de raison de le penser. Il faut, avec une grande probabilité, craindre le contraire. Celui en qui la sensualité, la passion, le vice, ont déjà pris l'empire, celui-là, après l'éloignement des barrières opposées aux actions coupables par la loi et l'autorité, se livrera certainement avec plus d'emportement qu'auparavant à la satisfaction des passions et des convoitises, et n'usera de la liberté extérieure que pour s'enfoncer plus profondément dans l'esclavage intérieur. Malheureuse liberté que — celle dans laquelle, ainsi que s'exprime l'Apôtre, *ils ont un voile de malice !* Bénissons la loi et le pouvoir qui, en posant, en indiquant et en protégeant les limites nécessairement posées aux actions libres, s'opposent autant qu'elles peuvent à l'abus de la liberté naturelle et à l'extension de l'esclavage moral, c'est-à-dire de l'esclavage du péché, des passions et du vice.

J'ai dit : autant qu'elles peuvent; c'est que, pour mettre fin complètement à l'abus de la liberté, et pour relever ceux qui sont plongés dans l'esclavage du péché à la vraie et parfaite liberté, non-seulement on ne saurait rien attendre de la loi et du pouvoir de la terre, mais ce n'est même pas assez de la loi du Législateur céleste. La loi met en garde contre le péché, accuse et condamne le pécheur; mais elle ne communique pas à l'esclave du péché la force de rompre les liens de cet esclavage, et elle n'enseigne pas les moyens d'effacer les iniquités commises, qui restent sur la conscience comme un sceau de feu de l'esclavage du péché. Et c'est en cela que consiste *ce qui est impossible à la loi* (Rom., VIII, 3), dont l'Apôtre témoigne sans hésiter.

Ici se présente de nouveau une question : Qu'est-ce donc que la vraie liberté, et qui peut la donner, et, particulièrement, — la rendre à celui qui l'a perdue par le péché? — La vraie liberté est la faculté active de l'homme qui n'est pas devenu l'esclave du péché, qui n'est pas accablé par la condamnation de sa conscience, — de choisir le mieux à la lumière de la vérité Divine, et de le mettre en œuvre avec le secours de la force que donne la grâce de Dieu.

Celui-là seul peut rendre cette liberté à l'esclave du péché, qui l'a donnée, à la création, à l'homme innocent. C'est ce qu'a déclaré le Créateur lui-même de la liberté : *Si le Fils vous affranchit, vous serez vraiment libres* (Jean, VIII, 36). *Si vous persévérez en ma parole, vous serez vraiment mes disciples, et vous comprendrez la vérité, et la vérité vous affranchira* (31, 32). Jésus-Christ le Fils de Dieu, ayant souffert et étant mort pour nous dans notre nature qu'il a assumée, *a purifié par son sang notre conscience des œuvres mortes* (Hébr., IX, 14), et, ayant brisé les liens de la mort par sa résurrection, il a brisé aussi les liens du péché et de la mort qui nous liaient, et, après son ascension au ciel, ayant envoyé d'en haut l'Esprit de vérité, il nous a donné par la foi la lumière de sa vérité — pour reconnaître le meilleur, et la force de sa grâce — pour le faire.

Voilà la liberté que ne gênent ni le ciel, ni la terre, ni l'enfer; qui a pour limite la volonté de Dieu, et cela sans détriment pour elle, parce qu'elle s'applique à l'accomplissement de la volonté de Dieu; qui n'a pas besoin d'ébranler les institutions légales humaines, parce qu'elle sait y voir cette vérité qu'*au Seigneur appartient l'empire, et que lui-même possède les nations* (Ps. XXI, 29); qui ne respecte pas par force le pouvoir légal humain et ses ordres non opposés à Dieu, parce qu'elle voit clairement cette vérité qu'*il n'y a point de puissance qui ne soit de Dieu, et que les puissances qui sont de Dieu sont dans l'ordre* (Rom., XIII, 1). Ainsi donc, voilà la liberté qui est parfaitement compatible avec la soumission à la loi et au pouvoir légal, parce qu'elle veut elle-même ce qu'exige la soumission.

J'aurais beaucoup à dire de la liberté chrétienne, intérieure, mais non extérieure, — morale et spirituelle, mais non charnelle, toujours faisant le bien et jamais rebelle, qui peut vivre dans la chaumière aussi commodément que dans la maison du grand ou le palais du tsar; dont le sujet, sans cesser d'être sujet, peut jouir aussi bien que le maître souverain; qui est inviolable même dans les fers et dans la prison, comme on peut le voir par les martyrs chrétiens ; mais il est bien temps de mettre fin à ce discours.

Aimons la liberté chrétienne, — la liberté affranchie du péché, des passions, du vice, la liberté de se soumettre volontiers à la loi et au pouvoir, et de faire le bien *pour l'amour de Dieu*, selon la foi en lui et l'amour pour lui. Et que personne ne soit séduit par les hommes contre lesquels nous met en garde la parole de l'Apôtre, — qui *promettent la liberté en étant eux-mêmes esclaves de la corruption* (II Pier., II, 19). — Ainsi soit-il.

---

5

# HOMÉLIE

## POUR LA FÊTE DU TRÈS-PIEUX SOUVERAIN EMPEREUR NICOLAS PAVLOVITCH,

Prononcée à l'église de Marie de la Maison impériale des Veuves, le 6 décembre 1852.

Va, et, toi aussi, fais de même.
— Luc, x, 37. —

Assemblés dans l'une des demeures du vaste domaine de la miséricorde Tsarienne, à quoi pourrions-nous penser et de quoi pourrions-nous parler plutôt que de la miséricorde? Ici l'on peut se réjouir des œuvres de la miséricorde, l'on peut apprendre aussi l'art ingénieux de la miséricorde. Mais nous devons principalement suivre les leçons d'un seul Maître : *car Jésus-Christ est votre seul Maître*, selon sa propre parole (Matth., xxiii, 8).

Le Christ Sauveur, en expliquant le commandement de l'amour du prochain, et en résolvant cette question : Qui est le prochain? dans la parabole de celui qui tomba entre les mains des brigands, montra le modèle de la miséricorde et dit à celui qui l'avait interrogé, et il dit même jusqu'aujourd'hui, dans l'Évangile, à chacun de nous : *Va, et, toi aussi, fais de même.*

Considérons un peu ce modèle de la miséricorde.

Un homme allait de Jérusalem à Jéricho. Des brigands l'attaquèrent, le dépouillèrent, le blessèrent, le laissèrent à peine vivant. Passant par ce chemin, un prêtre et un lévite le virent et passèrent outre. Mais un samaritain qui passa, l'ayant vu, eut pitié de lui, banda ses plaies en y versant de l'huile et du vin, le plaça sur l'animal sur lequel il était monté lui-même, le porta dans une hôtellerie, y continua encore de prendre soin de lui, puis, en s'en allant, recommanda à l'hôtelier de continuer ce soin en lui donnant pour cela deux deniers et en lui promettant de lui payer encore ce qu'il dépenserait de plus. Le Christ Sauveur, après avoir contraint le disputeur à reconnaître dans la personne et les actions du Samaritain la solution de la question : Qui est le prochain? et l'accomplissement du commandement de l'amour du prochain, lui dit à la fin : Conduis-toi aussi de la même manière. *Va, et, toi aussi, fais de même.*

Il peut paraître incompréhensible pourquoi n'a pas été choisi pour modèle de miséricorde quelque *véritable israélite en qui il n'y eût point de déguisement* (Jean, i, 47); mais un samaritain, race en apparence peu noble, provenant du mélange du judaïsme et du paganisme. Pourquoi, au contraire, l'exemple de la dureté est-il représenté dans un prêtre et dans un lévite? Serait-ce que cette sorte de gens serait plus que les autres portée à la dureté de cœur? Pourquoi est-il parlé du chemin de Jérusalem à Jéricho, quand il n'était besoin que de montrer une œuvre de miséricorde, qui aurait été également belle sur quelque chemin qu'elle se fût accomplie? — Pour ne laisser dans vos esprits aucune incertitude sur ces questions, je suis obligé de mentionner le sens mystique de la parabole que nous examinons auquel ont été amenés peut-être par ces mêmes questions quelques-uns des Saints Pères.

*Jérusalem*, ville de la paix, est l'image du royaume de la grâce de Dieu. *Jéricho*, ville des roses, est l'image du monde avec ses charmes. L'homme qui *descendait de Jérusalem à Jéricho*, ce fut le premier père Adam, lorsqu'il descendit imprudemment, par ses pensées, des beautés spirituelles du royaume de Dieu vers les séductions du monde sensuel. Les *brigands* sont les esprits du mal et du mensonge, qui *dépouillèrent* l'homme du vêtement de pureté et de lumière, et couvrirent son être, jusque-là sain et immortel, des *blessures* du péché et de la corruption. Le *prêtre* et le *lévite* qui virent l'homme blessé et à demi mort, mais ne le secoururent pas, signifient que l'ancienne loi et les sacrifices représentaient seulement le malheureux état de l'homme pécheur comme visible et attendant du secours, mais ne le guérissaient pas. L'homme miséricordieux, qui, selon l'expression des cantiques de l'Église, *est sorti resplendissant, non de Samarie, mais de Marie*, c'est le Christ. Il répand sur les blessures de l'âme de l'homme pécheur *l'huile* de la miséricorde, de la consolation, du pardon, et le *vin* de la force de la grâce, vivifiante, réjouissante, fortifiante, et il les couvre entièrement, comme d'un *bandage*, de sa bienfaisance, du mérite de sa croix. *L'hôtellerie*, dans laquelle se continue et s'achève la guérison des blessures du péché, c'est l'Église. *L'hôtelier* est l'image des ministres de Jésus-Christ. Les *deux deniers* pour la continuation du traitement et la nourriture du malade, ce sont les deux Testaments des Écritures Divines, pour le sage emploi desquels l'Homme miséricordieux Jésus-Christ est prêt à donner le surcroît inépuisable de son trésor de sagesse et de grâce.

Après avoir effleuré cette interprétation mystique de la parabole, qui ne sera peut-être pas inutile pour ceux qui désirent sonder la profondeur des paroles de Jésus-Christ, je retourne à l'examen de sa signification morale, plus rapprochée et plus claire.

Il faut prendre en considération qu'à celui qui demande : Qui est le prochain? répond Celui qui voit les cœurs, — qui non-seulement entend ses paroles, mais encore voit ses pensées présentes et prêtes à naître. De plus, par la question elle-même, on peut remarquer que le disputeur voulait, en la faisant, embrouiller l'idée de l'amour du prochain comme de soi-même. Est-ce donc, — pensait-il probablement, — est-ce donc qu'il faut aimer comme soi-même, même des gens comme les samaritains et les païens, à l'égal des membres élus du peuple élu de Dieu? Afin de détruire cette illusion d'orgueil national et de mépris des hommes, mise à la place de l'amour du prochain, et d'enseigner l'amour véritable, général, du prochain, le Christ Sauveur voulut montrer que, même parmi les membres élus, en apparence, du peuple élu, il pouvait y avoir des gens dont il n'était nullement possible de s'enorgueillir, et que dans la race non élue il pouvait se trouver des gens qu'il n'était pas possible de ne pas estimer. C'est pour cela qu'il montra un exemple de dureté dans un prêtre juif, et un exemple de miséricorde dans un samaritain.

Voyons maintenant comment nous devons nous conduire pour accomplir le commandement de Dieu : *Va, et, toi aussi, fais de même.*

Comment se conduisit le Samaritain lorsqu'il trouva sur le chemin un homme dépouillé, blessé, à demi mort? — *L'ayant vu, il eut pitié de lui.* Il ne dit pas dans son cœur : « C'est un jérosolymitain, un de ceux qui *ne communiquent point avec les samaritains* (Jean, IV, 9) ; pourquoi avoir pitié de ceux qui nous méprisent? » — Non, dans cet homme souffrant, il ne voulut pas voir un étranger ou un ennemi, mais il ne vit qu'un homme, et il fut ému de pitié; les souffrances du prochain trouvèrent un écho dans son cœur.

*Va, et, toi aussi, fais de même.* Ne passe pas sans attention devant le malheureux et le souffrant ; ne le regarde pas d'un œil froid; ne dis pas : Il n'est pas de ceux qui excitent la compassion. C'est un homme, et il souffre : que faut-il de plus pour éveiller ta compassion? N'arrive-t-il pas que, lorsque, sous nos yeux, le couteau du chirurgien agit sur le corps d'un malade qui nous est étranger, notre cœur se serre involontairement? Vois-tu qu'involontairement, originellement, corporellement pour ainsi dire, tu es compatissant? comment donc ne serais-tu pas compatissant au fond de l'âme, librement, avec réflexion?

Que fit encore pour celui qui était tombé entre les

mains des brigands, le compatissant samaritain? *Il s'approcha, banda ses plaies en y versant de l'huile et du vin.* Il ne s'en tint pas à la seule pensée de sa triste position, au seul sentiment de compassion pour lui; mais il se mit immédiatement à l'œuvre pour lui porter le secours nécessaire à un homme souffrant, et possible de la part d'un homme compatissant.

*Va, et, toi aussi, fais de même.* Ne te contente pas de la pensée, du sentiment, de la parole, là où l'action est nécessaire et possible. Il est bien de n'avoir pas un cœur de pierre, mais il n'est pas bien d'avoir une main sèche et crispée, ne s'étendant pas et ne s'ouvrant pas pour le pauvre. *Si un frère ou une sœur*, dit l'Apôtre, *sont nus et privés de la nourriture quotidienne, et que quelqu'un leur dise : Allez en paix, réchauffez-vous et rassasiez-vous, mais ne leur donne pas ce qui est nécessaire au corps, quelle utilité en retirera-t-il* (Jacq., II, 15, 16)? *Mes petits enfants*, s'écrie un autre apôtre, *n'aimons pas de parole, ni de langue, mais en action et en vérité* (I Jean, III, 18).

Que fit encore le compatissant samaritain? — *L'ayant placé sur son animal, il le conduisit dans une hôtellerie et prit soin de lui.* Ici, cette circonstance est digne de remarque, que le Samaritain n'avait qu'un animal, sur lequel il était monté lui-même, et qu'il n'en avait pas un autre qu'il pût donner au malade. Et ainsi, il se résolut à se priver de ce dont avait besoin le prochain. *L'ayant placé sur son animal*, il conduisit le malade dans une hôtellerie, et lui-même il marcha à pied, sans faire attention qu'il se fatiguait en donnant du secours au souffrant.

*Va, et, toi aussi, fais de même.* Tu fais un acte de vertu agréable à Dieu quand tu sers le prochain de ce que tu as en abondance, de ce dont tu ne te prives pas, si en outre tu le fais avec amour pour Dieu, qui a commandé la bienfaisance, avec amour pour le prochain souffrant de besoin; mais si tu te prives d'un agrément, d'une commodité, d'une aise pour consoler et calmer le prochain; si tu retranches de ce qui t'est nécessaire pour soulager le besoin du prochain, tu accomplis un exploit qui peut te conduire à la couronne, tu sèmes une semence qui est capable de rapporter une moisson abondante de bénédictions et de récompenses.

Enfin, le compatissant samaritain *ayant tiré deux deniers, les donna à l'hôtelier* pour la continuation des soins nécessaires à celui qui avait souffert des brigands, en promettant davantage pour la suite, selon la mesure de la nécessité. Le bienfaisant voyageur pouvait penser qu'il avait déjà fait assez pour le malheureux quand il l'avait délivré péniblement de la souffrance délaissée et de la mort, qu'il l'avait amené en lieu sûr, qu'il l'avait soigné à la couchée, et qu'après cela, dans la nécessité de continuer son voyage, il était forcé de le laisser à la philanthropie des autres; mais le véritable amour du prochain parla autrement à son cœur : Ne sois pas indifférent le lendemain pour celui auquel tu as compati la veille; ne laisse pas la bonne œuvre inachevée; ne te contente pas de la fleur quand tu peux obtenir le fruit. Un Samaritain lui-même dispose et assure l'assistance du malheureux jusqu'à ce que ses forces étant rétablies, il arrive à la possibilité d'arranger lui-même son bien-être.

*Va, et, toi aussi, fais de même.* Si le prochain ne réclame, s'il ne t'est possible de faire que l'œuvre de miséricorde du moment, ou si tu ne peux qu'y prendre art, en faisant le nécessaire et le possible, tu as rempli ton devoir ; mais si la continuation du secours est nécessaire au prochain et possible de ta part, ne permets pas que ton amour pour le prochain soit plus passager que son malheur.

Ceux-là particulièrement qui prennent sur eux de bonne volonté et par vœu l'exercice d'un genre quelconque d'œuvres de miséricorde, ne doivent jamais oublier que le vœu ne lie personne par force, mais que celui qui s'est lié librement par un vœu ne peut l'enfreindre innocemment, et que, selon la parole du Seigneur, *personne, ayant mis la main à la charrue, et regardant en arrière, n'est propre au Royaume de Dieu* (Luc, IX, 62). — Ainsi soit-il.

---

6

# SERMON

## POUR L'ANNIVERSAIRE DE LA NAISSANCE DU TRÈS-PIEUX SOUVERAIN EMPEREUR NICOLAS PAVLOVITCH.

— 25 juin 1853. —

Et les tsars seront tes nourriciers.
— Isa., XLIX, 23. —

Quoique le Christ Sauveur ait donné à son Église un Nouveau Testament supérieur à l'Ancien, et une nouvelle Écriture Sainte mettant dans un nouveau jour les mystères de la connaissance de Dieu et l'enseignement de la vie, cependant l'Écriture de l'Ancien Testament n'est pas devenue par là inutile. Les prophéties, en particulier, qui y sont contenues, lorsque la lumière cachée en elles se dévoile par sa réflexion sur les évènements, éclairent d'une manière merveilleuse et bienfaisante les voies de la providence tutélaire de Dieu sur le monde et sur le genre humain. C'est pourquoi l'apôtre Pierre, quand il écrit lui-même une épître inspirée de Dieu, et qui n'est déjà plus la première, trouve encore qu'il n'est pas superflu de renvoyer les lecteurs à l'Écriture prophétique de l'Ancien Testament. *Nous avons*, dit-il, *la parole prophétique très-sûre, et, en y faisant attention comme à un flambeau placé dans un lieu obscur, vous faites bien, jusqu'à ce que le jour luise et que l'étoile du matin resplendisse dans vos cœurs* (II Pier., I, 19).

En ce jour de fête du Tsar, je vous invite à prêter l'oreille à une parole assez énigmatique du prophète Isaïe sur les tsars. Peut-être *la solution de l'énigme* (Prov., I, 5) nous sera-t-elle donnée, et votre attention ne sera-t-elle pas perdue.

*Et les tsars seront tes nourriciers, et leurs princesses, tes nourrices.*

A qui le Prophète prédit-il des nourriciers et des nourrices d'un si haut rang? — Il adresse ses paroles à Sion, non pas croissante et florissante, mais paraissant dans une situation désespérée : *Sion a dit : le Seigneur m'a abandonnée, et Dieu m'a oubliée* (14). Sous le nom de Sion, Isaïe entend, sans aucun doute, non la montagne, mais la population de la montagne de Sion, Jérusalem avec ses habitants ; et de plus, comme prophète de Dieu, préoccupé, non des vues des hommes, mais des vues de Dieu, sous l'image de Jérusalem il voit la cité de Dieu, la demeure de la vraie foi en Dieu, l'Église de Dieu. C'est à cette Sion spirituelle, à ses lamentations sur l'abandon de Dieu, qu'il est répondu que, quand même la mère oublierait son enfant, le Seigneur ne l'oubliera pas; — qu'il lui sera donné une fécondité inattendue : *Et tu diras dans ton cœur : Qui m'a donné ces enfants* (21)? — et qu'à elle et à ses nombreux enfants, pour nourriciers et nourrices, seront donnés des tsars et des princesses : *Et les tsars seront tes nourriciers, et leurs princesses, tes nourrices.*

Quels sont donc ces tsars nourriciers de Sion? — Si c'était Samuel qui eût prophétisé à leur sujet, nous aurions pu présumer que c'étaient peut-être David et Salomon. L'un d'eux éleva Jérusalem à la dignité de ville régnante, l'autre l'enrichit. L'un nourrit fortement dans ses fils le sentiment de la piété en y apportant l'arche de l'alliance de Dieu et en donnant au culte une haute magnificence et une grande solennité, l'autre — en construisant le temple signalé par la miraculeuse présence de Dieu.

Mais Isaïe prophétisa après les temps florissants de l'ancienne Jérusalem, et lui prédit des temps encore plus difficiles avant les temps de fécondité et de gloire.

Comme accomplissement de la partie affligeante de cette prophétie, on pourrait indiquer les temps de la captivité de Babylone et les temps de l'oppression du peuple de Dieu par les tsars de Syrie, alors que Jérusalem fut dévastée, et que fut interrompu en elle le culte du vrai Dieu; mais les temps qui suivirent de près ceux-ci ne présentent pas l'accomplissement de la partie consolante de la prophétie. Les tsars avec lesquels Jérusalem eut des relations après la captivité de Babylone, étaient païens, et ils ne la nourrirent pas, mais ils furent bien près de la dévorer. Quant aux Maccabées, qui la relevèrent et y rétablirent le culte, ce ne furent pas des tsars. Enfin, la Jérusalem de l'Ancien Testament, qui attendit un Christ imaginaire, mais qui ne reçut pas le vrai Christ, chargée du crime de déicide, tomba de nouveau sous les coups des Romains, et, malgré les efforts de Julien pour la relever, cette entreprise impie fut anéantie par les effets miraculeux de la colère de Dieu.

Ainsi donc, pour trouver l'accomplissement de la prophétie que nous examinons, nous devons passer aux temps de la nouvelle Jérusalem, c'est-à-dire de l'Église chrétienne.

A sa naissance et dans son premier âge, elle rencontra des tsars dont pas un seul ne fut son nourricier, mais plusieurs furent ses destructeurs. Le lait de la doctrine du Christ, en se transformant invisiblement, dans ceux qui en étaient nourris, en un sang de vie immortelle, se transformait souvent en même temps, dans la vie visible de ceux qui en étaient nourris et qui en nourrissaient, au sang du martyre. Ainsi passèrent trois siècles. Au temps des persécutions cruelles contre l'Église de Jésus-Christ, de la part des tsars et des peuples païens, telle que fut en particulier la persécution de Dioclétien, — alors que les églises chrétiennes étaient renversées, la sainteté livrée aux outrages, les saints livres brûlés, les biens de l'Église pillés, les troupeaux spirituels et les pasteurs, sinon exterminés, du moins dispersés, — cette nouvelle Sion put se lamenter des mêmes lamentations qu'entendit le Prophète Isaïe : *Sion a dit : le Seigneur m'a abandonnée, et Dieu m'a oubliée.*

Non, Sion bien-aimée et bénie du Saint d'Israël ! il ne t'a pas *oubliée.* Il a permis sur toi une difficile et longue épreuve pour te garantir contre cette calomnie pernicieuse des derniers temps que c'est la puissance humaine qui t'a fait grandir et qui t'a fortifiée. Au contraire, par cela même que toutes les puissances humaines, quelques efforts qu'elles aient faits pour te renverser jusqu'à la fin, n'y ont pas pu réussir, il a prouvé qu'il ne t'a pas *abandonnée*, mais qu'il te protége mystérieusement, et qu'il te prépare un sort digne de sa bonté et de sa toute-puissance.

Les tsars persécuteurs de l'Église disparaissent : apparaît le tsar Constantin Égal aux Apôtres. Est-il possible de ne pas reconnaître en lui le premier des Tsars nourriciers de Sion prédits par le Prophète? Après avoir vaincu, sous l'étendard miraculeux de la croix, les Souverains ennemis du Christ, il tend à son Église une main de paix, et les brebis parlantes et les pasteurs, qui étaient dispersés, se réunissent; les temples renversés se relèvent plus magnifiques qu'auparavant; les Chrétiens, qui se cachaient, se montrent; ceux qui ne reconnaissaient pas la dignité de l'Église du Christ dans sa lutte et ses souffrances, commencent à la reconnaître dans sa victoire et sa paix; ses ennemis se transforment en ses enfants; et maintenant l'on peut effectivement lire dans son cœur les paroles d'étonnement que, plusieurs siècles auparavant, avait mises dans son cœur le prophète Isaïe : *Qui m'a donné ces enfants?* Le tsar Constantin peut être appelé, dans le sens littéral de la prophétie, le *nourricier* de l'Église, parce que non-seulement il lui rendit ses biens pillés par les persécuteurs, mais encore il les augmenta, et il donna généreusement le nécessaire pour l'entretien de ses ministres et pour la nourriture de ses pauvres. Mais il peut, même dans le sens spirituel, être appelé le nourricier de l'Église, parce que, lorsque l'hérésie, au lieu *d'un lait raisonnable, sans fraude* (I Pier., II, 2), proposa aux nourrissons de la foi un aliment empoisonné d'astuce, alors il rassembla de tout l'univers les gardiens de la vérité, et, par son zèle, il les aida à préparer un vase indestructible et inépuisable de lait raisonnable et sans fraude, et de solide nourriture Divine, — le Symbole de foi de Nicée.

Dans la voie de Constantin et après lui marchèrent des Tsars orthodoxes et pieux, comme, par exemple, Théodose, qui aida les Pères de l'Église à achever l'œuvre du Concile de Nicée au Concile de Constantinople.

Voulez-vous connaître aussi ne fût-ce qu'une seule des *princesses nourrices* de Sion prédites par Isaïe? Rappelez-vous la mère de saint Constantin, sainte Hélène. Ce ne fut pas par des actes de gouvernement, et cependant elle n'en fortifia pas moins fermement le Christianisme par le haut exemple de sa foi et de sa sainteté, et par des œuvres tsariennes de piété et de bienfaisance, qui brillèrent surtout dans l'Église de Jérusalem, mais qui illuminèrent aussi toute l'Église universelle d'une lumière consolante. Elle découvrit sous les ruines les objets les plus saints du Christianisme, la croix et le tombeau du Seigneur, et elle les ombragea, ainsi que les autres Saints Lieux, de temples dignes de leur sainteté, dont les principaux nourrissent jusqu'aujourd'hui les âmes des croyants de saints souvenirs et de bienheureuses impressions.

Voulez-vous, Enfants de l'Église de Russie, voir si s'étend aussi sur notre Église la promesse que Dieu a faite par le Prophète que *les tsars seront* ses *nourriciers, et leurs princesses*, ses *nourrices?* — Pour cela, il suffit de rappeler le Grand-Prince Vladimir et son aïeule Olga :

et il n'est pas possible de ne pas admirer comment Dieu, *qui a disposé toutes choses avec nombre, poids et mesure* (Sag., XI, 21) dans le monde matériel soumis à la loi de la nécessité, étend aussi l'exactitude de la mesure et du nombre sur le monde moral, qui est régi par les lois de la liberté, sans violation de la liberté. Comme Constantin Égal aux Apôtres, Vladimir Égal aux Apôtres fait renaître son empire païen au Christianisme, et nourrit l'Église de ses bienfaits. Comme Hélène, la sage Olga aide à cette régénération, parce que le haut exemple de son christianisme fut l'une des forces qui poussèrent vers Jésus-Christ les conseillers de Vladimir, et certainement aussi le peuple.

*Le temps ne me suffira pas pour parler* des Grands-Princes, des Tsars et des Empereurs de Russie qui ont été les défenseurs et les gardiens de la prospérité spirituelle et de la paix de l'Église Orthodoxe, et qui l'ont nourrie de leurs générosités.

Nous nous hâtons de conduire ce discours au but. Si les évènements nous ont donné la solution de l'énigme prophétique sur les tsars nourriciers de Sion, à quoi cela peut-il nous servir? Quel peut être le fruit de l'étude que nous avons faite? — Il sera loin d'être petit si nous sommes attentifs.

N'est-il pas consolant, n'est-il pas instructif de voir les voies merveilleuses de Dieu dans l'institution, la propagation et la conservation de l'Église de Jésus-Christ? Sept siècles avant son ouverture, dix siècles avant la naissance du fils d'Hélène, le Seigneur dit à celui-ci par le Prophète : Tu seras l'instrument de la pacification de mon Église persécutée. Dix-sept siècles avant la naissance du petit-fils d'Olga, le Seigneur, par le même Prophète, dit aussi à celui-ci : Tu nourriras du lait de la vraie foi le peuple dans lequel mon Église recevra une nombreuse famille dans le nord, aux jours de la diminution de ses enfants à l'orient. Que personne ne s'alarme si jamais, quelque part, la véritable Église semble ne pas être dans un état florissant. Elle peut être éprouvée, mais elle ne sera pas abandonnée. Elle lui a été dite, et elle ne cessera pas de se faire entendre à elle, cette parole du Seigneur : *Quand même la femme oublierait le fruit de son sein, je ne t'oublierai pas.*

N'est-il pas bon à l'âme de considérer la corrélation mystérieuse des Tsars pieux avec le gouvernement suprême du Tsar des tsars? Il les prévoit et les prépare du fond de l'éternité; il leur désigne leur temps et leurs actes, non-seulement pour leur empire terrestre, mais encore pour son empire céleste, et il leur donne la puissance et la victoire sur les forces qui les combattent. Par cette théorie fondée sur la prophétie, comme s'éclaircit l'obligation de la prière pour obtenir un tsar pieux et la piété au tsar! Comme s'augmente la joie au sujet d'un tsar pieux! Comme s'affermit l'espérance en un tsar pieux!

Écoutons, de la bouche de notre Très-Pieux Autocrate, la parole, parvenue aux oreilles de tout le peuple, par laquelle, unissant l'amour de la paix à la fermeté dans la justice, il garantit les droits et la sécurité de la Chrétienté orthodoxe en orient, et particulièrement dans les Saints Lieux de la terre sainte. N'est-il pas consolant de le voir ici dans la voie qu'a tracée d'avance la prophétie aux tsars pieux, — dans la voie du tsar gardien et défenseur de la Sion de Dieu?

*Fais, Seigneur, par ta bienveillance, le bonheur de Sion*

(Ps. L, 20), de la Sion visible et de la Sion spirituelle. *Qu'ils soient confondus et repoussés en arrière, tous ceux qui haïssent Sion* (Ps. CXXVIII, 5). Quant au Souverain protecteur de Sion, *Seigneur, donne au tsar ton jugement* (Ps. LXXI, 1), et, par le jugement de la justice et de la paix, la victoire sur toute inimitié et sur toute astuce. Que sa destinée soit toujours celle qu'a marquée cette sainte parole : *Le tsar a mis sa confiance dans le Seigneur, et il ne sera pas ébranlé dans la miséricorde du Très-Haut* (Ps. XX, 8). — Ainsi soit-il.

---

7

# HOMÉLIE

## POUR LE JOUR DE LA FÊTE DU TRÈS-PIEUX SOUVERAIN EMPEREUR NICOLAS PAVLOVITCH.

— 6 décembre 1854. —

Quelles assemblées nombreuses réunit aujourd'hui dans les églises le saint Prélat et Thaumaturge Nicolas! C'est en particulier parce que les sujets fidèles s'empressent d'apporter leur prière pour notre Très-Pieux Tsar son Homonyme; mais aussi, en général, notre peuple orthodoxe montre beaucoup de zèle pour saint Nicolas, et il aime à honorer sa mémoire.

Loin de notre patrie, loin de nos temps a vécu et s'est illustré le saint prélat Nicolas; mais il paraît nous être proche et comme parent : et de même que l'Église, dans le Service Divin public, a souvent recours d'une façon particulière à sa protection devant Dieu, ayant désigné pour cela un jour de chaque semaine, ainsi recourent souvent à lui, d'une façon particulière, ceux aussi qui prient librement en particulier. Sa gloire (et du reste ce n'est pas la sienne seulement) s'est étendue même au delà des limites de l'Orthodoxie, et même au delà des limites de la Chrétienté, et de là s'élèvent vers lui quelques voix suppliantes cherchant du secours au-dessus de la terre : et il est visible que ce n'est pas sans succès, parce qu'autrement cette coutume ne se serait pas établie chez eux; il est évident que, là aussi, il partage quelque chose du trésor de grâce qui lui a été donné, de même que le Christ Sauveur partageait de sa toute-puissante vertu miraculeuse quelque chose même pour la Chananéenne idolâtre.

Comment arrive-t-il que l'activité bienfaisante des Saints reçoit quelquefois comme une direction déterminée, et quelquefois diverse, et remplit un large cercle? Si nous interrogeons sur cela l'apôtre Paul, nous pourrons recevoir la réponse suivante : *Toutes ces choses* — la distribution des dons de la grâce, la détermination de leur espèce, de leur degré, de leur force, de leur étendue, — *toutes ces choses, c'est un seul et même Esprit qui les opère, distribuant à chacun son pouvoir selon qu'il lui plaît* (I Cor., XII, 11). Les sujets souvent ne peuvent pas savoir pourquoi le pouvoir humain agit de telle ou d'autre façon : à combien plus forte raison en doit-il être ainsi du pouvoir de l'impénétrable Divinité!

Du reste, comme l'Esprit de Dieu, dans sa bonté infinie, disposé à donner à tout homme tout don de la grâce, distribue en effet les dons conformément à la loi de la justice, — à ceux qui en sont dignes, et conformément à la loi de sa sagesse infinie, — à ceux qui sont capables d'en faire un bon usage, on peut supposer que la détermination suprême du genre, du degré, de la force, de l'étendue des dons de la grâce envoyés à l'homme croyant, est dans une sorte de proportion avec le genre, le degré, la force, l'étendue de ses libres dispositions spirituelles, de ses efforts dans le bien et de ses vertus. Nous trouvons quelque chose de ressemblant à cette pensée dans l'apôtre Paul, quand il dit des exploits de Jésus-Christ lui-même : *Car c'est en ce qu'il a souffert, ayant été tenté lui-même, qu'il peut aussi aider ceux qui sont tentés* (Hébr., II, 18). Est-il donc vrai qu'il ne pourrait pas aider ceux qui sont tentés, s'il n'avait souffert et n'avait été tenté lui-même? Sans aucun doute, il le pourrait, à cause de sa toute-puissance et de sa bonté; mais la loi de la justice et de la sagesse infinie, et l'ordre de la Divine économie de notre salut exigeaient que le Sauveur, par ses tentations, par ses combats, par ses souffrances selon la nature humaine, entrât comme en contact de nos tentations, de nos combats, de nos souffrances. Par là, il a pris sur lui avec un profond amour de l'humanité nos tentations et nos souffrances pour les alléger (de même que, selon notre expérience aussi, celui qui a souffert lui-même en ressent une sympathie et une compassion d'autant plus profondes pour celui qui souffre), et, par le mérite de ses souffrances pures, supportées par amour des hommes, il a acquis le droit et il a trouvé le moyen d'étendre aussi sur nous, qui sommes tentés, qui combattons, qui souffrons, et qui de plus sommes toujours coupables, la participation bienheureuse de la force Divine par laquelle il a supporté pour nous ses tentations, ses combats et ses souffrances immenses. Ce qui, dans le Christ Sauveur, par sa nature, par sa propre force, est dans la plénitude, sans mesure, quelque chose de semblable et de conforme à cela se trouve par grâce, par don, par participation, dans une certaine mesure, dans ceux qui sont sauvés et qui ont été sauvés par lui, dans lesquels il *se forme* (Gal., IV, 19). C'est pourquoi l'on peut supposer qu'en eux aussi, particulièrement en ceux qui sont élus entre eux, agit, dans son genre et à son degré, la loi de l'économie de la grâce découverte par l'Apôtre : *C'est en ce qu'il a souffert, ayant été tenté lui-même, qu'il peut aussi aider ceux qui sont tentés*. Celui qui, avec foi et amour pour Dieu et pour sa loi, avec espérance dans le secours de la grâce de Dieu, a fermement lutté contre la tentation, et qui a effectivement reçu le secours de la grâce pour la repousser ; celui qui s'est adonné avec zèle et constance à l'exercice de quelque pratique pieuse ou de quelque vertu, et qui a effectivement reçu le secours de la grâce pour se perfectionner dans cette pratique ou cette vertu ; celui qui a courageusement résolu de souffrir et de mourir plutôt que de trahir la vérité et la justice, et qui a effectivement reçu le secours de la grâce pour fournir victorieusement la carrière de la souffrance innocente, celui-là *peut aider* aussi les autres qui *sont tentés* et qui combattent, soit en général parce que, attirée par sa foi et ses efforts, *la force de Jésus-Christ habite en lui* (II Cor., XII, 9), et agit non-seulement en lui, mais aussi par lui ; soit en particulier parce que, après l'expérience de sa tentation et de ses combats, il en éprouve une sympathie et une compassion d'autant plus profondes pour les autres qui se trouvent dans une tentation et une lutte semblables, et il en cherche avec d'autant plus de zèle à les aider, et qu'après l'expérience du secours de la grâce qu'il a trouvé pour lui, il en intercède auprès de Dieu avec une hardiesse de foi d'autant plus grande et avec un succès d'autant plus grand pour les autres qui réclament un semblable secours, trouvant en outre dans la joie du bienfait la récompense de son effort.

Cet admirable emploi du pouvoir bienfaisant des Saints, on en peut voir l'expérience dans leurs vies.

Quelqu'un, violemment combattu par une tentation qui s'élevait contre sa chasteté, demanda du secours au bienheureux Daniel l'Ermite. Le vieillard l'envoya au tombeau de la martyre Thomaïda, prier sous son intercession. Et quand cet ordre eut été exécuté, la tentation disparut. Pourquoi donc le secours devait-il venir nommément par cette martyre? — Parce qu'elle avait passé, dans la vie, par une violente tentation contre sa chasteté, avait accompli l'exploit de la chasteté, et était morte martyre pour la conservation de sa chasteté.

Dans la vie de saint Nicolas, on peut remarquer son zèle vif, multiforme, étendu au loin, pour faire du bien au prochain. *Et sa main*, dit son biographe, *était étendue à ceux qui en avaient besoin, comme un fleuve copieux coulant à flots abondants.* Il ne soulageait pas seulement la pauvreté qui se montrait, mais il pénétrait dans le refuge de la pauvreté cachée, et, derrière l'indigence et la pauvreté famélique, il découvrait le danger d'un mal encore plus grand, du mal moral, et il en fermait les sources avec art. Ainsi, il apprit que le chef d'une famille, tombé dans le dénûment, était presque résolu, pour la nourrir, d'avoir recours au vice : le sage philanthrope détourna cela par un secours caché trois fois répété, employant cette progression comme une précaution, afin, après avoir vu l'emploi régulier du premier secours, de donner avec plus d'assurance le second et le troisième. De même qu'il entreprit l'exercice puissant, multiforme, étendu au loin, de la bienfaisance, par sa libre disposition, sacrifiant pour cela toutes ses forces et tous ses moyens naturels, ainsi il reçut de Dieu un don de la grâce puissant, multiforme, largement efficace, pour faire le bien par des moyens surnaturels.

En vérité, saint Prélat et Père Nicolas, tu peux nous dire avec l'Apôtre, à nous aussi : *Dieu nous a donné en partage de parvenir même jusqu'à vous* (II Cor., x, 13). Nous osons dire que, et notre foi en la grâce qui t'a été donnée, et notre amour s'étendent de partout vers toi. Témoin de cela — ton nom lui-même, donné à notre Tsar, alors qu'à Paul, ou à Marie, ou à Catherine qui le lui ont donné, quelqu'un aurait pu dire comme à la mère de Jean : *Il n'y a personne dans ta famille qui soit appelé de ce nom* (Luc, I, 61) ; — donné, pour quel autre motif que par foi et par amour? — Veuille donc demeurer dans une bienfaisante proximité de nous, de même que nous de toi. Intercède, conjointement avec les autres Saints, auprès du Tsar des tsars, pour le Tsar qui porte ton nom et pour l'empire qui te vénère. Les ennemis par l'incrédulité, la barbarie et la cruauté desquels gisent dans les ruines ton tombeau et ta ville de Myre, — et n'est-ce que cela? — par lesquels souffrent aussi les Saints Lieux du Christ, — se sont levés contre nous, et, ce qui n'est pas moins étonnant que triste, ont trouvé un appui contre nature dans les fils de l'Occident, qui ont soulevé une tempête de passions destructrices, pour tenter d'affaiblir le monde pacifique de l'orthodoxe Orient. Le Dieu des armées ne nous a pas abandonnés : il a défendu contre les puissantes attaques des ennemis et une ville non fortifiée et un couvent presque sans défense; il a armé contre nos ennemis les maladies et les tempêtes; il donne à notre armée une fermeté et une force inébranlables contre les plus forts. Et maintenant, Père, comme autrefois Moïse sur la montagne, ou même mieux que Moïse, dans le ciel, élève tes mains suppliantes et infatigables vers Celui qui habite plus haut que les cieux, afin que soit vaincu l'Amalécite qui a attaqué injustement le pacifique Israël, et qu'Israël retourne victorieusement à la paix et au calme desquels il n'a pas désiré même de sortir.

Mes Frères! par la philanthropie céleste, plus forte que celle de la terre, le saint Prélat appelé par nous à notre secours ne nous dédaignera pas; mais il me semble que, comme aux marins délivrés autrefois par lui du danger, il nous dit, à nous aussi : *O enfants! redressez vos cœurs et vos pensées, pour plaire à Dieu.* — Ainsi soit-il.

---

8

# HOMÉLIE

## POUR LE JOUR DE LA FÊTE DE LA TRÈS-PIEUSE SOUVERAINE IMPÉRATRICE MARIE ALEXANDROVNA.

— 22 juillet 1855. —

Les Saints qui vivent dans la gloire céleste, dans la gloire sublime et éternelle qui est de Dieu, n'ont, sans aucun doute, pas besoin de la gloire terrestre, de la gloire insignifiante qui est des hommes. Pourquoi donc la sainte Église a-t-elle décrété des commémorations religieuses des Saints et des fêtes à leur mémoire? — On peut puiser la solution de cette question dans les règlements mêmes de l'Église pour ces commémorations et ces fêtes. La composition de ces règlements, deux objets la constituent principalement : en premier lieu, la commémoration de la vie, des exploits et des vertus des Saints ; en second lieu, l'appel à leurs prières pour nous à Dieu. Il est évident que l'Église notre Mère, par la commémoration de leur vie, de leurs exploits et de leurs vertus, désire nous instruire et nous engager à la vie agréable à Dieu et aux exploits salutaires à l'âme, et, par l'invocation de leurs prières pour nous, pose leur prière céleste comme une échelle pour la plus facile ascension de nos prières terrestres, impuissantes, indignes, vers le céleste, mental autel des sacrifices de Dieu.

Suivons, Enfants de l'Église, son indication maternelle, et profitons de la mémoire célébrée aujourd'hui de sainte Marie Magdeleine Égale aux Apôtres, pour recueillir les traits instructifs de sa vie dans les récits Évangéliques.

De la première partie de la vie de Marie Magdeleine, rien ne nous est connu, sinon qu'elle était sujette à une infirmité grave et redoutable, que les médecins ordinaires savent d'autant moins soulager qu'ils en comprennent moins le principe. Et si quelqu'un, comme un jour les apôtres au sujet de l'aveugle-né, avait demandé à son sujet : *Est-ce elle qui a péché, ou ses parents*, pour qu'elle souffre ainsi? nous ne savons s'il eût été possible de dire d'elle, comme de celui-là : *Ni celle-ci n'a péché, ni ses parents; mais c'est afin que les œuvres de Dieu soient manifestées sur elle*. Mais quoi qu'il en soit, que ce fût pour ses péchés, ou non, qu'elle était sujette à ces souffrances, nous pouvons affirmer sans hésiter que cela avait été permis par la Providence Divine pour que l'œuvre salutaire de Dieu s'accomplît sur elle. Si elle n'avait été sujette à ces souffrances et n'y avait éprouvé l'insuffisance de tout secours, elle aurait probablement vécu dans son pays natal de Magdala, dans l'ignorance des miracles de Jésus-Christ et de son enseignement ; ou bien elle n'en aurait accueilli le bruit qu'avec curiosité, avec étonnement, avec incrédulité, et elle ne se serait pas élevée jusqu'à une foi vive et un amour *fort comme la mort* pour le Sauveur. Mais, souffrante et abandonnée dans la souffrance, elle ne put pas être indifférente à la renommée du Thaumaturge *guérissant toute langueur et toute infirmité dans les hommes* (Matth., IX, 35); elle se hâta de le trouver, fut témoin oculaire de ses miracles, crut en sa puissance Divine : par la foi, elle reçut la guérison, et, de l'esclavage de la puissance des ténèbres, elle passa à la liberté de la lumière; de cette manière, au prix modique d'un malheur temporel, elle acheta une vie éternellement bienheureuse.

Frères ! qui de nous n'a essuyé dans la vie quelques malheurs, quelques souffrances, quelques chagrins ? Qui n'a souffert dans son cœur en voyant souffrir ses parents, ses amis, ses bienfaiteurs, quelquefois même la société entière? Par l'exemple qui se présente en ce moment, apprenons à considérer tout cela du véritable point de vue, à voir en cela les voies bienfaisantes et salutaires de la Providence Divine, et à atteindre par la voie étroite de la souffrance au véritable bien et au salut.

Aurait-il été meilleur pour Marie Magdeleine de ne pas être sujette à la souffrance, mais de mener dans le pays de Magdala la vie ordinaire du monde, et de passer dans le pays d'outre-tombe sans connaître le Christ

Sauveur et sans avoir part à sa grâce? — Certainement cela n'aurait pas été meilleur, mais pire. Ainsi, croyez que, pour nous aussi, il ne serait pas meilleur, mais pire de pouvoir éviter les malheurs et les chagrins par lesquels nous visitent les décrets de Dieu, incompréhensibles, mais certainement sages et bienfaisants.

Le Père céleste veut former en toi un fils de sa grâce, et, pour cela, il t'impose des leçons difficiles, des épreuves sévères, des châtiments énergiquement instructifs, et, selon l'assurance de l'Apôtre, *si vous supportez le châtiment, Dieu vous traite comme ses enfants : car tout châtiment, dans le moment présent, ne paraît pas être une joie, mais un chagrin; mais il rend ensuite un fruit paisible de justice à ceux qui ont été ainsi instruits* (Hébr., XII, 7, 11). Lourdes sont pour toi les leçons, les épreuves, les punitions; mais serait-il mieux pour toi d'en être exempté, et de rester sans fruits de justice, et de ne pas atteindre à la dignité de fils de la grâce de Dieu?

Le médecin céleste t'administre un remède amer contre une maladie que peut-être tu ne remarques pas toi-même, mais qui n'est pas cachée à son omniscience, qui pénètre tout. Tu n'aimes pas l'amertume, mais serait-il meilleur pour toi de ne pas goûter l'amertume, et de porter dans ton âme une maladie et une semence de mort éternelle?

L'Agonothète céleste t'introduit dans la carrière des exploits moraux et spirituels afin qu'au mal visible et invisible tu opposes la foi, le courage, la patience, et afin que *tu ne sois pas vaincu par le mal, mais qu'ayant vaincu le mal par le bien* (Rom., XII, 21), tu reçoives la couronne incorruptible. Il te semble que ce soit te placer comme David contre Goliath, comme Job contre le démon. Quoi donc? Est-ce que David ne terrassa pas Goliath? Est-ce que Job ne vainquit pas le démon? Mais toi, en reculant devant la difficulté de l'exploit, que veux-tu? Est-ce donc que tu veux refuser et la victoire et la couronne?

Il arrive qu'on entende celui qui est tombé dans le malheur faire cette plainte : Pourquoi est-ce que je souffre ainsi? — La réponse est toute prête : Tu souffres pour cette question elle-même. Car dans la question : Pourquoi est-ce que je souffre ainsi? — est renfermée cette pensée décisive : Je ne mérite pas de souffrir ainsi, ou, ce qui est la même chose, je souffre injustement. Mais qui a envoyé ou a permis sur toi la souffrance? N'est-ce pas Dieu et sa Providence? Ainsi donc, ne vois-tu pas que, par ta question, tu te vantes dans ton cœur et tu blâmes Dieu, si même tu ne murmures pas ouvertement contre lui? Ne penses-tu pas te justifier par là que cette malheureuse pensée est née après le malheur et du malheur lui-même? — Non. Tu es dans le malheur le même que tu étais avant le malheur. Ta pensée dépourvue d'humilité et de soumission à Dieu dormait en toi, dans ton cœur, avant le malheur, mais elle n'avait pas d'occasion de se réveiller; le malheur l'a réveillée et l'a appelée au dehors. Ainsi donc, hâte-toi de répondre toi-même justement à ton injuste question : Je souffre pour mes péchés; parce que *si nous disons que nous n'avons pas de péché, nous nous séduisons nous-mêmes, et la vérité n'est point en nous* (I Jean, I, 8); et si je ne vois pas de péchés manifestes qui m'aient attiré manifestement la punition, — *purifiez-moi, Seigneur, de mes fautes cachées* (Ps. XVIII, 15)! Tu peux encore, sur le même sujet, poser cette question plus judicieuse : Pour quelle raison est-ce que je souffre? Et à cela aussi tu peux avoir cette réponse consolante : Dans l'intention de Dieu, tu souffres pour ton salut. Le

Seigneur a dit : *Celui qui sera patient jusqu'à la fin, celui-là sera sauvé* (Matth., XXIV, 13). Où y aurait-il lieu à la patience s'il n'y avait rien de désagréable, s'il n'y avait aucune affliction à supporter, ni rien à souffrir? Mais *l'affliction produit la patience, la patience l'épreuve, et l'épreuve l'espérance* (Rom., V, 3, 4) ; et de cette manière se remplit la promesse du Seigneur : *Celui qui sera patient jusqu'à la fin, celui-là sera sauvé.*

Retournons à la vie de Marie Magdeleine, et voyons comment le châtiment, supporté avec une humble soumission aux décrets de Dieu dans leur première partie, a produit dans la seconde un *fruit paisible de justice.*

Lorsque le Christ Sauveur la délivra de la tyrannie des puissances ténébreuses et la guérit d'une grave infirmité, alors, dans son âme, à la force de la foi se joignit la force de la reconnaissance et de l'amour pour le Libérateur, afin de donner à sa vie une nouvelle et forte direction. Sa vie renouvelée par Jésus-Christ, Marie la consacra entièrement au service de Jésus-Christ.

Quand il *parcourait les villes et les bourgs, prêchant et évangélisant le royaume de Dieu*, alors le suivaient, après les apôtres, plusieurs femmes *qui le servaient de leurs biens ;* et, entre elles, la première que nomme le saint évangéliste Luc, c'est *Marie Magdeleine* (Luc, VIII, 1-3). C'est pourquoi il faut supposer, ou qu'elle était entrée la première à son service et qu'elle avait donné l'exemple aux autres, ou qu'elle l'emportait sur les autres par son zèle et son activité dans ce service.

Aux heures terribles de la passion et de la mort du Christ Sauveur, lorsque presque tous les apôtres, après la promesse de mourir avec lui, avaient été vaincus par la crainte et avaient disparu, Magdeleine triompha de la crainte par l'amour : elle se tint auprès de la Croix de Jésus ; elle assista à sa sépulture.

Mais l'amour de Magdeleine, fort comme la mort, brilla surtout, comme l'éclair dans la nuit, dans cet exploit qui lui fit donner, avec quelques autres femmes, le surnom de *Porteuse de parfums*. Et ici, deux Évangélistes la placent la première entre elles, tandis que saint Jean la nomme seule : *Le premier jour de la semaine, Marie Magdeleine vint, alors qu'il faisait encore nuit, au tombeau de Jésus*, avec de la myrrhe odorante (Jean, xx, 1). Cela signifie que l'entreprise lui appartenait, et que les autres la suivirent sous son inspiration. Examinez cette entreprise. Le Seigneur Jésus est mort sur la croix, et il a été enseveli. Ceux qui étaient près de lui étaient en danger, parce que ses ennemis avaient résolu de tuer même Lazare qu'il avait ressuscité, et étaient prêts à porter les mains sur les apôtres, s'ils n'en avaient été empêchés par cette parole, souveraine dans la souffrance même : *Laissez aller ceux-ci* (Jean, XVIII, 8). Il est probable au plus haut degré que la prédiction de Jésus sur sa résurrection était connue de Magdeleine, si ce n'est immédiatement, du moins par les apôtres ; mais il est évident que ce rayon même de lumière s'était éteint dans son esprit au milieu de l'obscurité des évènements. En effet, dans l'attente de la résurrection, elle n'aurait pas trouvé nécessaire d'oindre de myrrhe le corps de Jésus, comme celui d'un mort ordinaire, et elle n'aurait pas prononcé ces paroles qui ne font nullement allusion à la résurrection : *On a enlevé le Seigneur du sépulcre, et je ne sais où on l'a mis* (Jean, xx, 13). Ainsi donc, menacée du danger, ne puisant aucune force dans l'espérance, comment Magdeleine eut-elle la hardiesse d'aller, *alors qu'il faisait encore nuit, au tombeau* de Jésus? En chemin, se présenta à sa pensée un obstacle insurmontable. Elle se souvint que le tombeau de Jésus était fermé d'une pierre si lourde que ni elle ni ses compagnes n'auraient la force de l'écarter. Comment donc même un obstacle insurmontable ne l'arrêta-t-il pas? Quelle force supérieure à tout l'animait et l'entraînait? — La force de l'amour et de la reconnaissance envers le Divin Sauveur, la force d'une sainte compatissance pour le Saint qui avait souffert innocemment.

Et quelle sublime récompense pour un exploit sublime! Magdeleine vit la première le Seigneur ressuscité; elle devint un apôtre de Jésus-Christ pour les apôtres eux-mêmes : car elle leur annonça la première la résurrection de Jésus-Christ.

Ame chrétienne! comprends, par cet exemple, la force, la vertu vivifiante, bienfaisante, la félicité de l'amour pour le Seigneur Jésus, ton Sauveur et ton Dieu. Comprends la dignité, haute même devant les yeux de Dieu, de l'humanité et de la compassion pour ceux qui sont malheureux et qui souffrent, et surtout pour ceux qui souffrent innocemment pour la vérité Divine, pour la justice, pour la vertu. Et si l'affliction, le danger, le malheur, privé ou public, t'appellent à l'œuvre de philanthropie, ne balance pas, ne faiblis pas devant les difficultés, ne diffère pas, réveille-toi de bonne heure, hâte-toi de porter le secours qui t'est possible là où il est réclamé, qu'il te faille chercher l'objet de ton humanité dans une maison, ou dans une chaumière, ou dans un hôpital, ou dans une prison, ou sur le bord de la tombe.

Celui qui a dit : *Tout ce que vous avez fait pour l'un des moindres de mes frères, vous l'avez fait pour moi* (Matth., XXV, 40), te donnera, dans les instants les plus pénibles pour toi, d'entendre la voix de sa Divine consolation, et couronnera ton exploit temporel d'amour chrétien, de la récompense éternelle de sa bonté.

Passant, par la pensée, de la signification religieuse à la signification patriotique du présent jour, je vois avec consolation un nouveau spectacle attendrissant de philanthropie chrétienne et patriotique. La Très-Pieuse Souveraine Impératrice Marie Alexandrovna, dont nous célébrons aujourd'hui la fête, précédemment déjà, sous le titre de Césarevna, avait pris sur elle l'exercice constant de la philanthropie, ayant accordé sa protection et sa sollicitude maternelle à beaucoup d'humbles filles des serviteurs de l'autel, afin de perfectionner, par leur éducation perfectionnée, l'ordre intérieur des familles des serviteurs du sanctuaire, et, par là, d'agir encore d'une manière bienfaisante sur la vie de famille du peuple. Ensuite, alors du haut du trône, elle a étendu ses regards compatissants sur ceux qui combattent aujourd'hui dans la guerre pour la foi, le Tsar et la patrie, sur leurs besoins particuliers dans leurs exploits pénibles, sur leurs blessures, sur leurs familles; et elle a ouvert pour eux, dans sa propre maison, une source de bienfaisance, en donnant en même temps une direction sûre au concours de la philanthropie nationale. Il n'est pas possible, à ce sujet, de ne pas rappeler aussi les exploits de la Très-Pieuse Tsarine-Mère, et aussi ceux de la Grande-Duchesse Hélène Pavlovna, qui, par des personnes dévouées à la philanthropie, choisies, préparées, soutenues et envoyées par elles, visitent chaque jour et à chaque heure les défenseurs de la patrie blessés et malades, et leur donnent tous les secours utiles et la consolation chrétienne.

Christ Dieu, qui as béni ceux qui t'ont servi aux jours

de ton abaissement! bénis aujourd'hui encore ceux qui te servent dans la personne des moindres de tes frères combattant en ton nom et pour ton nom!

Christ Tsar! prends soin de ton héritage. Tu es béni quand *tu visites avec la verge nos iniquités* (Ps. LXXXVIII, 33). Tu es béni quand *tu ne retires pas ta miséricorde de dessus nous* (34), quand *tu donnes la force à notre Tsar* (1 Rég., II, 10) et à sa fidèle armée. Mais *jusques à quand les pécheurs, Seigneur, jusques à quand les pécheurs triompheront-ils, publieront-ils et proclameront-ils l'iniquité* (Ps. XCIII, 3, 4)? *Jusques à quand s'enorgueillira l'ennemi* (Ps. XII, 3) infernal? Ce n'est déjà plus par les infidèles qu'il s'élève contre tes fidèles; mais il a fait de ceux qui portent sur eux ton nom les amis de tes ennemis et les ennemis de ton peuple orthodoxe; et alors que les efforts extraordinairement tendus de l'art militaire et des forces militaires ne leur donnaient pas le triomphe, il leur a suggéré de mettre au nombre des moyens militaires — le brigandage, le pillage, l'incendie, l'assassinat de gens désarmés, la destruction de la propriété paisible des citadins et des villageois, le vol des choses sacrées, la profanation de la sainteté. *Lève-toi, ô Dieu ; juge la terre : car toutes les nations seront ton héritage* (Ps. LXXXI, 8). Mais, *Seigneur, ne nous reprends pas dans ta fureur, et ne nous châtie pas dans ta colère* (Ps. VI, 1). — Ainsi soit-il.

9

# HOMÉLIE

**POUR LE JOUR DE LA FÊTE DE MONSEIGNEUR L'ORTHODOXE HÉRITIER DU TRONE, CÉSARÉVITCH GRAND-PRINCE NICOLAS ALEXANDROVITCH.**

— 6 décembre 1856. —

Le jour où nous appelons par une prière solennelle la bienveillance de Dieu sur le Tsar et sur le Fils premier-né du Tsar, a rappelé à ma pensée la prière prophétique pour demander la bienveillance de Dieu sur le Tsar et sur le Fils du Tsar. *Dieu, donne au Tsar ton jugement, et ta justice au Fils du Tsar* (Ps. LXXI, 1). La prière du Prophète est certainement digne de l'attention de Dieu. Ainsi donc, n'est-il pas utile, n'est-il pas plein d'espérance pour nous de nous approprier la prière du Prophète?

On ne doit pas taire que le psaume du Tsar et Prophète David, commençant par la prière qui vient d'être prononcée, présente la peinture d'un Tsar qui surpasse de loin la mesure d'un tsar terrestre. *Il dominera depuis la mer jusqu'à la mer, et depuis les fleuves jusqu'aux extrémités de la terre; — tous les tsars de la terre l'adoreront :* évidemment, c'est le Tsar universel. *Son nom sera béni dans les siècles; son nom subsiste avant le soleil :* évidemment, c'est le Tsar éternel. Cherchez un personnage auquel convienne pleinement cette peinture : vous ne le trouverez pas, à moins que ce ne soit notre Seigneur

Jésus-Christ, qui est le Tsar du ciel et de la terre, le Tsar des temps et de l'éternité, comme Dieu et en même temps comme homme.

Mais on peut penser que le tsar David, avant que l'Esprit-Saint l'eût ravi dans cette contemplation sublime et infinie, avait une pensée de prière pour le tsar de la terre et le fils du tsar. C'est pourquoi aussi il a placé au commencement du psaume cette inscription : *sur Salomon.* Ainsi donc, nous ne nous tromperons pas si nous nous tenons même au sens simple, littéral de sa prière, et si nous revêtons de sa sainte prière notre prière présente : Dieu, donne ton jugement et ta justice à notre Très-Pieux Tsar et à l'Orthodoxe Fils Premier-né du Tsar !

Ayant trouvé dans la prière du Prophète pour le Tsar un modèle pour notre prière, nous pouvons et nous devons y trouver aussi un sujet pour notre méditation. Car une prière contenant une demande doit être unie avec une intelligence claire de ce qui est demandé, et avec la conviction de la nécessité et de l'utilité de ce qui est demandé.

Le Prophète veut du bien au Tsar, et il désire lui obtenir un don de Dieu. Les dons de Dieu sont nombreux et multiformes. Celui qui n'ose pas demander beaucoup à la fois, celui-là choisit ordinairement un objet de demande particulièrement important. Quel don choisit donc le Prophète pour objet de sa prière pour le Tsar? — Le jugement et la justice. *Dieu, donne au Tsar ton jugement, et ta justice au Fils du Tsar.* Il n'y a pas de doute que le choix du Prophète ne soit sage. Ainsi donc, on doit reconnaître comme prophétiquement certain que le jugement et la justice constituent un don de Dieu particulièrement important pour un tsar et pour un empire.

Le mot *justice* a plusieurs sens dans la Sainte Écriture; mais, étant uni avec le mot *jugement*, il en reçoit une signification déterminée. La justice signifie ici la disposition constante à juger justement et à agir selon un juste jugement, à rendre à chacun ce qui lui appartient, à justifier ce qui est juste, à ne pas justifier ce qui est injuste, à ne se permettre ni un jugement injuste ni une action injuste, et, autant que possible, à en empêcher les autres. Comme effet d'une pareille justice, le Prophète prédit au tsar qu'*il sauvera les fils des pauvres et qu'il humiliera le calomniateur; il délivrera leurs âmes de l'usure et de l'injustice, et son nom sera honorable devant eux.*

Si le tsar et prophète David avait souci, pour son fils Salomon, de la justice comme d'un don de Dieu désirable et particulièrement important, que faisait donc Salomon? En pensait-il de même; en avait-il le même souci, et avec le même succès? — Lorsque Salomon, après son avènement au trône de son père, à la suite d'un fervent sacrifice, reçut de Dieu, dans une vision de nuit, la permission de demander ce qu'il voudrait, alors il demanda la sagesse, et il reçut ce don. Mais par quoi se montra sa sagesse à son royaume? — Par la justice, ou par le jugement. Dans l'affaire obscure des deux mères qui toutes deux réclamaient un enfant vivant, et toutes deux en reniaient un autre privé de la vie par l'imprudence de sa mère, Salomon, en l'absence de témoins et d'autres preuves de la vérité, amena la justice à la lumière avec une pénétration extraordinaire, au moyen de l'ordre feint de couper en deux l'enfant vivant, et de le partager entre les contendantes. Fortement ému, le sentiment maternel découvrit la véritable mère, parce qu'elle aima mieux abandonner son enfant vivant à des mains étrangères que de le voir couper en deux. Le livre des Règnes, après avoir raconté ce jugement, conclut : *Et Israël apprit ce jugement que le Tsar avait rendu, et ils craignirent devant la face du Tsar* (III Règ., III, 28). Remarquez combien est grande la signification de la justice d'un règne. Une seule manifestation puissante de la justice du tsar propage dans tout le royaume le respect pour le tsar, elle fortifie l'union entre le tsar et le peuple; elle garantit au tsar la soumission zélée des sujets, et aux sujets l'espérance de la sécurité sous le bouclier de la justice du tsar.

Mais est-ce au Tsar seul qu'incombe le souci de la justice dans l'empire? — La justice personnelle du Tsar peut-elle seule faire pour le bien du peuple tout ce que désire la clémence du Tsar? Avec toute la sagesse, la pénétration, l'activité, le zèle du bien public, le Tsar peut-il seul tout voir dans l'empire, tout savoir, tout examiner, tout régler, tout proposer et exécuter, éclairer de la lumière toute justice obscurcie par l'injustice, dévoiler toute injustice qui se couvre du masque de la justice? A son activité suprême s'étendant à tout, ne faut-il pas des instruments partiels de divers degrés, pour la surveillance, l'information, l'enquête, la direction, le jugement, la disposition, l'exécution; des instruments de justice animés et mus aussi par la justice? — *Dieu, donne ta justice* non-seulement *au Tsar et au Fils du Tsar*, mais encore à tout l'empire et à tout fils de l'empire!

Mais puisque Dieu ne donne pas ses dons à l'être libre sans la participation de sa liberté, chacun de nous, en demandant à Dieu la justice pour soi, doit lui-même s'efforcer de découvrir et d'acquérir la justice, — pour la connaître et la mettre en pratique.

Je ne sais si l'on me *dira*, mais je ne refuse pas de me dire à moi-même *ce proverbe : Médecin, guéris-toi toi-même;* occupé de pensées de justice pour les autres, n'oublie pas d'en profiter pour toi-même. Ainsi, Frères serviteurs de l'autel, n'entendons-nous pas la parole du Prophète : *Tes prêtres, Seigneur, se revêtiront de justice* (Ps. cxxxi, 9)? Ne nous est-il pas commandé de nous rappeler cette parole chaque fois que nous nous revêtons des habillements sacerdotaux, afin que nous nous remettions sans cesse en mémoire que, de même que les membres du corps se revêtent d'habillements, ainsi doivent être revêtues de justice nos pensées, nos intentions, nos actions, notre vie? Nous sommes appelés à être les serviteurs, non-seulement de la justice, mais encore de la miséricorde, à être non-seulement prêtres, mais encore, quand il est besoin, victimes pour le salut du prochain. Ce n'est pas encore une grande exigence quand on exige de nous la justice. Quelle justice? — La justice dans la prière, afin qu'elle soit du cœur, et non pas seulement selon le cérémonial extérieur, — la justice dans le service de l'église, afin qu'il ne diffère pas des règlements généralement établis, — la justice dans l'enseignement, afin qu'il soit fidèle à la vérité de Dieu, et qu'il ne flatte pas les passions des hommes, — la vérité dans la sollicitude pour les ouailles, afin que nous ayons en vue et en intention l'entretien et la sécurité du troupeau, et non son lait et sa toison, — la justice dans la vie, afin que notre vie ne soit pas un mensonge en face de notre enseignement.

La justice de mon ministère ne serait pas satisfaite si je ne présentais aussi aux autres vocations et aux autres conditions quelques recommandations sur la justice.

C'est aux juges que s'adresse le plus ordinairement l'exigence de la justice. Et c'est avec raison. Qu'en sera-t-il du bon ordre de la société, qu'en sera-t-il de la sécurité privée et publique, si ceux qui cherchent un juge retombent dans les mains de l'injustice là-même où ils cherchaient un refuge contre l'injustice ; si, là-même où ils espéraient trouver un recours contre la déprédation, ils sont en proie à une nouvelle déprédation? — C'est pourquoi les sages éclairés par Dieu invitent fortement les juges, ou à aimer la justice, ou à renoncer à cette profession. *Aimez la justice, vous qui jugez la terre* (Sag., I, 1). *Ne cherche point à être juge, si tu n'as pas la force de briser l'iniquité* (Sag. de Sir., VII, 6).

Mais ne faut-il pas faire entendre l'exigence de la justice à ceux-là aussi qui la demandent aux juges? — Vous vous plaignez de l'injustice des juges ; mais vous, pourquoi apportez-vous au tribunal une injustice manifeste, au lieu que, dans une société où règne la justice, il ne faudrait chercher auprès d'un tribunal que la solution des doutes sur la justice provenant de l'incertitude et du conflit des droits? Vous criez contre la vénalité des juges ; mais pourquoi les séduisez-vous vous-mêmes par la corruption? Pourquoi vous efforcez-vous d'offusquer dans le tribunal la justice non dorée, par votre injustice dorée? — C'est avec raison que le Prophète ordonne, non aux juges seulement, mais à tous, de s'instruire dans la justice. *Apprenez la justice, vous qui vivez sur la terre* (Is., XXVI, 9).

Pour ceux qui ont l'autorité, il y a, sur la justice, une recommandation de Salomon : *C'est par la justice que se prépare le trône de l'autorité* (Prov., XVI, 12). Si la justice dirige celui qui a l'autorité, elle le dispose, par son caractère propre, à agir pour le bien des gouvernés en oubliant son repos et sa satisfaction et en écartant toutes les autres considérations; la justice veille infatigablement à la conservation de l'ordre et du bien-être publics; elle réprime sans exception les perturbateurs du bon ordre et de la tranquillité; elle ne permet pas ce qui est contraire aux bonnes mœurs; pour les fonctions et les emplois qui lui sont subordonnés, elle choisit des hommes capables, instruits, bien intentionnés, sans permettre à la partialité ou à la complaisance de rabaisser la dignité du choix. Ainsi l'action bienfaisante de la justice s'étend du chef à toute la sphère de son activité; et s'il reste des fils de l'injustice et de l'iniquité, ils se cachent comme les oiseaux de nuit, n'osant pas se montrer ni chercher leur proie à la lumière régnante de la justice. C'est ainsi que *par la justice se prépare le trône de l'autorité*, c'est-à-dire que l'autorité se montre ferme et répond à sa destination dans la société.

En conformité avec la justice de ceux qui ont l'autorité, la justice des agents subordonnés du pouvoir doit se manifester surtout par la fidélité dans l'accomplissement des obligations et des affaires qui leur sont confiées, par la droiture d'âme devant l'autorité, par la présentation à l'autorité de rapports exacts sur l'état des personnes et des choses, par le zèle pour le bien public, sans déviation vers l'intérêt personnel. Le désir de présenter à l'autorité leur activité avec éclat, et de lui cacher le côté sombre des choses, affaiblit la vraie lumière bienfaisante et augmente la force nuisible de l'obscurité. L'intérêt personnel est le ver dans le fruit du bien public : le ver ronge secrètement, et le fruit se flétrit et tombe à terre.

Pour ne pas prolonger ce discours, nous indiquerons

rapidement, du doigt de l'Apôtre, à quelques-unes des conditions les plus simples de la société, la justice qui leur est propre.

*Maîtres, rendez à vos serviteurs la justice et l'équité, sachant que vous avez aussi un maître dans le ciel* (Col., IV, 1).

*Que tous ceux qui sont sous le joug de la servitude jugent leurs maîtres dignes de tout honneur, pour ne pas faire blasphémer le nom et la doctrine du Seigneur* (I Tim., VI, 1).

*Enfants, obéissez à vos parents : car cela est juste* (Éph., VI, 1).

*Pères, ne provoquez pas vos enfants à la colère, mais élevez-les en les corrigeant et en les instruisant selon le Seigneur* (4).

La vraie mesure de la justice, à la portée de tous et de chacun, c'est la conscience redressée par la parole de Dieu. *Tout ce que vous voulez que les hommes vous fassent, faites-le-leur aussi* (Matth., VII, 12). Voilà la justice de Jésus-Christ, intelligible à chacun, bienfaisante à tous!

*Semez pour vous,* — dirai-je, pour conclure, avec le Prophète, *semez pour vous dans la justice*, et, en conséquence de cela, *vous recueillerez le fruit de vie. Allumez pour vous la lumière de la connaissance, pendant qu'il en est temps. Cherchez le Seigneur jusqu'à ce que vous viennent les fruits de justice* (Os., X, 12). La moisson de la justice semée abondamment par le travail privé et public, c'est la paix véritable, la prospérité solide et le salut éternel. — Ainsi soit-il.

---

**10**

# HOMÉLIE

## POUR L'ANNIVERSAIRE DU COURONNEMENT ET DU SACRE DU TRÈS-PIEUX SOUVERAIN EMPEREUR ALEXANDRE NICOLAIÉVITCH.

— 26 août 1857. —

Le jour actuel est plus resplendissant que beaucoup d'autres, parce qu'en lui se réfléchit l'éclat du jour qui fut il y a un an, qui illumina la Russie de la lumière de la couronne tsarienne, et répandit sur elle le parfum de la sainte onction tsarienne.

Reviens, jour mémorable. Rapproche-toi de nos regards. Alors, nous t'avons considéré surtout de l'œil d'un cœur plein de joie; maintenant il nous sera plus loisible de te considérer aussi de l'œil d'un esprit livré à la méditation.

Nous nous souvenons que ce fut le jour digne de mémoire de Borodino, dans lequel la Russie, à elle seule, résista à toute l'Europe, dans lequel l'esprit de conquête et de domination qui jusque-là n'avait pas connu de bornes, donna du front contre un mur en se heurtant contre l'esprit d'amour pour le Tsar et la patrie. A ce jour appartenait dignement l'honneur d'être le jour du couronnement du Tsar, et le témoin solennel de l'amour de la nation pour le Tsar.

Nous nous souvenons de cette matinée sereine et paisible. Elle était comme préparée à dessein pour devenir le miroir et l'image de l'âme du Tsar.

Nous nous souvenons de cette presse magnifique dans le Kreml et autour du Kreml, qui exprimait l'élan cordial pour le Tsar, de toute la population de Moscou et, autant que cela était possible par ses représentants, de tout le peuple russe, ou, plus exactement, de tous les peuples de l'empire de Toutes les Russies.

Se trouvera-t-il une parole assez forte pour exprimer l'enthousiasme général de ce jour? — Et qu'elle ne se trouve pas! Cette parole introuvable, vous l'entendez et vous la comprenez, puisque, des acclamations cordiales de ce jour, il y a encore aujourd'hui un fidèle écho dans vos cœurs fidèles.

Je désirerais particulièrement que tout fils de la Russie vit aujourd'hui de l'œil de la pensée, dans la même lumière que nous les vîmes alors de l'œil de la pensée et du sentiment, notre Très-Pieux Tsar et Sa Très-Pieuse Épouse, et ce qui s'accomplit sur eux dans ce sanctuaire aux minutes les plus saintes de ce saint jour. Combien se montrait humble leur majesté devant la face du Tsar des tsars, et en même temps que majestueuse était leur humilité! Quelle piété devant la sainteté! Quelle ardeur dans la prière! Quel calme céleste dans l'Église, quand le Tsar couronné fléchit seul les genoux et qu'une prière brûlante pour appeler la bénédiction d'en haut sur lui et sur son empire éclata de son cœur, et de ses yeux, et de ses lèvres, et enflamma doucement tous les cœurs, les confondit en un seul encensoir, en un seul encens odorant, et que, sans aucun doute, l'Ange Gardien de la Russie la reçut invisiblement, *et* que *la fumée des parfums composés des prières des saints s'éleva de la main de l'Ange devant Dieu* (Apoc., VIII, 4) !

Considérons tout cela aujourd'hui encore de l'œil d'un cœur plein de joie, mais en même temps, comme je l'ai dit, de l'œil aussi d'un esprit livré à la méditation.

Comme il s'efforce, le Tsar béni pour l'empire par son Père et par la loi d'hérédité du trône, d'appeler sur lui une bénédiction et une consécration plus hautes! Comme la sainte Église s'efforce, de son côté, de faire descendre sur le Tsar la bénédiction et la consécration d'en haut!

L'Église orthodoxe commence la sainte cérémonie du couronnement du Tsar en proposant au Très-Pieux Empereur de prononcer à haute et intelligible voix la profession de foi orthodoxe. Qu'est-ce que cela signifie? — Cela signifie que l'Église, comme elle est elle-même fondée inébranlablement sur le rocher de la foi, désire de même affermir inébranlablement sur le rocher de la foi, et la dignité tsarienne, et le règne qu'elle désire de voir béni. En effet, si, à notre Seigneur Jésus-Christ, souverain maître de tout selon la Divinité, en conséquence du mérite de sa passion salutaire et de sa résurrection, *a été donné* d'une nouvelle manière, en sa qualité d'Homme-Dieu, et selon sa propre expression, *tout pouvoir sur la terre* comme *dans le ciel* (Matth., XXVIII, 18); si, selon la parole de l'auteur de l'Apocalypse, il est *le prince des tsars de la terre* (Apoc., I, 5), un tsar et un empire ne peuvent être vraiment bénis et heureux que lorsqu'ils sont agréables à lui et à son pouvoir suprême; or, ils ne peuvent lui être agréables que lorsqu'ils confessent sincèrement et gardent diligemment la foi, qui est la force, le moyen et le but de sa souveraineté. Cette vérité, notre Très-Pieux Souverain l'a reconnue avec empressement à son couronnement. Oh! si tous les fils de l'empire étaient aussi animés de cette vérité, et surtout tous ceux qui sont appelés par une vocation particulière et par leurs fonctions à servir la volonté souveraine du Tsar et le bien de l'empire!

Toute la cérémonie du couronnement, la sainte Église l'enveloppe et la remplit, ainsi que d'un nuage d'encens, ainsi que du parfum du saint encensoir, — d'une prière abondante. Chaque emblême de majesté que reçoit le Tsar, la pourpre, la couronne, le sceptre, le globe, elle le bénit au nom Divin de la Très-Sainte Trinité. Et ce n'est pas assez. Pour donner au Tsar une consécration plus intérieure, plus mystérieuse, elle appose sur lui, par la sainte onction, *le sceau du don de l'Esprit-Saint* : elle le fait approcher de la Table même du Seigneur, et, en présence des officiants et des serviteurs de l'autel, elle le fortifie, pour le grand exploit de son règne, de la Divine nourriture du Corps et du Sang du Seigneur.

En contemplant mentalement ce spectacle aussi saint que majestueux, qui ne pensera avec respect combien est grande en vérité la signification de l'orthodoxe Majesté Tsarienne! Elle est ombragée, enveloppée, pénétrée de la consécration d'en haut. Il me semble que j'ai entendu ici, il n'y a pas longtemps, les antiques voix prophétiques de Jérusalem, disant de la part de Dieu : *J'ai élevé mon élu du milieu de mon peuple; — Je l'ai oint de l'huile sainte; — Ma vérité et ma clémence sont avec lui* (Ps. LXXXVIII, 20, 21, 25); — *Ne touchez pas à mes oints* (Ps. CIV, 15).

Mais le privilége d'avoir un Tsar couronné et oint par Dieu ne doit-il nous disposer qu'à être respectueux devant lui et à nous reposer dans l'espérance de la protection et de l'assistance de Dieu sur lui, et, par lui, sur nous? — Non. Ce n'est pas tout. Un privilége amène après lui, en toute justice, une obligation correspondante. Après la réception d'un don, suit l'obligation d'être reconnaissant; après un honneur reçu — l'obligation de le conserver par le moyen de la dignité. Selon le jugement de Jésus-Christ lui-même: *De celui à qui il aura été donné beaucoup, il sera demandé beaucoup* (Luc, XII, 48). Ainsi donc, si un Tsar consacré par Dieu nous a été donné, de même qu'il est obligé de se conserver digne de la consécration reçue, ainsi nous sommes tous obligés de nous montrer dignes d'un Tsar consacré, afin que la bienveillance bienfaisante de la suprême Majesté céleste s'étende sans obstacle, par la majesté terrestre, sur tout l'empire et le peuple. Est-ce donc que quelqu'un pourrait penser qu'il fût convenable à un Dieu infiniment saint, infiniment juste, infiniment pur, de protéger, par un Tsar consacré par lui, un peuple peu attentif à la sainteté, se plongeant insouciamment dans l'abîme du péché et de l'impureté, ne s'inquiétant pas de devenir un peuple de Dieu par la foi et la vertu? — Cette inconséquence est repoussée et par la saine raison et par le sens moral.

Russes orthodoxes! en remerciant Dieu pour le Tsar qui nous a été donné, soyons attentifs à ce qui est exigé de nous afin que ce don saint soit pleinement bienfaisant pour nous. Efforçons-nous d'être, non pas de nom et en paroles seulement, mais en effet et en vérité, fidèles au Tsar céleste : car ce n'est que par là que notre fidélité même à notre Très-Pieux Autocrate lui sera agréable, qu'elle sera bénie de Dieu, satisfaisante pour notre conscience chrétienne, véritablement utile à la patrie. — Ainsi soit-il.

11

# HOMÉLIE

## POUR L'ANNIVERSAIRE DE L'AVÈNEMENT AU TRONE DE TOUTES LES RUSSIES DU TRÈS-PIEUX SOUVERAIN EMPEREUR ALEXANDRE NICOLAIÉVITCH.

— 19 février 1858. —

Que chacun ait en vue, non ses intérêts personnels, mais aussi ceux des autres.

— Phil., II, 4. —

En nous rappelant aujourd'hui solennellement et avec reconnaissance devant Dieu qu'en ce jour Dieu *a élevé son élu du milieu de son peuple* (Ps. LXXXVIII, 20), notre Très-Pieux Empereur Alexandre Nicolaiévitch, nous remplissons, Russes orthodoxes, un juste et beau devoir. Le Tsar, par la sainte loi de l'hérédité, montant paisiblement au trône, et répandant paisiblement son pouvoir bienfaisant sur l'empire, comme la lumière du matin sur la terre, est un don magnifique de la Divine Providence au peuple, et un gage plein d'espérance de sa prospérité.

Au pieux souvenir de l'avènement, il sera conséquent de joindre le souvenir attentif qu'en même temps nous avons fait devant Dieu le serment de fidélité à notre Très-Pieux Autocrate. Ce serment est affermi sur la loi de l'Empire, affermi sur le nom de Dieu, affermi en chacun de nous sur la disposition cordiale envers le Tsar, de sorte que si sur quelqu'un d'entre nous tombait le reproche de violation de ce serment, cela frapperait douloureusement non-seulement lui, mais encore tous les autres. Mais plus nous apprécions tous la fidélité envers le Tsar, plus chacun de nous doit être attentif à avoir cette qualité dans une force pleine et une pureté parfaite.

Le Tsar, selon l'idée vraie qu'il faut avoir de lui, est la tête et l'âme de l'empire. Ne me répliquez pas que c'est la loi qui doit être l'âme de l'État. La loi est indispensable, vénérable, bienfaisante; mais la loi dans les chartes et les livres est une lettre morte : en effet, combien de fois a-t-on vu dans les empires la loi des livres condamner et punir le crime, et cependant le crime s'accomplir et demeurer impuni! La loi des livres organise les classes de la société et leurs affaires, et cependant elles se désorganisent! La loi, morte dans les livres, se vivifie dans les agents; or, l'agent suprême de l'État, celui qui anime et inspire les agents subordonnés selon la loi, c'est le Tsar. Ainsi donc, le Tsar, selon l'idée vraie qu'il faut avoir de lui, doit être l'âme de l'empire.

De même que l'âme et le corps ne sont qu'un, ainsi le Tsar ne se sépare pas de son empire : et c'est pourquoi il exige de nous la fidélité envers lui, non-seulement comme personne distincte, mais encore comme vivant d'une vie commune avec l'empire. Il exige la fidélité, non-seulement pour lui, mais encore pour le bien de l'empire. Il suit de là que celui-là est pleinement fidèle au Tsar, qui, suivant sa position dans l'empire, dirige son activité de sorte qu'elle corresponde autant que possible à la volonté légitime du Tsar et à sa sollicitude pour le bien public et privé. Quant à la pureté de la fidélité, pour celui qui sera attentif, sa conscience la déterminera si elle lui rend intérieurement témoignage qu'il fait les choses exigées par la fidélité, par sentiment du devoir et par amour pour le Tsar et la patrie, et non par ses vues personnelles, et qu'il ne couvre pas de belles apparences, comme d'un masque, des intentions illégitimes et vicieuses.

Pour que ces pensées sur la fidélité puissent être appliquées avec succès à la vie publique et privée, et converties en actions correspondantes, il n'y a pas de meilleur moyen, pour les fils fidèles de l'empire terrestre, que de suivre l'instruction donnée par la parole de Dieu aux fils fidèles de l'empire céleste préparé et espéré : *Soyez tous sages de même, ayant un même amour, un même esprit, les mêmes sentiments; ne faisant rien par un esprit de contention ou de vaine gloire, mais vous rendant, par humilité, l'un à l'autre un plus grand honneur; que chacun ait en vue, non ses intérêts personnels, mais aussi ceux des autres* (Phil., II, 2-4).

Dans une grande société, en présence de la multitude et de la diversité d'objets et d'actions au sujet desquels il faut être *sages*, — raisonner, composer des lois, des règles, des résolutions, pour les mettre en pratique, on ne peut éviter une plus ou moins grande diversité d'opinions. Mais si la diversité d'opinions s'exagère, la lutte déchaînée des opinions peut amener, non l'édification, mais la ruine du bien public. Ainsi donc, vous qui désirez être fidèles au bien public, efforcez-vous autant que possible *d'être tous sages de même*, d'avoir tous *les mêmes sentiments*.

Mais comment arriver à l'unité d'opinions lorsque,

dans une multitude d'hommes, avec la différence des caractères, de l'éducation, des tendances, sont inévitables les différentes manières d'envisager les objets et la diversité des opinions? — Pour cela, efforcez-vous d'avoir tous *un même esprit*. Prenez le bien public pour centre de vos efforts. Unissez-vous dans le désir du bien commun. La bonne volonté de l'homme a une grande et bienfaisante puissance sur son propre esprit, et la bonté d'âme incline aisément vers elle les esprits des autres. Quand les passions ne divisent pas les cœurs, la vérité entre dans les esprits et les unit sans obstacles.

Il y a aussi des obstacles à l'unité d'esprit dans la Société. Les hommes ont beaucoup de désirs particuliers et de vues personnelles qui les divisent, ou amènent les conflits au lieu de l'union. Contre cela, la parole de l'Apôtre donne l'instruction suivante : *Que chacun ait en vue, non ses intérêts personnels, mais aussi ceux des autres.*

Selon la loi de la société, il est permis de chercher *ses intérêts personnels*, — ses besoins personnels, sa sécurité personnelle, son repos personnel, même son avantage personnel et ses priviléges personnels ; mais, avec l'étendue illimitée des désirs humains, si l'on ne met des bornes à la recherche des *intérêts personnels*, le bien public sera mis en pièces, et même la base de la société sera ébranlée, puisque la base de la société consiste à sacrifier une part plus ou moins grande de forces et de moyens personnels et privés peu considérables, et à profiter en revanche des immenses forces et moyens sociaux. Et comme les avantages et les priviléges de quelques membres ou d'une partie de la société se heurtent assez souvent contre les autres par la restriction de leurs avantages et de leurs priviléges, moins les uns mettront de modération dans la poursuite de leurs avantages et de leurs priviléges, plus ils disposeront les autres au mécontentement et à la résistance, d'où il peut naître dans la société une lutte intestine nuisible. Soyez donc prévoyants ; préservez-vous, vous et les autres, des désagréments et des embarras ; imposez des bornes à votre recherche de *vos intérêts personnels*, et, ce qui est encore mieux, outre cela, *que chacun ait en vue aussi ceux des autres ;* efforcez-vous autant que possible de faire que votre satisfaction, non-seulement n'empêche pas la satisfaction des autres, mais encore lui soit favorable.

Toi qui as le pouvoir, ne cherche pas seulement *tes intérêts personnels*, — n'aime pas la domination arbitraire, non dirigée par la loi, la justice et la bonté ; *aie aussi en vue les intérêts des autres*, — modère ton pouvoir autant que cela est compatible avec la conservation de l'ordre, et n'opprime pas la liberté de ceux qui te sont soumis, autant qu'elle est utile et qu'elle n'est pas abusive : plus le pouvoir sera honoré, et plus la soumission lui sera assurée.

Mais toi aussi qui te trouves soumis au pouvoir, ne cherche pas uniquement *tes intérêts personnels*, — ne poursuis pas la satisfaction de ton égoïsme et de ta fantaisie par la diminution de tes obligations envers le pouvoir et l'élargissement de ta liberté ; *aie aussi en vue les intérêts des autres :* — songe que celui qui a le pouvoir sur toi, l'a pour l'arrangement et la garde de ton bien-être, et donne-lui pour cela des moyens dans ta soumission volontaire et dans l'accomplissement assidu de tes obligations. Plus tu seras complaisant pour le pouvoir, plus tu donneras de facilité à sa sollicitude pour l'allégement de tes embarras et pour l'amélioration de ta position.

Toi qui possèdes la richesse, ne cherche pas seulement *tes intérêts personnels*, — l'augmentation de ta richesse; *aie aussi en vue les intérêts des autres :* — ne laisse pas échapper les occasions de donner du secours à ceux qui en ont besoin; ne choisis pas, pour l'augmentation de tes biens, des moyens qui oppressent ou épuisent les autres.

Et toi, humble de la terre, qui gagnes ton pain quotidien par un travail quelconque pour les autres, — et toi non plus, ne considère pas seulement tes *intérêts personnels*, mais *aie aussi en vue ceux des autres;* ne songe pas seulement à avoir exactement ton pain et le salaire de ton travail, mais fais aussi exactement, sans négligence, sans omission, sans supercherie, sans tromperie, le travail qui t'est donné pour l'utilité des autres, de même que tu désires recevoir exactement et sans perte ta rémunération.

En réveillant et en dirigeant ainsi, dans tout état et toute condition, notre activité, non par l'amour propre et l'égoïsme, mais par la bienveillance et l'amour du prochain en général et en particulier, nous pouvons, chacun dans notre mesure, contribuer au bien et au bon ordre général, et nous montrer vraiment fidèles non seulement au Tsar et à la patrie, mais aussi à Dieu, qui, *à celui qui aura été fidèle dans les petites choses* rendra *de grandes choses* dans son royaume (Luc, XVI, 10). — Ainsi soit-il.

12

# HOMÉLIE

## POUR L'ANNIVERSAIRE DE LA NAISSANCE DU TRÈS-PIEUX SOUVERAIN EMPEREUR ALEXANDRE NICOLAIÉVITCH.

— 17 avril 1858. —

C'est un ancien usage qu'à celui qui fête le jour de sa naissance, les amis et les proches qui font cette fête avec lui apportent un présent qui lui marque leur zèle et qui, autant que possible, lui soit agréable. Le zèle de chacun de nous pour notre Très-Pieux Autocrate ne serait-il pas réjoui si, en fêtant avec lui le jour de sa naissance, chacun de nous pouvait lui apporter un présent qui lui fût agréable? — Dans le trésor du plus sage des Tsars, je trouve un joyau dont nous pouvons tous disposer, et qui, il nous l'affirme, peut constituer un présent agréable non-seulement au Tsar, mais encore à Dieu. Quel est ce joyau? — *Les lèvres justes, les discours droits.* — *Les lèvres justes*, dit Salomon, au livre des Proverbes, *sont agréables au Tsar, et le Seigneur aime les discours droits* (Prov., xvi, 13).

Si l'on demande comment préparer et présenter un pareil présent au Tsar, je vais répondre.

En premier lieu, si les lèvres justes, les discours droits ne sont pas encore devenus ton apanage; si tu ne t'es pas encore fait un principe ferme, et si tu n'as pas encore acquis l'habitude d'employer des discours sincères, honnêtes, véridiques, bien intentionnés, efforce-toi d'acquérir ce joyau Pour cela, il n'est pas besoin d'aller chez les vendeurs et de dépenser de l'argent : tu peux trouver ce trésor chez toi, dans ta maison, dans ton cœur, si tu appliques à son acquisition ton esprit et ta volonté, si tu prends une résolution décisive et si tu la mets inflexiblement en pratique, si tu t'encourages à cela par le souvenir de Dieu, qui aime la justice et les justes, et par la crainte de sa colère contre la violation de son commandement : *Tu ne porteras point de faux témoignage.*

En second lieu, si les lèvres justes, les discours droits sont déjà devenus ton apanage; si l'amour de la justice, en t'inspirant, s'élève de ton cœur pour inspirer ta parole, emploie cette parole fidèlement et invariablement, dans les affaires publiques et privées, sans crainte et sans arrogance, sans préférence et sans antipathie. Ouvre des lèvres justes, et dis la vérité pure et la justice sans feinte, chef, au subordonné, et, subordonné, au chef; juge, au justiciable, et, justiciable, au juge; instituteur, à l'élève, et, élève, à l'instituteur; écrivain, dans ton livre; commerçant, dans ton commerce; conversant, dans la conversation.

Beaucoup peuvent dire : Nous ne contestons pas à la parole de justice sa dignité; mais que signifie notre pauvre parole de justice, circulant dans un cercle humble et étroit? Comment pourra-t-elle atteindre même jusqu'au Tsar, et constituer un présent agréable pour lui? — Nous donnerons à cela une explication.

Les laboureurs, dans leurs champs rustiques, loin des

capitales, sèment leurs semences pour en recueillir leur pain quotidien; mais Dieu leur donne une surabondance de fruit de leurs semences, et cette surabondance traverse les campagnes, nourrit les villes et monte jusqu'à la table du Tsar. Pareillement, semez la parole de vérité et de justice, celui qui le peut dans un grand, et les autres dans un petit champ; encouragez-vous à cela les uns les autres : l'ensemencement peut devenir vaste et général. De la propagation zélée, dans la société, de la parole de vérité et de justice, doit provenir le fruit de la droite raison et de l'amour de la justice dans la société, et, de là, une abondance croissante de paix et de bon ordre publics; et ce sera un bon présent des sujets au bon Tsar qui prend soin de leur bien-être, ou, autrement dire, leur concours et leur coopération aux efforts incessants du Tsar dans la bonne organisation de l'empire pour l'augmentation de sa prospérité.

L'habitude de jeter légèrement la parole au vent, malheureusement très-commune, ne nous permet pas de remarquer quel trésor nous dissipons souvent, sans utilité ou avec dommage pour nous et pour le prochain. As-tu jamais réfléchi, créature raisonnable de Dieu, — toi, *habile à parler* (Job., XXXVIII, 14), comme t'appelait le juste Job, — je ne sais si c'est à la louange de ta nature ou au blâme de ta verbosité, — as-tu réfléchi, as-tu raisonné de philosophie sur la parole, as-tu remonté par la pensée à son principe, en as-tu considéré la dignité et la puissance à sa hauteur? — Où est le principe de la parole? — Dans les cieux, au delà des cieux, dans l'éternité, en Dieu. *Au commencement était le Verbe, et le Verbe était auprès de Dieu; Celui-ci était dès l'éternité auprès de Dieu* (Jean, I, 1). Quelle est la dignité de la parole? — Une dignité Divine : *le Verbe était Dieu.* Le Fils de Dieu, pour l'expression de ses attributs Divins, n'a pas trouvé dans le langage humain de meilleure dénomination que la dénomination de Verbe : *Son nom s'appelle le Verbe de Dieu* (Apoc., XIX, 13). Quelle force a la parole? — Une force *toute-puissante : tout a été fait par Celui-là;* par le Verbe a été créé le monde visible : *les cieux ont été affermis par la Parole du Seigneur* (Ps. XXXII, 6). Tu diras que ce n'est pas une parole comme la tienne et la mienne. C'est vrai. La Parole de Dieu est infiniment plus haute que la parole humaine. Mais puisque tu as été créé à l'image de Dieu, il doit y avoir aussi dans ta parole quelque image de la parole de Dieu et de sa force, si tu ne l'obscurcis pas par l'abus de la parole, si tu n'ôtes pas sa force à la parole par l'inattention et la légèreté. La parole a placé l'homme, sur l'échelle de la création, au-dessus de tout ce qui est terrestre, même au-dessus de la lune et du soleil : la parole a réuni les hommes en sociétés, a fondé les villes et les empires; dans la parole vivent et se meuvent la connaissance, la sagesse, la loi; par la parole se forme, s'excite et se propage la vertu ; la parole, dans la prière, s'élève vers Dieu, converse avec lui, et reçoit de lui ce qu'elle demande. Le monde a vu la parole d'hommes sujets aux mêmes faiblesses que nous, dans l'union avec la vérité de la connaissance de Dieu et la justice de la foi, et par suite dans l'union avec le Verbe et l'Esprit de Dieu, dominer la nature, guérir les malades, chasser les puissances de ténèbres, ressusciter les morts. Voyez-vous quel trésor dissipe l'homme, quel don sublime il dédaigne et foule aux pieds, quelle force puissante, vivifiante et bienfaisante il rend inutile et morte, ou au contraire malfaisante, quand il use de la parole non pour la vérité, la justice et la bonté, mais pour les conversations vaines, pour les discours indécents, pour le mensonge, pour la tromperie, pour la calomnie, pour l'abus du serment, pour la propagation de la méchanceté ! Ne soyez pas inattentifs ou indifférents à cela, vous qui respectez la dignité de l'être raisonnable et de la société des êtres raisonnables ; soyez jaloux de la dignité de la parole ; animez et armez votre parole de vérité et de justice, et, vous en servant fidèlement et fermement, ne permettez pas le débordement de *paroles diluviennes* (Ps. LI, 6) !

Tous blâment et méprisent, selon la loi naturelle ineffaçablement écrite dans les cœurs, le mensonge, la fausseté, la calomnie et toutes choses semblables, quand elles se découvrent et se dévoilent : et cependant le mensonge, la fausseté, la calomnie, couverts d'un masque spécieux, ne sont pas une rareté parmi les hommes. Quelle étrange contradiction de l'homme avec lui-même, quel abaissement de lui-même quand, ce qu'il blâme et méprise dans les autres, il se le permet à lui-même ; quand, de ce contre quoi il a dans sa conscience un témoignage invincible, comme contre une souillure, de cela même il oppresse et souille sa conscience ! Si l'homme peut aller jusqu'à une pareille extrémité, celui-là même qui s'imagine avoir des *lèvres justes* doit *mettre une garde à sa bouche* (Ps. CXL, 3) avec prévoyance et prudence. Il y a des écarts de la justice d'abord peu sensibles, mais qui peuvent détourner loin d'elle.

Près du chemin de la parole de justice, deux fausses routes sont surtout remarquables : à droite, la flatterie ; à gauche, la médisance. L'un dit : Il faut se comporter avec le prochain d'une manière agréable pour lui, particulièrement avec les supérieurs, et, en conséquence, flatter. L'autre dit : Il faut appeler noir ce qui est noir, et, sous ce prétexte, il se livre à la médisance. Ni l'un ni l'autre n'est dans le droit chemin : tous deux sont sur de fausses routes qui ne conduisent pas au bien.

Si celui qui entend le flatteur n'est pas rempli d'amour-propre, et s'il est perspicace, celui qui s'imagine acheter par des paroles flatteuses ses bonnes dispositions et son intérêt, n'achète en réalité que son mépris. Mais si celui qui est tenté par la flatterie n'est pas assez vigilant et perspicace, la flatterie peut le gagner, obscurcir sa vue sur ce qui exige nécessairement une réforme ou une amélioration, le confirmer dans une direction fausse et nuisible.

La médisance, par laquelle quelques-uns s'imaginent corriger le mal, n'est pas non plus un bon moyen pour cela. Le mal ne se corrige pas par le mal, mais par le bien. De même qu'il n'est pas possible de laver proprement un vêtement souillé dans une eau bourbeuse, ainsi, par des peintures du vice aussi impures et aussi infectes que lui-même, il n'est pas possible de purger les hommes du vice. La multiplication, sous les yeux du peuple, des peintures difformes du vice et du crime, diminue l'horreur du crime et l'aversion du vice, et le vicieux, à leur vue, dit : « Je ne suis pas le seul ; il y en a beaucoup de pareils ; cela n'est pas très-honteux. » Montrez la sombre image du vice sans navrer le sentiment et sans offenser le goût par une dénudation exagérée de ses hideurs, et, d'un autre côté, peignez la vertu dans sa vérité non falsifiée, dans sa lumière pure, dans sa fermeté inébranlable, dans sa beauté céleste, alors vous pouvez espérer que le captif du vice détournera de lui son regard plein de confusion, reviendra à la conscience de la dignité de la vertu, tendra des mains suppliantes vers le ciel, et cherchera à se délivrer de ses liens et de son esclavage moral.

Chrétiens! dès avant le Christianisme, avec une moindre perfection de l'enseignement spirituel dans l'Ancien Testament, l'usage peu noble de la parole était condamné et défendu : *Préserve ta langue du mal, et tes lèvres des discours artificieux* (Ps. XXXIII, 14). Le Christ Sauveur a condamné même l'usage irréfléchi de la parole : *Toute parole oiseuse que diront les hommes, ils en rendront compte au jour du jugement* (Matth., XII, 36). Et l'Apôtre commande que nous ne prononcions que des paroles irréprochables et édifiantes pour ceux qui les entendent. *Qu'aucune parole déshonnête ne sorte de vos lèvres, mais seulement celle qui est bonne, propre à l'édification de la foi, afin qu'elle donne la grâce à ceux qui l'entendent* (Eph., IV, 29). Ne regardez pas comme peu grave la violation de ces instructions. De l'abondance de la bonne parole — l'abondance de bons fruits pour nous, pour le prochain, pour la société. De la multiplication de la parole méchante — la multiplication de mauvais fruits pour nous, pour le prochain, pour la société. *La ville prospère par la bénédiction des justes, mais elle est renversée par la bouche des méchants* (Prov., XI, 17). — Ainsi soit-il.

13

# HOMÉLIE

## POUR LE JOUR DE LA FÊTE DE MONSEIGNEUR L'ORTHODOXE HÉRITIER, CÉSARÉVITCH, GRAND-PRINCE NICOLAS ALEXANDROVITCH.

— 6 décembre 1858. —

Tant que l'héritier est encore enfant, il est sous la puissance des tuteurs et des curateurs jusqu'au temps marqué par son père.

— Gal., IV, 1, 2. —

Cette peinture que fait l'Apôtre de l'éducation de l'héritier m'a été remise en mémoire par le Haut Héritier d'un grand Trône, dont le nom éveille particulièrement aujourd'hui des sentiments de prière dans les millions de membres du peuple orthodoxe. Sous la sollicitude vigilante de ses Très-Pieux Parents Couronnés, il parcourt maintenant la carrière de la préparation à l'entreprise des exploits du règne auquel le prédestinent, le droit de la naissance, la loi Divine et celle de l'empire. Puisse confirmer et consommer en lui les espérances de la patrie, *le Très-Haut qui règne sur les empires humains !* Un héritier du trône élevé sagement est un trésor en réserve pour les générations futures de l'empire.

Mais qu'arrivera-t-il si l'héritier de l'empire élevé sagement, en entrant dans l'activité impériale, trouve autour de lui une génération élevée sans sagesse et avec négligence? Pourra-t-il soutenir ou organiser la prospérité de l'empire et du peuple aussi facilement que s'il était entouré d'hommes élevés avec soin et intelligence? — Assurément, non. Ainsi donc, le peuple doit remercier le tsar qui assure sa prospérité par la sage éducation de son héritier, et en même temps il doit seconder la bonne intention du tsar et contribuer à sa propre prospérité future en ce que chaque père de famille élève ses enfants avec soin et intelligence, conformément à son état et à leurs facultés.

Dans les temps actuels, on raisonne, on écrit, on discute tant sur les objets, les principes et les moyens d'éducation, que c'est à peine si la confiance des élèves en leurs instituteurs ne diminue pas quand ils les entendent discuter entre eux, et qu'ils voient les livres-manuels approuvés depuis peu bientôt condamnés par d'autres plus nouveaux. — Peut-être cela est-il inévitable, à cause des exigences toujours plus multipliées et plus variées de la vie sociale et privée auxquelles l'éducation doit satisfaire. En outre, quelques-uns regardent la publicité comme la panacée universelle contre les maux de la société, quoiqu'elle soit quelquefois la source même des maladies sociales si elle ouvre trop démesurément la bouche non-seulement pour la justice, mais aussi pour l'injustice. Du reste, il m'est commandé de *ne pas me livrer à des disputes de paroles* (II Tim., II, 14). Mon devoir est d'indiquer autant que cela est possible, aux parents et aux instituteurs, ce qui est incontestablement vrai et ce qui leur est accessible et utile à tous, et un livre-manuel qu'aucun autre ne saurait remplacer pour eux.

La Bible n'a-t-elle pas donné une bonne éducation au

peuple de Dieu de l'Ancien Testament? N'a-t-elle pas donné une éducation encore plus parfaite au peuple de Dieu du Nouveau Testament? En réglant très-sagement l'éducation des futurs citoyens de l'empire céleste, elle n'a pas manqué de sagesse pour enseigner des principes sûrs pour l'éducation d'un bon citoyen de l'empire terrestre, et elle a eu besoin de les enseigner, parce qu'un mauvais citoyen de l'empire terrestre n'est pas convenable non plus pour l'empire céleste.

Ainsi donc, il vaut la peine de chercher dans la Bible un enseignement sur l'éducation.

On peut trouver l'enseignement le plus ancien à ce sujet dans la parole du Seigneur à Abraham : *Abraham étant sera sur un peuple grand et nombreux, et en lui seront bénies toutes les nations de la terre; car je sais qu'il commandera à ses fils et à sa race après lui, et qu'ils garderont les voies du Seigneur pour faire la justice et l'équité* (Gen., XVIII, 18, 19). Ici, en premier lieu, sous la forme d'éloge de l'éducation qu'Abraham donnera à ses enfants, est enseigné le principe capital de l'éducation : *Commande à tes fils de garder les voies du Seigneur, de faire la justice et l'équité*, ou, — pour dire la même chose dans le langage actuel, — donne aux enfants une éducation pieuse et morale, conforme à la loi de Dieu. En second lieu, ici sont montrées aussi les conséquences bienfaisantes d'une pareille éducation : *Abraham sera sur un peuple grand et nombreux*; — le père de famille qui donne à ses enfants une éducation pieuse et morale, peut espérer une postérité nombreuse, respectée et heureuse. Il n'est pas difficile de comprendre que celui-là ne peut pas attendre la même chose, qui ne s'inquiète pas d'une pareille éducation, mais que le contraire le menace.

Plus loin, nous trouvons les principes de l'éducation exprimés nettement dans les livres de l'Ancien Testament qui traitent le plus spécialement d'enseignement, dans le livre des Proverbes de Salomon et dans le livre de Jésus fils de Sirach.

Salomon enseigne : *Corrige ton fils, car il te donnera ainsi une bonne espérance; mais ne te laisse pas emporter dans ton âme jusqu'à l'outrage* (Prov., XIX, 18). *Corrige* signifie : instruis, donne des enseignements utiles; mais aussi et proprement : punis pour les fautes. Mais le Sage met une limite à l'austérité de l'enseignement et à la sévérité de la punition : n'agis pas dans le dépit et la colère, et n'excite pas les dépits et les colères. L'instituteur irrité n'enseigne pas, mais il irrite. La voix de la vérité est étouffée par le bruit de la colère. Enseigne avec bonté; reprends doucement et paisiblement; châtie modérément et à regret.

Salomon engage à cette manière d'agir en en promettant de bons fruits. *Corrige ton fils, et il t'aimera, et il sera l'ornement de ton âme; il n'écoutera pas le peuple infracteur de la loi* (Prov., XXVIII, 17).

L'enseignement du Fils de Sirach est plus sévère. *As-tu des enfants, corrige-les, et courbe leur cou dès l'enfance* (Sag. de Sir., VII, 25). *Corrige ton fils, et agis sur lui, de peur que tu ne te heurtes contre sa honte* (XXX, 13). Il adresse particulièrement des discours amers aux parents qui aiment à amuser leurs enfants et à s'en amuser, et non à les instruire; qui leur donnent une liberté exagérée, et considèrent légèrement les élans de leur légèreté : *Caresse ton enfant, et il te remplira d'effroi; joue avec lui, et il te causera de l'affliction* (Sag. de Sir., XXX, 9).

Enfin, l'Évangile, qui, en général, au lieu de l'esprit

de crainte devant la loi, régnant dans l'Ancien Testament, propage l'esprit d'amour et de liberté, adoucit aussi, dans les principes d'éducation, l'antique sévérité. Le saint Apôtre Paul écrit : *Pères, ne provoquez pas vos enfants à la colère, mais élevez-les en les corrigeant et les instruisant selon le Seigneur* (Eph., VI, 4). Et dans une autre épître : *Pères, n'irritez point vos enfants, de peur qu'ils ne tombent dans le découragement* (Col., III, 21).

Tel est l'enseignement des saints livres sur l'éducation. Il est simple, et très-peu compliqué, parce qu'il est destiné non-seulement aux sages, mais aussi aux simples. Du reste, les sages mêmes ne s'abaisseront pas en prêtant une attention d'écolier à ces simples leçons, parce que ceux qui les ont données étaient des hommes conduits par l'Esprit de Dieu. La plus simple éducation, conforme aux principes de la vraie piété et de la pure morale, peut former un bon citoyen pour l'empire terrestre, propre aussi pour la cité céleste, tandis que l'éducation savante peut incontestablement faire davantage et préparer mieux l'élève à atteindre divers buts d'une utilité générale ; mais sans ces principes, l'éducation la plus savante est la construction d'un édifice de belle apparence sans base solide. David était un enfant simplement élevé dans ces principes, pour paître les brebis, et cependant il se découvrit en lui un homme capable de paître le peuple de Dieu, un guerrier conquérant, un roi, un prophète. Dans ces principes, probablement déjà plus savamment, fut élevé le fils de roi Salomon, et il devint un roi très-sage, un roi Prophète, un roi extraordinairement heureux.

De ce que l'on trouve plus de sévérité dans l'enseignement de l'Ancien Testament sur l'éducation, et, dans celui de l'Évangile, plus de douceur librement aimante, naît naturellement cette question : Faut-il suivre exclusivement le dernier, et rejeter entièrement le premier?

Pour résoudre cette question, je reviens au texte du saint apôtre Paul par lequel j'ai commencé ce discours. *Tant que l'héritier est encore enfant, il n'est en rien mieux que l'esclave, mais il est sous la puissance des tuteurs et des curateurs.* Vous le voyez, il parle de l'éducation sévère comme non condamnable, ordinaire et obligatoire. Cela est d'autant plus remarquable qu'il présente l'éducation sévère comme l'image de celle que Dieu donne à l'humanité. Cela ressort des paroles qui suivent immédiatement : *Et nous, quand nous étions enfants, nous étions asservis sous les premiers éléments du monde.* L'Ancien Testament est l'enfance de l'humanité, et son éducation élémentaire s'est faite sous la crainte servile de la loi. Le Christianisme est l'âge supérieur de l'humanité, et le complément de son éducation sous la grâce; ici, conformément au progrès du développement et de la force de l'esprit, la liberté spirituelle lui est confiée, et dès lors l'homme n'est plus, intérieurement, *un esclave, mais le fils et l'héritier de Dieu par Jésus-Christ.* Et ainsi, puisque l'Apôtre reconnait le même ordre dans l'éducation de l'humanité par Dieu et dans l'éducation de chaque homme par ses parents et ses instituteurs, il est clair que, de la douce éducation chrétienne non plus, il n'exclut pas complètement l'antique sévérité, afin que la liberté soit confiée à l'élève dans la mesure de l'intelligence qu'il a acquise pour en faire usage.

Est-il indifférent de donner une large liberté à celui qui sait ou à celui qui ne sait pas en faire usage, à celui qui est mûr, ou à celui qui n'est pas mûr dans la raison? — Il est évident que ce n'est pas indifférent. Par conséquent, c'est selon la mesure de l'âge et de l'éducation qu'il faut donner la liberté aux enfants.

Laquelle de ces deux directions est la plus régulière, la plus agréable et la plus satisfaisante pour l'homme : la progression de l'élargissement de la liberté à sa restriction, ou, au contraire, de sa restriction à son élargissement? — Évidemment c'est la dernière. Ainsi donc, il faut conduire les enfants de la restriction de la liberté à son élargissement. Autrement, celui qui sera devenu trop libre de trop bonne heure, comment le fera-t-on avancer avec son désir de progression en avant et de concession croissante? Ne sera-t-il pas exposé à la tentation d'ébranler les justes limites d'une liberté raisonnable et légitime?

Que ceux qui sont appelés par la Providence Divine à être parents, éducateurs et instituteurs des enfants, ne négligent pas ces avertissements ; qu'ils y réfléchissent à temps et avec prévoyance : et surtout, qu'ils aient soin que la piété soit la base et l'âme de l'éducation, et qu'ils s'y appliquent avec un zèle sincère, pour l'amour des enfants, pour l'amour d'eux-mêmes, pour l'amour de la patrie, pour l'amour de la postérité. *C'est dans ses enfants que l'on reconnaîtra l'homme* (Sag. de Sir., XI, 28). — Ainsi soit-il.

---

# HUITIÈME PARTIE

# HOMÉLIES POUR DIFFÉRENTES CIRCONSTANCES

---

## I

## SERMON

### AVANT LA PRESTATION DE SERMENT DE LA NOBLESSE DU GOUVERNEMENT DE MOSCOU POUR SES ÉLECTIONS.

— 9 décembre 1846. —

> Les hommes jurent par ce qui est plus grand, et la fin de toute discussion entre eux pour établir la conviction, c'est le serment.
>
> — Héb., vi, 16. —

A celui qui aborde une affaire importante, il est utile d'y réfléchir préalablement, quand même elle ne lui paraîtrait pas lui être inconnue, parce que l'inattention peut produire des conséquences aussi fâcheuses que l'ignorance.

Vous allez procéder, Hommes nobles, à un acte important, — la prestation devant Dieu du serment de mettre en usage la saine raison et l'impartialité dans le choix d'hommes dignes des différentes fonctions de l'Administration et de la Justice. Ainsi donc, livrez-vous ou laissez-vous amener à quelques réflexions sur ce que vous allez faire.

Le *jurement* ou le *serment* est l'assurance appuyée sur le nom de Dieu de la pure vérité de ce que l'on déclare et du fidèle accomplissement de ce que l'on promet.

L'Apôtre a dit du serment, d'une manière quelque peu indéterminée : *les hommes jurent par ce qui est plus grand*, c'est-à-dire, jurent par ce qui est plus haut et plus important que l'homme. Il est probable qu'en disant cela il avait en vue l'usage de son temps de jurer non-seulement par le nom de Dieu, mais aussi par le ciel et par la terre, par le temple et par l'autel. Mais toutes ces formes du serment, selon l'explication du Christ Sauveur lui-même, ont une seule signification vraie, dans laquelle elles se rapportent directement ou indirectement à Dieu, et ont en lui et en son nom leur force et leur importance. *Celui qui jure par le temple, jure par lui et par Celui qui y habite; et celui qui jure par le ciel, jure par le trône de Dieu et par Celui qui y est assis* (Matth., XXIII, 21, 22).

Mais comment osons-nous, dans nos affirmations et nos promesses, employer le saint et redoutable nom de Dieu? Cette hardiesse est-elle permise? Dans quelles circonstances est-elle permise? On peut trouver la solution de toutes ces questions dans cette seule expression de l'Apôtre : *La fin de toute discussion pour établir la conviction, c'est le serment*; c'est-à-dire, le serment est le moyen définitif, le dernier moyen d'affirmation en toute occasion où il est nécessaire de terminer une discussion ou d'écarter le doute.

C'est pourquoi, si la discussion, ou le doute qui se

rencontre dans les rapports entre les hommes, n'est pas tellement important qu'il réclame des mesures énergiques pour son éloignement, ou s'il y a, pour cela, des moyens simples et faciles à puiser dans le caractère et les circonstances des affaires et des relations; s'il est possible de se contenter même d'une conviction incomplète sans un grand dommage, surtout public : dans ces cas, la sagesse, même ordinaire, ne conseille pas de recourir à un moyen extrême de persuasion, et le sentiment religieux ne doit pas permettre le serment par le nom de Dieu. Tu veux, par exemple, que l'on croie à ta parole dans une conversation, à ta promesse dans la vie sociale : dans une foule de circonstances de ce genre, pour la plupart peu importantes, recourir au serment serait aussi superflu que téméraire. Pour le degré de conviction qui est nécessaire ici, il y a des moyens simples et plus faciles. Dis toujours la vérité avec exactitude et sans détour, et l'on croira à ta simple parole comme à un serment. Ne donne pas de promesses de la facile exécution desquelles tu ne sois convaincu, et remplis invariablement les promesses que tu as données, et l'on croira à ta simple promesse comme à un serment. C'est à de pareilles circonstances que se rapportent — et l'ancien commandement : *Ne prends pas le nom du Seigneur ton Dieu en vain* (Ex., xx, 7), et le commandement de Jésus-Christ : *Ne jure en aucune sorte* (Matth., v, 34), et l'exhortation de l'Apôtre : *Ne jurez ni par le ciel, ni par la terre, ni par aucun autre serment : qu'il vous suffise de oui, oui, et de non, non, afin que vous ne tombiez pas dans l'imposture* (Jacq., v, 12).

Mais il y a des circonstances d'un autre genre, dans lesquelles, pour l'éloignement du doute, et pour l'obtention de la conviction, les moyens ordinaires sont insuffisants, tandis que la non-obtention de la conviction serait accompagnée d'un grand dommage, non-seulement privé, mais encore public. De là provient la nécessité, et de cette nécessité l'obligation d'en venir par un effort extrême à *la fin qui établit la conviction*, de recourir au moyen extrême de persuasion, au plus grand qui soit possible.

Le Souverain et l'État réclament des sujets la fidélité en général, et ensuite dans les services, les fonctions et les emplois spéciaux. La ferme conviction de cette fidélité est indispensablement nécessaire, parce que, sans cela, l'ordre public ne serait pas garanti, et que même il n'y aurait pas de sécurité publique. Par quoi donc garantir la fidélité? Par les lois? — Mais pour que les lois aient une pleine force et un plein effet, il faut une fidélité rigoureuse dans leur application. Conséquemment, la question proposée n'est pas encore résolue ici, mais elle ne fait que prendre cette forme particulière : Par quoi garantir la fidélité dans l'application des lois? Et ainsi, par quoi donc? Ne serait-ce pas par l'honnêteté préalablement bien connue? Il est plus facile de trouver le temps et les moyens pour cela dans le cercle peu large des relations particulières que dans la vaste étendue des rapports gouvernementaux. Le Pouvoir emploie ses instruments les plus rapprochés et les plus importants, sans aucun doute, après un examen et une épreuve préalables, poussés aussi loin que peut atteindre et pénétrer le regard borné de l'homme; mais est-il possible de déterminer définitivement, par l'examen et l'épreuve, l'honnêteté de chacun des individus d'une multitude infinie d'hommes, avant leur emploi comme instruments du Gouvernement? La même question revient encore : Par quoi garantir la fidélité? Ne serait-ce point par la parole d'honneur? On ne peut recevoir la parole d'honneur comme garantie, que de la bouche d'un homme d'une honnêteté reconnue; mais là où une pleine connaissance préalable de l'honnêteté n'est pas facile à acquérir, ce n'est pas une garantie suffisante qu'une parole qui se proclame elle-même honnête. Qui ne sait que, la parole que l'on appelle parole d'honneur, ceux-là aussi la donnent qui n'en ont pas garanti pour eux-mêmes l'accomplissement, et qui ne songent même pas à son accomplissement? Par quoi donc garantir la fidélité? Ne serait-ce point par la crainte du châtiment? Comme il serait désavantageux, si même cela était possible, de fonder le repos public sur la seule crainte publique! Mais cela n'est même pas possible, parce qu'il peut y avoir des infractions de la fidélité que la pénétration humaine ne peut découvrir, et que la justice humaine ne peut poursuivre. La crainte du châtiment est nécessaire et utile pour refréner ceux qui sont enclins au crime, mais elle n'est pas suffisante pour produire la qualité de sujets fidèles. De cette manière, l'insuffisance des moyens les plus rapprochés et les plus ordinaires pour la garantie de la fidélité conduit au moyen extrême, à sceller la fidélité promise du grand et terrible nom de Dieu, afin que chacun attache autant d'importance à la fidélité qu'il a de respect pour Dieu, afin que celui qui s'aviserait témérairement de violer sa promesse rencontrât inévitablement le nom de Dieu, qui n'est pas seulement un mot prononcé, mais une invocation de la puissance d'un Dieu qui pénètre les âmes, scrute les cœurs, bénit ceux qui sont fidèles et châtie ceux qui sont infidèles.

Que cette *fin pour établir la conviction*, ce moyen extrême de persuasion entre les hommes ne soit pas simplement une institution humaine, que le serment ne soit pas seulement une invention de l'art de gouverner les peuples, que cet appui de l'empire terrestre, l'empire céleste lui-même l'admette, le confirme et le consacre, il n'est pas difficile de le voir par là que Dieu lui-même jure aussi. *J'ai juré par moi-même, dit le Seigneur* (Gen., xxii, 16) à Abraham. Et l'Apôtre explique en effet cette parole du Seigneur comme un exemple donné par Dieu du serment. *Dieu, en faisant une promesse à Abraham, n'ayant rien de plus grand que lui par quoi il pût jurer, jura par lui-même* (Hébr., vi, 13). Il n'y a pas de doute que ce ne soit par condescendance que Dieu donne ici à sa promesse la forme d'une assurance humaine; mais il n'y a pas de doute non plus que Dieu ne prenne en ses mains que ceux des instruments terrestres qui sont purs et dignes du ciel.

Le serment par le nom de Dieu de s'acquitter fidèlement d'un service public ou de gérer fidèlement les affaires publiques, est nécessaire, soit pour la conviction du pouvoir et de la société, soit pour l'affermissement de celui-là même qui s'oblige à la fidélité. La fidélité n'exige-t-elle pas souvent, non-seulement l'abnégation, mais encore le sacrifice de soi-même? Ne rencontre-t-elle pas des tentations, quelquefois grossières, qu'il n'est cependant pas toujours aussi facile de repousser qu'il est facile de les remarquer; quelquefois subtiles, dans lesquelles on peut s'embarrasser presque sans s'en apercevoir? Le présomptueux s'en repose sur lui-même; mais à peine fera-t-il exception au jugement du Prophète que *tout homme est menteur* (Ps. cxv, 2), bien entendu loin du secours de Dieu. Mais celui qui a mieux la connaissance de lui-même ne se tranquilliserait pas sur le doute de lui-même s'il ne recourait à Dieu et n'affermissait sur lui son espérance. *Seigneur, fidèle dans tes paroles, et saint dans toutes tes œuvres* (Ps. CXLIV, 13)! bénis la fidélité de mon discours et la sainteté de mon œuvre. Montre-moi la vérité et la justice; donne-moi la disposition au sacrifice de moi-même pour elles, la fermeté pour résister aux chocs de la violence de l'injustice, la perspicacité pour ne pas m'embarrasser dans les piéges de la ruse et de la partialité! — Tel est le langage propre au cœur de l'homme désirant sincèrement garder la fidélité dans le service ou les affaires publiques : c'est ainsi encore que, prescrite par la loi depuis les jours de nos aïeux, la formule du serment ordonne de dire : *Que le Seigneur Dieu m'assiste dans mon âme et dans mon corps!*

Qu'elle s'éloigne de nous, la pensée de l'infidélité au serment! Mais pour qu'elle soit plus sûrement éloignée, frappez-la, comme d'un trait, de cette parole menaçante de Dieu : *Le Seigneur ne regardera pas comme innocent celui qui prend son nom en vain* (Ex., XX, 7). Si *le Seigneur ne regarde pas comme innocent celui qui prend son nom en vain*, inutilement, légèrement, sans nécessité, que devrait attendre celui qui, en faisant un serment devant Dieu, emploierait le nom de Dieu avec une mauvaise intention, sacrilégement, pour couvrir de la sainteté de ce nom l'impureté de son infidélité? *Tu perdras tous ceux qui profèrent le mensonge* (Ps. V, 7) : mais ne perdras-tu pas avant les autres, Seigneur, ceux qui profèrent le mensonge devant ton nom et devant ta face, ceux qui mentent, comme Ananie et Saphira, non aux hommes, mais à toi qui es Dieu? Quand l'Apôtre Paul réprimanda Ananie en ces propres termes : *Tu n'as pas menti aux hommes, mais à Dieu; Ananie, ayant ouï ces paroles, tomba mort;* et ensuite aussi Saphira, après une semblable réprimande, *tomba aussitôt à ses pieds et expira* (Act.,v,3,10). Cet exemple, et beaucoup d'exemples en dehors de l'histoire sainte, montrent que le mensonge devant le nom et devant la face de Dieu, le mensonge parjure, semble pousser à l'impatience la Justice céleste, et attire des coups terribles et inattendus de ses décrets.

A ces réflexions sur la gravité du serment, j'espère que, même sans ma coopération, vous ajouterez des réflexions sur la gravité de la chose pour laquelle vous prêtez serment. De ceux que vous élirez dépendront : une partie importante de l'ordre public, le repos d'un grand nombre, le repos particulièrement de ceux qui dépendent de vous et qui sont confiés à votre sollicitude, et quelquefois peut-être même le repos de quelques-uns d'entre vous, et le maintien de la dignité de votre classe élevée.

Choisissez de manière à ne pas vous faire ensuite des reproches à vous-mêmes, et à ne pas irriter Dieu. Trouvez le mérite, s'il se cache; sachez l'attirer, s'il s'éloigne. Au contraire de cela, opposez des barrières à la brigue de l'indignité. Ne vous mettez pas au-dessous des indignes en leur permettant de surprendre votre activité. Justifiez la généreuse confiance en vous du Pouvoir autocrate. Que la pureté de l'intention et de l'action attire la bénédiction de Dieu sur les électeurs, et sur l'élection, et sur les élus, et sur les conséquences de l'élection! — Ainsi soit-il.

2

# HOMÉLIE

## PRONONCÉE DEVANT LA COMMUNAUTÉ DU MONASTÈRE CÉNOBITIQUE DE SAINT-NICOLAS-D'OUGRECHKY.

— 7 septembre 1853. —

Jésus lui dit : Si tu veux être parfait, va, vends ce que tu possèdes et donne-le aux pauvres, et tu auras un trésor dans le ciel : puis marche à ma suite.
— Matth., xix, 21. —

Dans ces paroles, nous avons l'enseignement sur la pauvreté volontaire donné par Jésus-Christ lui-même.

Celui qui donna occasion à cela, ce fut quelqu'un que l'évangéliste Matthieu appelle *un jeune homme*, et l'évangéliste Luc *un prince*, conséquemment un homme qui n'était pas sans importance ni sans éducation, ainsi que ses paroles mêmes le montrent. Il demanda au Christ Sauveur : *Que ferai-je de bien pour avoir la vie éternelle* (Matth., xix, 16) ? Le Seigneur lui répondit que, pour cela, il devait garder les commandements du Décalogue donnés par Dieu, et particulièrement ce commandement profond et très-significatif : Aime ton prochain comme toi-même. A cela, le jeune homme répliqua qu'il avait rempli tout cela depuis sa jeunesse. La réponse, assurément, était irréfléchie, parce que les vrais zélateurs de l'accomplissement des commandements sentent et reconnaissent toujours l'imperfection et les défauts qu'ils apportent dans leur accomplissement, tandis que ceux qui se flattent de l'accomplissement des commandements laissent voir par là qu'ils ne se sont pas assez connus eux-mêmes, ni la force des commandements. Cependant le doux Maître Divin daigna ne pas opposer à une parole de vanterie une parole d'accusation, mais il indiqua le chemin de la perfection et laissa celui qui se vantait dévoiler lui-même son imperfection par le fait. *Jésus lui dit : Si tu veux être parfait, va, vends ce que tu possèdes et donne-le aux pauvres, et tu auras un trésor dans le ciel : puis marche à ma suite.* Mais que fit le jeune homme? Est-il possible, ce semble, de ne pas désirer d'être parfait? Est-il possible de ne pas désirer de suivre Jésus-Christ, et particulièrement quand lui-même y invite? — Mais, non. Le jeune homme n'entre pas dans le chemin de la perfection; il ne veut pas suivre le Christ; il regrette de n'avoir pas le courage de s'y résoudre, et cependant il ne s'y résout pas, il se retire en arrière : *Il s'en alla triste* (22). Pourquoi cela est-il ainsi? — Parce qu'il n'est pas disposé à vivre dans la pauvreté parfaite; il ne veut pas se séparer de sa richesse : *Il s'en alla triste : car il avait de grands biens*. Et voilà comment il se convainquit lui-même, par sa conduite, de s'être représenté à tort, dans ses paroles, comme accomplissant le commandement qui ordonne d'aimer le prochain comme soi-même. S'il avait aimé le prochain comme lui-même, il ne lui aurait pas été pénible, et même il lui aurait été agréable de consoler et de soulager par la distribution de son bien son prochain aimé, les nécessiteux et les pauvres.

L'enseignement sur la pauvreté volontaire contenu dans le récit Évangélique qui vient d'être exposé, est évidemment vrai et salutaire, parce que c'est un enseignement Divin, donné par Jésus-Christ qui est lui-même la Vérité et la Source du salut. Malgré cela, le jeune homme dont il est fait mention dans l'Évangile, qui reconnaissait lui-même Jésus-Christ comme un *bon maître*, rencontra dans l'application de son enseignement à la vie un obstacle qu'il ne sut pas vaincre. Ne se trouve-t-il pas des gens semblables à ce jeune homme aujourd'hui encore, même parmi nous ?

Quelques-uns ne diront-ils pas que l'enseignement sur la pauvreté parfaite ne pouvait être applicable qu'aux disciples les plus rapprochés du Christ Sauveur, au temps de sa vie terrestre, lorsque l'absence de ressources naturelles était facilement suppléée par sa puissance miraculeuse; qu'au contraire cet enseignement, dans sa généralité, n'est pas applicable à la bonne organisation de la vie sociale et privée, parce que, si tous les riches distribuaient leurs biens aux pauvres, ceux-mêmes qui gagnent leur subsistance par un travail honnête pour les riches deviendraient indigents, et le monde entier tomberait dans le délaissement?

Ces doutes sur la possibilité de la vie de pauvreté volontaire semblent fondés sur le raisonnement ; mais leur base cachée est le peu de foi et la sagesse charnelle qui obscurcissent la lumière spirituelle.

Vous craignez que le pauvre volontaire ne puisse pas vivre si Jésus-Christ, qui nourrit cinq mille hommes avec cinq pains, n'est pas visiblement avec lui. C'est à tort. Nous connaissons beaucoup de pauvres volontaires après le temps du séjour visible de Jésus-Christ sur la terre, et nous n'en connaissons pas un seul parmi eux qui, par suite de sa pauvreté, soit mort de faim ou de nudité. La providence Divine a été pour eux, la plupart du temps, un miracle invisible, mais incessant pour les garder et pourvoir à leurs besoins ; et quelquefois même, quand ils n'ont pas pu se procurer, dans le désert, leur subsistance par les voies naturelles, un ange leur a apporté visiblement leur nourriture, comme autrefois à Élie avant son voyage à Choreb.

Vous craignez que par la propagation de la pauvreté volontaire le monde entier ne tombe dans le dénûment. C'est à tort. Si l'esprit de désintéressement embrassait tous les hommes, et riches et pauvres, il resterait fort peu de pauvres mendiants, il n'y en aurait pas assez pour épuiser les riches ; et les riches, en restant amateurs de la pauvreté par leur disposition à tout donner aux pauvres, resteraient encore riches par le manque de pauvres pour recevoir leur richesse prodiguée : le monde désintéressé serait plus riche que le monde avide de richesse. Du reste, si quelqu'un même ne croit pas à cela, il peut encore se tranquilliser. Le monde actuel ne fournit aucun motif à la crainte d'y voir manquer les gens avides de lucre et qui s'enrichissent. Si quelque chose peut le menacer, ce n'est pas le désintéressement altéré de justice, mais l'avidité insatiable, le luxe dévorant et la fainéantise oisive et inventive pour le mal.

On peut s'attendre à ce que quelques-uns disent encore : Puisque le Sauveur invite à la pauvreté parfaite ceux qui *veulent être parfaits*, et que nous nous trouvons indignes d'avoir des prétentions à la perfection, le conseil de Jésus-Christ sur la pauvreté ne s'adresse pas à notre accomplissement. Nous pouvons, et tous, jusqu'au dernier, peuvent dire cela, et, en conséquence, la parole de Jésus-Christ peut rester entièrement sans accomplissement. Pourquoi donc a-t-elle été dite? Le Seigneur ne jette pas sa parole au vent. Sa parole ne doit pas *retourner* à lui *sans fruit* (Is., LV, 11). La semence spirituelle de la parole de Jésus-Christ ne doit pas tomber inutilement sur la terre, mais elle doit, ne fût-ce que pour sa moindre partie, germer et porter du fruit. Ainsi donc, l'excuse spécieuse par l'indignité d'avoir des prétentions à la perfection ne doit pas empêcher l'effet de l'enseignement sur la perfection. Si c'est de la connaissance de toi-même et de l'humilité que naît en toi la pensée que tu es indigne d'avoir des prétentions à la perfection, cette pensée est juste, et elle ne doit pas t'arrêter ou t'entraver dans la voie de l'enseignement de Jésus-Christ, mais elle doit t'engager à aspirer à l'avancement, à t'efforcer de diminuer comme que ce soit ton indignité, et à devenir moins indigne du salut éternel. La grâce de Dieu viendra au-devant de ces efforts, et elle te soutiendra, et elle te conduira de l'indignité à la dignité, de l'imperfection à la perfection, soit dans la légèreté de la pauvreté, si tu sens la pesanteur de la cupidité et la tentation de la richesse, soit sous le fardeau d'une honnête richesse et d'une possession sans attachement passionné, parce que le Christ Sauveur a indiqué la pauvreté volontaire comme un moyen de perfection utile pour quelques-uns, mais non comme un moyen indispensable pour tous. *Sois parfait* (Gen., XVII, 2), dit Dieu à Abraham, et il fut parfait alors qu'il était *très-riche* (XIII, 2), mais non attaché passionnément à la richesse, et que, par conséquent, il gardait la pauvreté volontaire dans son âme tout en possédant des richesses dans sa maison.

Mais l'âme dans laquelle se fait entendre une voix qui lui insinue qu'elle n'est pas digne d'aspirer à la perfection en général, et en particulier à la perfection de la pauvreté volontaire, doit s'efforcer de bien reconnaître de qui est cette voix. Est-ce bien réellement la voix de l'humble connaissance de soi-même? N'est-ce pas, au contraire, la voix de la paresse ou de la cupidité se cachant sous le masque de l'humilité? Dans ce dernier cas, l'âme est exposée au danger, non-seulement de ne pas s'élever à la perfection, mais encore de s'embourber dans le vice. Lorsque le jeune homme dont il est fait mention dans l'Évangile entendit du Christ Sauveur l'appel à la perfection avec le secours de la pauvreté volontaire, il résolut de ne pas aspirer à la perfection, en restant, bien entendu, dans l'espérance d'atteindre à la vie éternelle par l'accomplissement ordinaire des commandements. Mais de quelle manière déplorable le trompa l'amour de la richesse! *Il s'en alla triste.* Il ne s'éloigna pas de la perfection seulement, mais il s'éloigna du Sauveur, et par conséquent du salut.

Frères qui vivez dans l'état monastique! à nous s'adresse d'une manière particulière l'enseignement de Jésus-Christ sur la pauvreté volontaire. Pour les autres, c'est un conseil subordonné à leur libre choix : pour nous, c'est un vœu, qu'avec les vœux de chasteté et d'obéissance, nous avons déjà pris sur nous devant l'autel du Seigneur. Si le refus de recevoir un bon conseil peut être une erreur, et une erreur dangereuse, la violation d'un vœu prononcé est décidément une faute tombant sous le coup de la justice de Dieu. Ainsi donc, il nous faut arranger avec soin notre genre de vie pour qu'il soit autant que possible conforme à notre vœu.

Le monastère vous donne un moyen facile d'observer la pauvreté volontaire sous le rapport de l'habitation;

car il vous donne l'habitation toute préparée. Complétez votre renoncement en ne désirant pas une habitation spacieuse, ornée selon votre goût : contentez-vous de l'indispensable.

En vous offrant la table toute prête, le monastère vous délivre de la nécessité d'avoir votre propre dépense pour votre nourriture. Complétez votre renoncement en vous contentant toujours sans murmure de ce qui vous est offert, et en n'exigeant rien de recherché.

L'usage de beaucoup de monastères laisse à chaque frère le soin de s'occuper lui-même de son vêtement et de quelques autres besoins, en lui en donnant les moyens. Comment observer en cela la pauvreté volontaire? Tu peux l'observer si tu ne regardes pas ce qui t'est donné comme ta propriété, mais comme un bienfait et un don, si tu n'as que le vêtement indispensable et simple comme tout le reste, si tu n'as rien de superflu, si tu ne te permets pas de désirer l'élégance, si tu ne retiens pas et n'amasses pas le surplus de ce qui t'est confié, mais si tu l'emploies pour l'utilité de ton âme et pour faire du bien au prochain.

Mais l'œuvre de pauvreté volontaire n'est-elle pas plus simple, plus complète chez ceux qui, en en faisant le vœu, en entrant au monastère, se décident à n'avoir ni un vêtement, ni un morceau d'étoffe, ni une chaussure, ni même une obole comme propriété, mais se confient à la tutelle de l'autorité du monastère et attendent d'elle tout ce qui leur est nécessaire? Par ce retranchement résolu de toute propriété, se retranchent tout d'un coup beaucoup de soucis et de tentations.

Si l'on te donne de l'argent pour tes besoins, le souci t'incombe de savoir si tu en auras assez, la tentation vient de l'employer non-seulement pour tes besoins, mais encore pour la satisfaction de quelque convoitise.

S'il te faut acquérir quelque objet à ton choix, l'avidité et la vanité se glissent facilement et t'excitent à acquérir quelque chose de beau au lieu de ce qui est simple, convenable à ton état ; mais il n'y a pas lieu à ces soucis et à ces tentations si tu renonces à toute libre propriété.

Si tu t'achètes toi-même un vêtement convenable et modeste, il t'arrive simplement, comme tout autre objet acheté, sans t'apporter aucune bénédiction particulière, tandis que si tu l'achètes au-dessus du modeste, tu achètes avec lui ta condamnation ; mais si tu reçois dans l'obéissance un vêtement de la main de l'autorité du monastère, tu le reçois comme un don de Dieu, comme une bénédiction de Dieu par l'entremise de l'autorité. Ainsi, pour le désintéressé, les objets les plus simples sont bénis et en quelque sorte sanctifiés.

Si, pour la satisfaction de tes propres besoins, tu employais ton propre travail et ton propre temps, cette diligence serait digne d'approbation et agréable à Dieu ; du reste, elle ne te promettrait pas de récompense particulière sous ce rapport que tu serais un ouvrier travaillant pour toi-même ; mais si, ayant renoncé à la propriété, tu consacres tout ton travail et tout ton temps à Dieu et au monastère, par là tu apportes un sacrifice à Dieu et un service au monastère, et ton sacrifice appelle sur toi une bonne récompense particulière.

Frères de ce saint monastère ! glorifiez Dieu, qui aime les hommes, et qui a mis dans le cœur de l'homme vivant dans le monde la sollicitude pour vous qui vous êtes séparés du monde, afin de faciliter le déblai de votre chemin spirituel des embarras extérieurs. Deux temples magnifiques vous invitent sans cesse à la prière pour ceux qui font du bien à la sainte Église et au saint monastère. Le présent jour confirme pour vous cette obligation, que vous devez transmettre à ceux qui viendront après vous.

Il dépend de vous, Frères, que ces bienfaits, qui indubitablement procureront la bénédiction au bienfaiteur, vous procurent une véritable et parfaite utilité à vous qui êtes l'objet des bienfaits. Efforcez-vous avec un zèle non décroissant, mais croissant, d'accomplir les vœux que vous avez pris sur vous. Empressez-vous, dans la légèreté de la pauvreté parfaite, de marcher à la suite de Jésus-Christ, et *vous aurez dans le ciel un trésor* inappréciable, éternellement imperdable. — Ainsi soit-il.

---

3

## HOMÉLIE

### ADRESSÉE AUX VEUVES DE LA MISÉRICORDE CHOISIES POUR DONNER DES SOINS AUX GUERRIERS BLESSÉS ET MALADES DE L'ARMÉE ACTIVE,

Prononcée à l'église de Marie de la Maison impériale des Veuves de Moscou, le 17 novembre 1854.

A vous une parole de l'Église, Sœurs de la miséricorde chrétienne pour les malades, qui êtes appelées aujourd'hui par l'humanité du Tsar à l'exploit singulier du soin chrétien de ceux qui souffrent de blessures reçues dans la guerre pour la foi, le Tsar et la patrie. Cet exploit, autant il est extraordinaire et difficile pour vous, autant il est béni et capable d'éveiller un zèle infatigable.

La guerre, — chose terrible pour ceux qui l'entreprennent sans nécessité, sans justice, avec la soif du butin ou de la conquête, qui se change en soif du sang! Sur eux pèse une lourde responsabilité pour le sang et les souffrances des leurs et des étrangers.

Mais la guerre, — chose sainte pour ceux qui l'acceptent par nécessité, pour la défense de la justice, de la foi, de la patrie! Celui qui combat dans cette lutte, accomplit par les armes l'exploit de la foi et de la justice que les martyrs chrétiens ont accompli par la confession de la foi et de la justice, par la souffrance et la mort pour cette confession; et, en recevant des blessures, en immolant sa vie dans cette lutte, il marche à la suite des martyrs vers la couronne incorruptible.

Qui a commencé la guerre actuelle? — Un peuple infidèle, qui ne connaît pas la justice, qui vit de l'oppression des Chrétiens et du Christianisme. Qui est encore contre nous? — Deux nations qui ont reconnu notre droit dans la contestation, et ensuite se sont unies à nos ennemis, — deux nations chrétiennes, qui se sont unies avec les ennemis du Christianisme et ont pris part à l'oppression des Chrétiens orthodoxes. C'est contre de tels ennemis que marche notre guerrier, au signe du Très-Pieux Tsar, qui a défendu de sa parole impériale, forte, mais pacifique, nos coreligionnaires de l'Orient; qui n'a pas commencé, mais accepté avec confiance en Dieu une guerre déclarée injustement.

Ainsi donc, songez à qui se rapportera le service auquel vous êtes appelées. N'auriez-vous pas regardé comme une bénédiction particulière pour vous de la Providence

Divine, qu'il vous eût été donné de servir un martyr pour l'allégement de ses souffrances? Une pareille bénédiction vous attend dans le fidèle accomplissement du service qui vous est réservé. La blessure d'un guerrier fidèle que vous soulagez par le bandage et les remèdes, brille de vaillance maintenant, et elle resplendira dans l'éternité. Si par vos soins il revient du chemin de la mort, vous méritez non-seulement sa reconnaissance, mais encore celle de la patrie, à laquelle vous rendez un fils précieux. S'il est arrêté qu'il finisse son voyage terrestre, et qu'il passe dans la patrie céleste, vous aurez dans les cieux quelqu'un qui vous sera reconnaissant et qui appellera sur vous la bénédiction du Père céleste. En réfléchissant ainsi, vous pouvez considérer avec respect l'objet de votre exploit, et modérer par là la douleur et la crainte produites naturellement par le spectacle de la souffrance.

Vous pourrez aussi être effrayées, et par la bataille peu éloignée, et par le bruit des armes, et par différentes surprises, parce qu'il n'est pas possible d'exiger que la sécurité vive constamment en bon voisinage avec la guerre. En vous abandonnant à la protection de la Providence Divine, fortifiez votre faiblesse *en vous rappelant les jours anciens* (Ps. CXLII, 5), et en songeant comment autrefois l'espérance en Dieu et l'amour pour le peuple de Dieu donnaient même à des femmes une fermeté d'âme virile. Débora marchait à la tête de l'armée avec Barach. Judith entra seule et sans armes dans le camp des ennemis pour terrasser Holopherne et son armée, et réellement, d'un coup du glaive ennemi, elle abattit toute la force des ennemis, repoussant du même coup l'arme dangereuse de la séduction. On ne vous demande pas autant: on ne demande pas votre participation à l'œuvre du combat; on vous demande seulement assez de fermeté d'âme pour ne pas être troublées à la pensée du combat en faisant l'œuvre de paix et d'humanité. Nous vous montrerons encore, entre beaucoup d'autres, un exemple plus rapproché de l'exploit qui vous attend. Rappelez-vous et appelez à votre aide sainte Anastasie, ce modèle de résolution, qui visitait ceux qui se trouvaient dans la lutte du martyre, au milieu du danger de tomber elle-même dans les mains des bourreaux, lavait et bandait leurs plaies, leur portait de la nourriture, des breuvages, des remèdes, leur procurait tout le soulagement et toute la consolation possibles.

Après vous être encouragées et affermies autant que possible pour l'entreprise de l'exploit, veillez encore, dans sa continuation, à ce que, comme pain quotidien, comme remède préservatif, ne s'affaiblisse jamais en vous la pensée pieuse ni la bonne intention. *Élevez vos yeux vers Celui qui vit dans les cieux*, et songez avec foi qu'il voit votre exploit, que sur vous est étendue sa main pleine de bénédictions, — mais ne bénissant que la fidélité loyale dans l'exploit et la pureté de l'action.

Présentez par la pensée, à Jésus-Christ, le Médecin des âmes et des corps, les blessures des malades confiés à vos soins et les afflictions qui peuvent vous atteindre vous-mêmes, et abandonnez tout avec confiance à Celui qui a été *blessé pour nos péchés, et torturé pour nos iniquités*, et *par les blessures* de qui *nous avons été guéris* (Is., LIII, 5).

Vous êtes placées sous la protection spéciale de la Mère du Seigneur, *la joie de tous les affligés :* ayez une foi constante dans l'efficacité, la proximité, la bonne dispotion continuelle de cette protection. De là il doit résulter que vous aussi, de votre côté, vous serez près d'elle, que vous tendrez les mains avec une simplicité d'enfant vers la Mère invisible, et qu'elle vous donnera selon le besoin son inspiration, son appui, sa consolation, son secours mystérieux.

Par votre prière intérieure auprès du lit même des malades, et, dans la mesure de l'utilité et de la facilité, par la parole aussi d'une douce admonition, efforcez-vous de les aider à lever aussi les yeux vers le Médecin des âmes et des corps. Tournez leur attention, comme sur une chose éprouvée, sur ce que dans un soupir de prière d'un malade peut être contenue une dose de médecine de l'officine céleste; or, le céleste est sans aucun doute plus fort que le terrestre.

Ayez pour tous les malades une sollicitude égale et impartiale; mais employez surtout votre labeur vigilant selon les exigences particulières de la maladie, et non selon la préférence des personnes. Pour le malade, pour celui qui a besoin de secours, soyez comme des parentes; mais pour la personne, restez des étrangères, afin que la pureté de l'amour chrétien ne soit pas ternie par la partialité, afin que la préférence de l'un ne soit pas une injustice par rapport à un autre.

Nous nous réjouissons de ce que vous avez voulu recevoir et vous avez reçu aujourd'hui, pour votre voyage et votre exploit, le Divin viatique, — de ce que vous avez communié au Corps et au Sang de Jésus-Christ. Allez en paix : que le Seigneur soit avec vous ! N'oubliez pas de voir dans ceux qui seront confiés à votre sollicitude les moindres frères du Seigneur Jésus : puissiez-vous entendre dans vos cœurs sa parole : *J'étais malade, et vous m'avez visité* (Matth., xxv, 36); et puissiez-vous être trouvées dignes d'entendre avec joie cela de lui alors encore qu'il viendra dans la gloire rendre à chacun selon ses œuvres! — Ainsi soit-il.

---

4

# SERMON

## POUR L'ANNIVERSAIRE SÉCULAIRE DE L'UNIVERSITÉ IMPÉRIALE DE MOSCOU,

Prononcé à l'église de la Sainte Martyre Tatiane, le 12 janvier 1855.

La demeure des hautes sciences fête aujourd'hui le jour de sa naissance, et, de plus, avec une solennité particulière, parce que c'est le centième anniversaire de sa naissance. Elle célèbre les souvenirs de sa vie séculaire, assurément mémorables, par ses propres bouches, dont elle ne manque pas. Il me faut être devant elle dans la situation où m'ont placé les successeurs des disciples du Maître des pêcheurs et des faiseurs de tentes, *qui a choisi les insensés du monde pour confondre les plus sages* (I Cor., I, 27). De là, je considère comment la demeure des hautes sciences commence sa fête: et que vois-je? — Elle amène avec respect et professeurs et élèves en présence du Maître qui s'est proclamé le seul Maître, et conséquemment a fait descendre tous les maîtres humains au rang d'élèves, et cependant, par là, n'a ni exagéré sa dignité ni offensé leur dignité. *Un seul est votre Maître, Jésus-Christ* (Matth., xxiii, 8). Ainsi donc, vous confessez par le fait que Jésus-Christ est la Divine sagesse enseignante, et qu'il est aussi l'objet de la sagesse enseignante, — la vérité; que *le Seigneur donne la sagesse* à ceux qui enseignent, *et que de sa face se répandent le savoir et la prudence* dans ceux qui sont enseignés (Prov., II, 6).

Considérant cela avec consolation, et appelant d'en haut sur les esprits et les cœurs des maîtres et des élèves la lumière de Jésus-Christ, qui éclaire intérieurement, j'espère trouver les oreilles ouvertes si je lis quelques paroles du saint livre classique du divin Maître, qui seul satisfaisait autrefois Justin le Philosophe après toutes les subtilités philosophiques, et dont, après avoir acquis la gloire de la science athénienne, se firent les élèves Basile le Grand et Grégoire le Théologien.

*Je suis né et je suis venu dans le monde pour rendre témoignage à la vérité* (Jean, XVIII, 37). *Si vous persévérez dans ma parole, vous serez en vérité mes disciples, et vous comprendrez la vérité* (Jean, VIII, 31, 32). *Je suis la voie, et la vérité, et la vie* (Jean, XIV, 6). Ce sont les propres paroles du Maître céleste. Pour des zélateurs du savoir, de l'instruction, de la sagesse, conséquemment pour des zélateurs de la vérité, n'y a-t-il pas de quoi les réjouir de voir quelle haute importance il donne à la vérité, et avec quelle force il engage à la rechercher et à la comprendre?

Dieu le Verbe descend du ciel; *Celui qui se revêt de la lumière comme d'un vêtement* met de côté le vêtement de gloire; il se couvre du vêtement de la pauvreté, — de la nature humaine; *il vient dans le monde;* il va volontairement au-devant des contradictions, des privations, des souffrances, des persécutions, d'une condamnation injuste, d'une mort très-douloureuse : pourquoi tant de choses extraordinaires, tant d'exploits poussés outre mesure? Il répond : *Pour rendre témoignage à la vérité.* Évidemment, la vérité est nécessaire au monde; évidemment, elle a besoin d'un témoignage extraordinaire; évidemment, elle ne serait pas dignement et suffisamment attestée si elle n'avait pour rendre témoignage d'elle, Dieu le Verbe incarné.

La vérité est l'une des nécessités naturelles et essentielles de l'esprit humain.

La Révélation Divine dit dans un sens profond que la parole de Dieu, ou la vérité de Dieu, est le pain de vie. *L'homme ne vivra pas seulement de pain, mais de toute parole sortant de la bouche de Dieu* (Matth., IV, 4). De même aussi la raison naturelle peut dire, quoique ce ne soit pas dans un sens aussi profond, que la vérité est la nourriture vitale de l'esprit humain. Détruisez la vérité : il restera dans l'esprit le vide, la faim, la soif, l'inanition, le tourment, si toutefois il ne tombe pas dans la léthargie ou la défaillance par suite de son ignorance extrême. Si vous pensez le nourrir des visions de l'imagination, qui ont un éclat passager, mais qui ne renferment en elles aucune vérité solide, il s'ennuiera bientôt de puiser de l'eau avec un vase sans fond, et sa soif restera inassouvie, et son tourment sans soulagement.

Que signifie la curiosité des enfants, leur désir d'interroger sur tout et de tout connaître? C'est la soif naturelle de la vérité, ne sachant pas encore précisément de quoi elle a soif, et, à cause de cela, se précipitant pour engloutir tout ce qu'elle peut.

Que cherche le juge dans la loi et dans ses fonctions judiciaires? — La vérité. Si vous pouviez le convaincre qu'il ne trouvera pas la vérité, vous détruiriez la loi et la justice.

Que cherche la science dans l'incommensurable étendue de l'univers, et dans les profondeurs mystérieuses de la nature humaine? — La vérité. Affirmez qu'il est impossible de la trouver : vous frappez la science d'un coup mortel.

Mais est-il possible de trouver réellement la vérité? — Il faut croire que cela est possible, puisque l'esprit ne peut pas vivre sans elle, et puisqu'il vit, à ce qu'il semble, et qu'assurément il ne veut pas s'avouer privé de la vie.

Il y a eu des gens qui ont voulu prouver que la vérité est inaccessible à la connaissance humaine. Mais qu'est-ce que prouver? — C'est amener à la lumière une vérité cachée dans les ténèbres de l'inconnu ou dans l'ombre du doute, au moyen d'une ou de plusieurs vérités clairement reconnues et indubitablement admises. Ainsi donc, la vérité existe avant les démonstrations; elle assiste déjà à leur naissance, et elle rit de ceux qui veulent prouver son absence ou sa non-existence, mais qui sont obligés pour cela de l'appeler à leur secours.

On peut entendre la philosophie du temps le plus moderne dire que ce qui est borné, composé de parties, conditionnel, relatif, sensiblement apparent (φαινόμενον), changeant, passager, ne présente pas de vérité parfaite; que la vérité fondamentale et parfaite doit être trouvée dans ce qui est impérissable, dans ce qui est immuable, dans ce qui est accessible à l'esprit (νοούμενον), dans ce qui est indépendant, dans ce qui est absolu, dans ce qui est un, dans ce qui est infini. Dans ces paroles, on entrevoit quelque chose de la vérité; mais n'y a-t-il pas en elles trop peu de clarté? Beaucoup comprendront-ils facilement et exactement chacune d'elles? Mais est-ce que la vérité ne serait que pour quelques bourreaux de leur propre esprit, et non pour toute l'humanité? Et est-ce qu'il faut nécessairement aller au principe de la lumière par une voie obscure? Sera-t-il moins satisfaisant, et ne sera-t-il pas plus intelligible pour tous que nous disions que la racine et la base de la vérité, le centre des vérités, le soleil du monde intellectuel, c'est la pure perception de l'esprit, ou, comme vous dites, l'idée de Dieu, du Créateur, du Tout-Puissant, et que cette vérité est très-accessible à la connaissance de tous les hommes, *puisque ce qui se peut connaître de Dieu est manifeste en eux; car Dieu le leur a manifesté; car ce qui est invisible en lui, compris par ce qui a été fait depuis la création du monde, est devenu visible, aussi bien que sa puissance éternelle et sa Divinité* (Rom., I, 19, 20).

Aux oreilles de la capitale du paganisme, aux oreilles des nations et des sages païens, l'apôtre Paul a dit hautement que *ce qui se peut connaître de Dieu est manifeste en eux*. Tant il était convaincu que, contre cette vérité, il ne peut pas y avoir d'objection fondée. Mais après cela, lui-même, sans craindre d'être en contradiction avec lui-même, a dit que ces mêmes hommes, pour lesquels *ce qui se peut connaître de Dieu est manifeste, ont changé la vérité de Dieu en mensonge, et ont adoré, et ont servi la créature plutôt que le Créateur* (25). Et, comme preuve évidente de cela, il avait encore devant lui le monde païen tout entier, et des expériences de siècles et de milliers d'années.

Après cela, veuillez examiner, zélateurs de la vérité, dans quelle situation se trouve l'humanité par rapport à la vérité. La vérité lui est aussi indispensable que la nourriture, la vérité est accessible à sa connaissance, et cependant le monde entier, dans une suite de siècles et de milliers d'années, n'a pas su trouver et mettre en œuvre la vérité première, radicale, indispensable par excellence, et rendue *manifeste*. L'humanité n'est-elle pas malheureuse de ne pas savoir reconnaître la vérité indispensable et salutaire par excellence? Et de plus, n'est-elle pas coupable devant Dieu, elle qui n'a pas reçu la vérité que *Dieu a manifestée?* Qu'est-ce donc qui l'attend plus loin, selon la conséquence naturelle de ce qui a précédé, et en même temps selon la justice de Dieu? — L'ombre impénétrable du doute? L'égarement dans les ténèbres de l'inconnu, ou à la suite de fantômes trompeurs? La mort de faim de l'esprit, et, après une vie morale fantastique de courte durée, la mort de l'homme tout entier? — Telle était réellement, et aurait été pour toujours la destinée de l'humanité, si Dieu, qui a manifesté aux hommes, par le moyen de la nature des choses créées, ce qui peut être connu de lui, ne s'était, par une surabondance de miséricorde, manifesté à nouveau par le moyen de son Verbe incarné, de son Fils Unique, notre Seigneur Jésus-Christ.

Ainsi se détermine la signification et se découvre la force de l'expression du Christ Sauveur déclarant qu'il *est né* et qu'il *est venu dans le monde pour rendre témoignage à la vérité;* que ceux-là seulement qui *persévèrent dans sa parole* ont l'espérance de *comprendre la vérité; qu'il est* lui-même *la vérité*, et *la voie* vers *la vérité, et la vie. La grâce et la vérité sont venues par Jésus-Christ* (Jean, I, 17), dit son disciple bien-aimé. Pourquoi d'abord *la grâce*, et ensuite *la vérité?* — Parce que l'homme, non-seulement ne connaissait pas la vérité, mais encore était coupable de n'avoir pas reçu la vérité, et, à cause de cela, était indigne d'une nouvelle révélation de la vérité; et c'est pourquoi il fallait *la grâce*, la miséricorde surabondante, pour le rendre digne d'une nouvelle et plus haute révélation de la vérité. De quelle révélation de la vérité? — Le même disciple bien-aimé l'explique : *Personne ne vit jamais Dieu nulle part; c'est le Fils Unique, qui est dans le sein du Père, qui l'a confessé lui-même* (18); — il a confessé Dieu, non-seulement comme Créateur et Maître du monde, mais, ce qui est particulièrement merveilleux et admirable, comme Père, pardonnant, aimant et sauvant. *Car Dieu a tellement aimé le monde qu'il a donné même son Fils Unique, afin que quiconque croit en lui ne périsse point, mais qu'il ait la vie éternelle* (Jean, III, 16).

Quelqu'un ne me dira-t-il pas : C'est là la vérité de Dieu; nous la laissons aux théologiens; à nous incombe l'effort de rechercher la vérité naturelle, utile à l'homme et à la société humaine? — Mais à moi, mes Frères, incombent le souci et l'effort pour que vous n'écartiez pas de vous la vérité de Dieu. Pourquoi veut-on diviser la vérité? — Diviser, c'est tuer. Il n'y a pas de vie sans unité. Penserait-on donc que la vérité de Dieu et de Jésus-Christ soit quelque chose d'étranger pour la vérité naturelle utile à l'homme et à la société humaine, et que la dernière puisse vivre sans la première aussi bien qu'en union avec elle? — Considérez les nations et les sociétés humaines, chrétiennes et non-chrétiennes. N'est-ce pas là que brille clairement la vérité naturelle : physique, métaphysique, morale, fondatrice, ordonnatrice et décoratrice pour les sociétés humaines, où brille le soleil de la vérité de Dieu et de Jésus-Christ? N'est-ce pas la nuit, qui couvre les facultés naturelles et la vie des nations sur lesquelles ne s'est pas encore levé le soleil de la grâce de la vérité de Dieu et de Jésus-Christ? Arrachez le soleil au monde : qu'en sera-t-il du monde? Arrachez le cœur au corps : qu'en sera-t-il du corps? Faut-il le redire? Arrachez la vérité de Dieu et de Jésus-Christ à l'humanité : il en sera d'elle de même que du corps sans le cœur, que du monde sans le soleil.

Mais je suis par vocation philosophe et scrutateur de la nature : quel doit donc être mon rapport à la vérité de la Révélation? — Ne rêve pas que tu peux édifier la sagesse ; songe plutôt que la sagesse peut venir et te réédifier : et quand, avec Salomon, tu trouveras que, dans *l'abondance de la sagesse* agissant par elle-même, insuffisante, il n'y a qu'*abondance de désappointement* et *tourment d'esprit* (Eccl., I, 17, 18), alors n'aie pas honte et ne diffère pas de confesser et d'appeler au secours de la philosophie naturelle Celui *en qui sont enfermés tous les trésors de sagesse et de raison* (Col., II, 3), *qui nous a été donné de Dieu pour être notre sagesse, et notre justice, et notre sanctification, et notre délivrance* (I Cor., I, 30).

Je suis un perquisiteur de la vérité des récits des évènements humains : en quoi suis-je débiteur de la vérité de Dieu? — Ne permets pas à ton regard obtus de ne voir dans les évènements de l'humanité qu'un jeu désordonné des circonstances et une lutte des passions, ou une destinée aveugle; aiguise ton œil et remarque les vestiges de la providence de Dieu, sage, bonne et juste. Prends garde de tomber dans la mythologie païenne en suivant crédulement ceux qui, dans la profondeur de l'antiquité du monde, assignent ce qu'ils appellent *les temps antéhistoriques*. Chez les païens, la fable avait absorbé la vérité des évènements anciens : nous avons le véritable *livre de la genèse*, dans lequel le fil de l'existence humaine commence à Dieu et au premier homme, et se prolonge, sans jamais se rompre, jusqu'à ce qu'enfin il entre dans le large tissu des traditions et des récits historiques des différents peuples.

Je suis un investigateur des étoiles, des planètes et de leurs lois : qu'exige de moi la vérité de Dieu? — Tu as augmenté avec beaucoup d'art la pénétration de ta vue pour voir aux cieux ce qui est invisible à l'œil simple : tâche d'augmenter avec le même art la pénétration de ton ouïe pour pouvoir entendre distinctement et annoncer aux autres comment *les cieux racontent la gloire de Dieu.* Je te donnerai pour modèle l'un de ceux qui ont fourni la carrière. Quand il remarqua qu'une étoile, longtemps observée, changea, durant l'observation, sa lumière argentée en l'aspect d'un charbon ardent, et ensuite disparut, il en conclut qu'en elle s'était accompli un fait semblable à celui qui est prédit à notre terre : *La terre, avec tout ce qu'elle contient, sera consumée par le feu* (II Pier., III, 10), et en conséquence il dit : Gloire à Dieu ! Nouveau témoignage mis devant nos yeux que le monde aura une fin, que par conséquent il a eu un commencement, que Dieu est le Créateur du monde et le maître souverain de ses destinées.

Je suis un amateur et un cultivateur de l'éloquence : dois-je asservir la liberté et la beauté de la parole à l'austérité d'une vérité supérieure? — Juge si ton œuvre aura une grande valeur quand les élégantes fleurs de ta parole se montreront des fleurs infécondes? Ne vaut-il pas mieux qu'en elles soit cachée la semence féconde d'une vérité instructive, et qu'elles répandent le parfum de la pureté morale?

Nous tous, Chrétiens, et adonnés à la philosophie, et cherchant dans la simplicité la sagesse de l'humilité, n'oublions jamais que Jésus-Christ est non-seulement *la vérité*, mais aussi *la vie*. Par sa parole et par son exemple, il est devenu pour nous *la voie*, afin de nous conduire *à la vérité*, et, par la vérité, à la véritable *vie*. Celui qui pense se mettre en sûreté par l'acquisition de quelque connaissance de la vérité de Jésus-Christ, et qui ne s'efforce pas assez de la convertir en une vie réelle selon l'enseignement et l'exemple de Jésus-Christ, celui-là se trompe par la vérité elle-même, et il s'expose au danger de mourir en chemin, et de ne jamais atteindre à la vie véritable, éternelle, bienheureuse avec Jésus-Christ en Dieu. — *Courez ainsi afin de l'atteindre*. Aspirez par la voie de la vérité à la véritable vie.

Passe aussi par la voie tsarienne, Demeure tsarienne des sciences, de ton premier siècle à ton second siècle. Après avoir considéré les progrès que tu as faits, remercie Dieu, et sois pleine de zèle pour en faire de plus grands. Ne déguise pas sous la flatterie les imperfections inséparables des œuvres humaines, mais, dans leur reconnaissance sincère, trouve un enseignement et une excitation pour les perfectionnements. Propage, non une civilisation superficielle, mais une instruction qui pénètre de l'esprit au cœur, et que le fruit de la science soit la vertu et le vrai bien privé et public. Efforce-toi de former des défenseurs de la vérité et de la justice, de la foi et de la fidélité à Dieu, au Tsar et à la Patrie, qui vivent par la vérité et la justice, et qui soient prêts à faire pour elles le sacrifice de leur vie. Car la vérité, quand on meurt pour elle, est particulièrement vivifiante. — Ainsi soit-il.

5

# HOMÉLIE

## AVANT LE VŒU DES VEUVES DE LA MISÉRICORDE,

Prononcée à l'église de la Maison Impériale des Veuves, le 16 mars 1856.

Plus d'une fois, sous la direction de la parole de Dieu, nous avons exposé ici l'enseignement sur la philanthropie chrétienne, soit en général, soit par application aux obligations de celles qui prennent sur elles le vœu du soin miséricordieux des malades.

Je veux vous présenter aujourd'hui un récit, — non pas un de ces récits imaginés auxquels perdent leur temps et leur peine ceux qui les inventent, par lesquels perdent leur temps et dérangent leur imagination, leurs pensées et leurs sentiments, ceux qui les lisent ou les entendent, mais un récit vrai, l'un de ceux dont a dit un sage expérimenté : *Ne méprise pas les récits des sages; — ne te détourne pas des récits des vieillards* (Sag. de Sir., VIII, 9, 11); *le récit de l'homme pieux est toujours une sagesse* (XXVII, 11).

Après les exploits des apôtres et des martyrs, dans l'Église de Jésus-Christ, particulièrement en Égypte et en Palestine, florissait, dans des personnes distinctes et dans des sociétés entières, une arène séparée du monde, ayant eu pour fondateur saint Antoine le Grand. Ayant vu et entendu de grands instituteurs, les combattants s'efforçaient de garder et de consolider leurs enseignements, et c'est pour cela qu'ils avaient mis en usage d'écrire les discours instructifs des vieillards et les évènements édifiants. Ainsi fut écrit d'après les paroles d'un témoin oculaire le récit que je vais vous raconter maintenant.

Un certain Euloge, habitant d'Alexandrie, homme ayant de l'instruction et de la fortune, voulut renoncer au monde; il distribua ses biens aux pauvres, en gardant un peu pour sa subsistance, comme n'étant pas capable de gagner sa subsistance par le travail, et il se mit à réfléchir sur la meilleure manière d'arranger sa vie. Il vit, gisant sur la place publique, un lépreux dont presque tous les membres étaient atteints de la maladie, excepté la langue, et il fit devant Dieu ce vœu : Seigneur, je le prendrai en ton nom, et je le soignerai jusqu'à la mort, afin que cela me serve, à moi aussi, pour mon salut; Seigneur, donne-moi la patience. Ayant reçu le consentement du lépreux, il le prit dans sa maison, et durant quinze ans il le nourrit, le lava, le soigna, sans s'effrayer d'une maladie impure et contagieuse. Mais après que celui qui donnait les soins eut eu patience si longtemps, il arriva que la patience manqua à celui qui les recevait. Il s'ennuyait de la solitude, il n'était pas content de sa nourriture, il faisait des reproches au bienfaiteur, il exigeait qu'on le remît sur la place publique. Euloge était dans l'embarras. Il était excédé par les plaintes et les reproches du malade, et il ne voulait pas l'éloigner de lui, pour ne pas violer le vœu dans lequel il mettait l'espérance de son salut. Sur le conseil d'autres religieux ses voisins, Euloge, ayant pris le lépreux, alla avec lui vers Antoine le Grand, au lieu où celui-ci sortait de temps en temps de sa caverne pour l'instruction de ceux qui venaient vers lui. Antoine sortit par une nuit sombre, et, ayant appelé par son nom cet étranger inconnu, il lui ordonna, de manière à être entendu des autres qui étaient venus (assurément pour l'instruction générale), de dire pourquoi il était venu. Euloge expliqua son cas embarrassant, et demanda un conseil. Alors Antoine lui dit sévèrement : Tu peux abandonner le lépreux, mais Dieu, qui l'a créé, ne l'abandonnera pas ; si tu le rejettes, Dieu ordonnera à un meilleur que toi de le recueillir. Ensuite il dit aussi sévèrement au lépreux : N'est-ce pas au nom de Jésus-Christ qu'il s'est assujéti à toi? N'est-ce pas Jésus-Christ qui te sert? Comment oses-tu murmurer contre Jésus-Christ? Enfin, les ayant appelés tous deux à part des autres, Antoine leur dit : Hâtez-vous de retourner au lieu de votre exploit : Dieu envoie déjà vous chercher; c'est votre dernière épreuve. Tous deux se soumirent ; ils s'en retournèrent : quarante jours après, le lépreux mourut, et, trois jours après lui, Euloge mourut aussi sans avoir perdu le fruit de son exploit.

On pourrait regarder ce récit comme une parabole instructive sur la philanthropie chrétienne en général, et en particulier sur la compassion pour les malades, si nous ne savions que c'est un évènement réel, raconté presque à la même époque par un prêtre de Nitria qui était allé auprès d'Antoine le Grand en même temps qu'Euloge, qui avait entendu leur conversation et ensuite avait appris la fin de l'évènement. Mais si l'évènement réel est aussi instructif qu'une parabole, il peut rapporter une double utilité. Non-seulement il suggère des pensées édifiantes, mais encore il les corrobore de la force de l'expérience.

Quelles pensées édifiantes nous suggèrent donc la vie et l'aventure d'Euloge?

Elles nous montrent avec quel zèle et quelle abnégation les anciens chrétiens se vouaient aux exploits de la philanthropie. Un homme instruit renonce aux occupations qu'exige et dans lesquelles trouve du plaisir l'instruction, pour passer, auprès d'un malade, à des occupations éloignées de l'amour de la science et de la distinction. Un riche rejette la richesse pour s'affranchir des soucis qui y sont inhérents, et il asservit volontairement cette liberté à un lépreux, pour toute sa vie.

Cet exemple doit vous consoler, vous qui avez accepté et prenez sur vous le vœu du soin compatissant des malades. Votre exploit n'est pas aussi austère : cependant, si vous vous y consacrez d'un cœur sincère, au nom du Seigneur, vous êtes dans la voie des anciens héros chrétiens : vous êtes dans la voie des saints.

L'exemple d'Euloge nous montre encore quelle grande vertu les anciens chrétiens attribuaient aux exploits de la philanthropie chrétienne. Il désirait arranger sa vie de manière à assurer son salut éternel. Quel moyen choisit-il pour cela ? — Il supposa suffisant pour cela un seul exploit persévérant de philanthropie pour un malade. Et le sage Antoine ne désapprouva pas cette pensée : car, sans aucun doute, il le soutint dans cet exploit pour confirmer par là en lui l'espérance du salut.

En effet, la promesse de la félicité : *Venez, les bénis* (Matth., xxv, 34), le Juge du monde ne l'a-t-il pas liée indissolublement avec l'indication de l'exploit : *J'étais malade, et vous m'avez visité* (36) ? Ainsi donc, si, à la suite de votre exploit, il vous dit à juste titre : *J'ai été malade, et vous m'avez visité*, certainement il vous sera dit aussi ceci :

*Venez, les bénies!* Fortifiez-vous dans l'accomplissement de l'exploit par cette espérance.

L'aventure d'Euloge nous fait encore comprendre combien sont nécessaires à ceux qui se vouent à la philanthropie, la constance et la patience, et combien peut être grand le dommage si, après l'entrée dans la carrière de la philanthropie, nous nous refroidissons, ou nous nous laissons faiblir devant les difficultés qui se rencontrent. Si Euloge, offensé par l'impatience du malade, avait cédé à sa propre impatience, et l'avait rejeté, il aurait détruit son exploit de quinze années, il se serait rendu coupable de la violation de son vœu, et il aurait exposé au danger son salut.

S'il vous arrivait aussi qu'un homme dont vous auriez soulagé la souffrance par le soin que vous auriez pris de lui, vous devînt à charge par son impatience, par ses exigences exagérées et difficiles à satisfaire, par son ingratitude, prenez garde de répondre par l'impatience à l'impatience, de détruire votre exploit, d'ébranler votre espérance du salut, et, en vous irritant contre celui qui s'irrite de son malheur et qui vous irrite, d'irriter Dieu.

A celles qui sont appelées au soin des malades, particulièrement quand ils sont réunis en nombre dans un même lieu, peuvent susciter des obstacles, la susceptibilité, un sentiment pénible involontaire à la vue de certaines situations pénibles des malades, et la crainte pour leur propre santé. Mais nous venons de voir à l'instant un homme qui a servi quinze ans un lépreux : nécessairement il touchait souvent à ses plaies, il lui mettait de ses mains de la nourriture dans la bouche, et il n'était rebuté ni par le dégoût ni par la crainte : et la providence de Dieu approuva sa foi et sa philanthropie. Ayez la foi et la philanthropie, et le service du prochain malade vous sera léger et sans danger.

Philanthrope Seigneur Jésus-Christ! tes servantes choisissent, dans un bon désir, de te servir dans la personne de tes moindres frères, appelées qu'elles y sont par la philanthropie tsarienne. Bénis le commencement, la continuation et l'accomplissement de l'exploit qu'elles entreprennent; et, après un service dévoué, attribue-leur le droit d'entendre, en ton jour, ta parole ardemment désirée : *Venez, les bénies!* — Ainsi soit-il.

---

6

# HOMÉLIE

## POUR LA FÊTE DE L'ANNONCIATION DE LA TRÈS-SAINTE MÈRE DE DIEU,

AVANT LA PRIÈRE D'ACTION DE GRACES POUR LA CONCLUSION DE LA PAIX.

— 25 mars 1856. —

En ce jour où le ciel annonce à la terre la bonne nouvelle de l'avènement, mystérieux dans son principe, glorieux dans ses conséquences, du Divin *Prince de la paix* (Is., IX, 8), est annoncée solennellement à cette cité régnante la bonne nouvelle de la paix acquise à notre patrie par notre Très-Pieux Autocrate, et mettant fin à une guerre pénible. Que pensez-vous en ce moment, fidèles enfants de la Russie? Que sentent vos cœurs? Sentent-ils la paix intérieure? Ou bien la colère ne s'éteint-elle pas encore, l'indignation bout-elle encore contre l'injustice qui a poussé sur nous la guerre et qui l'a rendue impitoyable?

Rappelons-nous la loi, accomplissons le commandement du Divin *Prince de la paix* — de ne pas se souvenir du mal, de pardonner les offenses, *d'être pacifiques* même *avec ceux qui haïssent la paix* (Ps. cxix, 6), à bien plus forte raison avec ceux qui proposent la cessation de l'hostilité et qui tendent une main pacifique. Que la colère s'éteigne. Que l'indignation se taise. Paix, non-seulement aux armes, non-seulement aux villes et aux campagnes ; paix aux pensées du cœur, paix aux âmes jusque dans leurs profondeurs.

Remercions Dieu qui nous a envoyé d'en haut son secours dans la guerre. Remercions Dieu qui nous a donné la paix. Encourageons-nous à profiter de la paix.

Il est impossible de rappeler de sang-froid quelles difficultés a dû vaincre l'armée russe dans cette guerre, quels fardeaux a dû supporter le peuple, à quelles privations et à quelles souffrances ont été soumis par les ennemis, nos compatriotes rapprochés du spectacle ignominieux de la guerre. Mais à ces tristes souvenirs en est joint un autre, consolant et majestueux. Nos guerriers de la mer, après avoir commencé leurs exploits par la destruction de la flotte turque, lorsqu'ils ont dû éviter les forces maritimes énormément supérieures de plusieurs puissances, non-seulement n'ont pas cédé leurs vaisseaux, mais encore en ont fait une fortification sous-marine pour la défense du port et de la ville. Ensuite, nos guerriers de mer et de terre réunis ont résisté victorieusement durant onze mois, à Sébastopol, aux armées très-nombreuses de quatre puissances, et à des instruments de destruction sans exemples jusqu'à ce jour. Enfin, quoiqu'il ait été encore permis aux ennemis de travailler, sur les ruines à eux abandonnées, à multiplier les ruines, l'armée russe est debout jusqu'à ce jour à Sébastopol. A l'orient lointain, une petite fortification, avec une poignée d'hommes, a repoussé les attaques par mer et par terre d'ennemis incomparablement plus forts, de l'aveu de ceux qui ont pris part à cela plus par la prière que par la force. A l'occident, deux flottes très-fortes ont épuisé inutilement leurs efforts contre une seule forteresse, et n'ont fait que considérer l'autre de loin. Au nord, il y a eu une étrange lutte : d'un côté, des navires de guerre et des bouches à feu, de l'autre des serviteurs de l'autel et des moines promenant la sainteté et la prière sur les murs du monastère, et quelques hommes avec des armes faibles et en mauvais état : et le monastère est resté invaincu, et la sainteté, inviolée. Contre la Russie ont combattu les armées de quatre nations, et au nombre de celles-ci étaient les plus fortes du monde. Entre les nations paisibles, quelques-unes ont été complètement paisibles, tandis que quelques autres, par leur attitude indécise, ont diminué la facilité de notre action, et que cela s'est tourné en facilité pour les ennemis. Et, malgré tout cela, nous n'avons pas été vaincus en Europe, et nous avons été vainqueurs en Asie. Gloire à l'armée russe! Bénie soit la mémoire des combattants de la patrie, qui lui ont apporté en sacrifice leur courage, leur art et leur vie! Mais au-dessus de tout cela — que la Russie le dise avec le Prophète — *Béni soit le Seigneur mon Dieu, qui instruit mes mains à la guerre, mes doigts au combat ; ma miséricorde et mon refuge, mon protecteur et mon libérateur, mon défenseur* (Ps. CXLIII, 1, 2)!

Bénissons Dieu, *qui instruit* nos *mains à la guerre*, après avoir vu comment des villageois et des citoyens paisibles se sont changés inopinément en soldats de la milice, et ont fait la guerre à l'égal des guerriers instruits et expérimentés.

Bénissons Dieu, notre *libérateur*, après avoir entendu comment, à l'orient, nos guerriers de la mer, sur un petit nombre de vaisseaux, à travers les forces maritimes supérieures des ennemis, se sont envolés sans aucun mal vers le port de la patrie.

Bénissons Dieu, qui est notre *miséricorde*, d'avoir réveillé dans les cœurs la sympathie pour les combats et pour les combattants, le désir de contribuer aux combats, de soulager les combattants. Avec quel empressement et quelle abondance ont été offerts de toutes parts les secours pour la guerre et pour les guerriers ! Les talents des riches et les oboles des pauvres se sont répandus dans le trésor de la guerre et dans le trésor de la compassion pour les guerriers blessés et malades, et pour leurs familles. C'est particulièrement dans la maison Tsarienne que se sont ouvertes les sources de cette compassion ; et elles ont coulé, et elles coulent à torrents bienfaisants.

Bénissons encore le Dieu de *miséricorde* de ce qu'il a manifesté en nous et envers nos ennemis, non-seulement la justice, mais aussi la miséricorde. Non-seulement ils n'ont occasion de nous reprocher aucune cruauté, aucune ruine ni aucune destruction non exigées par la nécessité de la guerre, mais ils ne peuvent pas ne pas reconnaitre notre douceur envers leurs prisonniers. En entrant dans la paix, nous ne désirons pas renouveler la guerre même par l'arme de la parole. Nous nous permettrons seulement de rappeler que même dans les temps de trêve, alors qu'il n'était pas permis de combattre contre nos guerriers, quelques-uns de nos adversaires ont continué à combattre contre nos pierres, même celles de constructions pacifiques. Aussi les pierres se sont-elles courroucées contre eux, et les ont-elles mis en déroute, et ontelles enseveli sous elles l'un des philosophes de la destruction. Nous osons, non pour nous flatter, mais pour remercier le Dieu de miséricorde, dire que de notre côté est la victoire non sanglante, — morale.

Du reste, quand même la guerre qui a eu lieu présente de notre côté des aspects consolants, cela ne devait pas nous prédisposer au désir que la guerre se prolongeât. Gloire à Dieu de ce que la Russie chrétienne orthodoxe n'a pas été coupable du commencement de la guerre, et de ce qu'elle ne l'a pas déclarée, mais en a reçu la déclaration : elle devait se garder que, même pour la plus petite partie, la faute de la continuation de la guerre ne tombât sur elle. Reconnaissance au Très-Pieux Souverain Empereur qui nous a préservés de cela, qui a épargné philanthropiquement le sang des siens et des étrangers, qui a préféré chrétiennement une paix débonnaire à la poursuite de la vengeance. Béni soit Dieu qui l'a aidé en cela!

Dieu dit par la bouche du Prophète : *C'est moi qui ai formé la lumière et fait les ténèbres, qui fais la paix et qui crée les maux : je suis le Seigneur Dieu faisant tout cela* (Is., XLV, 7). C'est merveilleux et étrange! Un Dieu bon, et la bonté par essence, atteste lui-même de lui-même qu'il *a fait les ténèbres*, qu'il *crée les maux*. Mais celui qui regarde au fond des œuvres de la Providence ne se trouble point de cela. Par exemple, il fallait que Dieu obscurcît les yeux des guerriers syriens pour qu'il ne fissent pas périr Élisée, presque le seul prophète de son temps et le seul défenseur de la foi et du vrai Dieu. Il fallait que la génération dépravée du premier monde pérît dans le déluge, pour que les faibles restes de la bonne génération ne périssent pas par la contagion universelle du mal, et pour que la terre ne se changeât pas en un enfer. Si donc la Providence de Dieu gouverne même par les forces vengeresses qui agissent sur le genre humain, il en est plus indubitable qu'elle gouverne par les forces bienfaisantes. Si Dieu permet la guerre, il en est plus indubitable que c'est lui qui *fait la paix*.

Est-ce par les forces et les moyens humains seulement qu'a été préparée aussi la paix actuelle? Il est vrai que ceux qui combattaient contre nous avaient à supporter le double fardeau et de la guerre elle-même, et des maux envoyés par les décrets d'en haut ; mais ils continuaient à s'appuyer sur leur grand nombre, et les vastes préparatifs de guerre faits par eux avant la paix elle-même montraient encore et leur force et leur pensée amie de la guerre. Cependant la paix nous a été offerte, et le bruit et les cris des ennemis de la paix n'ont pu étouffer la douce voix de la paix. Qui donc, là-bas aussi, a calmé les cœurs enflammés pour la guerre? Ne soyons pas myopes des yeux de l'esprit et du cœur. Voyons au-dessus des agents visibles la volonté secrète du Créateur invisible de la paix. Que la guerre s'éloigne, châtiment de Dieu sur les peuples : recevons la paix avec reconnaissance, comme un don du Dieu *qui fait la paix*.

Mais dès que nous reconnaissons que la paix est un don de Dieu, nous devons en même temps reconnaître et ressentir intérieurement notre obligation, non-seulement de recevoir d'une manière digne, mais encore d'employer d'une manière digne ce don de Dieu. Tout don de Dieu est un talent qui doit être mis en œuvre et utilisé conformément à l'intention du Donateur. La parabole Évangélique nous apprend que ceux qui ont bien employé les talents qui leur ont été donnés reçoivent une augmentation de dons au-dessus de leur mérite et de leur attente, tandis que ceux qui ne les ont pas bien employés sont privés même de ce qui leur avait été donné auparavant.

Que vous dirai-je du bon usage de la paix? Vous conseillerai-je de l'utiliser pour le rétablissement de votre prospérité matérielle ébranlée par la guerre? Mais est-il besoin de conseiller cela? Vos besoins et votre utilité vous le conseillent de reste, et accueillir ce conseil pour le mettre en pratique, ce ne serait pas encore avoir fait beaucoup, puisque au contraire ce serait manquer non-seulement de sagesse spirituelle, mais encore de prudence mondaine, si nous faisions usage du temps disponible de la paix pour l'insouciance et l'oisiveté, pour les plaisirs et la dissipation, et non pour une utile activité.

Efforçons-nous particulièrement d'amasser et de conserver dans une abondance particulière les biens spirituels,— la grâce de Dieu, la foi, la justice, la vertu. Elles fonderont et affermiront notre paix intérieure, et elles élèveront et consolideront l'extérieure.

*Ainsi parle le Seigneur : Si tu avais écouté mes commandements, ta paix aurait été comme un fleuve* (Is., XLVIII, 17, 18). *Écoute*, ne fût-ce que d'aujourd'hui, *les commandements* du Seigneur, si tu n'y as pas été assez attentif auparavant, et que ta paix *soit comme un fleuve!* — Ainsi soit-il.

# DIXIEME PARTIE[1]

# HOMÉLIES

## SUR DIVERS OBJETS DE L'ENSEIGNEMENT CHRÉTIEN

---

## 1

# HOMÉLIE

## SUR L'AMOUR DU TRAVAIL.

— 1847. —

> Nous montrant en toutes choses comme des serviteurs de Dieu, dans une grande patience, dans les afflictions, dans les calamités, dans les angoisses, dans les blessures, dans les prisons, dans les discordes, dans les travaux.
>
> — II Cor., VI, 4, 5. —

Saint Paul, comme fondateur de l'Église de Corinthe, écrivant aux Corinthiens, et, comme Apôtre universel, s'adressant à tous les Chrétiens, s'écrie : *Nous vous conjurons de ne pas recevoir en vain la grâce de Dieu*. C'est-à-dire, il engage les Chrétiens à mener une vie telle que la grâce de Dieu, qu'ils ont reçue de Jésus-Christ par ses mystères, ne reste pas en eux sans fruits, mais qu'ils

[1] La *neuvième partie* ne contient qu'une seule oraison funèbre qui n'a pas été désignée pour la traduction. (*Note du traducteur.*)

profitent diligemment de son secours et qu'ils assurent leur salut par de bonnes œuvres. Ne ressemblant pas aux maîtres qui imposent sur les épaules des autres des fardeaux pesants et difficiles à supporter, qu'eux-mêmes ne veulent pas toucher du doigt, l'Apôtre, au contraire, se présente comme ayant porté et portant des fardeaux pesants et difficiles à supporter, afin que les disciples ne refusent pas de supporter quelque chose de moindre, possible pour eux. *Nous montrant en toutes choses comme des serviteurs de Dieu, dans une grande patience, dans les afflictions, dans les calamités, dans les angoisses, dans les blessures, dans les prisons, dans les discordes, dans les travaux,* — et dans une quantité d'autres exploits et d'autres vertus dont j'interromps l'énumération pour abréger. Dans cette quantité de fardeaux, en effet plus ou moins pesants pour la nature corrompue, mais non pas impossibles à supporter avec le secours de la grâce, j'en prends un en ce moment, et du reste un des plus inévitables et des plus faciles à supporter, et je désire le voir sur mes épaules et sur les vôtres. C'est le travail. Je vous conjure avec l'Apôtre *de vous montrer comme des serviteurs de Dieu — dans les travaux.*

Ou bien l'enseignement sur le travail n'en vaut-il pas la peine, et n'est-il pas digne de la chaire? Quelques-uns ne diront-ils pas que celui qui a besoin de travailler, celui-là ira sans enseignement au travail, malgré lui, ou par l'entraînement de la passion; mais que celui qui peut se passer du travail, faut-il donc le tourmenter inutilement d'idées de travail? Si quelqu'un reconnait qu'il a ces pensées dans la tête, ou, en s'examinant attentivement, les trouve dans la disposition de sa vie, que celui-là sache aussi que nous reconnaissons que ce sont ces mêmes pensées qui nous engagent à parler des travaux qui en valent la peine et qui sont dignes d'attention.

Le travail par contrainte est-il bien supérieur au travail du bœuf portant le joug et trainant la charrue? Et n'est-il pas doublement pesant, en premier lieu par la propre pesanteur du travail, en second lieu par le sentiment pénible de la nécessité? Et, par conséquent, ne serait-il pas bien que nous pussions élever le travail même le plus humble de l'homme au-dessus du travail de l'animal privé de raison, et, sans amoindrir le travail indispensable, en diminuer la pesanteur en remplaçant le sentiment accablant de la contrainte par le fardeau facile à supporter de l'indispensabilité morale reconnue par la raison?

Le travail par passion, par exemple, par cupidité, est-il noble, et n'est-il pas uni avec le tourment, puisque toute passion dominante est un tyran intérieur? Et, par conséquent, ne sera-ce pas mieux si nous ennoblissons le travail en chassant, ou du moins en triomphant de la basse inclination de la cupidité par un encouragement plus noble à l'activité?

Le travail par ambition, quelques-uns, peut-être, ne consentiront pas à l'appeler peu noble. Sans entrer dans une discussion à ce sujet, je demanderais bien aux grands et aux puissants seulement : Sont-ils parfaitement contents de ceux qui travaillent sous leurs ordres et qui ne le font que pour s'élever et parvenir aux honneurs? N'aimeraient-ils pas mieux qu'ils le fissent par des motifs plus purs, — par estime profonde, par dévouement, par zèle et par amour?

Que dire du mépris du travail, du dégoût pour lui et de la vie oisive? Si la vie, c'est l'activité, par une conclusion réciproque, l'inactivité et l'oisiveté ne sont pas la vie, du moins ne sont pas la vie d'un être raisonnable et moral. Un sommeil prolongé le matin, un réveil lent, ensuite le déjeuner, la promenade, une conversation oiseuse avec des visiteurs ou des visités, une lecture qui peut-être n'est pas meilleure qu'une conversation oiseuse, ensuite le dîner, le repos, le spectacle, le jeu, le souper, puis encore le long sommeil, — est-ce là la vie d'un être raisonnable et moral?

Ainsi donc, le travail par contrainte, le travail par passion, le dégoût du travail et l'oisiveté, — tout cela demande ou une réforme ou une amélioration par un sain enseignement sur le travail; et il n'est possible de puiser un pareil enseignement nulle part mieux qu'à la source de la philosophie chrétienne.

Y a-t-il travail dans les cieux? — Nous ne pouvons pas l'affirmer, quoique nous sachions par la Révélation de saint Jean que les Puissances de ces lieux *n'ont de repos ni le jour ni la nuit* (Apoc., IV, 8), glorifiant incessamment le Tout-Puissant. Mais là, ce n'est pas comme ici, sur la terre. Ici, le travail, le repos, le plaisir, sont divisés, limités, entrecoupés; mais là, l'activité des Puissances créées n'ayant pas besoin de repos, et leur repos en Dieu et leur félicité constituent une seule et même chose. Du reste, pour les bons *esprits envoyés* sur la terre *pour le service de ceux qui veulent hériter le salut*, je pense que c'est un travail, — et un travail qui n'est pas léger, que de descendre pour nous du domaine pur et lumineux du ciel, comme dans un souterrain ou un puits de mine, dans le domaine sombre et étouffé de la terre; que de veiller sur notre indignité, de nous communiquer de subtiles inspirations spirituelles souvent étouffées par notre sensualité grossière, de supporter nos défauts et nos infidélités, de s'écarter quelquefois, par nécessité, de nos impuretés, mais pas trop loin, afin de ressaisir les minutes favorables pour un bienfaisant rapprochement vers nous ; que de s'affliger enfin quelquefois inconsolablement sur notre impénitence. Songe à cela sérieusement, fils de la poussière ! Si les habitants des cieux ne regardent pas comme bas et désagréable pour eux de descendre de leur félicité sur notre terre malheureuse, pour un travail salutaire pour toi, oseras-tu repousser quelque travail utile que ce soit comme bas et désagréable? Prends garde seulement aux bas motifs qui seuls font le travail véritablement bas.

Si nous demandons s'il y avait travail dans le paradis, le livre de la Genèse nous répond : *Le Seigneur Dieu prit l'homme qu'il avait créé, et le conduisit dans le paradis des délices, pour le cultiver et le garder* (Gen., II, 15). Le paradis n'avait pas besoin d'une culture forcée, comme nos champs et nos jardins, parce qu'il n'y avait pas encore de malédiction produisant les ronces et les chardons. Pourquoi donc était-il prescrit même à l'homme du paradis de *cultiver?* Pour la solution de cela, saint Chrysostôme produit les paroles du sage : *Car l'oisiveté a enseigné une grande malice* (Sag. de Sir., XXXIII, 28). C'est pourquoi, conclut-il, Dieu *voulut que* l'homme *eût quelque petit et modéré souci de la garde et de la culture. S'il avait été tout à fait affranchi de tout travail, alors, jouissant d'un grand repos, il serait facilement tombé dans la paresse. Mais en faisant une œuvre, du reste non accompagnée de douleur et de fatigue, il lui était plus facile d'être sage.* De ce raisonnement du Maître à la bouche d'or, il nous convient de tirer cet enseignement que, quand même quelqu'un de nous vivrait presque dans l'abondance et la prospérité du paradis, quand même il ne se présenterait rien qui l'obligeât au travail, cependant, en ce cas même, il ne devrait pas mépriser le travail et s'en éloigner, mais il devrait l'employer comme le conservateur de son bien-être intérieur et extérieur, afin que *l'oisiveté* ne vînt pas et ne lui *enseignât* pas *une grande malice*.

Mais notre état n'est plus celui du paradis, et, dans cet état, le travail a une nouvelle signification et devient indispensable d'une nouvelle manière. A l'homme chassé du paradis pour son orgueil et sa désobéissance, Dieu, comme Juge, a dit : *Tu mangeras ton pain à la sueur de ton front* (Gen., III, 19). C'est-à-dire, comme l'explique saint Chrysostôme : *Parce que tu n'as pas bien profité d'une si grande liberté, je maudirai la terre, afin qu'elle ne te donne plus, comme auparavant, ses productions sans labour et sans semence, mais avec beaucoup de travail, de fatigue et d'exténuation; je t'environnerai de tristesses et de chagrins perpétuels, je te forcerai à faire tout avec effusion de sueur, afin que ces peines te soient un avertissement non interrompu de t'humilier et de reconnaître ta nature.* Si, de cette manière, le travail est un châtiment de Dieu commun à tout le genre humain, et en même temps un enseignement de Dieu aux hommes qui doit les amener à l'humilité et à la reconnaissance de leur faiblesse pour les conduire à se rendre propice Dieu leur Juge, est-il possible de fuir le travail comme châtiment de Dieu sans s'exposer au danger d'un plus grand châtiment? Fuir le travail comme enseignement de Dieu, n'est-ce pas insensé? Ne faut-il pas craindre que Dieu ne prononce ce nouvel arrêt : Puisque tu savais que, pour son travail sans vigilance et sa fainéantise dans le paradis, l'homme a été abaissé d'un travail sans fatigue à un travail fatigant sur la terre, et cependant bienfaisant, mais que tu ne veux pas profiter de ce moyen d'amendement, il reste à te faire descendre encore à un degré plus bas, — au travail infernal, douloureux et infécond?

Du reste, le Christianisme, par lequel tout est allégé, amélioré, adouci et perfectionné, nous prescrit le travail, mais moins en qualité de châtiment de Dieu qu'en vue du service de Dieu. *Nous montrant*, dit l'Apôtre, *en toutes choses comme des serviteurs de Dieu*, et entre autres *dans les travaux*. De quelle manière? Si le travail est indispensable pour toi, considère-le, non comme une nécessité aveugle, mais comme une institution de la sagesse infinie de Dieu dans la vie humaine, et, par conséquent, supporte-le, non avec un sentiment de contrainte, mais avec un sentiment d'obéissance à la volonté de Dieu. Et si, selon l'organisation de la société, le travail vous est imposé par un autre homme, supportez-le, non-seulement à cause de l'homme, mais en même temps aussi à cause de Dieu, *ne travaillant pas seulement devant les yeux, comme cherchant à plaire aux hommes, mais, comme des serviteurs de Jésus-Christ, faisant la volonté de Dieu du fond de l'âme* (Éph., VI, 6). Si l'on vous surcharge même de travaux lourds et prolongés, offrez à Dieu, dans vos travaux, le sacrifice de la résignation et de la patience. Mais si rien ne vous oblige au travail, vous n'en pouvez que plus facilement encore vous montrer serviteurs de Dieu dans le travail que vous entreprenez pour le bien du prochain : car le service au bien du prochain est un service réel à Jésus-Christ, suivant sa propre parole : *Car tout ce que vous avez fait pour l'un des moindres de mes frères, vous l'avez fait pour moi* (Matth., XXV, 40).

Dirai-je encore une parole décisive de l'Apôtre sur le travail, — la dirai-je particulièrement à ceux qui sont libres, et nobles, et dans l'abondance, ou m'en abstiendrai-je pour qu'ils ne m'envoient pas la porter aux esclaves et aux ouvriers ? Mais la parole de l'Apôtre parle à tous, et, avec elle, je n'ose reculer devant personne. Que dit-elle donc ? — *Je vous ai déclaré cela, que celui qui ne veut point travailler ne doit point manger* (II Thess., III, 10). Réfléchissons, nous qui étendons une main non fatiguée sur une table abondante, si nous serions, d'après cette déclaration, ou ce principe, dignes de partager le pain et l'eau avec ce faiseur de tentes qui mettait lui-même en pratique le principe donné aux autres, même plus sévèrement que les autres, non-seulement par le travail Apostolique, mais encore par le travail manuel, ainsi qu'il le dit : *Vous savez que mes mains que voilà, ont fourni à moi et à ceux qui étaient avec moi tout ce qui était nécessaire* (Act., XX, 34). *Nous travaillons péniblement, faisant de nos propres mains* (I Cor., IV, 12). *Nous n'avons mangé gratuitement le pain de personne, mais dans les travaux et les fatigues, en travaillant jour et nuit de nos propres mains, afin de n'être à charge à aucun de vous* (II Thess., III, 8). Mais celui qui n'est pas digne de manger avec Paul, celui-là, assurément, ne sera pas digne de manger avec Jésus-Christ, à sa table, dans son royaume.

Ne soyons donc pas paresseux, désœuvrés et oisifs ; aimons le travail ; faisons quelque chose d'utile, si ce n'est pour nos besoins, par philanthropie pour les autres ; que, par notre utile activité, selon l'exhortation de l'Apôtre, non-seulement nous goûtions la nourriture terrestre avec la jouissance de la conscience, mais encore nous jouissions, à la fin, de la table immortelle, selon l'exhortation du Seigneur Jésus-Christ, qui a dit : *Je vous prépare, comme mon Père m'a préparé, un royaume, afin que vous mangiez et buviez à ma table dans mon royaume* (Luc, XXII, 29, 30) ! — Ainsi soit-il.

---

2

# HOMÉLIE

## SUR LA SANCTIFICATION DU JOUR DU SEIGNEUR.

— 1849. —

> Et, répondant, Jésus parla aux docteurs de la loi et aux pharisiens, disant : Est-il permis de guérir le jour du sabbat?
>
> — Luc, XIV, 3. —

Un jour, le Seigneur Jésus, voyant de l'œil de son omniscience les pensées secrètes des docteurs de la loi et des pharisiens, les appelà au jour par cette question : *Est-il permis de guérir le jour du sabbat?* est-il permis, le jour consacré à Dieu, de guérir les malades? — A une question sur la loi, les docteurs de la loi ne trouvèrent point de réponse. *Mais eux se turent*. Dans ce silence étaient renfermés, l'opinion sévère que l'on ne devait pas guérir le jour du sabbat, et le désir d'accuser Jésus de la guérison qu'il avait faite le jour du sabbat en violation de la loi; mais les juges sévères n'osèrent pas ouvrir la bouche, parce que le peuple était pénétré de respect devant Jésus et devant ses guérisons.

C'est pourquoi le Seigneur du sabbat donna lui-même la solution de sa question, et — avec quelle facilité et de quelle façon irréfutable même pour ses contradicteurs! Il guérit à l'instant un homme qui était devant ses yeux, souffrant d'une hydropisie. *Le prenant par la main, il le guérit et le renvoya.* Il est évident que la guérison était miraculeuse. Une œuvre miraculeuse est une œuvre de Dieu. Une œuvre de Dieu ne peut pas être contraire à la loi de Dieu. Conséquemment, la guérison des malades en un jour consacré à Dieu, n'est pas contraire à la loi de Dieu. *Il est permis de guérir le jour du sabbat.*

Il vous est connu que le jour du dimanche est, dans l'Église chrétienne, exactement ce qu'était le jour du samedi dans l'Église de l'Ancien Testament.

La question : Est-il permis de guérir les malades le jour du dimanche? n'embarrasserait, je pense, ni les savants, ni les ignorants parmi nous. Qui n'enverra chercher le médecin le jour du dimanche? Quel médecin n'ira pas chez un malade le jour du dimanche? D'où vient donc cette différence dans les opinions? Est-ce de ce que nous comprenons mieux que les Juifs la loi du jour du Seigneur?— C'est bien, s'il en est ainsi. Ou, peut-être, n'est-ce pas que nous serions moins attentifs que les Juifs à la loi du jour du Seigneur? — Vous pouvez juger combien cela serait humiliant pour des chrétiens.

Il nous faut donc, Frères chrétiens, nous occuper et avoir souci et de comprendre et de suivre la loi du jour du Seigneur, non-seulement aussi bien que les anciens Juifs, mais encore plus parfaitement, puisque le Christianisme est, sans aucun doute, plus élevé et plus parfait que le Judaïsme.

Prenons pour guides la Loi et l'Histoire Sainte.

Que dit la loi primitive du sabbat, c'est-à-dire du jour du repos religieux, ou du jour du Seigneur? — *Souviens-toi de sanctifier le jour du sabbat : — le septième jour est le sabbat consacré au Seigneur ton Dieu. Ne fais aucune œuvre ce jour-là* (Ex., xx, 8, 10). Remarquez. Le jour est consacré entièrement au Seigneur ; aucune partie ne s'en détache pour l'homme et pour ses affaires. Il n'est pas inutile de remarquer à ce sujet que le jour se mesure ici à la même mesure qu'il se mesurait primitivement, à la création du monde, selon le récit de Moïse : *Le soir et le matin furent un seul jour* (Gen., I, 5). C'est pourquoi, comme autrefois dans l'Église hébraïque, ainsi aujourd'hui encore dans l'Église chrétienne Orthodoxe, toujours fidèle aux saintes traditions antiques, la fête commençait et commence le soir du jour qui précède la fête, et finit le soir du jour de la fête, comme vous le voyez dans l'ordre du Service Divin. Peut-être objectera-t-on qu'il est impossible de consacrer à Dieu les vingt-quatre heures entières, parce que, sur les vingt-quatre heures, l'homme a indispensablement besoin de quelque temps pour lui particulièrement, par exemple, le temps de s'habiller, le temps de prendre sa nourriture, le temps de fortifier son corps par un sommeil indispensable. Cette objection se résout, en premier lieu, par cela que l'homme peut faire l'effort de se refuser quelque nécessité pour ne rien dérober du temps consacré à Dieu ; en second lieu, par cela que l'on peut faire pour Dieu même les actions ordinaires, et, par là, les sanctifier et les accorder avec la loi du jour saint. On peut, par exemple, le jour du Seigneur, même s'habiller avec la pensée pieuse d'honorer par un vêtement propre la pureté et la sainteté du jour aussi bien que du temple de Dieu, que l'on fréquente de préférence ce jour-là ; et voilà l'origine vraie des habits de fête, que l'habitude, corrompue dans la suite des temps, a changés en un hommage idolâtre à la frivolité et à la vanité. On peut, *le jour saint*, selon l'expression d'Esdras, *manger des aliments gras et boire des breuvages doux* (Néhé., VIII, 10), mais *manger et boire à la gloire de Dieu* (I Cor., X, 31), avec la pensée joyeuse et reconnaissante de Dieu : et voilà l'origine des régals de fête, que, dans l'antiquité, on unissait en quelque sorte au sacrifice et au culte de Dieu. La pensée que même la nuit de la fête est une partie du saint jour, peut et doit engager l'homme à sanctifier le plus possible même cette partie du temps par un effort agréable à Dieu, à en accorder le moins possible à l'inactivité du sommeil : et voilà l'origine des vigiles nocturnes des fêtes, qu'en partie le besoin, en partie la faiblesse, et en partie même la libre volonté, abrégent souvent jusque là que la dénomination de vigiles nocturnes devient une accusation contre le zèle affaibli pour les efforts de la prière.

Que dit plus loin l'antique loi complémentaire et conservatrice du sabbat ? — *Gardez le sabbat, parce qu'il est saint pour le Seigneur et pour vous : celui qui le violera, mourra de mort : quiconque fera œuvre ce jour-là, son âme sera retranchée du milieu de son peuple* (Ex., XXXI, 14).

Que dit encore sur cet objet l'Histoire Sainte ? — Un jour, dans le temps du voyage dans le désert, les Israélites *trouvèrent un homme ramassant du bois le jour du sabbat* (Nomb., XV, 32). Je ne sais si nous aurions été embarrassés pour déterminer le degré de ce crime ; mais toute l'assemblée d'alors, sans excepter Moïse et Aaron, ne savait comment agir envers le coupable. *Car on ne savait ce qu'on devait lui faire.* Mais l'affaire finit par là que *toute l'assemblée le lapida hors du camp, comme le Seigneur l'avait dit à Moïse* (Nomb., XV, 32-36).

Dans le livre du prophète Jérémie, nous lisons une menace sévère de la bouche de Dieu contre des violations du repos qui, en apparence, n'étaient pas trop graves. *Si vous ne m'écoutez pas pour ce qui est de sanctifier le jour du sabbat, et de ne pas porter de fardeaux, de ne pas passer les portes de Jérusalem avec des fardeaux le jour du sabbat, j'allumerai le feu à ses portes, et il dévorera les maisons de Jérusalem, et il ne s'éteindra pas* (Jér., XVII, 27). On sait avec quelle terrible exactitude cette menace fut accomplie par les Babyloniens.

Il n'est pas possible de ne pas rappeler encore un exemple de sévérité volontaire dans l'observation du sabbat, que présentent les temps des Maccabées. Pour se soustraire à la persécution d'Antiochus, qui contraignait les Juifs au paganisme, un grand nombre d'entre eux avaient fui dans le désert. Les païens comprirent qu'il serait avantageux de les attaquer le jour du sabbat, où, selon la loi, ils observaient le repos. Alors, aux zélateurs de la piété se présenta soudain une question qu'ils n'avaient pas examinée jusque là : *Est-il permis* de combattre *le jour du sabbat?* Et quoi donc? — *Mourons tous dans notre simplicité* (I Macc. II, 37), dirent-ils, et environ mille hommes se laissèrent tuer sans rien faire pour leur défense. Cette circonstance fit alors comprendre aux Maccabées que, de cette manière, les païens détruiraient complètement la religion ; et c'est pourquoi il fut admis en principe — de combattre même le jour du sabbat les ennemis qui les attaqueraient.

Après ce qui a été dit jusqu'ici, que celui qui le voudra s'étonne de la sévérité de l'ancienne loi sur le jour du

Seigneur : plus remarquable est pour moi son importance et sa force. Que d'autres condamnent le scrupule de ceux, en assez bon nombre, qui l'accomplissaient; mais ne faut-il pas plutôt honorer leur respect pour la loi, leur sacrifice d'eux-mêmes à la loi? Louez-vous, si vous voulez, d'une intelligence de la loi supérieure à celle des anciens, comme même cela doit être dans le Christianisme; mais inquiétez-vous aussi des preuves de cette louange. Or, les preuves certaines d'une plus haute intelligence de la loi spirituelle, ce sont des vertus et des exploits plus hauts.

Ou bien pensez-vous au contraire qu'une plus haute intelligence de la loi sur le jour du Seigneur exige moins de vous et vous permette davantage, conformément à la liberté de la grâce nouvelle, contrairement à la servitude de l'ancienne loi? — Pour la solution de cette question, prenons pour guide l'Évangile.

Que dit donc l'Évangile pour l'allégement de la sévérité de la loi du sabbat, ou du jour du Seigneur? — *Quel est parmi vous l'homme qui, ayant une brebis, si elle tombe dans une fosse le jour du sabbat, ne la prenne et ne la retire? Combien un homme ne vaut-il pas mieux qu'une brebis? Il est donc permis de faire du bien le jour du sabbat* (Matth., XII, 11, 12). *Le sabbat a été fait pour l'homme, et non pas l'homme pour le sabbat. Le Fils de l'homme est donc le Seigneur même du sabbat* (Marc, II, 27, 28). De ces paroles on peut déduire deux principes : premièrement, les œuvres de nécessité inévitable sont permises le jour du Seigneur; secondement, les œuvres de bienfaisance et de philanthropie sont dignes du jour du Seigneur. Mais, de là, il faut nécessairement conclure aussi que les œuvres dans lesquelles il n'y a ni nécessité inévitable, ni dignité morale, ni bienfaisance, l'Évangile les laisse, de même que l'ancienne loi, défendues le jour du Seigneur.

Pour ce qui concerne l'expression majestueuse du Seigneur : *Le Fils de l'homme est le Seigneur même du sabbat :* en entendant cela, ne pensez pas que le Seigneur qui a créé le sabbat, l'ait détruit lui-même et ait permis de le mépriser. Il a dit qu'il n'est pas venu *détruire* la loi, mais l'*accomplir* (Matth., v, 17). Et en s'appelant le *Seigneur du sabbat*, il montre sa Divinité et son pouvoir d'interpréter la loi du sabbat (car qui peut mieux interpréter la loi que le Législateur lui-même?), de la compléter et de la renouveler. Il a montré ce pouvoir particulièrement en ce qu'en conservant l'essence de la loi primitive — de consacrer à Dieu le septième jour, il a sanctifié pour cela un nouveau jour par sa glorieuse résurrection. L'ancien jour du sabbat, fêté en mémoire de la création du monde, n'étant plus complètement joyeux depuis le temps où ce qui a été créé a été entaché du péché, a dû en toute justice céder sa gloire au nouveau jour du dimanche, en mémoire de la nouvelle création, par laquelle nous avons été *créés en Jésus-Christ pour les bonnes œuvres* (Éph., II, 10), *régénérés pour une vive espérance par la résurrection de Jésus-Christ d'entre les morts* (I Pier., I, 3). Vous voyez comment le Seigneur du sabbat ne l'a pas détruit, mais l'a encore élevé. Et c'est pourquoi, si l'ancien jour du Seigneur, le jour du *sabbat*, c'est-à-dire du repos, en mémoire de la première création, qui était temporelle, était saint et religieusement vénéré, ne doit-il pas être à plus forte raison saint et religieusement vénéré, le nouveau jour du Seigneur, le jour du dimanche, le jour de joie de la nouvelle création qui doit demeurer dans les siècles ?

Frères ! la question du Seigneur : *Est-il permis de guérir le jour du sabbat?* restée sans réponse de la part de ceux qui étaient interrogés, vous montre que la vérité persuade, non-seulement par des raisonnements et des réponses, mais quelquefois aussi par des questions auxquelles la réponse inévitable se trouve dans la conscience de ceux qui sont interrogés. Marchons, nous aussi, sur les traces du Maître céleste, et posons à notre conscience quelques questions dont la solution, ce semble, est assez préparée par les explications et les réflexions qui viennent de vous être présentées.

Est-il permis à des chrétiens, à des enfants de la liberté de la grâce, de se soucier moins que des esclaves de la Loi, de l'observation du jour du Seigneur, uniquement parce qu'aujourd'hui ils ne sont pas menacés, pour cela, de la lapidation?

Est-il permis, le matin du jour du dimanche, au temps particulièrement saint du saint jour, d'aller, non au temple de Dieu, mais au marché, de le remplir jusqu'à la presse ; au lieu de la prière et du repos, de s'agiter au milieu du bruit, de l'achat et de la vente? La loi civile permet par condescendance de vendre et d'acheter le jour du dimanche ce qui est indispensable pour le jour : que l'on se contente de profiter de cette condescendance ; et cependant encore, le moins sera le mieux. Mais vendre et acheter le jour du dimanche ce que l'on pourrait remettre à un jour ouvrable, vendre uniquement parce que l'intérêt le veut, acheter parce qu'on en a le loisir le jour de fête, — cela est-il permis? — N'est-ce pas assez des six jours de la semaine pour ces ventes et ces achats? Faut-il s'y précipiter le septième jour pour imprimer et à ce que l'on achète et au prix de la vente le sceau du péché contre le commandement qui sanctifie le septième jour?

La veille du jour du Seigneur, à des heures qui, comme cela a été expliqué plus haut, font réellement partie du jour sanctifié, auxquelles l'Église commence déjà les cantiques solennels, auxquelles nos pieux ancêtres goûtaient ordinairement la joie spirituelle à l'office du soir ou de la nuit, est-il permis à leurs descendants de courir aux lieux de réjouissance mondaine, à des spectacles qui, même dans un moment moins grave, n'auraient pas beaucoup de droit à l'attention d'un chrétien, comme étant empruntés aux païens et s'élevant à peine, quelquefois, au-dessus des représentations païennes de la frivolité, des passions et des vices?

En un jour consacré à la gloire du Christ Sauveur et à la joie du salut, est-il permis, sous apparence de plaisir, de se livrer à des actions qui, non-seulement ne glorifient pas Dieu, mais encore humilient l'homme et nuisent à son salut, — à des actions de sensualité, d'intempérance, de désordre?

*Celui qui a des oreilles pour entendre, qu'il entende.* C'est-à-dire, que celui dont la conscience n'est pas étouffée fasse attention à ses réponses aux questions qui viennent d'être proposées.

Que le commandement, que l'Église, que la conscience dirigent votre conduite tous les jours, mais surtout le saint jour du Seigneur! Quant à la liberté des jours de fête, mettez-la à ne pas vous asservir aux passions, aux habitudes frivoles et aux exemples dignes de condamnation. — Ainsi soit-il.

# ONZIEME PARTIE

# DISCOURS

---

## DISCOURS

### AU TRÈS-PIEUX SOUVERAIN EMPEREUR ALEXANDRE NICOLAIÉVITCH,

A L'ENTRÉE DE SA MAJESTÉ IMPÉRIALE DANS LA CATHÉDRALE DE L'ASSOMPTION, LE JOUR DU SAINT COURONNEMENT.

— 26 août 1856. —

Très-Pieux Grand Souverain!

Particulièrement grande est Ta venue en ce moment. Puisse l'accueil en être digne!

Pour Te faire cortége — la Russie. Pour Te faire accueil — l'Église.

La Russie accompagne Tes pas des prières de l'amour et de l'espérance. L'Église Te reçoit avec les prières de l'amour et de l'espérance. Tant de prières ne pénètreront-elles pas dans le ciel?

Mais qui est digne ici de bénir Ton entrée? Que le

premier Pasteur de cette église métropole, le saint prélat Pierre, qui, il y a cinq siècles, prédit en ce lieu la gloire des Tsars, vienne au milieu de nous, et que, par sa sainte bénédiction, la bénédiction céleste descende sur Toi, et, en même temps que sur Toi, sur la Russie!

---

2

# DISCOURS

### AU TRÈS-PIEUX SOUVERAIN EMPEREUR ALEXANDRE NICOLAIÉVITCH,

APRÈS LA SOLENNITÉ DU SAINT COURONNEMENT DE SA MAJESTÉ IMPÉRIALE.

— 26 août 1856. —

Très-Pieux, Grand Souverain Empereur couronné par Dieu!

Béni soit le Tsar des tsars! Il a *mis sur Ta tête une couronne de pierres précieuses* (Ps. xx, 4). Je le dis avec assurance parce que j'emprunte de la bouche du Prophète cette parole qui exprime la destinée du Tsar justement élevé sur le trône.

C'est Dieu Qui T'a couronné : car c'est Sa providence Qui T'a conduit ici par la loi de l'hérédité du trône, qu'Il a Lui-même posée et sanctifiée lorsque, prenant le Tsar pour instrument de Son gouvernement Divin, Il a exprimé sur Lui Sa décision: *Je ferai asseoir sur ton trône un fruit de ton sang* (Ps. cxxxi, 11).

C'est Dieu Qui T'a couronné : car *Il donne selon le cœur* (Ps. XIX, 5), et TON cœur n'a pas désiré seulement une manifestation solennelle de TA MAJESTÉ, mais surtout la bénédiction mystérieuse de *l'Esprit souverain* du Seigneur, *de l'esprit de sagesse et d'intelligence, de l'esprit de conseil et de force.*

Nous avons entendu TA prière pour cela aujourd'hui. Celui Qui sonde les cœurs l'avait entendue auparavant ; et quand TU as différé de recevoir TA couronne, parce que TU continuais à défendre et à ramener à la paix TON empire, Il a hâté l'apaisement de l'orage de la guerre, afin que TU pusses faire dans la paix TA prière impériale, et afin que la couronne de l'héritage fût aussi pour TOI la couronne de l'exploit.

Ainsi donc, *réjouis-Toi dans la force du Seigneur, Tsar* couronné par Dieu, *et tressaille d'allégresse en Son salut !* (Ps. XX, 1).

Tressaille pareillement d'allégresse, TOI aussi, TRÈS-PIEUSE SOUVERAINE, dans la gloire de TON TRÈS-ILLUSTRE ÉPOUX, resplendissante et consacrée d'en haut, et TE faisant resplendir, TOI aussi, d'un rayon sacré.

Console-TOI et tressaille d'allégresse, TRÈS-PIEUSE MÈRE du TSAR. Voilà que le fruit de TON sein a mûri, et qu'Il est doux pour la Russie.

Tressaille d'une allégresse triomphale, Église Orthodoxe, et que ta prière solennelle de foi, d'amour et de reconnaissance s'élève vers le trône du Très-haut quand Il met sur l'*Élu d'entre* Son *peuple* le sceau sacré de Son élection, comme sur le premier-né désiré de tes fils, sur ton protecteur fidèle et fort, sur l'exécuteur héréditaire de l'antique parole de Ses décrets sur toi : *les tsars seront tes nourriciers* (Is., XLIX, 23).

Éclate de joie, Russie. La bienveillance de Dieu a resplendi sur toi dans la gloire sacrée de ton Tsar. Que peut-il y avoir de plus enviable, de plus joyeux, de plus rassurant pour un empire qu'un Tsar Qui repose *Son cœur dans la force de Dieu* (Ps. xvii, 14), Auquel la couronne tsarienne est agréable alors qu'elle est reçue du Tsar céleste, — Qui désire sanctifier et sanctifie les vertus, les intentions, l'activité tsariennes *par l'onction du Très-Saint?*

En vérité, Très-Pieux Souverain, pour que de la *couronne* du Tsar, comme d'un centre, s'étende sur tout l'empire la lumière vivifiante de la *plus précieuse des pierres d'un grand prix* (Prov., iii, 15), de la sagesse gouvernementale, — pour que les signes du *sceptre* du Tsar indiquent toujours aux pouvoirs subordonnés et aux serviteurs de la volonté du Tsar une direction fidèle vers le bien public, — pour que la main du Tsar contienne fermement et complètement Son *globe*, — pour que le *glaive* du Tsar soit toujours préparé à la défense de la justice, et, par sa seule apparition, frappe déjà l'injustice et le mal, — pour que *l'étendard* tsarien rassemble en une unité et réunisse dans un ordre harmonieux des millions d'hommes, — pour que les travaux et les veilles du Tsar suffisent au réveil et à l'élévation de leur activité, et à l'assurance de leur repos, — n'est-ce pas un don au-dessus de la mesure humaine qui est nécessaire pour cela dans le Tsar? — Mais c'est bien aussi pour cela surtout que nous nous réjouissons de ce que, étant né pour régner, ayant été préparé à régner par Ton Père d'immortelle mémoire, régnant effectivement, Tu implores encore d'en haut le don de régner. Et fidèle sera *Celui Qui T'a élevé du milieu de son peuple* (Ps. lxxxviii, 20), à Te donner selon TA foi et la foi de TON peuple, dans l'onction sainte que TU as reçue aujourd'hui visiblement, l'onction invisible, pleine de grâce, lumineuse, constante, efficace par TOI pour notre véritable prospérité, pour TA véritable joie en notre prospérité, — de même qu'autrefois, après l'onction royale, *l'Esprit du Seigneur était porté sur David*, d'une manière pleine de grâce et bienfaisante, *depuis ce jour et dans la suite* (1 Rég., XVI, 13).

---

**3**

# DISCOURS

**AU TRÈS-PIEUX SOUVERAIN EMPEREUR ALEXANDRE NICOLAIÉVITCH,**

A SON ENTRÉE, AVEC LA SOUVERAINE IMPÉRATRICE MARIE ALEXANDROVNA, AVEC LE GRAND-PRINCE ALEXIS ALEXANDROVITCH ET LA GRANDE-PRINCESSE MARIE ALEXANDROVNA, DANS LA CATHÉDRALE DE L'ASSOMPTION.

— 18 mai 1861. —

TRÈS-PIEUX MONARQUE !

Nous TE complimentons sur la septième année de TON règne.

Chez l'ancien peuple de Dieu, la septième année était l'année de l'affranchissement légal de l'esclavage (Ex., XXI, 2).

Chez nous, il n'y avait pas d'esclavage dans la pleine signification de ce mot : il y avait cependant la sujétion servile héréditaire d'une partie du peuple à des possesseurs particuliers. Dès le commencement de Ta septième année, Tu as prononcé l'émancipation.

Le plus habituellement, les Puissants de la terre aiment à chercher leur satisfaction et leur gloire dans l'imposition de leur autorité et de leur joug. Ton désir et Ta consolation — c'est d'alléger à Ton peuple les anciens fardeaux et d'augmenter la mesure de la liberté garantie par la loi. La classe des nobles possesseurs a sympathisé avec Toi, et elle a fait à cette sympathie le sacrifice volontaire d'une partie considérable de ses droits. Et voilà que plus de vingt millions d'âmes Te sont obligées par la reconnaissance, pour de nouveaux droits, pour une nouvelle part de liberté.

Nous prions Dieu de faire que ce don excellent soit employé avec raison ; que le zèle du bien public, la justice et la bienveillance président partout à la solution des difficultés quelquefois inévitables dans la nouveauté d'une chose ; que ceux qui ont reçu de nouveaux droits soient attentifs, par reconnaissance envers ceux qui ont cédé d'anciens droits, à ce que la pensée agréable du travail libre rende le travail plus diligent et plus productif pour l'augmentation de la prospérité privée et publique ; et que Ton amour pour Ton peuple soit couronné d'une joie inaltérable sous la protection de la Providence bienfaisamment étendue, en même temps que sur Toi, sur Ton Épouse couronnée avec Toi, et sur Tes enfants bénis.

4

# DISCOURS

## APRÈS L'IMPOSITION DES MAINS A SA GRANDEUR PHILOTHÉE, CONSACRÉ ÉVÊQUE DE DMITROFF.

— 18 décembre 1849. —

Dans la Révélation de saint Jean, nous voyons les sept Anges de sept Églises. On pourrait penser que ce sont des Anges célestes, gardiens des Églises.

Mais quand nous entendons l'Esprit de Jésus-Christ accuser quelques-uns d'entre eux et les menacer, comme les Anges célestes ne pèchent pas et ne sont pas exposés à des remontrances, nous en venons à cette pensée que, sous le nom d'Anges des Églises, sont désignés les surveillants terrestres des Églises, c'est-à-dire les Évêques.

Ainsi donc, l'Évêque est l'Ange de l'Église : combien il y a, dans cette pensée, de choses instructives et même terribles pour nous ! Pour correspondre à la dénomination d'Ange, l'esprit de l'Évêque doit être lumineux ; son cœur, pur ; ses pensées et ses désirs, spirituels ; sa vie, éloignée des impuretés de la chair et du monde. *Comme envoyé pour le service de ceux qui veulent hériter le salut*, il doit plus que les autres veiller sur lui-même, afin de ne pas rechercher ses intérêts personnels, mais ceux de Dieu et du prochain. L'Évêque doit être un Ange; que sera-ce donc, si nous n'avons pas encore atteint, non-seulement la pureté angélique, mais encore la bonne disposition humaine de l'esprit et de la vie? Que sera-ce, si nous sommes menacés de ce qui a été dit à l'Ange de l'Église de Sardes : *Je n'ai pas trouvé tes œuvres pleines devant Dieu?*

Notre service est terrible, mon bien-aimé frère; cependant, la crainte ne nous est pas donnée de Dieu pour que nous nous désespérions, ou que nous tombions dans l'abattement, mais pour que, par la crainte, nous nous sauvions, nous et les autres. Appelons la crainte de Dieu au secours de notre service; mais appelons aussi, et appelons surtout l'amour.

Aimons le service de celui qui nous a aimés jusqu'à la mort, et jusqu'à la mort de la croix. Aimons le service du salut de ceux pour le salut desquels l'Amour Divin lui-même a daigné souffrir et mourir. Apportons-lui le désir de l'exploit, et il ne refusera pas de nous donner la force pour l'exploit.

Que le Seigneur t'envoie de Sion la crosse de la force! Qu'elle en soit le symbole, la crosse qui t'est confiée en ce moment!

5

# DISCOURS

## A L'ÉVÊQUE DE DMITROFF, PORPHYRE, APRÈS SON SACRE.

— 21 novembre 1858. —

Le saint apôtre Paul, ayant conféré aux saints Timothée et Tite, par la consécration épiscopale, mystérieusement efficace, la grâce de l'Esprit Très-Saint, qui éclaire et donne la sagesse, n'en trouva pas moins nécessaire de leur enseigner, par ses épîtres, la conduite épiscopale. La sainte Église, toujours fidèle à ses lois, nous a ordonné aussi de te munir, dès ton entrée, par l'imposition des mains mystérieusement efficace, dans la carrière des fonctions épiscopales, du viatique d'une parole d'édification.

Pour remplir cet ordre, nous te rappellerons ces mêmes instructions, qui déjà ne te sont pas inconnues, que saint Paul donnait aux saints Timothée et Tite. Assurément, tu ne songeras pas à chercher une objection contre cela dans ce qu'ils étaient des hommes apostoliques. L'Épiscopat est le même encore aujourd'hui, qui a commencé par la descente du Saint-Esprit et par l'imposition des mains apostolique. Si nous sommes éloignés des hommes apostoliques, c'est par notre faute. Ce n'est pas le temps qui nous éloigne d'eux, mais le défaut du zèle de les imiter. Nous devons avoir les yeux fixés sur leur exemple comme sur un flambeau conducteur, et surtout quand les passions sophistiques, la frivolité et la sensualité régnantes, s'efforcent d'obscurcir le jour de la foi.

Il est particulièrement à propos de se rappeler en ce moment la règle apostolique : *Que les évêques ne fassent rien sans leur ancien, mais chacun seulement dans son domaine ; et que l'ancien de même ne fasse rien sans eux, pour l'union utile à tous* (Règ. Apost., xxxiv). Qu'elle est belle, l'organisation de l'Église, dont les saints Apôtres ont garanti l'unité hiérarchique par cette règle, et qui, en l'employant pour la préservation de quelques-uns, l'a, sans aucun doute, observée généralement. Elle montre dans les évêques une seule âme, et c'est par là que l'Église apparaît très-évidemment comme un seul corps.

Chez nous, un petit nombre d'entre les évêques sont placés nécessairement dans des rapports consultatifs avec les anciens : je ne sais si beaucoup sont disposés à entrer de bonne volonté dans de pareils rapports, selon l'instruction du statut synodal (Règl. Ecc. sur les évêq., p. 4) ; mais il est clair par soi-même qu'en l'absence de communications épiscopales, l'expérience des uns ne peut produire les fruits qu'elle pourrait produire par le moyen de conseils donnés, et l'inexpérience des autres peut quelquefois produire les fruits peu mûrs d'une conduite peu mûrement réfléchie.

Dans l'activité ecclésiastique, il n'y a de solide et de digne de confiance que ce qui a pour base la parole de Dieu, les principes ecclésiastiques, l'enseignement et l'exemple des Saints. Mais, même une pierre solide, ce n'est pas toute main, et ce n'est pas toujours une seule main, qui la peut bien mettre en œuvre. Je te conseille, comme à moi-même, de ne pas t'appuyer présomptueusement sur la sagesse, mais d'aimer le sincère conseil fraternel des co-évêques. *Le salut est dans le conseil nombreux*, enseigne le Sage (Prov., XI, 14).

Reçois la crosse de l'autorité, non avec la pensée de l'importance de celui qui commande, mais avec la pensée que nos forces sont insuffisantes pour notre service, et que nous avons besoin d'un appui donné d'en haut.

---

6

# DISCOURS

## A SA GRANDEUR LÉONIDE,

NOUVELLEMENT CONSACRÉ ÉVÊQUE DE DMITROFF,

Prononcé le 26 avril 1859.

*Révérendissime évêque Léonide!*

A celui qui entre dans un nouveau service avec une humble connaissance de soi-même, il doit être propre de chercher l'instruction, et agréable de la trouver. Cependant, la vertu et l'efficacité de l'instruction donnée dépendent beaucoup, sans aucun doute, de la valeur de celui qui la donne.

Ainsi donc, place-toi avec moi devant le saint apôtre Paul, et écoutons ce qu'il dit aux pasteurs éphésiens, et qui n'est étranger ni à toi, ni à moi : *Soyez attentifs sur vous-mêmes et sur tout le troupeau dont l'Esprit-Saint vous a établis évêques pour paître l'Église du Seigneur et Dieu, qu'il a acquise par son sang* (Act., xx, 28).

Cette instruction est courte; mais elle nous paraîtra assez complète si nous l'approfondissons quelque peu.

*L'Esprit-Saint a établi les évêques.* C'est l'enseignement de la foi. Dans un évêque, on ne doit pas voir seulement un supérieur semblable à ceux qui sont établis par le pouvoir humain, exécuteur des règles et des lois, surveillant de l'ordre et de la bonne organisation. Ce n'est pas tout. L'Évêque est un instrument de l'Esprit-Saint. Le mystère est le principe de son autorité. L'agent qui est établi par le pouvoir terrestre, reçoit de lui son titre et le droit de fonctionner : celui qui est établi par le pouvoir céleste, reçoit de lui, non-seulement son titre, mais encore sa force; non-seulement le droit de fonctionner, mais encore la coopération d'en haut. L'Esprit-Saint ne s'éloigne pas de celui qui est placé par lui, si celui qu'il a placé ne se détourne pas de lui. Ainsi donc, l'Évêque doit de toutes manières tenir son esprit et son cœur élevés vers le ciel, comme des vases ouverts par la foi et la prière vers la Source suprême de la lumière et de la force.

*L'Esprit-Saint a établi les évêques.* Cela enseigne aussi la crainte de Dieu. Si l'agent qui a été établi par le pouvoir terrestre se fait conscience de ne pas satisfaire une autorité indulgente, redoute de s'exposer aux réprimandes d'une autorité sévère, avec quelle crainte celui qui est établi par le pouvoir céleste doit s'acquitter de son service pour ne pas perdre la bienveillance de l'Esprit Consolateur, pour ne pas encourir une condamnation de la part du Tout-Juste et Tout-Puissant !

*L'Esprit-Saint a établi les évêques.* Ces mêmes paroles, si elles font peser sur nous la crainte, peuvent nous alléger par l'espérance. L'Esprit-Saint fait son œuvre, assurément non pour la mépriser et la récuser, mais pour la soutenir et la conserver. Celui qu'il a appelé et établi pour le service de la grâce, de celui-là, certainement, il n'a pas désespéré : ne désespérons pas, nous non plus, de la continuation de sa grâce.

Pour que la crainte salutaire devant le grand devoir de paître l'Église du Seigneur et Dieu ne soit pas affaiblie par une espérance exagérée ou par la présomption, pour que sous l'espérance ne se glisse pas l'insouciance, pour que les nombreuses relations extérieures du pasteur avec le troupeau ne le distraient pas et n'affaiblissent pas ses relations intérieures avec l'Esprit-Saint qui l'a établi, — pour les mettre en garde contre cela, l'Apôtre dit aux pasteurs : *Soyez attentifs sur vous-mêmes*. Veillez sur vous, vous qui êtes établis pour la garde de la maison de Dieu : en vous abandonnant à la somnolence et au sommeil, vous ne garderez ni vous-mêmes, ni la maison qui vous est confiée. Surveillez avec soin la pureté de vos pensées et de vos désirs, de vos intentions et de vos œuvres ; que le flambeau de la loi de Dieu et de la parole de Jésus-Christ éclaire votre intérieur et votre extérieur, et qu'il éloigne de vous les ténèbres et le mal.

Le pasteur attentif sur lui-même est seul capable de veiller avec une utilité véritable sur le troupeau. C'est pour cela aussi que l'Apôtre dit : *Soyez attentifs*, d'abord *sur vous-mêmes*, et ensuite *sur le troupeau*.

Qu'est-ce qu'*être attentif sur le troupeau?* — C'est veiller avec circonspection et infatigablement sur les brebis douées de raison, de même qu'un bon pasteur veille sur celles qui sont privées de raison. Conduis les brebis dans un gras pâturage : c'est-à-dire, nourris les âmes de tes ouailles du sain enseignement de la vérité et de la vie chrétienne. Défends les brebis des loups : c'est-à-dire, préserve les orthodoxes des hérésies et des schismes. Cherche les brebis égarées : c'est-à-dire, efforce-toi d'amener à l'Eglise celles qui errent hors d'elle. Guéris la brebis malade, c'est-à-dire le pécheur, par l'exhortation à l'amendement et par la pénitence. Lève-toi contre les béliers fougueux qui frappent des cornes et heurtent les autres, et soutiens le faible agneau : c'est-à-dire, ose élever la parole de justice contre l'injustice des puissants, et, par la parole de consolation et par l'œuvre de secours, soutiens le pauvre, l'affligé, celui qui est dans l'abattement.

L'exploit est difficile, surtout quand les béliers fougueux tournent leurs cornes même contre les pasteurs; quand les brebis malades, ne recevant pas les remèdes, pensent elles-mêmes guérir les pasteurs; quand celles mêmes qui ne devraient pas être du monde, le monde les a déjà forcées depuis longtemps à trop de condescendance pour lui, et les a même disposées à emprunter quelque chose de lui.

Mais l'Apôtre, le guide des pasteurs, nous enseigne un moyen puissant de nous fortifier dans l'exploit et de nous animer de zèle, quand il nous rappelle que l'Église, pour laquelle nous sommes appelés à combattre, le Christ Seigneur et Dieu l'*a acquise par son sang*. En considérant cet exploit immense qu'il a accompli pour nous, hésiterons-nous devant l'exploit si petit qui nous incombe pour lui? Si lui, par amour pour son Église, il a sacrifié pour elle son sang Divin, nous sera-t-il onéreux, par amour et par reconnaissance pour lui, dans le service de son Église, de lui offrir en sacrifice nos facultés et nos forces, notre travail et notre repos, nos consolations et nos chagrins, et, si cela était nécessaire, même notre vie?

A toi, frère cher en Dieu, s'ouvre un cercle d'activité épiscopale qui n'est pas encore très-large. Entres-y courageusement; fortifie-toi par l'espérance dans le Divin Chef des pasteurs, le Seigneur Jésus. Que la crosse de ton autorité soit une crosse de justice!

---

# DISCOURS

## APRÈS LE SACRE DE SA GRANDEUR SERGE,

ÉVÊQUE DE KOURSK ET BIELGOROD.

— 1er janvier 1861. —

RÉVÉRENDISSIME ÉVÊQUE SERGE!

Par la bénédiction du Très-Saint Synode, par la bienveillance du TRÈS-PIEUX AUTOCRATE, et, au-dessus d'elles, par l'invisible effet de la volonté du Seigneur Tout-Puissant et Grand-Pontife vivant par delà les cieux, tu es appelé, et aujourd'hui, par la grâce du Saint-Esprit, consacré pour le service de l'épiscopat.

Service grand par la grâce qui lui a été donnée, humble par l'exemple et le commandement de l'humble de cœur Jésus-Christ, difficile par les passions et les faiblesses humaines, salutaire par son but.

Comment considères-tu en ce moment la carrière qui

s'ouvre devant toi? Te réjouis-tu? — je tremble pour toi. Trembles-tu? — je me réjouis sur toi. Si, selon l'enseignement de l'Apôtre, chacun doit *travailler avec crainte au salut* (Phil., II, 12) de son âme seule, avec quelle crainte faut-il travailler au salut de mille et mille âmes! La crainte soutiendra la vigilance et l'effort, et l'humilité attirera le secours d'en haut.

A ton activité incombent : la prière, l'enseignement, l'administration, le jugement ecclésiastique.

Fais tous tes efforts pour que ta prière soit fervente et pure; ton enseignement, orthodoxe; ton administration, pleine de sollicitude; ton jugement, juste et modéré par la bonté.

Que la foi et l'amour pour Dieu soient chez toi les ailes de la prière; la parole de Dieu, le fondement invariable de l'enseignement; les principes et les exemples des saints pères, les guides de la vie, de l'administration et du jugement.

Surtout que ta prière ne faiblisse pas. Comme l'éclair sort du nuage, ainsi, de la prière, sort la lumière de la vérité et de l'intelligence. De la prière dépend la force du pouvoir. Avec la prière, le jugement est clairvoyant et juste.

Élève de l'autel terrestre vers le céleste des prières pour notre Très-Pieux Autocrate, pour le Très-Saint Synode, pour toute l'Église et tout l'empire orthodoxes Russes, pour toute l'Église orthodoxe universelle, qui aujourd'hui, comme autrefois, n'est pas sans *péril de la part des faux frères* (II Cor., XI, 26), et même, dans quelques contrées, dans ces temps chrétiens, à la face d'États chrétiens, de même que dans les temps païens, est persécutée par les ennemis du Christianisme.

Et, si, en présence des réflexions sur ce qui est grand, l'attention à ce qui est petit n'est pas déplacée, je propose à l'attention de ton amour fraternel que celui-là ne soit pas oublié dans tes prières qui a officié, avec des confrères, à ta consécration, afin qu'ayant été pardonné en beaucoup de choses à l'entrée et dans le parcours de la carrière, il trouve grâce à la sortie.

Que la miséricorde du Seigneur te prévienne et t'accompagne tous les jours de ta vie.



FIN DU TROISIÈME ET DERNIER VOLUME.

# TABLE

## DU TROISIÈME VOLUME



## PREMIÈRE PARTIE.

### SERMONS POUR LES FÊTES DOMINICALES.



---

## DEUXIÈME PARTIE.

### SERMONS POUR LES DIMANCHES.

## TROISIÈME PARTIE.

### SERMONS POUR LES FÊTES DE LA SAINTE VIERGE.



## QUATRIÈME PARTIE.

### SERMONS POUR LES FÊTES DES SAINTS.

## CINQUIÈME PARTIE.

### SERMONS POUR LA CONSÉCRATION DES ÉGLISES.

## SIXIÈME PARTIE.

### SERMONS POUR LE TEMPS D'UNE MALADIE EXTERMINATRICE.



## SEPTIÈME PARTIE.

### SERMONS POUR LES FÊTES IMPÉRIALES.

---

## HUITIÈME PARTIE.

### HOMÉLIES POUR DIFFÉRENTES CIRCONSTANCES.

---

## DIXIÈME PARTIE[1].

### HOMÉLIES SUR DIVERS OBJETS DE L'ENSEIGNEMENT CHRÉTIEN.



---

## ONZIÈME PARTIE.

### DISCOURS.



[1] La *neuvième partie* ne contient qu'une seule oraison funèbre qui n'a pas été indiquée pour la traduction. (*Note du traducteur.*)

FIN DE LA TABLE DU TROISIÈME VOLUME.

PARIS. — IMP. SIMON RAÇON ET COMP., RUE D'ERFURTH, 1.

PARIS. — IMP. SIMON RAÇON ET COMP., RUE D'ERFURTH, 1.

www.ingramcontent.com/pod-product-compliance
Lightning Source LLC
Chambersburg PA
CBHW070749030726
47504CB00003B/489

* 9 7 8 2 0 1 4 4 7 5 1 1 1 *